WILLI KELLER

Irrglaube

IM NAMEN DES GLAUBENS Dreimal erhält Kriminalhauptkommissar Berger die Meldung, auf dem Gifizsee treibe ein lebloser Körper. In allen drei Fällen handelt es sich jedoch um eine nackte Puppe mit Hinweisen auf Bibelzitate. Nur eine Warnung gegen Sittenverfall? Ein junger Kommissar vermutet mehr und ermittelt auf eigene Faust. Als er tot aufgefunden wird, nehmen Berger und seine Kollegin Tammy in der »Soko Gifiz« die Ermittlungen auf. Nach einem Anschlag in Offenburg ist klar: Hier sind keine Moralapostel, sondern gefährliche Terroristen am Werk – die Bundesanwaltschaft schaltet sich ein. In der undurchsichtigen Welt des Darknets stoßen Berger und Tammy auf die Spuren einer bundesweit vernetzten Gruppe religiöser Fanatiker. Berger und seine Kollegen sind geschockt: Der Fundamentalismus, mit dem sie es zu tun haben, hat seine Wurzeln in ihrem eigenen Glauben, dem Christentum. Und die Keimzelle liegt in ihrer Heimat: in Offenburg.

Willi Keller – Autor und ehemaliger Nachrichtenredakteur des SWR – sammelt Sagen, die er seit den 1980er-Jahren in mehreren Büchern veröffentlicht hat. Er liebt das Erzählen, die Fantasie und die Ortenau. Mit »Irrglaube« legt er seinen ersten Roman vor. Darin zeigt er, dass er nicht nur nacherzählen, sondern selbst spannende Geschichten und lebendige Figuren erfinden kann. Mit besonderem Geschick und gut recherchierten Details verknüpft er aktuelle politische Themen mit Lokalkolorit der Ortenau. Damit erfüllt dieser Roman (fast) alle Voraussetzungen, selbst zur Sage zu werden …

WILLI KELLER

Irrglaube

Schwarzwaldkrimi

Besuchen Sie uns im Internet:
www.gmeiner-verlag.de

Im Ehnried 5, 88605 Meßkirch
Telefon 07575/2095-0
info@gmeiner-verlag.de

1. Auflage 2018

Lektorat: Christine Braun
Herstellung: Mirjam Hecht
Umschlaggestaltung: U.O.R.G. Lutz Eberle, Stuttgart
unter Verwendung eines Fotos von: © Norwin Gartner
und Lutz Eberle
Druck: CPI books GmbH, Leck
Printed in Germany
ISBN 978-3-8392-2222-5

A

Auftakt des täglichen Bibelstudiums war meist ein kurzer Text aus dem Johannesevangelium. An diesem besonderen Tag wählte er die »klassischen« Sätze:

»Im Anfang war das Wort, und das Wort war bei Gott, und das Wort war Gott. Dieses war im Anfang bei Gott. Alles ward durch dasselbe, und ohne dasselbe ward auch nicht eines, das geworden ist.«

Er liebte diese liedhafte Strophe aus dem Johannesevangelium über alles. Sie leitete das Evangelium ein und pries die Stärke des Wortes. In jedem Wort war Gott. Das spürte er sofort, wenn er die Bibel aufschlug und ihre Wörter und Sätze in sich aufnahm. Ein heiliger Akt! Die Bibel war eine Quelle der Kraft für ihn. Aus ihr sprach Gott zu ihm. Gott irrte nicht. Er war frei von Fehlern und Täuschungen.

Vor ihm lagen zwei Bibelübersetzungen. Beide waren in schwarzes Leder eingebunden und hatten einen Goldschnitt. Die Elberfelder Bibel in der Bearbeitung aus dem Jahr 1905 lag ihm eher als die Lutherbibel, weil sie textgetreuer war. Von Anfang an richtete sie sich an den aramäischen, griechischen und hebräischen Urtexten aus. Sie war nicht zu verwechseln in ihrer Ursprünglichkeit. Mit Recht verwiesen die Übersetzer auf diesen Aspekt. Es fiel ihm nicht immer leicht, die Elberfelder Bibel zu lesen, weil ihre

Texte nicht so geglättet waren. Wörtlichkeit und Genauigkeit gingen vor Schönheit. Aber beim Lesen in ihr erfuhr er stärker das Wort Gottes als in der Lutherbibel. Und er holte aus ihr mehr Kraft als aus den anderen Übersetzungen. Das war ihm schon früh aufgefallen. Gerade jetzt brauchte er die Kraft des Wortes. Im Regal standen Dutzende weitere Bibeln, ältere und neuere Übersetzungen. Darunter auch die neue katholische Bibel. Die evangelische und die katholische Kirche beanspruchten für sich, mit ihren Textrevisionen wieder dem Ursprung nahe zu sein. Es änderte nichts an seiner Einstellung. Am meisten Energie schöpfte er aus der alten Elberfelder Bibel. Sie hielt sich am meisten von allen zurück mit modernen Kommentierungen und Übersetzungen.

Interpretationen lehnte er grundsätzlich ab. Er hasste Kommentare und moderne Bibelauslegungen. Erklärungen akzeptierte er nur bis zu einem gewissen Grad. Die Exegeten der Jetztzeit zerstörten die Grundlage der Bibel. Sie nahmen ihr das Mystische, das Geheimnisvolle, das Göttliche. Sie vermenschlichten Jesus, indem sie seine vielen Wunder infrage stellten oder interpretierten. So entkräfteten sie ihn und machten aus ihm einen bloßen Wanderprediger. Mit ihrer historischen Bibelkritik und ihrer Skepsis entzogen sie dem Christentum die Grundlage. Die Exegeten ließen mehr den Zeitgeist zu Wort kommen als Gott und seinen Sohn. Mit falscher und liberaler Bibelauslegung richteten sie großen Schaden an. Sie beschmutzten das größte Werk der Menschheitsgeschichte. Gottes Wort war so einzigartig, dass man es nicht kommentieren oder interpretieren musste. Es machte ihn wütend und zornig, wenn er an die Entwicklung der Theologie dachte. Die modernen Theologen, die heutigen Bibelausleger waren keine Fackelträger des

Christentums. Sie löschten das Licht, sie traten das Feuer aus, sie verbündeten sich mit dem Teufel. Wie oft hatte er mit den »Erneuerern« der Bibel gefochten, wie viel Demütigung hatte er ertragen müssen! Einmal hatte er Exegeten Sätze aus dem Johannesevangelium entgegengeschleudert. »Jesus sprach nun zu den Juden, welche ihm geglaubt hatten: Wenn ihr in meinem Worte bleibet, so seid ihr wahrhaft meine Jünger; und ihr werdet die Wahrheit erkennen, und die Wahrheit wird euch frei machen.« Das Zitat hatte seine Wirkung nicht verfehlt. Verblüfft hatten die Exegeten geschwiegen. Und als sie die entsprechende Stelle in der Bibel aufgeschlagen hatten, mussten sie erkennen, dass sie nichts entgegensetzen konnten. Betreten hatten sie eingesehen, welchem Missverständnis sie mit ihrer Interpretation aufgesessen waren. Die Schande der liberalen Exegese musste getilgt werden! Und die Glut des wahren Glaubens wieder angefacht! Jedes Mal, wenn er an diese Auseinandersetzungen zurückdachte, geriet er in Rage. Er hielt inne, um sich zu beruhigen. Wutausbrüche halfen ihm in dieser so wichtigen Stunde nicht.

Er hatte alles vorbereitet. »Gib mir Kraft, Herr!«, sprach er laut. Nur die eine Taste musste er noch drücken, um den Auftrag zu versenden. Er saß unbeweglich da, wie erstarrt. Was hielt ihn zurück? Seltsam, es gelang ihm nicht, mit dem rechten Zeigefinger das entscheidende Signal zu geben.

Er erinnerte sich, wie alles vor längerer Zeit begonnen hatte. Nach einem vertieften Studium der Offenbarung des Johannes hatte er eine Vision gehabt. Er sah diesen See vor sich. Ruhig lag das Gewässer in einem Morgenlicht, das er nicht beschreiben konnte. Bedeutete es Voraussehung, Aufbruch, Umbruch, Gutes oder Böses? Dünne Schleierwolken zogen vorbei. Er saß auf der obersten Reihe des Amphitheaters. Die Schleierwolken dehnten sich aus und wechselten die Farbe, bis der ganze Himmel bedeckt war mit einem dunklen Teppich. Ein starker Sonnenstrahl durchbrach die himmlische Finsternis und traf mit voller Wucht den See. Plötzlich wallte er auf und fing an zu brodeln wie kochendes Wasser. Und aus dem dampfenden See schossen nacheinander die vier apokalyptischen Reiter empor, wie dem Holzschnitt Albrecht Dürers entsprungen, jeder mit einer Waffe in der Hand. Es gab jedes Mal ein starkes Sauggeräusch, wenn ein Reiter aus dem See auftauchte. Der erste Reiter ritt auf einem weißen Pferd und hielt einen Bogen, der zweite auf einem feuerroten Pferd und war bewaffnet mit einem Schwert. Der dritte Reiter mit seinem schwarzen Pferd wich ab vom Bild Dürers und der Bibel, wie er es kannte. Er hatte keine Waage in der Hand, das Symbol für Teuerung und Hungersnot, sondern schwang eine Lanze. Und der vierte Reiter entsprach auch nicht der üblichen Vorstellung. Er saß zwar auf einem fahlen Ross, hatte aber eine große Schleuder statt eines Dreizacks bei sich. In einem weiteren Punkt unterschied sich das Verhalten der Reiter aus dem See von dem in Dürers Bild. Jeder Reiter verließ den See in eine andere Himmelsrichtung. Nach kurzer Zeit beruhigte sich der See wieder und strahlte eine Ruhe aus, als wäre nichts geschehen. Das Morgenlicht glänzte golden und spiegelte sich im Wasser. Für ihn waren die apokalyptischen Reiter aus dem See ein Aufgalopp, das Zeichen, dass die Zeit gekommen war, die Hure Babylon, die gottesfeindliche Macht, zu zerstören. Er hatte einen göttlichen Auftrag bekommen.

Die Vision von den Reitern im See hatte ihn stark mitgenommen, so wie keine vor ihr. Sie hatte seinen ganzen

Körper beben lassen. Er war schon mehrfach von Visionen heimgesucht worden, im wachen Zustand und im Traum. Die im wachen Zustand forderten alles von ihm. Sie raubten ihm stunden- und oft auch tagelang die Kraft. Wenn diese Phase vorüber war, durchströmte erstaunlicherweise neue, stärkere Energie seinen Körper und seinen Geist. Nachdem er sich erholt hatte, erzählte er dem ersten Jünger von seinem Erlebnis mit den apokalyptischen Reitern. Niemandem sonst hatte er verraten, was er gesehen hatte. Sie müssten sich von jetzt an auf die Zukunft vorbereiten, vertraute er dem ersten Jünger an. Der erste Jünger schaute ihn verblüfft an, fast ungläubig. Er baute sich vor seinem Lieblingsjünger auf und sah ihm fest und lange in die Augen. Es wirkte wie ein Kräftemessen. Nach einer Weile sagte der erste Jünger, er werde ihm bedingungslos folgen. Seine Worte hatten wie ein heiliges Versprechen geklungen. Seither richteten sie ihre Kraft auf ihren großen Plan, auf ihren göttlichen Auftrag.

Aber wo versteckte sich jetzt diese Kraft, die er so nötig hatte? Warum fing er an zu zögern? Sie waren sich doch so sicher in ihrem Vorhaben, so fest in ihrem Glauben. Natürlich wussten sie, dass sie alle Brücken abbrachen. Aber das wollten sie. Die Entscheidung war getroffen. Alles hing von ihm ab. Ihm hatten sie es übertragen, das Zeichen zu setzen. Er musste den Posaunenstoß geben, der die Mauern einstürzen lassen und alles verändern würde.

»Und ich sah die sieben Engel, welche vor Gott stehen; und es wurden ihnen sieben Posaunen gegeben. Und ein anderer Engel kam und stellte sich an den Altar, und er hatte ein goldenes Räucherfaß; und es wurde ihm viel Räucherwerk gegeben, auf daß er Kraft gebe den Gebeten aller

Heiligen auf dem goldenen Altar, der vor dem Throne ist. Und der Rauch des Räucherwerks stieg mit den Gebeten der Heiligen auf aus der Hand des Engels vor Gott. Und der Engel nahm das Räucherfaß und füllte es von dem Feuer des Altars und warf es auf die Erde; und es geschahen Stimmen und Donner und Blitze und ein Erdbeben. Und die sieben Engel, welche die sieben Posaunen hatten, bereiteten sich, auf daß sie posaunten.«

Die Worte aus der Offenbarung des Johannes rauschten durch seinen Kopf. Er versuchte noch einmal Kraft zu sammeln. So sehr er sich auch anstrengte, die Kraft wollte nicht kommen. Etwas anderes begann sich zu sammeln. Wie Nager tauchten Zweifel auf und begannen an ihm zu fressen. Konnte er sich auf alle verlassen? Fand der erste Jünger nicht immer Widerworte? Wollte er ihm, dem Meister, wirklich folgen, wie er es nach der Vision so felsenfest versichert hatte? In letzter Zeit gingen ihre Meinungen oft auseinander. Der erste Jünger war sein ältester Weggefährte. Mit ihm teilte er Freude und Leid. Und mit ihm teilte er ein dunkles Geheimnis, das sie zusammenschweißte. Blieb er ihm auf Dauer treu? Oder verriet er ihn eines Tages? Manchmal glaubte er, entsprechende Äußerungen des ersten Jüngers gehört zu haben, die auf einen kommenden Bruch hindeuteten. In letzter Zeit konnte er die Widerworte des ersten Jüngers nicht mehr so gut verkraften. Und die anderen Jünger? Konnte er sich ihrer absolut sicher sein? Verstanden sie seine Lehre? Strebten auch sie jedes seiner Ziele an? Er hatte eigentlich nicht zu klagen. Warum wurde er dann plötzlich so von Zweifeln geplagt? Das war die große Frage. Er, der immer Stärke und Festigkeit im Glauben vermittelte, durfte keine Schwäche zeigen. Andererseits gehörte zum Glauben der Zweifel. Diese Dichotomie, diese Gegensätzlichkeit von Glauben und Zweifel, die sich ergänzte, stärkte ihn letztlich. Hatte nicht Jesus, hatte nicht jeder große Kirchenlehrer diese Momente der Zerrissenheit durchmachen müssen? In dieser Gewissheit faltete er seine Hände zum Gebet. Fest drückte er sie zusammen und hoffte auf göttliche Energieströme für diesen wichtigen Schritt.

Feine Schweißperlen drangen durch die Handflächen. Er rieb die Hände an seiner schwarzen Kutte trocken. Aber sofort bildete sich ein neuer feuchter Film. Ein zweites Mal trocknete er die Hände an der Kutte ab. Nach wenigen Augenblicken fühlten sie sich wieder schwitzig an. Verzweifelt drückte er die nassen Hände an die Kutte. Unruhe stieg in ihm auf. Das Herz klopfte plötzlich so stark, als wollte es aus seinem Körper springen. Sein Puls beschleunigte sich. Und eine schwarze Macht drückte sich in seinen Hals und machte ihn enger. Er musste etwas tun, bevor er nicht mehr denken und handeln konnte. Die Angst, die er schon kommen sah, durfte nicht ihre Krallen in ihn schlagen. Es ging um Sekunden. Schnell stand er auf, schlüpfte aus der schwarzen Kutte und rannte nackt in seinen Altarraum. Er holte ein Buchenscheit aus dem alten Holzregal mit den vielen Bibelübersetzungen und legte es vor den Altar. Von der Wand riss er seinen schwarzen Rosenkranz. Mit den Knien ließ er sich auf das Buchenscheit fallen. Ein starker Schmerz stach durch seinen Körper und trieb ihm Tränen in die Augen. Bebend machte er das Zeichen des Kreuzes und fing an, den Rosenkranz zu beten. »Im Namen des Vaters und des Sohnes und des Heiligen Geistes.« Er sprach das Glaubensbekenntnis. Nein, er schrie es. Er berührte die große Perle über dem Kreuz und begann mit dem Vaterunser. Perle für Perle strömten die Gebete aus seinem Mund. Das anfängliche Schreien verflachte. Er kam in einen Rhythmus, der ihm allmählich die Unruhe nahm. Seine Hände wurden trockener. Nach Perle 30 pochte das Herz wieder regelmäßiger, der Puls verlangsamte sich. Er verfiel in seinen üblichen Singsang beim lauten Beten des Rosenkranzes. Als er alle 59 Perlen berührte hatte, stemmte er sich vorsichtig am Altar hoch. Die Knie schmerzten noch. Er sah auf die tiefen Spuren, die das Holzscheit hinterlassen hatte. Vorsichtig bückte er sich und hob es auf. Langsam strich er über die scharfe Kante, die den starken, nachhaltigen Schmerz verursacht hatte. Sie hatte die schwarze Macht ein weiteres Mal aus seinem Körper verbannt. Er legte das Holzscheit zurück in das Regal.

Die Herz-Jesu-Figur auf der rechten Altarseite schaute ihn gütig an. Er war immer wieder erstaunt, wie lebendig sie war. Es war ein Erbstück seiner Mutter. Sie hatte die Figur bei einem alten, frommen Herrgottsschnitzer in Auftrag gegeben. Er hatte ihr gesagt, die Fertigung werde lange dauern, aber keine Ewigkeit. Das »heilige Holz«, das er verwende, müsse er erst einmal monatelang in einem Rossstall lagern. Die Ausdünstungen des Stalles hätten so etwas wie eine imprägnierende Wirkung. Mit »heiligem Holz« meinte der Schnitzer die Linde. Sie wurde von vielen berühmten Bildhauern wie Tilman Riemenschneider und Veit Stoß verwendet. Seit Jahrhunderten wurden aus dem Holz der Linde Heiligenfiguren geschnitzt. Deshalb nannte man es mit der Zeit »heiliges Holz«. Seine Mutter hatte den Begriff gekannt und deshalb auch nicht gefragt, was darunter zu verstehen sei. Sie hatte tatsächlich lange auf die Figur warten müssen. Aber der Schnitzer hatte ein Wunderwerk geschaffen.

Es war eine überraschend große Figur aus einer Winterlinde. Sie war leicht rötlich. Ein matter Glanz verlieh ihr eine besondere Note. Von Anfang ging von ihr eine wahrnehmbare Ausstrahlung aus. Rund 80 Zentimeter hoch war sie. Mit ihren Abmessungen hätte sie besser in eine Kirche, eine Kapelle oder ein Kloster gepasst. Aber die Mutter hatte auf eine gewisse Größe gedrängt. Sie hatte dem Schnitzer gesagt, sie lebe in einem großen Haus. Das passe schon. Jesus hatte langes wallendes Haar. Seine ebenmäßigen Gesichtszüge strahlten Wärme, Güte und eine gewisse Strenge aus. Der rechte Arm war so angewinkelt, dass die Hand leicht nach oben zeigte. Mahnend streckte Christus den Zeigefinger vor. Der linke Arm war ebenfalls angewinkelt und nah beim Körper. Die Hand war zu einer Kelle gewölbt, als müsse sie das Blut auffangen, das Jesus für die Menschheit vergossen hatte. Die Brust zierte ein geschnitztes Herz mit einem Dornenkranz.

Beim Empfang der Herz-Jesu-Figur hatte seine Mutter nicht sprechen können. Vor Rührung hatte sie geweint. Der Dorfpfarrer, der in vollem Ornat und mit zwei Ministranten erschienen war, segnete die Figur. Einer der Ministranten schwang einen Weihrauchkessel. Ein reinigender Duft füllte den Raum. Und der Rauch aus dem Kessel vernebelte ihn einige Zeit. Als er verschwunden war, hatte der Raum plötzlich eine Aura. Zum Dank für die Zeremonie überreichte die Mutter dem Pfarrer eine großzügige Spende für die Kirche, und den Ministranten steckte sie ein ordentliches Trinkgeld zu. Zufrieden verließen der Pfarrer und die Ministranten das Haus, in dem sich noch lange der Geruch von Weihrauch hielt. Die Mutter stand vor der Figur und schien ein Gespräch mit Jesus zu führen. Glücklich sah sie aus. So viel Glück bemerkte man so gut wie nie in ihrem Gesicht. Sie hatte die Figur in der Diele auf ein altes Buffet stellen lassen, das eine dicke Platte aus dunklem Marmor hatte. So begrüßte Jesus jeden Besucher, der ins Haus kam, ob privat oder als Geschäftsmann. Sie hatten fast jeden Tag Besuch. Selbst am Sonntag klingelten Geschäftsleute an der Tür. Wer in die Diele trat, schaute sofort überrascht auf die große Christusfigur und sagte erst einmal kein Wort. Niemand konnte sich ihrer Ausstrahlung entziehen. Sie war immer wieder Gesprächsthema bei Besuchen. Für den Schnitzer war das eine hervorragende Werbung. Er bekam den einen oder anderen großen Auftrag. Ewig war er der Mutter dankbar.

Die Mutter hatte die Figur jedoch ohne Einwilligung des Vaters schnitzen lassen. Er machte nach außen hin gute Miene zu ihrem Spiel. Dass sie Jesus auch noch in der Diele platzierte, entlockte ihm zynische und verletzende Kommentare. Sie sagte nur, sie wolle in einem christlichen Haus leben. Der Vater konterte, die Leute im Dorf wüssten doch, dass das ein christliches Haus sei. Die Mutter sei ja überall bekannt als Betschwester. Da müsse man doch nicht noch eine riesige Holzfigur anschaffen und ausgerechnet für alle Besucher sichtbar in den Eingangsbereich klotzen. Der Ton des Vaters wurde verletzlicher. »Du und deine Holzfigur, ihr gehört beide ins Kloster!«

»Damit du endgültig freie Hand hast!« Die Mutter fing an zu schluchzen.

Höhnisch antwortete der Vater: »Freie Hand habe ich schon immer gehabt!«

Weinend lief die Mutter in ihr Zimmer.

Er hatte die Auseinandersetzung der Eltern belauscht. Die Worte des Vaters hatten ihm genauso wehgetan wie der Mutter. Der Vater war nie handgreiflich gegenüber der Mutter geworden, aber mit seinem Mund hatte er sie öfter angegriffen. Böse Worte trafen härter als Schläge.

Er strich langsam über den Kopf der Figur, küsste das Herz mit dem Dornenkranz, bekreuzigte sich und humpelte zurück in sein Arbeitszimmer. Vor dem »Computertisch« machte er halt und zog den Stuhl so zu sich, dass er sich bequem setzen konnte, ohne die Knie zu stark zu belasten. Es war ein alter großer Schreibtisch, den er in einem Antikladen in Gengenbach erstanden hatte. Er hatte links und rechts jeweils eine Tür und fünf Schubläden. In der Mitte unter der Tischplatte befand sich eine weitere Schublade. Dennoch bot der Tisch durch seine gewaltigen Ausmaße viel Beinfreiheit. An manchen Stellen sah man, dass er ziemlich in die Jahre gekommen war. Aber er machte immer noch etwas her, weil er Herrschaftliches ausstrahlte. Außerdem war er gut verarbeitet, hervorragende alte Handwerkskunst. Er lehnte sich zurück und bekreuzigte sich noch einmal. Regungslos saß er da und rätselte, warum er immer wieder dieser seltsamen Macht ausgesetzt war. Sie griff meist an, wenn er wichtige Entscheidungen zu treffen hatte. Er überlegte, wann sie ihn zum ersten Mal überfallen hatte. Vermutlich war es kurz nach dem Tod des einzigen Menschen, den er je geliebt hatte. Aber er konnte sich nicht mehr so genau erinnern. Er hatte noch nie mit jemandem über diese schwarze Macht gesprochen. Mit der Zeit fand er heraus, dass er sie zurückdrängen konnte, wenn er sich rechtzeitig ablenkte. Mit einer Schmerzattacke! Schaffte er das nicht, jagte die dunkle Macht mal Hitze, mal Kälte durch seinen Körper, setzte sich auf ihn und drohte ihn zu ersticken, kribbelte durch seine Gefäße oder betäubte sie. Er stand jedes Mal Todesängste aus. Wenn die schwarze Macht endlich Ruhe gab, verfiel er in einen Zustand der geistigen Lähmung, der einige Zeit dauerte. Man konnte ihn nicht vergleichen mit dem Zustand nach einer Vision. Ließ die

Lähmung endlich nach, war er wie durchgeschüttelt und so verstört, dass er längere Zeit keine klaren Gedanken fassen konnte. Es war nicht leicht, der schwarzen Macht zu entrinnen, wenn sie schon nach ihm gegriffen hatte. Sie war meist zu schnell und krallte sich in ihn. Und ließ sich nicht mehr abschütteln. Dieses Mal hatte er sie rechtzeitig zurückwerfen können.

Er richtete sich auf, faltete die Hände und berührte ihre Spitzen mit der Stirn. So verharrte er eine Weile. Wieder bekreuzigte er sich, betete und bat Gott um Stärke. Er stand auf. Die Knie schmerzten nicht mehr so stark, aber die Striemen, die das Holzscheit hinterlassen hatte, waren deutlich zu sehen. Stark gerötet sahen sie aus, bluteten dieses Mal jedoch nicht. Ruhig und mit betont langsamen Schritten ging er zurück in den Altarraum. Er holte einen kleinen Stoffsack mit Räucherharz aus Myrrhe aus dem Regal, schnürte ihn auf und schüttete etwas Harz in eine bronzene Räucherschale aus dem 19. Jahrhundert, die auf der linken Seite des Altars stand. Schlicht sah sie aus. Ihren Wert konnte man nicht auf Anhieb entdecken. Sie hatte einen Durchmesser von zehn und eine Höhe von drei Zentimetern. Sorgfältig band er den Stoffsack wieder zu und legte ihn zurück ins Regal. Neben dem Säckchen befand sich eine große Streichholzschachtel. Er nahm sie an sich und schritt wie bei einer Zeremonie zum Altar. Vor der Räucherschale stoppte er und zog ein langes Streichholz aus der Schachtel. Gekonnt strich er es mit einem Ruck über die Reibefläche. Das Streichholz zischte und entzündete sich sofort. Er hielt das brennende Streichholz an das Räucherharz in der Schale. Kleine Flammen bewegten sich über die Stücke. Ein leichter, würziger Duft verließ die Schale und breitete sich aus. Die Flammen waren nicht mehr zu sehen.

Das Räucherharz glomm in Ruhe vor sich hin, wie es sein musste. Es durfte nicht schnell verbrennen, sonst wirkte es nicht. Der Duft wurde stärker und spendete Balsam und regte seine Spiritualität an.

Mit Ehrfurcht blickte er auf den Altar. In der Mitte stand ein kleiner Tabernakel, der mit einem weißen Tuch verhüllt war. Wie in einer Kirche war der Altar gestaltet, mit Messbuch und Kelch, der im Tabernakel verborgen war und geweihte Hostien enthielt. Er wäre gern Priester geworden. Letztlich brauchte er das Sakrament der Weihe durch die Handauflegung eines Bischofs aber gar nicht. Gott hatte ihn geweiht und ihm eine Sendung übertragen. Ursprünglich hatte er ein anderes Ziel angesteuert, das man ihm verwehrte. Er hatte sich gefügt und beschritt nun den Weg, den Gott für ihn gewählt hatte.

Er fühlte sich entspannter und konzentrierte sich auf die große Aufgabe. Dem Regal entnahm er mit der rechten Hand ein Amulett mit Kette. Er umschloss das Amulett, das ihn so oft schon beschützt hatte. Am Schreibtisch im Arbeitszimmer legte er es ab und zog sein aufgeklapptes Notebook näher an sich heran. Es gab kein Links mehr, kein Rechts, vor allem kein Zurück. Seine Jünger warteten auf die Botschaft. Sie hatten gemeinsam alles sorgfältig geplant und vorbereitet. Sie schauten zu ihm auf, zu ihm, dem Meister. Er durfte keine Schwäche mehr zeigen. Die große Entscheidung lag in seinen Händen. Er konnte zwar alles noch stoppen. Ja! Jedoch würde er damit alle enttäuschen und in Verzweiflung stürzen. Nein! Die neue Zeit begann! Die nagenden Zweifel waren verschwunden. Fast feierlich legte er die linke Hand auf die Elberfelder Bibel und die rechte auf die Lutherbibel. Die Stärke kehrte wieder zurück. Er war bereit.

»Und er machte meinen Mund wie ein scharfes Schwert, hat mich versteckt in dem Schatten seiner Hand; und er machte mich zu einem geglätteten Pfeile, hat mich verborgen in seinem Köcher.«

Kräftig drückte sein rechter Zeigefinger auf »Senden«. Die Botschaft schoss wie ein Pfeil durch die dunklen Portale.

B

»Bannwald! Dieser Wald soll sich ungestört zum ›Urwald von morgen‹ entwickeln. Er dient außerdem als wissenschaftliche Beobachtungsfläche für die Urwaldforschung. Beachten Sie: Im Bannwald ist die Gefahr durch herabfallende Äste und umstürzende Bäume besonders groß! Bitte entnehmen Sie keine Pflanzen, sammeln Sie keine Früchte und bleiben Sie auf den Wegen!«

Er hatte hier oben kein Schild erwartet. Aber in diesem Land waren überall Schilder, warum nicht in einem dichten Wald. Er konnte nicht lesen, was auf diesem Schild stand. Die Sprache war ihm fremd. Aber auch seine eigene Sprache, Bulgarisch, konnte er kaum lesen. Er hatte es nicht so mit dem Lesen und dem Schreiben. Beides war ihm fast unheimlich. In der Schule war er schlecht gewesen. Den Körper einsetzen, die Hände benutzen, das lag ihm. Von Kindheit an hatte er im Wald oder auf dem Feld gearbeitet. Das machte er auch hier in diesem Land mit den vielen Schildern und Vorschriften. Vor keiner Arbeit drückte er sich, war sie auch noch so schwer. Er war etwas außer Atem und musste tief schnaufen. Und er schwitzte. Der Weg zu diesem Schild war sehr steil. Früher hätte er so eine Strecke ohne Probleme geschafft, und ohne Schweißtropfen. Er wurde alt. Alles tat ihm weh, die Füße, der Rücken, die rechte Schulter. Seit längerer Zeit konnte er nicht mehr auf der rechten Seite einschlafen. Die Schulter schmerzte zu sehr. Entweder war eine Sehne entzündet oder er hatte einen Knorpelriss in der Schulter. Jedenfalls vermuteten das seine Arbeitskollegen. Zu einem Arzt wollte er nicht gehen. Das konnte er sich auch gar nicht leisten. Er fürchtete, dass der Arzt sagte, er müsse ihn krankschreiben. Vor so einer Entscheidung hatte er mächtige Angst. Er musste doch seine Familie ernähren! Aber er wusste auch, dass sein ganzer Körper abgenutzt war von der harten Arbeit. Sein Körper wollte eine Pause haben. Aber er durfte sie ihm nicht gönnen. Er schaute um sich. Seine Augen entdeckten, was er suchte. Rechts von diesem Schild sah er nur wenige Meter von ihm entfernt einen großen Stein mit einer Vertiefung, der einen Moospelz hatte. Er setzte sich hinein. Wie in einem richtigen Stuhl saß er. Der Moospelz war angenehm weich und trocken. Entspannt sank er zusammen.

So blieb er sitzen, bis ihn etwas aufschreckte. Was war das für ein Geräusch? Es hatte sich wie ein Rascheln angehört. Er drehte sich langsam um. Hatte sich hinter ihm etwas bewegt? Er konnte nichts entdecken. Im Wald bewegte sich immer irgendetwas. Wieder hörte er ein Geräusch. Ein Knacken. Er stand auf und lief auf einem schmalen Streifen, der nicht überwuchert war, weiter in das Waldstück hinein. Aber es fiel ihm nichts auf. Er kehrte zum Stein zurück. Kurz stockte er. Im Unterholz meinte er, eine dunkle Stelle auszumachen. Er bückte sich leicht, um besser sehen zu können. Noch ein Geräusch, das er nicht richtig einschätzen konnte. Es lenkte ihn von der dunklen Stelle ab. Hatte jemand geflüstert? Nichts war zu sehen und zu hören. Einige Minuten blieb er stehen und horchte und schaute. Der Wald schwieg. In den Wäldern seiner Heimat wäre er nicht aufgestanden und hätte nach den Ursachen der Geräusche gesucht. Dort war ihm alles vertraut. Die Vögel, der Rothirsch, das Wildschwein, der Schakal, der Fuchs, der Dachs, der Hase, das Knarren der Schwarzkiefer, der Schlangenhautkiefer, das Knacken der Äste, das Rascheln des Laubes. Aber dieser Wald war ihm völlig fremd. Ein leichter Schauder überfiel ihn. Er hatte Lust auf eine Zigarette. Wie ein alter, müder Mann stolperte er zum bemoosten Stein zurück und ließ sich in die Vertiefung fallen.

Rauchen im Wald war verboten, das wusste er. Alles war sehr trocken in diesem Sommer. Der Bauer, für den er arbeitete, hatte selber Wald. Er warnte fast jeden Tag vor der Brandgefahr. Der Regen helfe nicht viel. Die Böden seien viel zu trocken. Er brauchte eine Zigarette, er würde schon aufpassen, dass sich kein trockenes Laub entzündete, falls etwas glühende Asche auf den Boden fiel. Er griff mit der rechten Hand in die linke Brusttasche und zog ein Päckchen Zigaretten von der Sorte Opal heraus. Es war schon angebrochen und leicht eingedrückt. Er schüttelte das Päckchen und suchte nach einer Zigarette, die unversehrt war. Tatsächlich fand er eine. Eine filterlose Zigarette. Opal war seine Lieblingsmarke. In der rechten Hosentasche steckte sein altes Feuerzeug aus Silber, das sehr abgeschabt aussah. Aber es tat noch immer seinen Dienst, wie jetzt auch. Kräftig zog er an der Zigarette. Ein würziger Duft stieg ihm in die Nase, als er seine erste Rauchwolke ausstieß. Der erste Zug war immer der beste. Er musste plötzlich husten. In letzter Zeit passierte ihm das oft nach dem ersten Zug. Manchmal schüttelte es ihn richtig durch, wenn der Husten nicht aufhören wollte. Es würgte ihn. Sein Hals kratzte. Er räusperte sich und spuckte einen bräunlichen Auswurf aus. Tief schnaufte er durch. Allmählich hatte er sich wieder im Griff. Er zog ein zweites Mal kräftig an der Zigarette. Eine Rauchwolke schwebte nach oben, noch dichter als die erste. Er sah ihr nach. Sehr langsam löste sie sich in der windstillen Luft auf. Er hängte die Zigarette in den linken Mundwinkel. So kannten ihn die Leute in seiner Heimat und die Arbeitskollegen. Nachdenklich rieb er seine schwieligen Hände, die sehr trocken waren und viele Risse hatten. Die Nägel sahen verschmutzt aus. Manche waren abgebrochen oder eingerissen. Er legte die Hände auf die Knie und stützte sich auf.

Sein Zuhause fehlte ihm. Er hatte wie so oft schreckliches Heimweh. Aber er redete mit niemandem darüber, nicht einmal mit seinen Arbeitskollegen aus Bulgarien. Er vermutete, dass es ihnen nicht anders ging. Keiner verlor ein Wort über diese Belastung. Manche tranken abends viel Schnaps, um alles zu vergessen. Er hielt sich zurück. Morgens wollte er keinen dicken Kopf haben. Er konnte außerdem den Schnaps nicht mehr so vertragen wie früher. Als er jünger war, hatte er viel Schnaps getrunken, zu viel Schnaps. Manchmal war er dann gewalttätig geworden und hatte seine Frau geschlagen. In den letzten Jahren war so etwas nicht mehr vorgekommen. Er griff nur noch gelegentlich zur Flasche, trank sie aber nicht mehr aus wie früher. Seine Frau sah ihn jedes Mal dankbar an, wenn er die Flasche nach wenigen Schlucken zumachte und wegstellte. Oft verfluchte er sich, dass er sie geschlagen hatte. Er überließ sich jetzt ganz dem Heimweh nach seiner Frau, seiner Tochter und den beiden Söhnen, und auch nach den Schwiegereltern. Mit jedem Tag wurde die Sehnsucht nach seinem Zuhause größer. Es war ein karges Zuhause, ein Haus aus Naturstein und Lehm. Aber es war nicht verfallen wie viele andere

Gebäude im Slavjanka-Gebirge. In sechs Wochen konnte er wieder in sein Bergdorf zurückfahren. Dann brachte ihn ein Kleinbus heim. Der Bus würde wieder quietschen und ächzen, wenn sie über die kleine, löchrige Straße hinauffuhren. Jedes Loch versetzte ihm einen Stoß. Aber das nahm er in Kauf, und vieles andere auch. In seinem Bergdorf fand er schon seit Jahren keine Arbeit mehr. Es war ein Dorf der Alten und Mittelalten. Die meisten jungen Leute hatten die Gegend verlassen. Und seine Kinder zogen sicher auch in die Stadt oder nach Europa, vielleicht nach Deutschland. Sie waren bald erwachsen. Es würde nicht mehr lange dauern. In seinem Dorf wurde es immer trauriger. Es gab nur noch ein kleines Magazin zum Einkaufen. Jede Woche kam ein Händler mit seinem klapprigen dreirädrigen Lieferwagen und verkaufte Obst und Gemüse. Seine Frau und seine Schwiegereltern hielten ein paar Ziegen und bewirtschafteten einen kleinen Acker. Und weiter unten in den Dörfern hatten es die Leute nicht viel besser.

In dünnen Fäden zog der Rauch der Zigarette nach oben. Der Aschenkörper wurde größer, konnte sich aber noch halten. Er stöhnte leise. Bis zur Abfahrt musste er durchhalten, auch wenn die Arbeit auf den Feldern noch so schmerzhaft war. Er hatte schon alles gemacht, Spargel gestochen, Erdbeeren gepflückt, Reben geschnitten und Trauben geerntet. Seit Jahren kam er in dieses Land. Es war ein hartes Leben. Aber in sechs Wochen hatte er so viel Geld zusammen, dass sie einigermaßen über den Winter kamen. Es musste reichen bis weit in das nächste Jahr. Im Frühjahr brachte ihn wieder der Kleinbus hinunter zur Sammelstelle. Und mit einem großen Bus fuhr er mit anderen in dieses Land mit den vielen Schildern und den schönen Häusern. Hier waren die Häuser nicht zerfallen.

Ein erneuter Hustenanfall kündigte sich an. Er musste aufstehen und die Zigarette aus dem Mundwinkel nehmen. Der Aschenkörper fiel auf den Boden. Hustend und würgend trat er ihn mit dem rechten Schuh aus. Er räusperte sich kräftig und spuckte wieder. Als er sicher war, dass die Asche keinen Schaden anrichtete, lief er ein Stück in den Wald hinein. Der Hustenanfall legte sich. Er kehrte um und steuerte wieder den Sitzplatz an. Auf dem Moospelz fühlte er sich wohl. Er steckte die Zigarette, von der nicht mehr so viel übrig war, wieder in den linken Mundwinkel. Sein Heimatdorf kam ihm wieder in den Sinn, seine Familie. Niemand in der Familie durfte krank werden. Vor allem er musste durchhalten und alles durchstehen. Und das Dach musste halten. Er hatte es in den letzten Jahren oft ausbessern müssen. Und er musste noch viel Holz machen, denn die Winter in seinem Bergdorf waren lang und hart. Irgendetwas knackte wieder in der Nähe. Aber er hatte keine Lust, sich noch einmal umzudrehen oder aufzustehen.

Wie aus dem Nichts umschlossen ganz plötzlich schwarze Hände und Arme seinen Körper. Er war so überrascht, dass sein Mund sich öffnete und die Zigarette mit ihrem kleinen Aschenkörper auf den Boden fiel. Er konnte nicht einmal an die Gefahr eines Waldbrandes denken. Im Nacken spürte er einen Stich wie von einer Mücke. Zum Kratzen hatte er keine Möglichkeit, weil starke Arme ihn von hinten gepackt hatten und die schwarzen Hände seine Unterarme festhielten. Wo kamen die nur her? Und wie viele waren es? Vor ihm tauchten zwei weitere schwarze Hände auf. Sie zogen eine Spritze auf und stachen ihn unter den Nagel des Mittelfingers an der rechten Hand. Alles, was seine Augen sahen, begriff er nicht, alles war ihm ein Rätsel. Die schwarzen Hände drückten seinen Körper noch stärker. Er fing an zu schwitzen. Ihm wurde schlecht. Er taumelte in einen Nebel.

Die schwarzen Hände warteten. Als das Leben aus dem fremden Körper zu weichen schien, lockerten sie ihren Griff. Sie zogen den erschlafften Leib vom Stein und rissen etwas Moospelz mit. Zwei Hände durchsuchten seine Hosentaschen und die Brusttaschen. Die Ausbeute war gering: eine zerdrückte Zigarettenschachtel, ein altes Feuerzeug, ein löchriges altes Taschentuch aus Stoff, das schon mehrfach gebraucht war. Verschleimt sah es aus. Die schwarzen Hände stopften die Fundsachen in einen Rucksack. Wie auf ein Kommando packten alle schwarzen Hände den Körper und zogen ihn vom Stein weg über den schmalen Pfad bis zu einer ehemaligen Holzriese. Sie war fast nicht mehr zu erkennen, weil sie von gebrochenen Ästen, verfaulten Baumstämmen und Gestrüpp überdeckt war. Sie hoben das Totholz an, bogen das Gestrüpp etwas beiseite und schoben den Körper in die Riese, eine tiefe Rinne, über die in früheren Zeiten Holz ins Tal geschleift worden war. Sorgfältig zogen sie Äste und Totholz wieder zurecht und richteten das eingedrückte Gestrüpp auf, sodass nichts mehr von dem Körper zu sehen war. Sie suchten nach der Zigarette, die schon fast ausgeglüht war, drückten sie aus und steckten den Stummel in den Rucksack mit den Fundsachen. Dem Stein gaben sie seine abgerissenen Pelzstücke aus Moos zurück. Und den Boden vom Eingang des Bannwaldes bis zum Stein bearbeiteten sie so, dass er unberührt aussah. Lautlos entfernten sich die schwarzen Hände.

Der Bannwald barg von jetzt an ein Geheimnis. Schon seit Jahrzehnten gab er nichts preis. Was in seinem Bereich blieb, veränderte sich. Den Tod im eigentlichen Sinn kannte er nicht. Er lebte auf ewig vom Vergehen und vom Werden.

C

Christliche Terroristen! Er schüttelte immer wieder den Kopf. Kopieren und einfügen. Screenshot. Bildschirminhalt abspeichern. Übertragen auf zwei verschiedene USB-Sticks. Seiten im Notebook löschen. Virenscanner laufen lassen. Seit Wochen sammelte er alle Botschaften, die er bekam. Vor Monaten war ihm die geheimnisvolle Gruppe auf der Suche nach christlichen Fundamentalisten aufgefallen. Er hatte die sozialen Medien durchsucht und immense Zeit im Internet damit verbracht, durch die vielen Zwiebelhäute des Darknets zu stoßen. Ihn interessierten Gruppen aus dem Umfeld des Antimodernismus, die gegen politische, gesellschaftliche und kirchliche Reformen wetterten und kämpften. Er wollte wissen, ob es vorstellbar war, dass auch christliche Gruppen sich so radikalisierten, dass sie zu einer Gefahr für die Gesellschaft wurden. Er lernte Integralisten kennen, strenge Anhänger der katholischen Tradition, die den alten Zustand einer ganzheitlichen Kirche wiederherstellen wollten. Traditionalisten begegneten ihm, Moralisten, fundamentalistische Bibelausleger. Letztere beharrten darauf, dass die Bibel irrtumsfrei sei. Ihr Argument beeindruckte durch radikale Einfachheit: Gott sei der Autor der Bibel. Und Gott könne sich nicht irren. Die Bibel sei wortwörtlich zu verstehen. Wunder seien Tatsachenberichte.

Bei seinen Ausflügen im Internet und im Darknet hatte er zufällig das Forum einer Gruppe entdeckt, die er auf den ersten Blick nicht richtig beurteilen konnte. In ihrer Ideologie schien sie von allen etwas übernommen zu haben, von den Integralisten, von den Moralisten, von den Fundamentalisten. »Testamentsvollstrecker« nannten sich die Mitglieder. In ihrer sprachlichen Radikalität waren sie nicht zu überbieten. Bis dahin hatte er immer geglaubt, Gotteskrieger seien nur unter Islamisten zu finden. Die Seite hatte ihm die Augen geöffnet. Die »Testamentsvollstrecker« lehnten die freie Gesellschaft ab und wollten eine neue Ordnung schaffen. Genaue Pläne hatten sie zu diesem Zeitpunkt keine gehabt. Aber es war zu erkennen gewesen, dass sie zu Gewalttaten bereit waren, um ihr Ziel zu erreichen.

Er hatte vorsichtig versucht, im Forum mitzureden. Ohne Widerspruch ließen sie ihn gewähren und mitdiskutieren. Mit der Zeit baute er sich eine Legende und gab sich ebenfalls als Gotteskrieger aus. Das Spiel mit der Gruppe ließ ihn nicht mehr los. Eines Tages verständigten sie sich, ihre Seite aufzugeben. Es sei nicht auszuschließen, dass sie gehackt worden seien. Sie deuteten an, dass es eine Weile dauere, bis er die neue Seite besuchen könne. Damit er sie finden konnte, gaben sie einige Tipps. Sie entwickelten eine neue Seite, die anders gestaltet war. Sie hatten zwar wieder ein Forum, auf dem sie sich austauschten. Sie nannten es »resurrectio«, Auferstehung. Aber das Forum war immer nur kurze Zeit geöffnet. Und es wurde schnell wieder gesäubert. Zunächst verstand er die Kommunikation überhaupt nicht. Sie hatten ihn nicht eingeweiht in die Besonderheiten der Seite. Ihre Botschaften waren verschlüsselt. Sie bevorzugten Kombinationen von Buchstaben und Zahlen. Als er eine solche Kombination googelte, führte ihn ein Treffer zu einer Bibelstelle im Alten Testament. Er googelte weitere Kombinationen. Über die Verweise auf Bibelzitate gewann er ein Bild von ihnen. Sie waren in ihrem Denken tatsächlich sehr radikal. Das konnte er aus den Zitaten herauslesen.

Mit der Zeit genügte es ihm nicht mehr, die Hinweise auf das Alte und Neue Testament allein im Netz zu suchen. Eine Bibel musste her! Er hätte es nie für möglich gehalten, dass er sich eines Tages mit der Bibel beschäftigen musste. Die geheimnisvolle Gruppe mit ihrem Meister zwang ihn dazu. Als er dann an einem Samstagvormittag in der kleinen Buchhandlung in der Metzgerstraße in Offenburg stand und nach einer Bibel verlangte, staunte er nicht schlecht. Die Inhaberin und ein Schriftsteller, der ihr gelegentlich aushalf, belehrten ihn, dass es nicht nur eine oder die Bibel gebe, sondern viele Übersetzungen, neuere und ältere. Manche seien der modernen Sprache angepasst worden. Andere wie die Elberfelder seien sehr textgetreu und bereiteten beim Lesen Schwierigkeiten. Das ließ ihn aufhorchen. Der Meister benutzte doch oft Sätze, die ungewöhnlich alt wirkten und nur schwer zu verstehen waren. Welche Bibel er denn meine, fragten die Buchhändlerin und der Schriftsteller. Er habe keine Ahnung, räumte er ein. Für was er sie brauche? Den wahren Grund verheimlichte er. Er faselte von einer bibelkundlichen Studienreise in den Nahen Osten im nächsten Jahr. Der Veranstalter habe ihm geraten, sich schon einmal mit der Bibel vertraut zu machen. Vielleicht sei es ganz gut, nach einer textgetreuen, etwas älteren Ausgabe zu suchen, sagte er nach einer kurzen Pause. Eine Begründung nannte er nicht. Sie recherchierten für ihn. Wenige Tage später verließ er die Buchhandlung mit zwei Bibelübersetzungen: der Elberfelder von 1905 und der Lutherbibel von 1912. Außerdem schleppte er noch ein dickes Bibellexikon mit.

In seiner Freizeit vertiefte er sich seither in die Übersetzungen, holte Unterstützung aus dem Lexikon und aus dem Netz und versuchte, die Gruppe noch besser zu verstehen. Konnte er aus den Bibelzitaten der Gruppe ableiten, dass sie wirklich bereit war, zu handeln? Dass sie gewalttätig wurde, dass sie Anschläge beging? Überraschenderweise akzeptierte die Gruppe ihn weiterhin. Sie fühlte sich offenbar wieder sicherer und kehrte zur früheren Kommunikation zurück. Suchte sie neue Mitstreiter und ließ ihn deshalb mitreden? Er hatte den Eindruck, dass die Gruppe auf zwei Ebenen arbeitete, innerhalb und außerhalb des Netzes. Nur über das Netz kam er in Kontakt mit den Gruppenmitgliedern. Trafen sie sich außerhalb und schlossen ihn bewusst von dieser Ebene aus? Beobachteten sie ihn wie einen Anwärter?

Mit der Zeit zeichnete sich ab, dass die Gruppe hierarchisch gegliedert war. An ihrer Spitze stand einer, der sich als »Meister« anreden ließ. Wenn dieser im Forum mitredete, nannte er die anderen »Jünger«. Er wurde aus der Gruppe nicht so recht schlau. Das lag unter anderem daran, dass er sich natürlich kein Gesicht vorstellen konnte. Vor allem der Meister war eine Schattenfigur.

Eines Tages war im Forum davon die Rede, dass allmählich die Zeit der Taten komme. Man müsse jetzt Pläne schmieden. Der Meister rief seine Jünger auf, sich Gedanken zu machen. Und sie machten sich Gedanken und präsentierten Vorschläge. Von diesem Zeitpunkt an kopierte er die Botschaften und fotografierte die Seiten.

Die Pläne wurden immer konkreter. Sie einigten sich auf ein mehrstufiges Vorgehen. Verwirren, Aufmerksamkeit erregen, zuschlagen, neue Ordnung schaffen. Diese neue Phase wollte er nutzen, um näher an die Gruppe heranzukommen. Er musste zeigen, dass er zu ihnen gehörte, dass er ihre Auffassungen teilte und dass er bereit war, ihren Weg zu gehen. Für die ersten zwei Schritte, das Verwirren und das Erregen von Aufmerksamkeit, machte er gleich mehrere Vorschläge, die die strafbare Grenze jedoch nicht überschritten. Alle Vorschläge bis auf einen verwarfen sie. Es wunderte ihn, dass sie den einen für gut hielten, mehr oder weniger. Vor allem der Meister ließ Begeisterung erkennen. Der Widerspruch, der sich aus der Aktion entwickle, werde Aufmerksamkeit erregen, argumentierte er im Forum. Darauf zielte auch der Meister ab. Jede Aktion musste in die Öffentlichkeit wirken. Davon versprach sich der Meister sehr viel. Die meisten Aktionen, die die Gruppe vorhatte, waren kriminell. Er versuchte mehrmals, zurückhaltend zu opponieren und sie davon abzuhalten. So zogen sich im Forum die Diskussionen oft in die Länge. Sein Einfluss war gering, das spürte er. Ihm war unklar, wann er handeln musste, um das Schlimmste zu verhindern. Er befand sich auf einer gefährlichen Gratwanderung. Das machte ihm mitunter schwer zu schaffen. Aber zurückgehen auf sicheres Gebiet wollte er nicht. Immerhin konnte er erreichen, dass sie sich mit weiteren Aktionen zurückhielten, bis sein Vorschlag in die Tat umgesetzt war. Das brachte ihm etwas Zeitgewinn. Auch in diesem Punkt war der Meister auf seiner Seite. Einige Jünger waren nicht damit einverstanden, mit weiteren Aktionen abzuwarten. Aber sie beugten sich.

Der Meister hatte großen Einfluss auf die Gruppe. Die Diskussionen im Forum waren nur scheinbar offen. Der Meister pochte auf Gehorsam und Unterwerfung. Seine Autorität unterstrich er bei Meinungsverschiedenheiten in der Gruppe mit Bibelzitaten. Ohne ihn wurde keine Entscheidung getroffen. Er verlangte, dass bei jeder Handlung immer das gleiche Zeichen und eine Botschaft aus Zahlen und Buchstaben gesetzt werden müssten. Welche Zahlen und Buchstaben zu verwenden waren, legte der Meister fest. Er fragte sich, warum der Meister so auf dieses Zeichen versessen war. Steckte ein Geheimnis dahinter?

Mehrere Objekte für den ersten Schritt lagen nun in seinem geräumigen Arbeitszimmer. Die ganze Wohnung war überhaupt großzügig und auch noch günstig. Die Objekte hatte er schon vorbereitet. Aber sie hatten einen Fehler, der ihm nicht hätte unterlaufen dürfen. Er hatte aus Versehen das Zeichen, das der Meister vehement verlangt hatte, verkehrt herum aufgetragen. Es stand auf dem Kopf. Er hoffte, dass das niemand auffiel. Oder dass der Meister und seine Jünger das nicht so tragisch sahen. Das Zeichen konnte im umgedrehten Status auch anders ausgelegt werden, wie er bei Recherchen herausgefunden hatte. Für den Fall, dass die Gruppe den Fehler rügte, musste er sich wappnen. Er hatte noch keine Vorstellung davon, wie er sich herausreden konnte, falls es zur Konfrontation kam. Wenn er es mit der Gruppe zu tun hatte, spürte er immer eine starke Anspannung.

Jetzt, da die entscheidende Phase begann, begegneten sie sich mehrmals in der Woche im Forum. Meistens abends. Er schloss daraus, dass die meisten Gruppenmitglieder berufstätig waren. Auch nach Monaten musste er feststellen, dass er sich noch nicht vorstellen konnte, zu was die Gruppe fähig war. Wie weit würde sie im Ernstfall gehen? War sie wirklich so radikal, wie sie sich gab? Er ging von mehreren Optionen aus. Und in allen steckte Gefahrenpotenzial. Er musste hellwach sein und durfte sich nichts anmerken lassen. Vor allem nicht bei seiner Arbeit. Er hatte sich auf ein Abenteuer eingelassen, das ihn mit allen Sinnen forderte. Manchmal glaubte er, an der Grenze der Überforderung angelangt zu sein. Wann musste er aus diesem Abenteuer aussteigen? Das Schwierige war, dass er zurzeit mit niemandem reden konnte. Alles musste er allein abwägen und entscheiden. Beklagen durfte er sich nicht. Er hatte sich alles selbst eingebrockt. Vor allem: Man hatte ihn vor Alleingängen im Darknet eindringlich gewarnt.

Die Objekte hatte ihm einer der Jünger, der zwölfte, vor kurzer Zeit nachts in der Nähe von Lahr übergeben, auf dem Autobahnrasthof Mahlberg an der A5 Richtung Freiburg. Sie hatten vereinbart, sich auf den hintersten Parkplätzen zu treffen, die weit weg von Tankstelle und Rasthof lagen. Er konnte sich noch gut an die Szenen dieser merkwürdigen Nacht erinnern. Der Jünger kam mit einem weißen Lieferwagen, so wie man sie sah, wenn Sperrmüll vor die Häuser gelegt wurde. Der Jünger fuhr schnell auf einen der Parkplätze, die schräg angelegt waren. Der Lieferwagen hatte ein französisches Kennzeichen, das er gerne mit seinem Smartphone fotografiert hätte. Es bot sich aber keine Gelegenheit. Und merken konnte er sich die Nummer nicht. Französische Autokennzeichen prägten sich nicht so gut ein wie deutsche. Außerdem musste er sich unauffällig verhalten. Der andere durfte keinen Verdacht schöpfen.

Der Jünger war ein seltsamer Mensch. Wie ein frisch ausgewildertes Tier wirkte er, das eine schwere Zeit hinter sich hatte. Und Angst hatte vor der Freiheit. Die Objekte waren schwerer, als er vermutet hatte. Er schätzte, dass jedes mindestens 20 bis 30 Kilo wog. Wahrscheinlich hatten sie noch mehr Gewicht. Obwohl er einen großen Wagen hatte, war es nicht so leicht, sie unterzubringen. Aber er schaffte es, auch mit Hilfe des seltsamen Jüngers. Bei der Schlepperei stellte er fest, dass der Jünger nicht nur schlecht aussah, sondern auch stark nach altem Schweiß roch. Ganz offensichtlich hielt er wohl nichts von Körperpflege. Bei der Übergabe der Objekte versuchte er, mit ihm ins Gespräch zu kommen. Er fragte nach dem Meister und den anderen Jüngern. Und wie er heiße? Ob man sich nicht mal treffen könne? Das sei doch besser, als sich nur über das versteckte Forum auszutauschen. Er würde sich gerne noch mehr einbringen. Der Jünger, dem einige Zähne fehlten, nuschelte nur: »Überlasse alles dem Meister. Er kennt die richtige Zeit.« Was für eine Antwort! Das Nuscheln erinnerte ihn an einen bekannten deutschen Schauspieler, der allerdings um einen Grad besser zu verstehen war. Zum Glück kamen sie sich nicht näher. Starker Mundgeruch wehte ihm entgegen. Mangelnde Mundhygiene, entzündetes Zahnfleisch. Er fragte den Jünger noch, ob der Lieferwagen ihm gehöre. Er habe ihn im Elsass besorgt. Und die Objekte? Auch. Er konnte sich vorstellen, was der Jünger mit »besorgt« meinte. Der seltsame Jünger stieg in seinen weißen Lieferwagen und fuhr davon.

Schnell schloss er die Hintertür seines Wagens, sprang auf den Fahrersitz und verfolgte den Jünger. Zum Anschnallen des Gurtes fehlte ihm die Zeit. Auf der Autobahn legte er endlich den Gurt an. Nur wenige Lkw und Autos waren unterwegs. Weiter vorn sah er in der mondhellen Nacht den weißen Lieferwagen. Er holte ein bisschen auf, wollte ihm aber nicht zu nahe kommen. Wohin wollte der Jünger? Ins Elsass? Dafür sprach das französische Nummernschild. Er richtete sich auf eine längere Nachtfahrt ein. Die Ausfahrt Ettenheim näherte sich. Bog der Jünger ab? Nein, er verlangsamte sein Tempo nicht. Vielleicht verließ er bei Rust die Autobahn? Er musste unbedingt mehr über diese seltsame Gruppe erfahren. Wo wohnten die Jünger und der Meister? Wie und wo trafen sie sich? Welche Berufe hatten sie? Wie verhielten sie sich in ihrem sozialen Umfeld, wenn sie überhaupt eines hatten? Gelang es ihm irgendwann, diese Fragen zu beantworten? Auch bei der Ausfahrt Rust machte der Jünger keine Anstalten, die Autobahn zu verlassen. Was hatte der nur vor? Ging es weiter Richtung Süden? Bis nach Freiburg? Oder sogar weiter? Welche Ausfahrt folgte jetzt? Es fiel ihm nicht gleich ein. Herbolzheim. Richtig! Der Jünger wurde langsamer und blinkte. Er musste aufpassen. Außer ihnen verließ niemand die Autobahn. Er ließ sich mehr zurückfallen. Von Weitem sah er, dass der Jünger bei Grün nach rechts abbog. Er hatte kein Glück. Die Ampel sprang auf Rot. Er konnte nur hoffen, dass die Ampelschaltung in der Nacht einen kürzeren Zeittakt hatte. Das Übliche! Wenn man warten musste, dehnte sich jede Sekunde. Endlich! Die Ampel sprang von Rot auf Gelb. Er bog schnell nach rechts ab. Wahrscheinlich hatte er den Jünger verloren. Die Straße führte nach Rheinhausen, wie er auf dem Verkehrsschild sah. Wenn er Glück hatte, entdeckte er den Jünger wieder.

Er traute seinen Augen nicht. Kurz vor dem Ortseingang von Rheinhausen stand rechts der weiße Lieferwagen mit dem französischen Kennzeichen. Das Warnlicht war eingeschaltet. Was war da los? Er hielt hinter dem Lieferwagen und stieg aus. Es war ein Wagnis. Und konnte böse enden. War der Jünger bewaffnet? Jetzt musste er sich auf alles gefasst machen. Er malte sich das Allerschlimmste aus. Es half alles nichts. Er konnte nicht in seinen Wagen steigen und umkehren. Der Jünger beobachtete ihn sicher im Rückspiegel. »Lass dir keine Unsicherheit anmerken«, sagte er zu sich. Langsam ging er auf den Lieferwagen zu. Ihm war so mulmig, dass er es in den Beinen spürte. Er klopfte an das Fenster der Fahrertür.

Der Jünger ließ die Scheibe einen Spalt herunter. »Warum verfolgst du mich?«

Dieses Nuscheln! Und der Mundgeruch! Er war von sich selbst überrascht, dass seine Stimme so fest klang. »Keine Sorge, ich verfolge dich überhaupt nicht. Vorhin ist alles so schnell gegangen. Ich will dir nur sagen, dass die fünf Objekte nicht reichen. Ich brauche noch mehr. Sonst geht unser erster Plan nicht auf. Wir wollen ja Aufmerksamkeit erregen. Das geht nur, wenn wir die Objekte flächendeckend im ganzen Ortenaukreis auslegen. Zumindest hier am Oberrhein. So sieht es auch der Meister, wenn ich mich recht erinnere. Er war doch von dem Plan begeistert. Wie können wir das regeln mit weiteren Objekten? Vielleicht können wir gleich einen Termin ausmachen?«

Der Jünger nuschelte wieder. »Kann ich dir nicht sagen. Ist nicht so leicht, an die Objekte ranzukommen. Warte bis zum nächsten Forum.« Der Jünger drehte die Scheibe wieder hoch.

Er klopfte noch einmal an das Fenster.

Es öffnete sich nur einen kleinen Spalt breit. »Was hast du noch?«

»Ich glaube, dein rechtes Hinterlicht ist nicht ganz in Ordnung. Es flackert. Ich kann mich auch täuschen. Prüfe das mal. Sicher ist sicher. Ist nicht gut, wenn du in eine Kontrolle gerätst. Wir dürfen unser Projekt nicht gefährden.«

Kein Kommentar. Die Scheibe ging hoch, der Jünger startete, der Auspuff stieß eine schwarze, stinkige Wolke aus, der weiße Lieferwagen fuhr in den Ort. Er konnte dem Jünger nicht länger folgen. Das war klar. Er wendete seinen Wagen und fuhr über die Autobahn zurück nach Offenburg.

Unterwegs fragte er sich, ob es ein Fehler war, dass er versucht hatte, mit dem Jünger ins Gespräch zu kommen. Möglicherweise hatte er ihn zu sehr bedrängt. Er fragte sich auch, welche Rolle der Jünger in der Gruppe spielte. Im Forum war er ihm bisher so gut wie gar nicht aufgefallen. Lediglich, als der Meister ihm den Auftrag gegeben hatte, sich um die Objekte zu kümmern. Er hatte ihn als zwölften Jünger bezeichnet. Er wusste nicht, wie weit er bei ihm gehen konnte. Der erste Versuch, in den Kern der Gruppe vorzudringen, war gescheitert. Wenn sich der nuschelnde Jünger weiterhin so abweisend verhielt, blieb ihm der Weg in die Gruppe versperrt. Aber vielleicht war dieser Jünger auch die Schwachstelle, über die er endgültig in die Gruppe vorstoßen konnte. Er machte einen instabilen Eindruck. Aus Erfahrung wusste er, dass man sich Instabilität des Gegenübers gut zunutze machen konnte. Wenn er herausfand, wo dieser Jünger wohnte, konnte er ihn unter Druck setzen.

Er beschloss, in den nächsten Tagen noch einmal nach Rheinhausen zu fahren. Möglicherweise wohnte der Jünger da. Wenn nicht, musste er auf der deutschen Rheinseite und in den elsässischen Dörfern in der Nähe von Rheinhausen suchen. War es überhaupt möglich, diesen weißen Kastenwagen mit französischer Nummer zu finden? Viele Fahrzeuge dieser Art waren auf den Straßen unterwegs. Hatte der Kastenwagen des Jüngers etwas, das die Suche erleichterte? Er strengte sich an und stellte sich das Fahrzeug vor. Seine visuelle Vorstellungskraft war gut entwickelt. Er suchte den Wagen in seinem Gedächtnis systematisch ab. Es dauerte eine Weile, bis ihm etwas einfiel. Genau! Über dem hinteren Nummernschild glaubte er, ein Loch entdeckt zu haben. Sah es nicht aus wie ein Einschuss? Oder täuschte er sich? Dieser Anhaltspunkt könnte ihm weiterhelfen.

Wenige Tage später fuhr er ein zweites Mal nach Rheinhausen, das schon im Landkreis Emmendingen lag. Es war in alten Zeiten ein Bauern- und Fischerdorf und hatte wie alle Orte am Rhein in der Vergangenheit viel unter Überschwemmungen gelitten. Rheinhausen grenzte an den Taubergießen, an eines der schönsten und größten Naturschutzgebiete Baden-Württembergs. Dieses Mal näherte er sich Rheinhausen von Rust her. Er hatte einen Nachteil. Sein Opel Vivaro war nicht gerade unauffällig. Mit Tempo 30 durchfuhr er die Straßen. Eine führte Richtung Rhein. Am Ende des Ortes sah er weiter draußen in den Feldern einen großen Bauernhof. Wenn er sich nicht täuschte, stand ein weißer Kastenwagen vor dem Haus! Er hielt an. Aus dem Ablagefach holte er sein kleines Fernglas. Der Kastenwagen hatte eine französische Nummer. Er musste es wagen und an dem Haus vorbeifahren. Die schmale Straße war zwar geteert, aber in sehr schlechtem Zustand. Ruckelnd fuhr er auf den Kastenwagen zu. Er hatte über dem hinteren Nummernschild tatsächlich ein Loch wie von einer Kugel. Hatte er Zeit, Hausnummer und Autokennzeichen zu notieren? Er stoppte kurz und schrieb das Kennzeichen in ein Notizbuch, das er immer im Auto liegen hatte. Auf dem Rückweg wollte er nach der Hausnummer schauen. Es war zu riskant, lange vor dem Hof zu stehen. Als er wieder anfuhr, sah er den Jünger um das Haus kommen. Das hatte gerade noch gefehlt! Er duckte sich etwas, beschleunigte und fuhr die Straße weiter Richtung Rhein. Im Spiegel sah er, dass der Jünger ihm nachschaute. Er hatte ihn wohl entdeckt. Mit einem anderen Wagen hätte er es leichter gehabt, unerkannt weiterzufahren. Rund 200 Meter vom Haus entfernt hörte die geteerte Straße auf und ging in einen breiteren Feldweg über, der einen leichten Bogen nach rechts machte und kurze Zeit darauf an einem kleinen Parkplatz im Auwald endete.

Er hielt an und wartete. Das Haus und den Jünger konnte er von dieser Stelle aus nicht mehr sehen. Nach einer Viertelstunde startete er den Wagen wieder und fuhr zurück. Der weiße Kastenwagen war weg. Er hielt kurz an und schrieb die Hausnummer auf. Einen Straßennamen konnte er nicht sehen. Es wäre auch ungewöhnlich, musste er sich gestehen, hier draußen ein Straßenschild zu finden. Den Straßennamen entdeckte er, als er wieder den Ortsrand erreichte. Er überlegte, was er noch tun konnte. Es fiel ihm so gut wie nichts ein. Also beschloss er, wieder nach Hause zu fahren.

Er hatte mehr erreicht als erwartet. Dass der Jünger ihn gesehen hatte, wurmte ihn. Er musste konzentrierter an die Sache rangehen und Nachlässigkeiten vermeiden. Seine Fehler häuften sich: Erst hatte er das Zeichen falsch herum auf die Objekte aufgetragen. Jetzt hatte ihn der nuschelnde Jünger vermutlich erkannt. Weitere Fehlleistungen rächten sich ganz bestimmt eines Tages. Bei diesem Unternehmen konnte man schnell in Gefahr geraten. Bisher hatte er Glück gehabt. Er durfte nicht mehr auffallen. Der Jünger erzählte sicher alles weiter. Er musste davon ausgehen, dass das Misstrauen des Meisters und der ganzen Gruppe wuchs. Andererseits kam er nur an die nötigen Informationen heran, wenn er sich möglichst nah an den Abgrund schob. Befand er sich am Abgrund? Hing er schon über dem Abgrund?

Zu Hause machte er sich Notizen über seinen Ausflug. Er betrachtete die Objekte, die er vor Tagen von dem Jünger übernommen hatte. Zum Glück wohnte er so, dass er sie unbemerkt in seine Wohnung hatte bringen können. Besuch bekam er zurzeit nicht. Seine Eltern und seine Schwester meldeten sich an, wenn sie das Bedürfnis hatten, mit ihm zu reden. Oder sie telefonierten. Aber meist lief es umgekehrt. Wenn er Zeit hatte, fuhr er einfach bei den Eltern vorbei, unangemeldet. Sie gingen selten fort. Mit seiner Schwester hatte er meist Kontakt über WhatsApp. Seit Monaten lebte er zurückgezogen. Nach mehreren Enttäuschungen fristete er ein Singledasein. Vorerst wollte er eine Auszeit nehmen und seine Wunden lecken, bevor er sich auf eine neue Beziehung einließ. Dass er allein war, half ihm bei seinem Spiel mit der Gruppe. So musste er niemand sein Verhalten erklären.

Seine Gedanken kehrten zurück in die Gegenwart. Ein letztes Mal kopieren und einfügen. Ein letztes Mal Bildschirminhalt abspeichern. Ein letztes Mal alles auf zwei USB-Sticks übertragen. Alles verschlüsseln. Ein letztes Mal Spuren verwischen. Schluss. Seine erste Zwischenbilanz war fertig. Alte Recherchen legte er auf die Seite. Es lohnte nicht, sie zu verschlüsseln. Die Seiten waren aus dem Netz verschwunden. Die Radikalität der Gruppe war damals zwar schon ziemlich ausgeprägt gewesen. Es hätte aber wahrscheinlich nicht für eine Strafverfolgung gereicht. Vieles war im Netz erlaubt und fiel eher unter die Rubrik »Meinungsfreiheit«. Ein Begriff, der eine große Dehnung hatte und entsprechend ausgelegt wurde. Er hatte schon viel gesammelt über die Gruppe.

Vor wenigen Tagen hatte er damit begonnen, ein Profil zu zeichnen. Bei der Analyse der Zitate halfen ihm die beiden Bibelausgaben. Für ihn war es wichtig, die Zitate einordnen zu können. Obwohl er über die Gruppe so wenig wusste, war es ihm gelungen, eine Beschreibung anzufertigen, die nun ausformuliert vor ihm lag:

»Männlicher Charakter, streng hierarchisch gegliedert. Meister steht an der Spitze. Er redet die Mitglieder mit erster Jünger, zweiter Jünger und so weiter an. Wer am Forum teilnimmt, muss sich melden. Zum Beispiel: zweiter Jünger anwesend. Am Schluss legt der Meister fest, wann das nächste Forum geöffnet ist. Aus der Gruppe stechen drei Männer heraus: der Meister, der erste Jünger und der zwölfte Jünger. Der erste Jünger nimmt selten an den Foren teil. Es erschließt sich nicht, warum. Wenn er debattiert, analysiert er gern und wägt ab. Seine Sätze sind durchdacht und grammatikalisch korrekt. Er strahlt Intellektualität aus. Er hat eine andere Radikalität als die übrigen Gruppenmitglieder. Und doch unterwirft auch er sich voll und ganz dem Meister. Der zwölfte Jünger wird meist mit irgendetwas beauftragt wie mit der Beschaffung der Objekte. Was bindet diesen fast sprachlosen Mann an die Gruppe?«

Die Bibelzitate und Wortbeiträge in den Foren hatte er einer Textanalyse unterzogen. Mit der Analyse eines Textes hatte er sich zuvor intensiv auseinandergesetzt. Er hatte notiert, wie oft bestimmte Wörter benutzt wurden, wie radikal sie waren. So waren stichwortartige Kategorien entstanden, mit der er die Gruppe beschreiben konnte. Alles sprach dafür, dass sie sich vollends radikalisiert hatte und zu allem entschlossen war. Diese Zwischenbilanz beunruhigte ihn. Es dauerte wohl nicht mehr lange, bis die Gruppe richtig zuschlug.

Den einen USB-Stick musste er gut verstecken. Er wusste auch schon, wo. In der Küche holte er die alte Kaffeedose aus Porzellan vom Regal, die er auf einem Flohmarkt erstanden hatte. Er drückte den Stick tief in das duftende Kaffeepulver und verschloss die Dose wieder. Es war ein sicheres Versteck. Oder doch nicht? Findige Menschen würden alles durchsuchen. Vorerst blieb der USB-Stick in der Kaffeedose. So schnell fiel ihm kein Versteck ein, das noch sicherer war. Später, wenn er mehr Ruhe hatte, wollte er ein neues suchen. Den anderen USB-Stick würde er an eine vertrauensvolle Adresse schicken. Damit der Stick sicher ans Ziel gelangte, wollte er zwei Wege gehen: postalisch und digital. Beim Geheimhaltungsverfahren für die Mail musste er sich für eines entscheiden. Nahm er das kryptografische oder das steganografische? Beim kryptografischen Verfahren schickte er an den Adressaten eine Nachricht und ersetzte bestimmte Buchstaben nach einem entsprechenden Schema durch andere. Wer die Nachricht abfing, konnte sie ändern, aber ohne Kenntnis des Verschlüsselungsschemas nicht verstehen. Er entschied sich für die steganografische Variante. Dabei musste er zum Beispiel dem Adressaten ein Gedicht schicken. Die Anfangsbuchstaben der Zeilen hintereinander gelesen bildeten die eigentliche Nachricht. Ein Dritter konnte, wenn er die Mail entdeckte, alles lesen, aber nicht sehen, dass es sich um eine Mitteilung mit versteckter Information handelte. Der Inhalt fiel nicht als Botschaft auf.

Ein Gedicht in einer Mail kam für ihn jedoch nicht infrage. Er schrieb dem Adressaten eine Mail mit einem harmlosen Text. Nur der Adressat wusste, was er bedeutete. Und nur er konnte erraten, dass in dem Text ein bestimmtes Wort auftauchte, das auf eine wichtige Botschaft hinwies. Sie hatten vor einiger Zeit Verfahren und Signalwörter für Notlagen vereinbart. In kryptischen Sätzen am Schluss deutete er an, dass demnächst noch eine weitere Botschaft mit mehr Einzelheiten folge.

Den USB-Stick schickte er auf eine Art, die den Adressaten ganz bestimmt verblüffte. Beide, der Adressat und er, kannten sich gut aus mit Kryptoanalyse, Kryptografie und Steganografie. Nur dem Adressaten vertraute er, niemandem sonst. Zu gegebener Zeit würden sie sich näher mit dem Meister und den Jüngern befassen und Konsequenzen ziehen. Bis dahin musste er sich gedulden, denn der Adressat befand sich auf einer langen Reise. Er musste nur noch überlegen, was er mit seinem Notebook und seinem iPad machte. Auf beiden Geräten waren Daten gespeichert, die nicht für Dritte bestimmt waren. Für den Fall aller Fälle war der Adressat der richtige Mann. Er hatte schon etwas vorbereitet, das dem Adressaten Spaß und Kopfzerbrechen bereiten würde.

D

Die Sünder ächten und bestrafen! Die göttliche Ordnung herstellen. Er murmelte die Sätze aus dem Ersten Buch Moses: »Und Jehova ließ auf Sodom und Gomorra Schwefel und Feuer regnen von Jehova aus dem Himmel; und er kehrte diese Städte um und die ganze Ebene und alle Bewohner der Städte und das Gewächs des Erdbodens.«

Eine Weile ließ er sie auf sich wirken. Laut wiederholte er: »Und Jehova ließ auf Sodom und Gomorra Schwefel und Feuer regnen von Jehova aus dem Himmel; und er kehrte diese Städte um und die ganze Ebene und alle Bewohner der Städte und das Gewächs des Erdbodens.«

Er machte jeden Tag ein längeres Bibelstudium. Die Texte las er leise und laut. Sein Bibelstudium ähnelte mehr einem kontemplativen Inhalieren. Er sog die Wörter und Sätze tief ein. Sie drangen in seine Zellen und erweiterten sein Bewusstsein. Und sie schärften seine Augen und alle anderen Sinne. Er konnte Bibelstellen wiedergeben wie andere Gedichte. Wortgetreu entsprangen sie ihm. Beim lauten Rezitieren spürte er manchmal eine Rauschhaftigkeit und eine enge Verbindung zu Gott.

Wie immer beim Bibelstudium saß er an seinem großen Schreibtisch. Überall war Sodom und Gomorra. Die Zeit war da für Feuer und Schwefel. Sie waren gerüstet. Lange hatten sie sich vorbereitet. Zwölf Jünger hatte er um sich geschart. Auf elf konnte er sich in jeder Lage verlassen. Der zwölfte war sein Sorgenkind. Er hatte ihn aus der Gosse geholt und ihm wieder Würde und eine Perspektive gegeben. Wenn er ihn jedoch länger betrachtete, was er oft tat, fragte er sich immer, ob der zwölfte Jünger tatsächlich eine Zukunft hatte. Manchmal hatte er das Gefühl, er war wieder am Straucheln. Der zwölfte Jünger war lange Zeit drogen- und alkoholabhängig gewesen. Vor einigen Jahren hatte er gestanden, dass er auch ein Kleinkrimineller gewesen sei. Er sei aber nie erwischt worden. Stolz war er auf sich, dass er den zwölften Jünger auf den richtigen Weg geführt hatte. Und er hoffte inständig, dass er ihn nie mehr verließ. Es war eine jahrelange und schwierige Suche nach Gleichgesinnten gewesen. Sie reichte weit in die Studien- und Seminarzeit zurück.

Auf den ersten Jünger war er in der Vergangenheit zweimal getroffen. Das erste Mal in der Schülerzeit. Später waren sie sich in einem Seminar über die Auslegung der Heiligen Schrift wiederbegegnet. Dieses Wiedersehen verlief zu Beginn nicht reibungslos. Aber nach kurzer Zeit verstanden sie sich doch. Er beeindruckte den ersten Jünger mit seinem Plädoyer für die Wahrheit des Wortes. Aus der Bibel spreche bis in alle Ewigkeit Gott. Die Mehrheit der Seminarteilnehmer widersprach ihm heftig und vertrat die Meinung, die Bibel sei eine überzeugende Grundlage für das Christentum. In diesem Punkt seien sie sich mit ihm einig. Sie hielten ihm die Geschichte der Bibel vor. Sie sei ja nicht aus einem Guss entstanden und auch nicht in einer überschaubaren Zeit. Sie habe viele Autoren und viele Facetten. Man könne sie nur verstehen, wenn man sie historisch entsprechend würdige und die richtigen Schlüsse für die Jetztzeit ziehe. Sie müsse grundsätzlich im Kontext der verschiedenen historischen Epochen gesehen werden. Das sei schon die Überzeugung der Mitglieder der Urkirche gewesen. Wer das missachte, laufe Gefahr, sie falsch zu interpretieren.

Er bestand jedoch darauf, dass Gott aus der Bibel spreche. Die Augen, die Hände, den ganzen Körper setzte er ein, um seine Worte zu betonen. Es gehe auch nicht um richtiges und falsches Interpretieren. Da Gott aus der Bibel spreche, sei jedes Wort, jeder Satz unmissverständlich.

Im Laufe der Zeit baute er seine Argumentation aus, die er mit vielen Zitaten aus der Bibel zu belegen versuchte. Niemand konnte leugnen, dass er ein versierter Kenner der Heiligen Schrift war. Das brachte ihm eine gewisse Achtung ein, aber keine Wertschätzung. Mit seiner Linie schaffte er sich viele Gegner und Feinde.

Dem ersten Jünger blickte er bei der zweiten Begegnung tief in die Augen, bis zu jenem Geheimnis. Und er wusste, dass er ihn als treuen Gefolgsmann gewinnen würde. Den Vergleich mit Petrus musste sein erster Jünger nicht scheuen. Verlässlich war er, in jeder Lage. Und er half ihm, die Schar der Jünger zu vergrößern. Gemeinsam fischten sie die Gleichgesinnten aus dem Meer der Enttäuschten, der Verlassenen, der Verwundeten, der Niedergeschlagenen. Sie waren erstaunt, wie viele Menschen einen Prozess der Entwurzelung, der Entfremdung erlebten, wie viele Menschen innerlich gespaltene Wesen waren. Und wie viele Menschen von der Modernisierung erdrückt wurden. Ein überhöhter Individualismus, die Vergötterung des Geldes und des Handels verwirrten und verunsicherten sie und machten sie seelisch krank.

Bei der Suche nach Gefährten gingen sie vorsichtig voran. Sie bauten nicht so schnell Vertrauen auf. Erst wenn sie sicher waren, dass die anderen ihre Grundüberzeugungen teilten. Mit dem Wort Gottes begeisterte er sie in langen Gesprächen für eine neue Zeit. Menschen der Grundfeste waren sie jetzt. Auf diesen Grundfesten wollte er die Zukunft aufbauen.

In letzter Zeit hielt sich sein erster Jünger manchmal in den Diskussionen zurück. Ab und zu trat er auch als intellektueller Mahner auf. Er zweifelte nicht an ihm. Aber seine Art, eine Debatte zu führen, brachte ihn schon mehrfach in Wallung. Obwohl sie sich auf gemeinsame Ziele und Wege verständigt hatten, wich der erste Jünger in einzelnen Punkten auf Nebenwege ab. Vielleicht musste er im Zwiegespräch ergründen, was in seinem ersten Jünger vorging. Bisher hatte ein Verweis auf die Bibel oder ein tiefer Blick genügt, um ihn wieder auf den richtigen Weg zu führen. Niemals würde er einen Verrat zulassen. Das musste er bei Gelegenheit dem ersten Jünger deutlich sagen.

Er richtete sich etwas auf. Die Zukunft aufbauen. Gottes Wort verbreiten und verteidigen. So viele waren an dieser Aufgabe schon gescheitert. Sie hatten die Streiter Christi studiert: die Johanniter, den Deutschen Orden, die Templer und viele andere. Diese Streiter waren nicht an sich selbst gescheitert. Man hatte sie letztlich alleingelassen im Kampf gegen die Ungläubigen, im Kampf für eine Neuordnung.

Sie hatten auch die Gegner der Streiter Christi studiert. Mit am meisten beeindruckt hatten sie die Assassinen, eine mittelalterliche, dem Islam zugehörige schiitische Glaubensgemeinschaft: lautlose Krieger, die sich gut tarnten und lange warteten, bis sie ihre Gegner angriffen. Sie versetzten ihre Feinde in Angst und Schrecken. So wollten auch sie sein: lautlos und allgegenwärtig, sodass der Feind nie mehr zur Ruhe kam. Die Assassinen beteten zwar auch zu Gott, aber sie hatten wie die anderen Muslime die falschen Propheten. Lange Zeit war diese feste Gemeinschaft im Morgenland ein Symbol für die Macht des Glaubens. Sie ging erst unter, als sie in ihrem Glauben nachließ.

Als sie die Assassinen studierten, mussten sie alle an einer Stelle herzhaft lachen. In einem Bericht hieß es: »Ihr Anführer reichte ihnen einen Trank, in den er ein Betäubungsmittel geträufelt hatte. Die Krieger fielen in einen tiefen Schlaf. Der Anführer ließ sie in einen Garten bringen, in dem Wein, Milch und Honig flossen. Liebliche Jungfrauen spielten auf Instrumenten und es wuchsen herrliche Früchte aus aller Welt. Als die Krieger erwachten, glaubten sie, sie seien im Paradies. Sie verbrachten eine Zeit in dem wundervollen Garten und erlebten das Gefühl des vollkommenen Glücks. Da ließ sie der Anführer wieder betäuben und zurückbringen auf seine Burg. Sie wollten zurück in den wundervollen Garten. Voller Verzweiflung baten sie den Anführer: ›Lass uns zurückkehren ins Paradies.‹ Da antwortete der Anführer: ›Ich führe euch dorthin. Aber ihr müsst einen Feind Gottes töten!‹«

Es war ein Märchen aus der Welt des Islam. Ihr Paradies sah anders aus. Sie brauchten keine Jungfrauen. Die Tempelritter und die Assassinen waren ein Beispiel dafür, dass man nur dann stark war, wenn man hart gegen sich selbst und dem Glauben treu war. Beiden, den Tempelrittern und den Assassinen, sagte man ja eine gewisse Nähe nach. Sie hätten sich gegenseitig unterstützt. Die Tempelritter seien sogar von den Assassinen beeinflusst worden. Es waren meist Gerüchte, die die Gegner gestreut hatten, um die Tempelritter zu vernichten. Man hatte ihnen sogar Homosexualität unterstellt. Ein Vorwurf, der in der damaligen

Zeit verhängnisvoll war! All diese widerwärtigen Angriffe und Unterstellungen konnten ihr Vorbild nicht zerstören. Wie die Tempelritter verpflichteten sie sich zur Askese, zur Reinheit des Geistes und des Körpers, zu bedingungslosem Gehorsam, zu Gebet und Bibelstudium und zu strengen Regeln.

So waren sie zu einer festen Gemeinschaft gewachsen.

Er beugte sich wieder leicht nach vorn. Ein steiniger Weg lag hinter ihnen. Sie hatten viel lernen müssen. Worte allein reichten nicht. Sie mussten auch Taten sprechen lassen. Aber welche Taten? Und wie? Und gegen wen? Gegen Ungläubige. Wer waren die Ungläubigen? Und wie konnte man sie am besten treffen? Zu den Ungläubigen zählten: die Atheisten, die Anhänger anderer Religionen, Hedonisten, Modernisten, überhaupt die libertäre Gesellschaft, die alle Bindungen und Moralvorstellungen auflöste. Selbst in ihrer Glaubensgemeinschaft machten sie viele Gegner ausfindig. Nicht einmal dem Papst konnten sie vertrauen. Er war keine Festung, die den rechten Glauben verteidigte. Hatte er nicht den obersten Glaubenshüter der katholischen Kirche entlassen, einen Kurienkardinal, der sich gegen liberale Deutungen der Theologie gewehrt hatte? Der Papst brach damit eine weitere wichtige Säule aus der großen Kirche, die zunehmend ins Wanken geriet.

Sie standen vor einer großen Aufgabe. Umso besser mussten sie sich wappnen. Sie hatten zunächst im großen Fluss unerkannt mitschwimmen wollen. Ihre Kommunikation hatten sie danach ausgerichtet. Sie schafften sich Prepaid-Smartphones an. Jeder hatte mindestens zwei Notebooks. Wichtige Besprechungen verlegten sie in Wälder oder in abgeschiedene Unterkünfte. Zu viert oder zu fünft waren sie in der Regel in den Wäldern unterwegs, gut getarnt als Wanderer. Oder sie mieteten sich als größere Gruppe in Klöstern ein. Die Smartphones ließen sie zu Hause, um nicht von Funkzellen erfasst zu werden. Die Ergebnisse ihrer Besprechungen tauschten sie in verschlüsselten Botschaften aus. Sie fanden immer neue Wege, um miteinander ungestört zu kommunizieren. Zum Beispiel über die Chatfunktion der Spielekonsole Playstation 4. Mit dem Voice-Chat konnten sie über das Internet in Echtzeit über Kopfhörer und Mikrofon miteinander sprechen. Über das Playstation Network schickten sie sich Online-Nachrichten. Aber sie verzichteten bald wieder auf diese Instrumente. Sie wechselten aus Gründen der Sicherheit häufig das Medium. Um noch sicherer handeln zu können, lernten sie die verborgene Speicherung und Übermittlung von Informationen. Regelmäßig säuberten sie die Festplatten ihrer Notebooks. Und ebenso regelmäßig änderten sie ihre Seiten im Netz. Anfangs waren sie fast ungeschützt im Internet gewandelt, bis sie das Darknet entdeckt hatten. Im Laufe der Zeit war so eine unsichtbare Burg entstanden, die so gut wie nicht einzunehmen war.

Dem dreizehnten Jünger gestattete er bisher nicht, in die Festung einzudringen. Oder durfte er ihn gar nicht Jünger nennen? Im Forum sprach er ihn bewusst nicht als Jünger an. Meist als Gast oder auch als Gotteskrieger. War er tatsächlich ein Gotteskrieger, wie er immer wieder betonte? Oder war er ein Spion, ein Hacker? Eigentlich widersprachen dem Bild des gefährlichen Eindringlings seine Mitarbeit und seine Begeisterung, seine Wortwahl. War es möglich, dass er sich so verstellen konnte? Es blieb ihm nichts anderes übrig, als den dreizehnten Jünger zu beobachten. Noch konnte er keinen Schaden anrichten, denn er kannte sich nur im äußeren Ring der Festung, im Forum, aus. Die inneren Bereiche blieben ihm verborgen. Es fehlte einfach noch das Grundvertrauen wie zu den zwölf Jüngern, um ihn in die Burg zu lassen. Solange nicht klar war, was von dem dreizehnten Jünger zu halten war, gingen sie äußerst vorsichtig mit ihm um. Er musste zugeben, dass ihm dieser Mann gefiel. Seine Eloquenz und seine Kunst der Argumentation beeindruckten ihn. Viele seiner Jünger warnten vor diesem Mann. Eine nachvollziehbare Begründung blieben sie jedoch schuldig. Das veranlasste ihn, vorerst nichts zu unternehmen.

Nach dem Bau der Festung hatten sie sich mit den Waffen befasst, die sie für ihren Kampf brauchten. Sie studierten zunächst die Waffen in der Bibel: Schwert, Pfeil und Bogen, Speer, Lanze, Fischharpune, Schleuder, Steinwurfmaschine. Es war natürlich allen klar, dass zum Beispiel Speer und Schleuder in ihrem Kampf nicht zu gebrauchen waren. Auch die anderen historischen Waffen nicht. Aber die symbolische Bedeutung, die Erwähnung in der Bibel, im Buch der Bücher, wirkte sich auf ihre Diskussion aus. Die Jünger konnten nachlesen, dass Waffen bei der Verteidigung und Verbreitung der Worte Gottes von Anfang an eine große Rolle gespielt hatten. Es stellte sich heraus, dass unter den Jüngern einer war, der mit der Armbrust umgehen konnte. Sie überlegten, ob man eine moderne Armbrust bei Vorhaben einsetzen könne. Manche fühlten sich abgelenkt von der Grundfrage, ob man überhaupt Waffen benutzen dürfe. Es war eine lange und heftige Diskussion, die folgte und fast aus dem Ruder lief. Einige Jünger meinten, es reiche doch, auf die Stärke und die Gewalt des Wortes zu vertrauen. Aber beim Studium der Geschichte wurde auch ihnen bewusst, dass Wort und Tat nicht zu trennen waren. Er predigte ihnen, dass sie Auserwählte, Wächter und Opfergänger zugleich seien. Ihr Ziel könnten sie nur erreichen, wenn sie zu allem bereit seien, auch zur Gewalt. Der Weg zum Ziel sei sehr weit. Aber der Gewinn sei sehr groß. Es komme jetzt auf ihre Bereitschaft an. Sie müssten sich bedingungslos unterwerfen und Opferwillen zeigen. Ihr Kampf für das eine Ziel, für die neue Grundordnung, für die neue Zeit spreche sie von jeder Sünde frei.

Er hatte lange und gewaltig predigen müssen, um alle zu überzeugen. Die Bibel hatte ihm die Argumente geliefert. Aus dem Evangelium des Lukas zitierte er Jesus: »Er sprach nun zu ihnen: Aber jetzt, wer eine Börse hat, der nehme sie und gleicherweise eine Tasche, und wer keine hat, verkaufe sein Kleid und kaufe ein Schwert.« Jesus habe kurz vor seinem Opfertod die Jünger auf neue Verhältnisse vorbereitet. Er verdeutlichte ihnen in jeder Diskussion, dass aus der Bibel Gott sprach. Und wenn von der Anwendung von Waffen die Rede sei, so sei das im Sinne Gottes. Er beschwor sie, dass es im »Buch des Predigers« heiße, alles habe seine Zeit: Zeit zum Töten und Zeit zum Heilen, Zeit zum Niederreißen und Zeit zum Aufbauen, Zeit zum Lieben und Zeit zum Hassen, Zeit des Krieges und Zeit des Friedens. Mitunter kostete es ihn viel Kraft, die Jünger vom richtigen Weg zu überzeugen. Er vertraute ganz auf seine Kunst des Predigens. Sie führte immer zum Erfolg. Als sie so weit waren und einsahen, sich wappnen zu müssen, begannen sie mit der Suche nach den Waffen.

Wieder unterwarfen sie sich einem Lernprozess. Wo konnte man unentdeckt Waffen besorgen? Welche Waffen waren geeignet? Sprengstoff war die Option Nummer eins. Wo konnten sie sich über Sprengstoff informieren, ohne aufzufallen? Sie schauten sich im Netz um, befassten sich mit

Anschlägen von Islamisten und Anarchisten. Sie nutzten Handbücher, die der Feind verfasst hatte. Wie gingen sie am besten gegen einzelne Gegner vor? Schusswaffen lehnten die meisten Jünger ab. Also beschäftigten sie sich mit dem lautlosen Töten. Dem Beispiel der Assassinen wollten sie nicht folgen. Mit dem Messer umzugehen, war schwierig. Es bedeutete, dass man mit einer Festnahme oder mit dem eigenen Tod rechnen musste. Sie wollten aber darauf achten, dass die Gruppe nicht auseinanderbrach. Denn nur in der Gemeinschaft erreichten sie Stärke. Gift stand schließlich ganz oben auf ihrer Liste. Aber welches Gift wirkte am besten und am schnellsten? Und wieder suchten sie im Netz nach Möglichkeiten. Sie fanden viele: chemische, medizinische, aus der Natur wie das Sekret der Pfeilgiftfrösche. Und sie wollten auch das Feuer einsetzen, gegen Ungehorsam und Gottesverachtung, so wie es in der Offenbarung verheißen wurde:

»Den Feigen aber und Ungläubigen und mit Greueln Befleckten und Mördern und Hurern und Zauberern und Götzendienern und alle Lügnern – ihr Teil ist in dem See, der mit Feuer und Schwefel brennt, welches der zweite Tod ist.«

Als sie sich auf bestrafende Waffen geeinigt hatten, mussten sie klären, wie sie ihr Arsenal bestückten. Für sie kam nur ein Weg infrage: den durch die dunklen Portale. Einige Jünger hatten schon Märkte hinter den dunklen Portalen besucht. Sie gaben ihr Wissen weiter und machten sie vertraut mit Bestellung und Bezahlung. Es war alles eine Wissenschaft für sich, wie sie feststellen mussten. Bitcoins, das virtuelle Zahlungsmittel, Wallet, die virtuelle Geldbörse, Absicherung, sicherer Transfer, Umtausch. Der erste Jünger, der gute Beziehungen zu IT-Spezialisten hatte und selbst sehr kundig in der Informationstechnik war, führte sie in die digitale Welt. Sie waren so erstaunt wie kleine Kinder, als sie immer weiter in diese Welt eintauchten. Und sie waren noch mehr erstaunt, als sie die Möglichkeiten begriffen, die sich ihnen eröffneten. Mit großer Freude und viel Energie entwickelten sie Ideen. Es befriedigte ihn, mit welcher Begeisterung alle bei der Sache waren. Der erste Jünger schwärmte geradezu vom Digitalen und malte ihnen aus, dass sie von da aus die Welt verändern konnten. Er bremste ihn etwas in seiner Schwärmerei. Es überzeugte ihn nicht so sehr, über die digitale Welt eine neue Ordnung zu schaffen, so wie der erste Jünger es sich ausgemalt hatte. Sie lebten in der realen Welt, in der Ordnung der realen Welt, die nicht die ihre war. Diese galt es zu bekämpfen. Er merkte dem ersten Jünger an, dass er mit diesem Weg nicht ganz einverstanden war. Aber der erste Jünger fügte sich, zumindest nach außen hin. Sie standen doch gemeinsam am Beginn eines neuen Weges, redete er auf die Jünger ein. Nichts dürfe sie auseinanderbringen. Wer vom Weg abweiche, sei verloren. Die Jünger verstanden seine eindringlichen Worte. Er sah ihnen an, dass sie gespannt waren.

Der erste Schritt auf diesem Weg war schon getan, die Botschaft an seine Jünger, der zweite Schritt ging bereits so weit, dass sie nicht mehr zurückkehren konnten. Ein Zufall hatte sie zur Tat geführt.

Er stand auf und ging in den Altarraum. Langsam kniete er vor dem Altar nieder und betete. Andächtig schaute er auf zur Christusfigur. Ihre Aura strahlte Ruhe und Kraft aus. Er fühlte, dass sie auf einem guten Weg waren. Aus dem Arbeitszimmer hörte er ein Signal. Er erhob sich und ging zu seinem Arbeitstisch. Eine Mail war angekommen. Er öffnete und entschlüsselte sie. Sie bestätigte das Misstrauen, das viele gegen den dreizehnten Jünger hatten. Das beunruhigte ihn. Und es ärgerte ihn, dass die Skeptiker wahrscheinlich recht hatten. Er musste mit seinen verlässlichsten Gefolgsleuten Kontakt aufnehmen und die nächsten Schritte überlegen. Es war an der Zeit, sich mehr mit dem dreizehnten Jünger zu befassen.

E

Ein Mondstrahl durchbrach die Wolkendecke und erhellte den See. Der Mond und die Wolken spielten verbissen miteinander, als kämpften sie um die Beherrschung der Nacht. Mal rissen die Wolken auf und gaben die Sicht auf den Mond frei, mal verdeckten sie ihn. Während Wolken und Mond miteinander spielten, schritt jemand leise am Amphitheater vorbei durch das Gras. Kurz danach rutschte und schleifte etwas ans Ufer hinunter. Die Geräusche gingen in ein kurzes und heftiges Platschen über, so als stoße oder werfe jemand einen Gegenstand ins Wasser. Nach einer kurzen Weile entfernten sich die Schritte wieder nach oben. Hinter dem Amphitheater dämpfte das Gras die Schritte nach und nach. Nachtstille legte sich wie ein Geheimnis über den See. Der Mond verlor allmählich das Spiel, die Wolken wurden mächtiger und bildeten eine dunkle Wand. Dicke Tropfen fielen geräuschvoll auf den See, die Wolken öffneten sich und begossen im Übermaß die Erde. Auf dem See dümpelte etwas vor sich hin.

Sie kamen gerade von zwei Einsätzen zurück, als sie zum See gerufen wurden. Eine Leiche im Gifiz! Vermutlich eine nackte Frauenleiche!

Der See hatte Kultstatus. Einst ein Baggersee, der immer größer geworden war, als Kies für den Bau der A5 gefördert wurde. In den 1960er-Jahren hatte er sich zu einem beliebten Naherholungsgebiet entwickelt. Die Stadt ließ ein Strandbad einrichten. Bei der Eröffnung ging das Rettungsboot, das für den See angeschafft worden war, bei der Schaufahrt unter. In ihm saßen zwei Bürgermeister, die sich allerdings schwimmend retten konnten. Der Untergang blieb als erheiternde Anekdote in Erinnerung, ideal für Festschriften. Ein böses Omen hatte niemand in dem Zwischenfall gesehen.

Um den See herum war ebenfalls in den 1960ern eine Siedlung entstanden – Offenburgs jüngster Stadtteil Uffhofen. Mittelpunkt wurde ein Hochhaus, der sogenannte »Bumerang«. Nur langsam freundeten sich die Anwohner mit diesem Hochhaus an. Der See dagegen wurde immer beliebter. Segler rauschten bei gutem Wind über ausgewiesene Flächen. In den Uferzonen eroberten sich die Leute einen Liegeplatz nach dem anderen. Das Strandbad wurde moderner, ein Restaurant schloss sich an. Jogger und Spaziergänger umrundeten immer öfter den See. In einem ruhigen Bereich ließ die Stadt einen kleinen Zoo bauen. Auf der sogenannten Halbinsel am See gab es zeitweise Gastronomiebetrieb. Viele Feste wurden rund um den See gefeiert. Auf die Dauer bekamen dem See der Hunger der Leute nach Freizeit, Badespaß und Entspannung sowie die schwimmenden Tiere nicht so gut. Blaualgen machten ihm das Atmen schwer. Es drohte ihm sogar ein Atemstillstand. Als er kurz vor dem Kippen war, erwogen die Stadtmütter und Stadtväter ein Badeverbot. Sie entschieden sich jedoch dafür, Experten zu holen und für teures Geld den See wieder atmungsaktiver zu machen. Das gelang nur begrenzt. Doch der See überlebte und erholte sich einigermaßen.

Die erst fünf Jahrzehnte währende Geschichte des Sees als Freizeitort war also geprägt von einigen Hochs und Tiefs.

Vor wenigen Tagen hatte der Seglerklub sein 50-jähriges Bestehen mit einem großen Fest, Ansprachen, Sektempfang und Regatta ohne bemerkenswerte Zwischenfälle gefeiert. Und jetzt schwamm auf ihm eine Leiche, eine nackte Frauenleiche! Wenn der See hätte sprechen können! Er hätte so viel zu erzählen gewusst. Aber er war zum Schweigen verurteilt. So schaukelte er in der glitzernden Morgensonne das Ding, das auf seiner Oberfläche trieb.

Nicht einmal einen Kaffee konnten die beiden schlürfen. Der Tag, vielmehr der frühe Morgen hatte gut angefangen! Zwei Einbrüche waren gemeldet worden in der Oststadt von Offenburg. Ein Fensterbohrer war am Werk. Schon wieder ein Fensterbohrer! Schmuck und Geld erbeutete er. In einem Fall stieg der Schaden auf mehrere Tausend Euro. Erst vor wenigen Wochen hatten Kollegen nach langen Ermittlungen in Hausach einen Fensterbohrer gefasst, der in Offenburg und im Kinzigtal mehr als 100 Einbrüche begangen hatte. Man konnte nur hoffen, dass der neue Fensterbohrer nicht so erfolgreich war wie sein Vorgänger.

Sie kamen gerade von den Einsätzen bei den Einbruchsopfern zurück, als die Meldung der Leiche im Gifiz sie erreichte. Der Kaffee im Präsidium musste noch warten. Als erstes redeten sie kurz mit den Kollegen vom Dezernat Einbruch, gaben die Adressen der Opfer weiter und fuhren dann zum Gifizsee. Der Fundort der Leiche sei auf dem See vor dem kleinen Amphitheater, teilte man ihnen mit. Von der Platanenallee aus könne man das Areal sehen. Sie verfehlten es nicht. Ein Streifenwagen stand vor dem Weg, der zur Halbinsel führte. Im leichten Morgenwind flatterten die rot-weißen Absperrbänder. Sie mussten zum Amphitheater laufen, weil der Weg durch Sperrpfosten blockiert war. Offenbar war niemand da, der einen Schlüssel hatte, um den Weg für Fahrzeuge freizumachen.

Der eine vom Kriminaldauerdienst war groß und hatte angegrautes Haar, das sehr kurz geschnitten war. Der andere war etwas kleiner, schmal, hatte welliges braunes Haar. Der Größere stellte sich kurz vor: »Alban Berger, Kriminalhauptkommissar, das ist mein Kollege, Kommissar Georg Rackert. Wo ist denn die Leiche?«

Die beiden Streifenpolizisten zeigten auf den See. In ihrer Nähe stand ein älterer Mann, der die Leiche entdeckt und über den Notruf gemeldet hatte.

Der Kriminalhauptkommissar wies die anderen an, vorerst an ihrem Platz zu bleiben. Vorsichtig stieg er das kurze Stück zum Ufer hinunter. Es war vom Regen aufgeweicht und rutschig. Berger war bekannt für seine guten Augen. Eine kurze Zeit stand er am Ufer. Er schüttelte den Kopf und kehrte wieder zu den anderen zurück. Aufwärts musste er noch mehr aufpassen, dass er nicht ins Rutschen kam. Er schaffte es ohne Zwischenfall nach oben, aber mit Dreckklumpen an den Schuhen.

»Ich gehe davon aus, dass es keine menschliche Leiche ist. Es sieht eher nach einer lebensgroßen Puppe aus. Eine Leiche schwimmt eigentlich nur dann im Wasser, wenn sich in ihr ausreichend Gase gebildet haben und für einen Auftrieb sorgen. Das heißt, sie muss davor bereits einige Zeit im Wasser gelegen haben. Wenn die Leichen dann auftauchen, sehen sie nicht mehr so gut aus wie dieser Körper da draußen auf dem See. Oft sind sie auch angeknabbert. Einzelheiten will ich Ihnen ersparen.«

Er wusste, wovon er redete. Mehr als einmal hatte er schon bei der Bergung von Wasserleichen geholfen. Der Kriminalhauptkommissar deutete auf den See.

»Die Leiche da sieht ganz gut aus. Es spricht eigentlich alles dafür, dass das keine Wasserleiche ist. Rackert, holen Sie bitte mal das Fernglas aus dem Wagen.«

Berger war ganz der erfahrene Routinier. Aber er musste sich bremsen. Er neigte manchmal dazu, wie ein Oberlehrer aufzutreten. Belehrungen waren in diesem Augenblick nicht angebracht. Es ging hier schließlich nicht um einen Vortrag für Anfänger zum Thema »Aussehen und Zustand von Wasserleichen«, sondern um eine Ermittlung. Und die Streifenpolizisten sahen nicht wie Anfänger aus. Lediglich bei dem älteren Mann, der den Notruf getätigt hatte, war davon auszugehen, dass er sich mit Wasserleichen nicht auskannte.

Kriminalkommissar Georg Rackert holte das Fernglas, reichte es seinem Chef und Berger suchte den See damit ab.

»Das ist eindeutig keine Frauenleiche, das ist eine lebensgroße Puppe. Wir fragen den Strandbadpächter, ob er uns ein kleines Boot leiht, dann holen wir die Puppe ans Ufer. Ich habe keine Lust zu schwimmen. Sie, Rackert?«

Sein Kollege schüttelte energisch den Kopf.

Wertvolle Zeit verstrich, bis das Objekt endlich am Ufer lag. Es handelte sich tatsächlich um eine lebensgroße, nackte Puppe. Sie hatte schwarze Haare, ein eurasisches Gesicht und große Brüste. Ihr Schöpfer hatte Erstaunliches geschaffen und detailversessen und mit großer Raffinesse von den Zehen bis zu den Kopfhaaren gearbeitet. Die Puppe wirkte in allen Bereichen fast lebensecht und glich einem Kunstwerk. Aus der Ferne konnte man sie leicht mit einem menschlichen Wesen aus Fleisch und Blut verwechseln.

»Das ist vielleicht die neue Attraktion des Strandbadpächters.« Der Kriminalhauptkommissar konnte sich eine spaßige Äußerung nicht verkneifen.

Die beiden Streifenpolizisten fingen an zu lachen, der Erstentdecker der vermeintlichen Leiche lief rot an. Rackert blieb erstaunlich ernst. Er verhielt sich so, als hätte er die ironischen Äußerungen seines Kollegen nicht gehört. Rackert beugte sich zur Puppe hinab und betrachtete sie genau.

»Kollege Berger, schauen Sie mal. Auf der linken Brust ist ein Zeichen, ein fünfzackiger Stern, mit einer Spitze nach unten. Da steht auch noch etwas: 1 Tim 5,15.«

»Wird wohl kein Warenzeichen sein. Oder doch?«

Wurde Berger jetzt auch noch ironisch? Rackert hatte keine Zeit, darüber nachzudenken. Sein Kollege drängte ihn zur Eile.

»Rackert, wir haben schon viel Zeit mit dieser Puppe verloren. Übernehmen Sie, packen Sie die Puppe in den Wagen. Sie können sie ja untersuchen lassen und sich um die linke Brust kümmern.«

Die Streifenpolizisten lachten wieder. Berger brach den Einsatz ab und verabschiedete sich vom Erstentdecker der Puppe, dem man ansehen konnte, dass das Ganze für ihn mehr als peinlich war.

Der ältere Mann fühlte sich blamiert. Er verschwieg, dass er kurzsichtig war und seine Brille zu Hause gelassen hatte, was er immer machte, wenn er im Gifiz schwimmen wollte. Sein Smartphone nahm er in der Regel mit, versteckte es aber gut beim Amphitheater, bevor er seine Runden drehte. Er fragte sich, warum die beiden Streifenpolizisten nicht gesehen hatten, dass es keine Leiche war. Auf jeden Fall beschloss er für sich, in den nächsten Tagen morgens nicht im Gifiz zu schwimmen. Vielleicht probierte er mal das neue große Freizeitbad Stegermatt in Offenburg aus, das schon in den ersten Tagen nach der Eröffnung alle Erwartungen der Stadtverwaltung und der Technischen Betriebe übertroffen hatte. Auf jeden Fall schwor er sich, nicht mehr den Notruf zu nutzen, wenn wieder etwas auf dem Gifiz schaukelte. Lieber machte er in Zukunft sofort kehrt. Die Polizisten hatten ihn nicht einmal beruhigt. Er hätte gern von ihnen die Worte gehört: »Lieber ein Notruf zu viel als einer zu wenig!«

Die Streifenpolizisten rollten die rot-weißen Absperrbänder ein, während Berger und Rackert die Puppe, die gar nicht so leicht war, zu ihrem Dienstwagen, einem Tourer, trugen und, so gut es ging, verstauten. Das kleine Boot brachten sie wieder zum Strandbadpächter zurück und bedankten sich für die Hilfe. Natürlich wollte der Strandbadpächter unbedingt wissen, was denn los war. Ein Fehlalarm, erklärte Berger, mehr könne er nicht sagen. So etwas komme halt mal vor. Er schaute auf die Uhr, um anzudeuten, dass sie keine Zeit hatten. Berger und Rackert verabschiedeten sich vom Strandbadpächter und wünschten ihm einen erfolgreichen Tag.

Auf dem Rückweg zum Auto bemerkte Berger, dass der Wind sich drehte und stärker wurde. Er hatte ein seltsames Gefühl, das ihn etwas beunruhigte, hätte es jedoch nicht beschreiben können, wenn man ihn dazu aufgefordert hätte. Er blickte Richtung Ortenberg und Hohes Horn, dem Hausberg Offenburgs, ein beliebtes Ziel von Mountainbikern, Joggern und Wanderern. Über dem Hohen Horn stieg eine bedrohliche Gewitterwolke auf. Unter ihr zog ein heller Streifen durch. Diese Wolkenformation verhieß nichts Gutes. Das hatte er von seinem Bruder Harald gelernt, einem studierten Geografen. Harald hatte über Wolkenformationen promoviert. In seinem Archiv lagen faszinierende Wolkenbilder. Als Doktorand hatte er mit einer Spezialkamera Wolken gejagt und war versessen gewesen auf Stürme und Gewitter. Zwischendurch hatte man nicht mehr gewusst, ob sein Interesse wissenschaftlich begründet war oder ob er sich in einen Sturmjäger verwandelt hatte. Seine Doktorarbeit war hochgelobt und sogar vom Deutschen Wetterdienst angefordert worden.

In der Nacht hat es doch schon genug geregnet, dachte Berger. Das Ausmaß der Wolke nahm rasch zu und Bergers Freude am Tag noch mehr ab. Irgendwie hatte ihm die Puppe den Spaß verdorben. Aber warum? Und jetzt war auch noch mit einem Unwetter zu rechnen. Bevor er in den Wagen stieg, befreite er seine Schuhe mit einem Papiertaschentuch mühsam von dem Dreck am Seeufer.

Berger und Rackert mussten zurück zur Leitstelle des Kriminaldauerdienstes, um schnell das Protokoll zu schreiben, bevor ein neuer Fall ihren Einsatz fordern würde. Rackert hatte am See einige Eindrücke und Fakten in sein kleines Aufnahmegerät gesprochen. Ihm war klar, dass er als unterer Dienstgrad diese ungeliebte Arbeit machen musste. Berger überließ ihm gern die Schreibarbeit. Rackert bereitete das keine Probleme. Berger hatte ihm vor einiger Zeit ein Kompliment gemacht: Er verfasse exakte Protokolle, die man auch lesen könne. »Hut ab!«, hatte er noch hinzugefügt. Es klang ehrlich. Rackert genoss einen hervorragenden Ruf: Er war ein exzellenter Ermittler, ein genauer Beobachter und ausgezeichneter Tatortanalytiker. Unter den Kollegen war er sehr geachtet. Etliche kreideten ihm jedoch gelegentlich seinen Ehrgeiz und seine Zurückhaltung an. Er war mehr der stille Typ und erzählte wenig, vor allem nichts aus seinem Privatleben. Allerdings interessierte er sich für alle möglichen Fortbildungen. Das legten ihm viele als Karrierismus aus. In der Tat strebte er nach Höherem, aber nicht durch Speichelleckerei oder Unterwürfigkeit. Er glänzte durch sehr gute Arbeit. Die Polizeiführung hielt große Stücke auf ihn. Rackerts Weg nach oben schien vorgezeichnet, wenn man Vorgesetzte hörte.

Alban Berger, der erfahrene Hauptkommissar, war da ganz anders. Er war ein offener, ruhiger und ausgeglichener Mensch. Eine Lust auf höhere Positionen hatte er in seinem Berufsleben von Anfang an nicht verspürt und deshalb die Karriereleiter nicht aktiv erklommen. Seine Arbeit machte ihm Spaß, weil sie so abwechslungsreich war. Kollegen bewunderten immer wieder seine Gelassenheit und Selbstkontrolle. Sogar in höchst angespannten Situationen, die nicht selten vorkamen, blieb er ruhig. Viele Kollegen meinten, ihn reiße wohl nicht einmal eine Bombenexplosion vom Stuhl. Im Umgang mit den anderen Kriminalisten verhielt er sich äußerst fair. Kollegen fuhr er nie an. Zumindest konnte sich im Präsidium niemand an scharfe Auseinandersetzungen mit Berger erinnern. Wenn ihm etwas missfiel, argumentierte er ruhig und sachlich. Seine Gelassenheit begründete er damit, dass er mit seiner Frau und seinen beiden Töchtern gut auskomme. Sein Familienleben sei im Lot. Das stärke ihm den Rücken und sorge dafür, dass er sich im Job voll auf die Arbeit konzentrieren könne und nicht durch familiäre Probleme abgelenkt werde. Und außerdem, schob er meist noch nach, habe er eine ausgezeichnete Schutzhaut. Er könne gut abschalten. Die Fälle, auch die Toten, verfolgten ihn nicht nach Hause. In seinem Beruf musste man stabil sein. Alles hatte er schon erlebt: Selbsttötungen, Mord, Schwerverletzte, häusliche Gewalt, durchwühlte Wohnungen nach Einbrüchen, Menschen in

Angst, Gewalttäter ohne Reue, Kinderpornographie. Und jetzt eine nackte Sexpuppe im See. Eine völlig neue Erfahrung. Als Kriminalist sah er oft in menschliche Abgründe. Er musste sich Tag für Tag und Stunde für Stunde auf unterschiedliche Menschen und Situationen einstellen.

Einem Kommissar im Kriminaldauerdienst begegnete alles, nur keine Routine oder Langeweile. Sie waren die Ersten am Tatort. Als Erste hatten sie eine große Verantwortung. Sie analysierten, suchten nach Spuren und sicherten sie. Ihre Vorarbeit erleichterte vieles, wie gerade jetzt im Fall der Sexpuppe. Ohne Kriminaldauerdienst wäre vermutlich das große Programm abgelaufen und hätte unnötig viele Kräfte gebunden und wertvolle Zeit gekostet. Kostbare Zeit hatten Rackert und er in diesem Fall allerdings auch verloren.

Der Kriminaldauerdienst hatte seine Berechtigung. Das zeigte nicht nur der Fall mit der Puppe. Aber die Arbeit forderte Höchstleistungen und eine ständige Bereitschaft, sich weiterzubilden. Zahlreiche Fortbildungen lagen hinter ihnen, und noch vor ihnen. Da die Kriminaltechnik immer schneller voranschritt, mussten sie in der gleichen Geschwindigkeit mithalten. Ohne kriminaltechnische Kenntnisse konnten sie diesen Beruf nicht ausüben. Lust auf Weiterbildung war eine Grundvoraussetzung, um gute Polizeiarbeit zu leisten. Wenn ihre Arbeit am Tatort oder Fundort beendet war, wartete der Schreibtisch, vorausgesetzt, sie wurden nicht zu einem neuen Fall gerufen.

Berger liebte diese Abwechslung. Jeder Fall lag anders. Selbst bei einem Einbrecher, der immer die gleiche Technik anwendete, entdeckten sie an jedem Tatort neue interessante Einzelheiten. Abgesehen davon, dass kein Tatort dem anderen glich. Einen Job am Schreibtisch hatte er sich nie vorstellen können. Er brauchte diese Anspannung.

Zum Ausgleich joggte er, wenn er Zeit dazu hatte. Von seinem Haus im Rebland konnte er gleich loslegen. Er musste keinen Meter mit dem Auto fahren. Das war ihm wichtig. In diesem Jahr erfasste ihn Wehmut an manchen Stellen auf dem Offenburger Weinwanderweg zwischen Rammersweier und Ortenberg, auf dem er besonders gern lief. Es sah nicht gut aus mit der Ernte in den Reben. Der März war zu warm gewesen und hatte einen frühen Trieb gebracht. Es folgte ein April mit eisiger Polarluft, die in wenigen Nächten die Hoffnung auf eine gute Ernte vernichtet hatte. Und dieser Sommer mit seinen vielen Gewittern sorgte für weitere Probleme. Vor allem der Hagel war gefürchtet. Für manche Winzer und ihre Familien stand in diesem Jahr die Existenz auf dem Spiel. Beim Joggen blickte er meist in ernste Gesichter, wenn die Winzer ihre Reben pflegten.

Doch nicht nur beim Laufen entspannte er sich, sondern auch mit Literatur. Nach dem Abitur hatte er mit einem Germanistikstudium begonnen. Der Studienaufbau und die Seminarangebote hatten allerdings nicht seinen Vorstellungen entsprochen. Drei Semester lang hatte er sich durch Neuere deutsche Literaturwissenschaft, Linguistik und Mediävistik gequält. Als er das Studium abgebrochen hatte, hatte er sich richtig befreit gefühlt. Seine Eltern hatten Verständnis für seine Entscheidung gezeigt und ihm finanzielle und ideelle Unterstützung angeboten. Sein Vater hatte sich als freier Vermessungsingenieur einen guten Ruf erarbeitet und beriet Kommunen und Privatleute. Das Geschäft war von Anfang an gut gelaufen. Der Vater hatte genug Geld gehabt, um ihn über Wasser zu halten. Sein Bruder Harald war nach dem Studium in das Geschäft eingestiegen und hatte es mit seinen Erfahrungen in Geodäsie und Geoinformationswissenschaften, Nebenbereiche seines Studiums, weiterentwickelt. Einen Job in der Wetterforschung hatte er abgelehnt. Das Verständnis der Eltern hatte Alban Berger damals frohgestimmt. Ihre Hilfe hatte er trotzdem abgelehnt. Er wollte auf eigenen Füßen stehen. Längere Zeit war er sich unschlüssig gewesen über seinen Berufsweg. Mit Gelegenheitsjobs hatte er sich über Wasser gehalten, gekellnert, Waren ausgefahren, in einem Sägewerk geholfen.

Eines Tages hatte er zufällig eine Werbung für den Polizeiberuf entdeckt und plötzlich gewusst, was er wollte. Er hatte sich beworben und von Anfang an gefühlt, die richtige Entscheidung getroffen zu haben.

Aber die Liebe zur Literatur blieb. Die teilte er mit seiner Frau, die er im Germanistikstudium kennengelernt hatte. Im Gegensatz zu ihm hielt Ariane durch und wurde nach dem Studium Dozentin für Literatur. Als sie Mutterzeit und Erziehungsjahre hinter sich hatte, nahm sie eine Stellung als Lektorin bei einem großen Freiburger Verlag an. Sie diskutierten oft über literarische Texte und tauschten ihre Eindrücke aus. Demnächst wollten sie auf den Spuren von Grimmelshausen wandeln. Seine Frau lektorierte gerade ein Buchmanuskript über die Lebensstationen und Wirkungsorte des Barockdichters in der Ortenau. Hauptaspekt des Manuskripts war die Frage, welchen Einfluss Landschaften und Orte auf das Werk von Johann Jakob Christoffel von Grimmelshausen gehabt hatten. Auf ihrem Literaturfahrplan standen Orte wie Renchen, wo Grimmelshausen als Schultheiß gewirkt hatte, die einstigen Bäder Peterstal, Griesbach und Antogast, der Mummelsee. Den Abschluss wollten sie im berühmten Silbernen Sternen in Oberkirch-Gaisbach machen. Dort hatte Grimmelshausen als Gastwirt gearbeitet. Diese Art der germanistischen Spurensuche war seelenverwandt mit seiner Arbeit, fand Berger. Als Kriminalist musste er sich oft überlegen, welches Verhältnis Täter und Tatort hatten. Ob der Tatort zum Beispiel die Tat mitverursachte. Darüber würden sie sicher ausgiebig diskutieren und fachsimpeln, Ariane und er. Man konnte sagen, dass sie ein erfülltes Leben führten. Jetzt, da die beiden Töchter aus dem Haus waren und studierten, Laura Germanistik und Beata Medizin, konnten sie die Erfüllung noch steigern.

Rackert, der am Steuer saß, riss ihn auf dem Weg zum Kommissariat aus den Gedanken. »Was halten Sie von dem Fall, Berger?«

Am liebsten hätte Berger gar nicht geantwortet, so suspekt und gleichzeitig banal erschien ihm der Fall. Eine Sexpuppe im See! Er empfand den Fall nicht einmal als originelle Abwechslung. »Erst mal müssen wir herausfinden, ob das wirklich ein Fall ist. Im jetzigen Stadium gehe ich eher von einem Scherz oder einer harmlosen Geschichte aus. Lassen Sie die Puppe untersuchen und schauen Sie nach dem ominösen Zeichen, den Buchstaben und den Zahlen, Rackert. Dann sehen wir weiter.«

Rackert sagte nichts. Berger störte das nicht. So war Rackert eben. Er legte oft den Stumm-Modus ein. In seine Gedankenwelt war nicht so einfach vorzudringen. Kolleginnen und Kollegen, die nicht so viel redeten, waren Berger allerdings am liebsten. Sie ließen ihm Luft zum Atmen und Zeit zum Nachdenken.

Sie schwiegen, bis sie im Kommissariat waren. Der Himmel war inzwischen eingedunkelt. Mehr noch, er war eingeschwärzt. Als sie aus dem Auto stiegen, brach ein Höllengewitter los. Ein Blitz zuckte peitschenartig, und der erste Donner klang wie eine fürchterliche Drohung. Und schon prasselte dicker Regen nieder, und ein Gewittersturm fegte über den Parkplatz vor dem Polizeipräsidium in der Prinz-Eugen-Straße. Sie rannten zum Eingang, wurden aber trotzdem nass. Begossen holten sie sich einen Kaffee. Draußen tobte der Gewittersturm. Berger hoffte, dass das Verbrechen sich zurückhielt, bis das Wetter sich beruhigte. Die Sirenen der Feuerwehr heulten durch die Straßen. Sicher waren Bäume umgestürzt oder Keller schon vollgelaufen. Rackert setzte ein Protokoll auf und schrieb einige Zeilen für die Presseabteilung.

Die machte daraus einen kleinen Artikel mit der launigen Überschrift »Herrenlose nackte Sexpuppe treibt auf dem Gifiz«. Der Artikel war den Zeitungen am Tag darauf nur eine Randnotiz wert. Immerhin übernahmen sie die Überschrift und berichteten, dass die Puppe auf der linken Brust einen fünfzackigen Stern mit der Spitze nach unten habe und eine Kombination aus Buchstaben und Zahlen. Die Polizei ermittle noch, hieß es wie üblich. Die Puppe kam zur Spurenanalyse und Rackert kümmerte sich nebenbei um die Entschlüsselung des Zeichens sowie der Buchstaben und der Zahlen. Alles musste schnell und routiniert gehen, denn das Verbrechen machte keine Pause.

F

Fast eine Woche später fragte Berger seinen Kollegen Rackert beiläufig, wie es denn um die Puppe stehe. Er hatte sie fast vergessen. Das war auch kein Wunder. Die Sexpuppe war für ihn kein Fall, eher eine lästige Unterbrechung ihrer Arbeit. Und die Arbeit in diesem großen Offenburger Präsidium hielt sie wie immer in Atem.

Der gewissenhafte Rackert blieb Berger die Antwort nicht schuldig. »Die Untersuchung ist weitgehend abgeschlossen, Berger. Es handelt sich um eine lebensechte Sexpuppe aus Silikon. 1,58 Meter lang, sehr hochwertig verarbeitet. Solche Puppen werden online für Hunderte bis Tausende Euro angeboten, je nach Händler. Wenn die Leute Extrawünsche haben, werden es leicht 8.000 oder 9.000 Euro oder noch mehr. Es gibt zum Beispiel Puppen, die beheizbar sind. Man kann auch noch andere Extras bestellen, mit denen ich Sie lieber nicht belästigen will. Langweilig sind die Details nicht! Ich habe gelesen, dass manche ihre Puppe mit ins Restaurant nehmen. Natürlich angekleidet.«

»Was sind denn das für Restaurants? Und vor allem was für Leute?«, fragte Berger. Er stellte sich vor, in einem Restaurant zu sitzen, und ein Mann nahm am Nebentisch mit seiner lebensechten Puppe Platz.

»Keine Ahnung. Da will ich lieber nicht essen gehen. Sie doch sicher auch nicht. Die Puppe aus dem See weist übrigens keine Gebrauchsspuren auf.«

»Und was ist mit dem Zeichen, den Zahlen und den Buchstaben? Haben Sie das schon geklärt?«

Was für eine Frage? Er wäre nicht Rackert, hätte er darauf keine Antwort gewusst! »Da habe ich mich ganz schön reinknien müssen. Also, dieses Zeichen ist ein sogenanntes Pentagramm. Das ist ein fünfzackiger Stern. Das Pentagramm kennt man schon seit Tausenden von Jahren. Es gilt auch als Symbol der Freimaurer. Manche verwenden es als Amulett, vor allem die, die an magische Beschwörung glauben. Mit dem Pentagramm hat man früher versucht, das Böse abzuhalten und Geister abzuwehren. Es wird allerdings auch heute noch benutzt. Man kann sagen, es ist immer noch sehr beliebt. Das Interessante am Pentagramm auf der Puppe ist, dass es auf dem Kopf steht, dass nur eine Spitze nach unten zeigt.«

»Und was bedeutet das?«

»Das umgekehrte Pentagramm steht gewöhnlich für Okkultismus und Satanismus. Auch Neuheiden benutzen das Symbol.«

»Was sind denn Neuheiden?«

»Das sind Leute, die germanische Götter und die Natur verehren. Ein buntes Völkchen, in dem auch Rechtsradikale zu finden sind. Ich habe mich allerdings nicht so sehr in diese Bewegung eingearbeitet.«

Rackert machte eine kurze Pause und setzte nach: »Aber auch umgekehrt, also mit der Spitze nach unten, steht das Pentagramm für die Abwehr des Bösen.«

»Und diese Zahlen und Buchstaben, haben die auch eine Bedeutung?«

»Aber sicher. Die haben es in sich. Die hängen vermutlich mit dem Pentagramm zusammen. Ich kann mir jedenfalls nicht vorstellen, dass sie nicht zusammengehören. 1 Tim 5,15 ist ein Hinweis auf die Bibel und bezieht sich auf den ersten Brief des Apostels Paulus an seinen Gehilfen Timotheus in Ephesus. Paulus ist wohl mit den Gläubigen in Ephesus nicht zufrieden gewesen und hat seinem Gehilfen einen Brief mit Mahnungen, Warnungen und Verhaltensweisen geschickt. Heute würde man sagen, eine Abmahnung. Der Paulus muss stinksauer gewesen sein. Hinter 1 Tim 5,15 verbirgt sich der Satz: ›Denn schon haben sich etliche abgewandt, dem Satan nach.‹«

Berger konnte mit den Informationen nicht viel anfangen. Was hatten ein Pentagramm, Zahlen und Buchstaben auf einer Sexpuppe zu suchen? Er musste überlegen, ob er im normalen Leben schon einmal dieses Zeichen gesehen hatte. »Sind Sie sich da ganz sicher, dass diese Kombination aus Buchstaben und Zahlen und diesem Pentagramm nur diesen einen Zusammenhang zulässt? Und wie interpretieren Sie das, Rackert?«

»Ich habe alles Mögliche ausprobiert. Ich kann Ihnen nur diese Lösung anbieten. Das Ganze sehe ich als Warnung. Sie richtet sich vermutlich gegen Sittenverfall und Sex. Das Zeichen, die Buchstaben und die Zahlen sind übrigens mit einer Schablone und wasserfester schwarzer Farbe aufgebracht worden.«

Für Berger blieb die Sache rätselhaft. Er betrachtete sie jedoch nicht als ernsthaftes Problem, jedenfalls nicht als Fall, der dringend weiteruntersucht werden musste. Er fragte seinen Kollegen dennoch: »Und was fangen wir jetzt mit dieser Sache beziehungsweise mit dieser Edelpuppe an, Rackert?«

»Das habe ich eigentlich Sie fragen wollen, Berger. Sie sind der erfahrenere Kollege.«

War das jetzt eine Retourkutsche? Das war Berger von Rackert eigentlich nicht gewohnt. Berger wollte nicht, dass Missstimmung aufkam. Andererseits fehlte diesem Fall alles, was tiefere Ermittlungen zur Folge hätte. Er musste den Kollegen enttäuschen. »Was heißt hier erfahrener? Mit Sexpuppen kenne ich mich nicht aus. Da fehlt mir wirklich jede Erfahrung. Wenn es nach mir geht, Rackert, lassen wir die Sache vorerst auf sich beruhen. Es sei denn, Sie haben schwerwiegende Argumente, die für eine Ermittlung sprechen. Dann müssen wir den Fall weitergeben.«

»Also gut«, sagte Rackert, der sich offenbar geschlagen gab. Berger merkte dem Kollegen an, dass er mit der Antwort nicht zufrieden war. Aber Rackert hakte nicht nach. Und damit war für Berger die Sache erledigt. Beide gingen wie sonst ihrer Arbeit nach.

In den folgenden 14 Tagen hatten die beiden überraschend viel Arbeit und wenig Zeit, miteinander zu reden. Als hätte die Sommerschwüle bei manchen die Hemmschwelle gesenkt. Diebstahl, Einbrüche, Sachbeschädigung, Körperdelikte: Der Kriminaldauerdienst war, wie sein Name es sagte, dauernd im Einsatz. Sie mussten nicht alles übernehmen. Das konnten sie auch nicht. Das Gebiet des Polizeipräsidiums war einfach zu groß. Es reichte von Rust im Süden des Ortenaukreises bis nach Baden-Baden und Rastatt im Norden. Zum Glück mussten sie sich nicht auch noch um Vermisstenanzeigen kümmern. Vor einiger Zeit war ein bulgarischer Saisonarbeiter verschwunden. Es war Sache der örtlichen Polizeidienststelle, andere Saisonarbeiter, Arbeitgeber, Bewohner zu befragen. Das war Routine. Die Suche war allerdings erfolglos geblieben. Bei größeren Vermisstenfällen schaltete man das Bundeskriminalamt ein.

Meist wurde das Inpol-Programm eingesetzt. Ein Vermisster, der zuvor keine Suizid-Absichten geäußert hatte und nicht an einer schweren Krankheit litt, löste nicht sofort den ganzen Polizeiapparat aus. Im Fall des verschwundenen Saisonarbeiters war es schwierig gewesen, die Angehörigen in Bulgarien zu informieren und zu befragen. Aber damit hatten sie zum Glück nichts zu tun gehabt. Sie waren ohnehin mit Arbeit zugedeckt und deshalb froh, wenn die Zahl der Fälle so überschaubar wie möglich blieb. Berger und Rackert ergänzten sich gut. Sie waren ein eingespieltes Team, nach außen hin.

Berger bemerkte, dass Rackert, dessen »Redezeit« gewisse Grenzen nicht überschritt, in letzter Zeit noch schweigsamer wurde. Allerdings musste sich Berger eingestehen, dass er selbst auch nicht immer der Gesprächigste war. Es war jedoch nicht zu erkennen, ob Rackert einfach keine Lust auf Kommunikation mit ihm hatte oder ob ihm ein Problem zu schaffen machte. Er fragte sich natürlich, ob er der Grund für Rackerts Verhalten war. Berger beschloss, ihn vorerst nicht auf seine Schweigsamkeit anzusprechen, aber er beobachtete ihn. Vielleicht bot sich demnächst die Gelegenheit, nachzufragen. Möglicherweise ging es Rackert einfach nicht gut, beruhigte sich Berger.

An einem schönen Sommermorgen wurden sie wieder an den Gifiz zu einer »Leiche« im See gerufen. Rund zwei Wochen nach der ersten »Leiche«. Über den polizeilichen Notruf 110 war sie gemeldet worden, anonym. Dieses Mal war keine Streife am Gifiz. Der Fall wurde direkt an sie weitergeleitet. Das war auch gut so. Wieder handelte es sich nicht um eine Leiche, sondern um eine üppige Sexpuppe wie beim ersten Mal. Diese hatte einen asiatischen Gesichtsausdruck. Auch sie war ein Meisterstück. Es hatte natürlich wieder gedauert, bis sie am Ufer lag.

Rackert untersuchte sie fachmännisch. »Berger, die Maße sind ähnlich wie bei der ersten Puppe. Auf der linken Brust ist wieder das umgekehrte Pentagramm. Nur Buchstaben und Zahlen weichen ab von der ersten Puppe.«

»Und was steht auf der linken Brust?«

»Mt 7,13–14.«

»Das kann ja jeder verstehen, Rackert. Sie haben ja schon ein bisschen Übung in der Entschlüsselung von Geheimzeichen auf Brüsten. Kümmern Sie sich um die Einzelheiten. Wir sprechen später über den Fall.«

Rackert ärgerte sich über die Ironie seines Kollegen, die er ätzend fand. Das kannte er gar nicht von Berger. Trotzdem folgte Rackert der Aufforderung seines Kollegen ohne Widerworte oder eine scharfe Erwiderung. Wie nicht anders zu erwarten, vertiefte er sich in die Aufklärung.

Nach wenigen Tagen präsentierte er Berger die Fakten: Die Puppe hatte tatsächlich genau die gleichen Maße wie die erste. Gebrauchsspuren konnten wie im ersten Fall keine festgestellt werden. Berger fragte nach den Buchstaben und den Zahlen.

Wie aus der Pistole geschossen kam Rackerts Antwort: »Mt 7,13–14 ist ein Auszug aus dem Matthäus-Evangelium. Dahinter verbergen sich die folgenden Sätze: ›Gehet ein durch die enge Pforte; denn weit ist die Pforte und breit der Weg, der zum Verderben führt, und viele sind, die durch dieselbe eingehen. Denn eng ist die Pforte und schmal der Weg, der zum Leben führt, und wenige sind, die ihn finden.‹«

Berger schaute etwas verwirrt. »Wie muss ich das verstehen?«

Biblische Texte waren ihm bis auf wenige fremd. Obwohl sie als hochwertige Literatur eingestuft wurden. Er musste demnächst mit seiner Frau darüber sprechen. Ihr Verlag hatte ja einen gewissen Hang zu religiöser Literatur. Er hatte jüngst in seiner Morgenzeitung über eine längere Theateraufführung mit Bibeltexten in der Schweiz gelesen. An den genauen Ort konnte er sich nicht mehr erinnern. Das Publikum habe stürmisch applaudiert, hieß es. Der Kritiker war, was man nicht so oft las, begeistert. Rackerts Antwort stoppte seinen Ausflug in die Schweiz.

»Auf jeden Fall wieder als Warnung! Ich bin allerdings kein Bibelexperte. Dieser Auszug besagt nach meinen Informationen, dass man den breiten, bequemen Weg nicht gehen darf, weil er unweigerlich in die falsche Richtung, ins Verderben führt. Im Netz habe ich mal recherchiert und bin auf einen Hinweis gestoßen. Der besagt, dass dieses Bild von den zwei Wegen aus dem alten Judentum stammt. Einfach übersetzt bedeutet der Weg durch das enge Tor ein Leben mit Gott. Und der andere Weg ist das Leben ohne Gott. Damit wird Gottlosigkeit angeprangert. Berger, ich finde, wir müssen die Sache allmählich ernst nehmen und schauen, was dahintersteckt!«

Für Berger waren die Erklärungen Rackerts durchaus interessant. Aber auch ohne die Erläuterungen seines Kollegen verstand er den Text aus dem Matthäus-Evangelium als Mahnung. Er hatte in seinen wenigen Semestern Germanistik ein Hermeneutik-Seminar besucht. Und seine Lesesucht und die Beschäftigung mit klassischer Literatur taten ein Übriges, um die Bedeutungsvielfalt von Sätzen und Wörtern recht schnell zu erkennen. Der Weg zum engen Tor ist gut, der breite schlecht. Eine einfache Formel. Sie überzeugte ihn jedoch nicht so, dass er der Empfehlung seines Kollegen folgen wollte.

»Rackert, ich bin auch nach diesem Fund skeptisch und tendiere eher zu der Meinung, dass sich da jemand einen Spaß erlaubt. Wenn wir aus den Puppen einen größeren Fall machen, stoßen wir in der ganzen Kriminaldirektion auf Widerstand. Wahrscheinlich machen wir uns noch lächerlich. Ich empfehle Ihnen, im jetzigen Stadium nichts zu unternehmen. Es ist niemand geschädigt worden, wir haben keine Spuren und keine Hinweise auf den oder die Puppenliebhaber. Und überhaupt, Rackert, ist da nicht ein Widerspruch? Eine Sexpuppe und ein Spruch aus der Bibel? Das leuchtet mir nicht ein. Oder bin ich zu blöd für solche Zusammenhänge?«

»Berger, das ist ein konstruierter Widerspruch. Und außerdem: Niemand hält Sie für blöd, ich bitte Sie. Ich schon gar nicht.«

»Aha, ein konstruierter Widerspruch. Ich verstehe das Ganze trotzdem nicht. Vor allem: Wer konstruiert so etwas? Und wer steckt dahinter? Und was will der erreichen, der so etwas konstruiert? Können Sie mir das mal erklären? Ich bin in einem intellektuellen Notstand.«

»Eigentlich ist es doch einfach, Berger. Die Sexpuppe ist eine Aussage. Nennen wir sie Aussage A. Sie steht für Freizügigkeit, für entfesselte Sexualität. Man muss ja nur auf diese Edelpuppe schauen. Das ist doch Wollust pur. Das sehen Sie doch sicher auch so. Der Bibelspruch ist Aussage B. Und mit Aussage B wird die Freizügigkeit infrage gestellt beziehungsweise verurteilt. Und zwar direkt auf dem Objekt. Die beiden Aussagen sind sozusagen räumlich nicht getrennt. Dadurch, dass sie zusammen sind, versteht man ihre Bedeutung und ihren Inhalt besser. Man sieht sie. Ich finde, das Ganze hat eine gewisse Logik.«

»Rackert, übersetzen muss man das Kürzel auf der

Puppe aber schon. Wer die Puppe sieht, weiß mit dem Pentagramm und den Buchstaben und den Zahlen doch erst mal gar nichts anzufangen. Und eine Bibel hat man für gewöhnlich nicht in der Hand, wenn man zum Baden an den Gifiz geht.«

»Im ersten Augenblick nicht, Berger. Da haben Sie völlig recht. Aber die Hinweise auf der Puppe machen neugierig. Sie sind ja auffällig angebracht. Man kann sie gar nicht übersehen. Es sei denn, man nimmt nur das Wollüstige aus Silikon wahr.«

Berger wurde die Diskussion zu viel. Ungeduldig und mit etwas festerer Stimme sagte er: »Rackert, ich danke für den Vortrag über Widerspruch, Logik und Objektbezogenheit am Beispiel einer Sexpuppe. Ziehen Sie die richtigen Schlüsse. Dann sehen wir weiter. Oder auch nicht.«

Damit war die Diskussion beendet. Basta! Die Frage nach den Hintergründen blieb unbeantwortet. Rackert beugte sich der Autorität des älteren Kollegen, drehte sich abrupt um und ging in sein Büro. Berger schaute ihm besorgt nach. Hatte er Rackert jetzt verärgert? Hätte er sich anders verhalten müssen? Was machten diese Puppen mit Rackert?

Die zweite Puppe verschwand wie die erste schließlich in der Asservatenkammer. Rackert notierte die Einzelheiten des Falles, rundete sein Protokoll ab und schrieb einen kleinen Text für die Presseabteilung. Die machte daraus eine Mitteilung für die Redaktionen der Lokalzeitungen, die aber offenbar im Papierkorb verschwand.

Berger hatte nicht unrecht mit seinem Hinweis, dass sie sich lächerlich machten, wenn sie den Puppenfall ausweiteten. Der zweite Fund sprach sich im Präsidium schnell herum. Und schon waren sie die Puppenspieler. Rackert arbeitete weiter mit Berger zusammen und tat so, als ob sie keine Meinungsverschiedenheiten hätten. Aber der Fall beschädigte das Vertrauensverhältnis zwischen den beiden Ermittlern erheblich. Berger hatte das Gefühl, dass sich Rackert noch mehr zurückzog. Sie redeten bei ihren Ermittlungen nur noch das Nötigste, meistens aber schwiegen sie sich an. Und das ging so bis zu einem kühlen, aber sonnigen Morgen Ende August.

G

Galt für sie das Gebot »Du sollst nicht töten«? Nein! Sie befanden sich im Krieg mit der Gesellschaft. Sie zogen in einen heiligen Krieg gegen den Verfall der Werte. Und Krieg erlaubte das Töten. Und sie hatten das Recht, Opfer darzubringen. Die Frage nach der Schuld und der Unschuld ihres Handelns stellte sich in dieser Phase ihres Kampfes nicht.

»Möchtest du, o Gott, den Gottlosen töten!«

Die bürgerliche Gesellschaft beruhte nicht auf dem Wort Gottes. Sie billigte Gottlosigkeit. Die Gesetze der bürgerlichen Gesellschaft waren nicht ihre Gesetze. Nach außen hin achteten sie die Gebote und Vorschriften. Denn sie wollten nicht auffallen. Sie mussten sich gedulden und schwammen deshalb im großen Strom mit. Wie die Jünger Jesu warfen sie ihre Netze aus, allerdings heimlich. Und wie die Fischer achteten sie auf die Netze.

»Wiederum ist das Reich der Himmel gleich einem Netze, das ins Meer geworfen wurde und von jeder Gattung zusammenbrachte, welches sie, als es voll war, ans Ufer heraufgezogen hatten; und sie setzten sich nieder und lasen die Guten in Gefäße zusammen, aber die Faulen warfen sie aus. Also wird es in der Vollendung des Zeitalters sein: die Engel werden ausgehen und die Bösen aus der Mitte der

Gerechten aussondern, und sie in den Feuerofen werfen: da wird sein das Weinen und das Zähneknirschen.«

So hielten sie es auch. Das, was sie fingen, betrachteten sie genau. Den Beifang stießen sie zurück. Und wenn alle seine Mitstreiter ihrer gemeinsamen Sache sicher waren, im Glauben fest, die Hand am Schwert, war die Zeit zum Handeln gekommen.

»Durch dich werden wir niederstoßen unsere Bedränger; durch deinen Namen werden wir zertreten, die wider uns aufstehen.«

Dann würde es so sein, wie es im 5. Buch Mose beschrieben war: »Und Sihon zog aus, uns entgegen, er und all sein Volk, zum Streite nach Jahaz. Aber Jehova, unser Gott, gab ihn vor uns dahin; und wir schlugen ihn und seine Söhne und all sein Volk. Und in selbiger Zeit nahmen wir alle seine Städte ein, und wir verbannten ihre ganze Bevölkerung: Männer und Weiber und Kinder; wir ließen keinen Entronnenen übrig. Nur das Vieh erbeuteten wir für uns und den Raub der Städte, die wir einnahmen.«

Ihr Credo lautete: Nicht sie standen außerhalb der Gesellschaft. Die Gesellschaft stand außerhalb der göttlichen Werte.

Das Töten, musste er erstaunt feststellen, hatte ihm nichts ausgemacht. Er deutete das als Zeichen, dass Gott mit seinem Handeln einverstanden war. Jener Schritt ins Unumkehrbare kam schneller, als sie es sich vorgestellt hatten. Man musste auf eine Prüfung gefasst sein.

Der Mann, der im Bannwald unterwegs gewesen war und sie bei ihrem letzten Treffen beinahe entdeckt hätte, hatte sie überrascht. Das hatten sie bisher nicht erlebt. Sie hatten geglaubt, hoch oben in dem wilden Wald geborgen zu sein, keinen fremden Blicken ausgesetzt. Bewusst hatten sie sich weit zurückgezogen. Das Auftauchen dieses Mannes hatte sie aufgeschreckt. Sie waren gerade dabei gewesen, einen idealen Platz für ein Biwak auszukundschaften. Die Stelle, die sie dafür ausgesucht hatten, bot Vorteile. Man konnte sie vom Weg und dem schmalen Pfad aus so gut wie nicht erkennen, da man sich erst durch dichtes Gestrüpp schlagen musste. Dann aber lichtete sich das Gestrüpp und eine kleine freie Fläche tat sich auf. Dort hätten sie genug Platz gehabt. Dieser Mann allerdings hatte ihren Plan zerstört. Auf keinen Fall durften sie entdeckt werden. Der Mann war zu neugierig gewesen. Ständig hatte er um sich geschaut und war ihnen gefährlich nahe gekommen. Möglicherweise hatte er sie sogar gesehen. Der einzige Weg für sie aus dem Bannwald hatte an dem Stein vorbeigeführt, auf dem dieser krankhaft hustende Mann gesessen hatte. Dieses Warten und die Gefahr der Entdeckung hatten ihn nervös gemacht. Also hatte er den anderen das Zeichen gegeben. Sie waren gezwungen gewesen, zu handeln und hatten früher als geplant ihre Fertigkeiten eingesetzt. Die nötigen Werkzeuge hatten sie immer dabei. Alles war reibungslos und fast unaufgeregt gelaufen, als wären sie geleitet worden. Ihre monatelangen Vorbereitungen, ihre Mühen waren nicht vergeblich. Sie betrachteten es als Ansporn für ihr großes Ziel.

Seine Erinnerungskanäle weiteten sich. Sie war ihm wiedererschienen. Wie so oft. Sie lag auf ihrem Bett, wie damals, den Kopf leicht nach rechts gedreht. Wie damals. Die Erinnerung sendete immer die gleichen Bilder. Kurz vorher musste sie gestorben sein. Ihr Körper war noch warm gewesen, als er ihn berührt hatte. Ein Sturzbach von Tränen war nach einem Moment tiefster Erschütterung aus seinen

Augen geschossen. Sein Vater war ins Zimmer gekommen und hatte ihn umarmen und trösten wollen. Er hatte ihn zurückgestoßen und geschrien: »Du hast sie getötet! Du hast sie getötet! Du hast sie getötet!« Sein Vater schlug so stark zu, dass er aufs Bett neben seine Mutter fiel. Kaum lag er, riss ihn sein Vater wieder hoch und schleppte ihn in sein Kinderzimmer, zog innen den Schlüssel ab und sperrte ihn ein. Er schrie und weinte ohne Unterlass, Krämpfe schüttelten ihn. Nach einiger Zeit öffnete sich die Zimmertür und sein Vater und der Hausarzt kamen herein. Ohne zu fragen setzte der Hausarzt eine Beruhigungsspritze, während sein Vater ihn mit aller Kraft festhielt. In den nächsten Tagen verschlechterte sich sein Zustand. An der Beerdigung seiner Mutter durfte er nicht teilnehmen. Er schrie, vor allem, wenn er seinen Vater sah. Niemand konnte ihn beruhigen. Sein Vater ließ ihn schließlich in die Jugendpsychiatrie einweisen. Nach Monaten stabilisierte sich sein Zustand. Aber nach Hause kehrte er nicht zurück. Sein Vater hatte entschieden, ihn in ein Klosterinternat zu stecken. Nie hatte er herausbekommen, woran seine Mutter gestorben war. Alle hatten geschwiegen, wenn sich die seltene Gelegenheit bot, Fragen zu stellen. Gott hatte ihn schon in viele Prüfungen geschickt.

Im Internat sorgte sich Pater Blasius um ihn, förderte ihn, half ihm aus dem Tief, öffnete ihm den Weg zur Bibel, zur Liturgie, zur Mystik, zur Gregorianik, zum kirchlichen Singen überhaupt. Bis dahin hatte er zum Beispiel nicht gewusst, welche Kraft der Gesang der Psalmen hatte. Wenn er die biblischen Texte mitsang, geriet er in Schwingungen und sein seelischer Zustand besserte sich. Ähnliche Gefühle erlebte er bei gregorianischen Gesängen. Pater Blasius war nicht nur ein begnadeter Sänger, sondern auch ein Mann des Wortes und ein gewaltiger Prediger. Er hatte eine tiefe und doch weiche Stimme und beeindruckte seine Hörer mit einer bildhaften Sprache. Dadurch bekamen seine Predigten Farbe und Feuer. Er war ein Salzbrenner. Und ein großer Energiespender. Nach und nach verstärkte Pater Blasius seine Fürsorge und wurde mehr als ein väterlicher Freund. Er regte ihn zum Lesen an. Weckte sein Interesse an biblischen Gestalten, an den Gralshütern und Helden im Kampf für das Christentum. Besonders die Templer regten ihn an. Der Pater schwärmte geradezu von diesen christlichen Rittern. Er zeigte ihm in der großen Klosterbibliothek Werke über die Tempelritter, geschichtliche, erzählerische, anekdotische, sagenhafte. Mit Eifer verschlang er die Bücher und lernte so den Anfang, die Hochzeit und das bittere Ende der Templer kennen. Er richtete sich an diesen Männern auf. Oft träumte er davon, ein Templer zu werden, ein mächtiger Gottesstreiter im weißen Gewand. Wenn der Pater Zeit hatte, las er ihm Sagen über die Templer vor.

Eine besonders tragische blieb ihm auf Dauer in Erinnerung. Sie handelte zu der Zeit, als der Templerorden schon zerschlagen war. Die Templer wurden verfolgt und suchten überall Zuflucht. Einige tauchten in deutschen Landstrichen unter. Der Kurfürst von Mainz nahm mehrere Flüchtlinge auf und erlaubte ihnen, sich auf einem Hügel bei Rottenberg im Spessart niederzulassen. Dort erbauten die Templer eine kleine Burg. In jener Zeit lagen Ludwig von Bayern und Friedrich der Schöne von Österreich im Kampf um die römisch-deutsche Königskrone. Zu allem Elend lösten Missernten eine große Hungersnot aus. Und dann brach auch noch die Pest aus. Die Zeiten wurden immer unsicherer und rechtloser. Tagtäglich wurde geraubt, gestohlen, geschändet und gemordet. Die Templer hatten Nachbarn.

Auf dem Berg gegenüber, dem Gräfenberg, hausten die drei Brüder von Greifenburg. Sie entstammten einem edlen Adelsgeschlecht und galten als ehrenhafte Ritter. Die Templer schlossen Freundschaft mit den Brüdern. Zum gemeinsamen Schutz verbündeten sie sich und trafen eine Vereinbarung. Auf jeder Burg wurde ein kleiner Turm errichtet, in den eine Glocke gehängt wurde. Läutete die eine Glocke, befanden sich die Burgbewohner in Gefahr. Erklang danach die Glocke auf der anderen Burg, nahte Hilfe. So wollten sich die Templer und die Greifenburger gegenseitig vor Überfällen schützen. Eines Nachts im Winter hörte man, obwohl es stürmte, weithin die Glocke der Templer. Sie klagte laut, aber auf der Greifenburg blieb es still. Am Tag offenbarte sich Schreckliches. Die Templer waren von Räubern überfallen, erschlagen und ausgeraubt worden. Es waren aber keine fremden Räuber. Es waren die Nachbarn, die Greifenburger. Als man die Templer fand, war einer noch am Leben. Kurz bevor er starb, konnte er noch sagen, wer die Mörder waren. Schon lange hatten viele vermutet, dass die Greifenburger in Wahrheit Räuber waren. Der Kurfürst von Mainz war so zornig, dass er den Gräfenberg stürmen ließ. Die drei Brüder wurden hingerichtet, ihre Burg machte man dem Erdboden gleich. Mit der Zeit verfiel die Burg der Templer. Ihre Steine verwendeten die Leute aus der Umgebung für den Bau von Häusern und anderen Gebäuden. Seit jener schrecklichen Nacht wandelten auf dem Gräfenberg immer wieder drei schemenhafte Figuren mit großen Schlapphüten, wie sie oft Räuber trugen.

Er konnte sich noch genau daran erinnern, dass er in Tränen ausgebrochen war, als der Pater die Geschichte beendet hatte. So hatte ihn der Verrat an den edlen Templern erschüttert. Der Pater hatte ihn getröstet und ihm zu erklären versucht, dass es ja nur eine Sage sei. Es müsse sich so nicht unbedingt abgespielt haben. Er hatte jedoch eingeräumt, dass in jeder Sage ein Korn Wahrheit stecke. Dieses eine Korn hatte gereicht, um ihn zu erschüttern. Mit seiner Stimme und seiner bildhaften Sprache hatte der Pater ihn allmählich wieder beruhigt. Ja, der Pater war in Krisen und Notzeiten ein wahrer Trostspender gewesen. Bis die Zeit des Erwachens kam. Wie gesagt, Gott hatte ihn schon in viele Prüfungen geschickt. Er war oft ins Straucheln geraten. Aber er hatte Menschen gefunden, die ihn stützten, die ihn vor dem Absturz bewahrten. Mit einigen wenigen verband ihn so viel, dass der Kontakt nicht abgerissen war. Sie wurden Gefährten auf dem steinigen Weg zu einer neuen Ordnung.

Er zog die mittlere Schublade auf der linken Seite seines Schreibtisches auf. Papiere und Briefumschläge lagen lose übereinander. Er hob sie an. Unter dem Stapel zog er einen alten Zeitungsausschnitt hervor. Es war eine Todesanzeige, die Todesanzeige für Pater Blasius. Doch danach suchte er nicht. Er legte den Zeitungsausschnitt beiseite und suchte noch einmal in der mittleren Schublade. Etwas tiefer musste er graben. In seinem Schreibtisch ging nichts verloren. Es fehlte nur in einigen Schubladen die Ordnung. Jetzt hatte er gefunden, was er suchte: den Artikel über die Trauerfeier für Pater Blasius. Mehr als eine halbe Zeitungsseite war dem Pater gewidmet. Er wurde gelobt für seine Predigten, seine Fürsorge, seine Jugendarbeit, seine Pflege der Klosterbibliothek. Das Kloster habe ihm viel zu verdanken. Er habe das ohnehin große Ansehen des Klosters noch gesteigert. Zum Schluss wurde sein Ableben bedauert. Der Autor des Artikels benutzte die üblichen Sprachbilder. Der Pater hinterlasse eine große Lücke. Ob sie geschlossen werden könne, bleibe offen. Über die Umstände des Todes schrieb der Autor nichts. Vermutlich war das abgesprochen. Denn sonst hätte er berichten müssen, dass sie nicht geklärt worden waren. Vielleicht hätte er in diesem Fall den großen Schatten erwähnen müssen, der auf Pater Blasius gefallen war.

Er legte die Todesanzeige und den Artikel wieder zurück in die Schublade unter den Stapel von Papieren und Briefumschlägen und schob sie langsam zu. Die hellen Seiten dieses Mannes behielt er in guter Erinnerung. Er hatte ihm oft geholfen, ihm viel Wissenswertes beigebracht und ihn in die wunderbare Welt der christlichen Mystik und der Templer eingeführt. Die dunklen Seiten dieses großen Mannes ließen ihn immer wieder zittern.

Nach dem Tod des Paters waren viele Gerüchte durch das altehrwürdige Kloster und das Internat geschwirrt. Der Pater, besagte ein Gerücht, sei leblos und nackt im Beichtstuhl gefunden worden. Man habe ihn nicht mehr wiederbeleben können. Und ein weiteres Gerücht machte alles noch mysteriöser. Er sei an einem Amulett, einem Pentagramm mit Silberkette, erstickt. Unter den Klosterinsassen war bekannt, dass der Pater das Pentagramm sehr verehrte. Ihm selbst hatte der Pater eines Tages ein altes Pentagramm aus edlem Silber geschenkt. Es war wunderschön gearbeitet. Der Pater hatte ihm die Bedeutung erklärt. Dass das Pentagramm eng mit Jesus Christus in Verbindung stehe. Es sei ein Symbol für die fünf Wunden Christi. Zudem schütze es vor dem Bösen. Der Pater hatte allerdings nicht verschwiegen, dass das Symbol auch missbraucht werde, zum Beispiel von Satanisten. Mit seiner wunderbaren Stimme hatte der Pater ihm Geschichten über das Pentagramm erzählt und ihm immer wieder versichert, wie sehr es den Schutzlosen helfe. Der Pater hatte Magie in seiner Stimme gehabt. Wenn er etwas vorgetragen hatte, klang es überzeugend. Nie mehr war er auf einen Menschen mit solch einer Suggestion getroffen, der die Kraft hatte, Gemütsstürme zu beruhigen. Doch das Unbändige, das in ihm wuchs, hatte der Pater nicht stoppen können. Da half auch kein Pentagramm, das er jedoch zu seinem Symbol machte.

Das Kloster war besorgt gewesen, dass die Gerüchte um den Pater im Gebäude mit seinen dicken Mauern von Raum zu Raum eilten. Wehe, wenn sie nach außen drangen! Ob sie zutrafen, hatte niemand so recht gewusst. Es hatte nur geheißen, man habe den nackten Pater schnell in sein Zimmer getragen, angezogen, auf das Bett gelegt und den Arzt gerufen. Das Amulett mit der Kette habe man vorsichtig aus dem Rachen entfernt und gereinigt. Als der Arzt gekommen sei, habe es ausgesehen, als sei der Pater friedlich entschlafen. Die Kette mit dem Amulett habe er in seiner rechten Hand gehalten, in der linken sein Gebetbuch. Man hatte ihn oft mit der Kette und dem Amulett in der rechten Hand gesehen. Als habe er sich schützen müssen. Niemand stellte offiziell die Frage nach den Urhebern der Gerüchte, also nach denen, die etwas mitbekommen haben mussten vom Sterben des Paters. Es ging um etwas völlig anderes. Wenn das Ansehen des Paters beschmutzt werde, fürchtete die Klosterleitung, werde die Institution mit ihrer großen Ausstrahlung auf Dauer geschädigt. Sie machte auf alle Klosterinsassen starken Druck und drohte mit Konsequenzen. Jeder sei zur Verschwiegenheit nach außen verpflichtet. Auch innerhalb der Mauern dulde man kein Gerede mehr über Pater Blasius. Alle hatten sich letztlich daran gehalten. In Krisenzeiten hatte sich das Kloster immer in eine verschworene Gemeinschaft verwandelt.

An Aufklärung war niemand sonderlich interessiert gewesen. Ehemalige Schüler des Internats, die inzwischen in hohen Positionen saßen, hatten geholfen, den Imageschaden zu verhindern. Zu den Ehemaligen zählte der Verleger der wichtigsten Zeitung in der Gegend. Sie hatten versichert, alles zu tun, dass das Kloster seinen Glanz behalte. Ermittlungen im Fall Blasius waren gar nicht erst aufgenommen worden. Der Arzt, ein guter Freund der Klosterleitung und des Paters, hatte den Totenschein ausgestellt und Herzversagen als Todesursache angegeben. Die Öffentlichkeit war entsetzt gewesen über den Tod von Pater Blasius. Er war beliebt in der Bevölkerung, und blieb es über den Tod hinaus. Die Gerüchte hinter den Mauern waren schließlich eingeschlafen. Niemand weckte sie.

Wenn die Erinnerungen kamen, wirkten sie wie ein Tsunami. Sie zogen sich oft lange zurück und brandeten mit aller Macht zurück. Sie spülten seine Mutter an, Pater Blasius und seinen Vater. Es war schmerzhaft, wenn sich sein Vater ins Bild drängte. Er hatte zu spät gesehen, was der Vater mit seiner Mutter gemacht hatte. Von Anfang an war das Verhältnis zwischen den beiden gestört gewesen. Sie waren nicht füreinander bestimmt. Ihre Verbindung war das Ergebnis einer Zwangsheirat. So etwas gab es nicht nur in islamisch geprägten Regionen. Man musste sich nur umsehen. Die Familien des Vaters und der Mutter wollten die Heirat. Ein Geschäft kam zum anderen und es entstand ein neues größeres. So hatten es sich die Familien vorgestellt. Außerdem waren die Eltern der Mutter froh, die Tochter endlich unter die Haube gebracht zu haben. Sie war attraktiv, aber sehr zurückhaltend. Im Dorf hatte sie den Ruf einer Frömmlerin, weil sie regelmäßig in die Kirche ging und mehr im Pfarrhaus als im Elternhaus zu finden war. Das hielt die Burschen davon ab, mit ihr anzubändeln oder sie bei Dorffesten zum Tanz aufzufordern. Sein Vater hatte sich mit der Heirat abgefunden. Für ihn war sie nur ein Geschäft. Seine Frau brachte vier Kinder zur Welt, zuerst eine Tochter, dann drei Söhne. Bei den Vornamen der Kinder setzte sich die Mutter durch. Sie wollte unbedingt christliche Vornamen haben. Die Tochter erhielt den Namen Martha, die »Gebieterin«. Wenn die Mutter gewusst hätte, dass die Tochter so wurde, wie sie hieß! Der erste Sohn wurde Markus getauft, der zweite Michael. Ihn nannte man auf Druck der Mutter Nathan, das »Geschenk«. Seine Mutter hieß Maria, sein Vater hatte einen germanischen Vornamen, Arnulf, »Adler und Wolf«. Mit der Geburt der vier Kinder hatte sich in den Augen seines Vaters die Pflicht der Mutter erledigt. Eigentlich war die Pflicht nach dem dritten Kind bereits beendet. Er, Nathan, war ein Nachkömmling. Nicht das Ergebnis von Liebe, wie seine Mutter einmal dunkel angedeutet hatte. Er hatte die Andeutung damals nicht verstanden. Waren denn die ersten drei Kinder das Ergebnis von Liebe? Er konnte es nicht glauben. Und warum wählte sie für ihn ausgerechnet den Namen Nathan, das Geschenk? Nach allem was ihr widerfahren war, konnte er, der dritte Sohn, nicht nachvollziehen, dass sie ihm so einen Namen voller Symbolik gab. Für die Außenstehenden, die Nachbarn, Freunde, die Geschäftsleute, die Bevölkerung, stimmte alles. Und darauf kam es dem Vater an, nur darauf. Ein dichter Vorhang schützte die Familie. Seine Mutter litt im eigenen Haus, das ihr von Anfang an fremd war. Sein Vater machte keinen Hehl daraus, dass er fremdging. Er hatte nicht nur eine Geliebte. Das allein schon demütigte die Mutter. Der Vater machte sich auch noch lustig über ihre Frömmigkeit und verletzte sie mit zynischen Bemerkungen. Die Mutter suchte Trost in der Kirche und im Gebet. Sie hatte Haushaltshilfen, musste sich nicht selbst um den Haushalt kümmern und gab sich deshalb ganz ihrem Schmerz hin. In seiner Umgebung und darüber hinaus war sein Vater ein geachteter Mann. Er baute sein Geschäft immer weiter aus und gab den Leuten Arbeit und damit Brot. Das zählte. Alles andere übersah oder verzieh man oder wusste es nicht. Seine Meinung war gefragt. Er saß im Gemeinderat und in verschiedenen Aufsichtsräten. Wenn er geschäftlich etwas durchsetzen wollte, gelang ihm das meist auf Anhieb. Zu viele Menschen waren von ihm abhängig. Er machte sie gefügig durch großzügige Spenden für die Schule, den Kindergarten und die Kirche. Sein Vater hatte Lust am Erfolg, freute sich über die Früchte seiner Arbeit und zeigte das auch. Er war der ideale Erbe einer geschäftstüchtigen Familie. Seine ersten drei Kinder gerieten nach seinem Ebenbild. Er band sie früh in seine Geschäfte ein. Das Familienunternehmen war für die Zukunft gerüstet. Nur mit ihm, dem dritten Sohn, haderte der Vater, weil er mehr nach der Mutter geriet. Oft verspottete der Vater sie als Maria und ihr Jesulein, weil sie viel gemeinsam beteten. Sie umarmten sich oft. Manchmal ließ die Mutter ihn gar nicht los. Er hatte das Gefühl, dass die Umarmung der Mutter ein wenig half. Das Verhalten des Vaters setzte der Mutter jedoch immer stärker zu. Sie war ständig in ärztlicher Behandlung. In eine Klinik, wie von einem Psychiater vorgeschlagen, wollte sie sich nicht begeben. Sie verschloss sich der Außenwelt und verweigerte jede Kommunikation mit ihrem Mann und ihren ersten drei Kindern, die ohnehin mehr von den Eltern des Vaters umsorgt und erzogen wurden. Nicht einmal ihre frommen

Eltern konnten ihr helfen. Sie verstanden die Welt nicht mehr und haderten mit Gott. Und die beiden Geschwister der Mutter hatten vor langer Zeit den Kontakt zu ihr abgebrochen. Sie hatten keine Gesprächsbasis mehr gefunden. Warum zeigten alle kein Verständnis für die Mutter, warum gaben sie dem Vater keine Schuld an der Entwicklung? Dieses Unverständnis traf ihn schwer.

Er selbst konnte nie eine Beziehung zu seinen drei Geschwistern aufbauen. Letztlich lebten im Elternhaus zwei Familien, die sich völlig fremd waren. Nur ihn ließ die Mutter noch in ihre Welt, die kleiner und kleiner wurde. Gottes Hand konnte ihren Verfall nicht mehr aufhalten. Nach dem Tod der Mutter fühlte er sich ausgestoßen aus der Familie. Er kehrte nur noch selten ins Elternhaus zurück. Das einzige, das er seinem Vater einigermaßen hoch anrechnete, war, dass er ihn finanziell unterstützte. Und eines Tages, als er sein Theologiestudium hinter sich hatte, sagte der Vater, es sei jetzt Zeit, reinen Tisch zu machen. Das sei er allen vier Kindern schuldig. Er machte ihm ein Angebot, das er nicht ausschlug. Es erlaubte ihm, unabhängig zu leben. Sein Vater kaufte sich aus der Verantwortung heraus. Mit der großzügigen Abfindung stieß er seinen dritten Sohn ab wie ein unliebsames Aktienpaket. Er hatte dabei keine Skrupel. Mit Geld regelte der Vater die meisten Dinge. Beide wussten, dass sie sich nie mehr lebend wiedersehen würden. Sie wollten es auch nicht. Aber im Traum und in der Erinnerung begegneten sie sich wieder und wieder und konnten sich nicht lösen.

Wenige Wochen, nachdem er sein Elternhaus endgültig verlassen hatte, brannte eine große Halle auf dem Firmengelände seines Vaters nieder.

»Und das Wort Jehovas geschah zu mir also: Menschensohn, richte dein Angesicht gegen Süden und rede gegen

Mittag, und weissage über den Wald des Gefildes im Süden und sprich zu dem Walde des Südens: Höre das Wort Jehovas! So spricht der Herr, Jehova: Siehe, ich will in dir ein Feuer anzünden, welches jeden grünen Baum und jeden dürren Baum in dir verzehren wird; die lodernde Flamme wird nicht erlöschen, und vom Süden bis zum Norden werden alle Angesichter dadurch versengt werden.«

Holz und Kunststoff waren in der Halle gelagert. Der Schaden ging in die Millionen. Eine riesige schwarze Wolke stieg vom Brandort auf. Die Bevölkerung wurde aufgerufen, Türen und Fenster zu schließen. Man ließ die Schadstoffe in der Luft messen. Nach Stunden gaben die Behörden Entwarnung. Brandexperten suchten tagelang nach der Ursache. Sie konnten keine finden. Die Ermittlungen wurden allerdings nicht so schnell eingestellt. Es kam von Anfang an der Verdacht der Brandstiftung auf. Versicherungsbetrug wollten die Ermittler ebenfalls nicht ausschließen. Deshalb fragten sie nach der Versicherungssumme. Aus der Ferne verfolgte er in der Presse, was sich aus den Untersuchungen entwickelte. Sein Vater räumte ein, so war zu lesen, dass die Halle hoch versichert war. Er begründete das mit den hochwertigen Materialien, die in der Halle standen und lagen. Als sich herausstellte, dass er sie demnächst erneuern und erweitern wollte, wuchs das Misstrauen der Ermittler. Sie schalteten Wirtschaftsprüfer ein, die Unregelmäßigkeiten in den Büchern entdeckten. Am Schluss hatte sein Vater auch noch die Steuerfahndung am Hals. Zeitweise stand die Firma vor dem Untergang. Aber es ging halbwegs gut aus. Ein Versicherungsbetrug war seinem Vater letztlich nicht nachzuweisen, jedoch Steuerhinterziehung. Einen recht hohen Betrag musste er nachzahlen. Selbst sein ausgezeichneter Anwalt konnte das nicht verhindern. Die

Ermittlungen wegen Brandstiftung wurden irgendwann ergebnislos abgeschlossen. Wenige Monate später konnte er lesen, dass die Bilanzen seines Vaters trotz Steuerfahndung und Engpässen in der Produktion nach dem Großbrand ausgeglichen waren. Sein Vater stellte einmal mehr unter Beweis, dass er ein hervorragender Geschäftsmann war. Er ging davon aus, dass seinem Vater auch Gerüchte und eine schlechte Presse nichts anhaben konnten. Sein Vater hatte viele Fähigkeiten. Unter anderem konnte er gut verdrängen, und blenden.

Beim endgültigen Abschied vom Elternhaus hatte er noch das Grab der Mutter besucht. Sein Vater hatte einen mächtigen rechteckigen, schwarzen Marmorstein setzen lassen. In Goldlettern prangten darauf der Name, der Geburtsname, der Geburtstag und der Todestag der Mutter. Das Grab war so riesig, dass die ganze Familie auf einen Schlag hineingepasst hätte. Auf einen Schlag! Manchmal wünschte er, dass es so geschehe. Es war das größte Grab auf dem Friedhof. Auf der rechten Seite stand ein großer weißer Engel, ebenfalls aus Marmor, leicht gebeugt und betend. Er wirkte übermächtig. Sein Gesicht hatte einen Hauch von Ähnlichkeit mit seiner Mutter. Er fragte sich, ob das so von seinem Vater gewollt war oder ein Zufall? Das Grab mit seiner Blumenpracht machte einen gepflegten und teuren Eindruck. Das Ganze war eine Inszenierung seines Vaters. Sie vergrößerte seinen Hass auf den Vater. Nichts war ehrlich an ihm. Da er die familiären Hintergründe nur zu gut kannte, entsetzte ihn dieses Grab, eine Stätte der Heuchelei. Der Schmerz über den Verlust der Mutter überwältigte ihn einmal mehr. Fluchtartig hatte er diesen trostlosen Ort verlassen, den sein Vater pietätlos nutzte, um seine herausragende Stellung in der örtlichen Gesellschaft zu zeigen. Auf verschlungenen Pfaden war er in ein neues Leben gewandelt, mit neuem Namen. Selbst den Vornamen hatte er getilgt, obwohl er ihn liebte. Wie eine Schlange hatte er die alte Haut abgestoßen. Die Häutung war ein langer Prozess gewesen, der ihn viel Kraft gekostet hatte. Aber es hatte sein müssen. Für seine Familie blieb er auf ewig »unbekannt verzogen«.

H

Handelte es sich um ein perfides Spiel? Eine dritte »Leiche« wurde im Gifiz gesichtet. Ein anonymer Anruf hatte den Einsatz ausgelöst, zu dem sich nun wieder Berger und Rackert auf den Weg machen mussten. Vielleicht hatte der »Teufel« seine Finger in diesem Spiel und führte sie zum dritten Mal zu einer »Leiche« am Gifiz. Berger war verwirrt. Am liebsten wäre er gar nicht zum See gefahren und hätte anderen die Arbeit überlassen. Vom Schreibtisch aus konnte er den Fall aber nicht lösen. Rackert und er hatten die verdammte Pflicht, den Fundort aufzusuchen. Sie wussten ja nicht, ob es sich dieses Mal nicht doch um eine echte Leiche handelte. Was war das für ein Spiel, das ihm schon wieder kostbare Zeit wegfraß?

Mit großem Ärger kümmerte er sich vor Ort zusammen mit Rackert um die dritte Gifiz-Leiche. Im Umgang mit schwimmenden Sexpuppen waren beide jetzt geübt. Deshalb ging alles schnell. Berger hätte das Ganze locker nehmen können, was ihm allerdings nicht gelang. Waren es die Puppen, die ihn so aufbrachten? Oder musste er den Grund bei Rackert suchen, der sich auf eine unbeschreibliche Art in die Fälle vertiefte? Er hoffte, dass sich das Rätsel bald löste.

Rackert untersuchte die Puppe, die so aussah wie die

erste, also eurasisch, und sagte kurz angebunden: »Umgekehrtes Pentagramm. Röm 8,13.«

Berger antwortete ebenso kurz: »Rackert, übernehmen Sie. Sie sind der Experte in biblischen Lettern und Zahlen und mysteriösen Zeichen auf nackten Brüsten.«

Diese hämische Antwort des Kollegen verletzte Rackert.

Trotzdem lieferte er schnell. Wenige Tage später, einen Tag vor seinem Jahresurlaub, berichtete Rackert über seine Ergebnisse: »Das Übliche: keine Gebrauchsspuren. Röm 8,13 heißt: ›Denn wenn ihr nach dem Fleische lebet, so werdet ihr sterben, wenn ihr aber durch den Geist die Handlungen des Leibes tötet, so werdet ihr leben.‹«

Berger fragte mürrisch: »War das alles?«

Rackert hielt kurz inne, dann explodierte er ohne Vorwarnung. »Das ist eine deutliche Steigerung. Das ist ein Menetekel, wenn Sie wissen, was das bedeutet! Da braut sich etwas zusammen!«

Und er setzte noch einen drauf, wobei sich seine Stimme fast überschlug: »Ich gehe jetzt in Urlaub, Berger. Dann haben Sie vor mir Ruhe. Aber vielleicht unternehmen Sie ja doch etwas. Auf jeden Fall kann ich Ihnen nur dazu raten! Ich vervollständige die Akte, dann können Sie sich in Ruhe mit den drei Puppen in der Asservatenkammer vergnügen.« Damit war sein Vortrag beendet. Rackert verschwand in seinem Büro und ließ einen verblüfften Kollegen zurück.

Berger wiederholte leise die letzten Worte von Rackert: »›Dann können Sie sich in Ruhe mit den drei Puppen in der Asservatenkammer vergnügen!‹« Das war ein ungeheuerlicher Affront. Was war der Anlass für diesen bösen Angriff? Musste er sich so etwas gefallen lassen? Berger konnte das eigentlich nicht hinnehmen. Mit dem Kollegen jetzt noch unbefangen umzugehen, das schloss er in diesem Augenblick aus. War es vielleicht besser, nicht mehr mit ihm zusammenzuarbeiten? Und was hatte Rackert zu diesem Tiefschlag bewogen? Hatte er den Kollegen so verärgert? War er in letzter Zeit unangemessen mit ihm umgegangen? Warum lösten ausgerechnet diese blöden Sexpuppen so eine Attacke aus? Einen Reim konnte er sich nicht auf Rackerts Reaktion machen. Er war drauf und dran, Rackert nachzurennen, ihn zur Rede zu stellen und ihn zu fragen, warum er ihn so angegangen habe. Wenn er auf die letzten Wochen zurückblickte, musste er sich jedoch eingestehen, dass er sich in Sachen Sexpuppen dem Kollegen gegenüber sehr negativ und fast schon herablassend verhalten hatte. Und auch beißend ironisch. Er hatte immer abgeblockt, wenn Rackert gefragt hatte, ob man nicht in Ermittlungen einsteigen müsse. Hatte er ihn damit so vor den Kopf gestoßen und verletzt, dass er jetzt explodierte? So kannte er ihn gar nicht.

Das Wort Menetekel bohrte sich in Berger wie eine Zecke. Es begleitete ihn in den Schlaf, es tauchte im Traum auf, es stand mit ihm auf, es schaute aus den Akten, die er anlegte. Es störte seine Kommunikation mit der Kollegin Tamara Bieger, die Rackerts Urlaubsvertretung übernommen hatte. Er musste diese Zecke herausdrehen, damit sie keinen Schaden anrichtete. Natürlich wusste Berger, was das Wort Menetekel bedeutete. Von Rackert brauchte er sich nicht auf diese hochnäsige Art belehren lassen. Ein Menetekel war als Warnung, als Mahnung zu verstehen. Ein Vorzeichen, dass Unheil drohte. Böses Omen. Dunkle Vorahnung. Unabwendbares Schicksal. Wie aus einem Lexikon sprangen ihn die Erklärungen an. Mit dem Wort Menetekel verband er die biblische Figur des Königs Belsazar aus dem Buch Daniel des Alten Testaments. Belsazar hatte nachts Schriftzeichen an der Wand gesehen und sie nicht übersetzen können. Der Weise Daniel, der große Traumdeuter und Seher, erklärte Belsazar, dass Gott sein Königreich beende, weil er goldene und steinerne Götter verehrt und einen Tempelschatz entweiht habe. Noch in derselben Nacht wurde Belsazar ermordet. Berger kam das Gedicht von Heinrich Heine in den Sinn, das den Untergang Belsazars eindringlich beschrieb. Über dieses Gedicht hatte er die Geschichte Belsazars kennengelernt. Es war eines der berühmtesten Werke zum Thema Menetekel. Er hätte es auf der Stelle vor Publikum auswendig vortragen können, wie so viele Gedichte von Heinrich Heine. Sein Gedächtnis rief es Zeile für Zeile auf. Und Zeile für Zeile trug er es in gedämpftem Ton im leeren Raum vor.

»Die Mitternacht zog näher schon;
In stummer Ruh lag Babylon.

Nur oben, in des Königs Schloss,
Da flackert's, da lärmt des Königs Tross,

Dort oben, in dem Königssaal,
Belsazar hielt sein Königsmahl.

Die Knechte saßen in schimmernden Reih'n,
Und leerten die Becher mit funkelndem Wein.

Es klirrten die Becher, es jauchzten die Knecht';
So klang es dem störrigen Könige recht.

Des Königs Wangen leuchten Glut;
Im Wein erwuchs ihm kecker Mut.

Und blindlings reißt der Mut ihn fort;
Und er lästert die Gottheit mit sündigem Wort.

Und er brüstet sich frech, und lästert wild;
Die Knechtenschar ihm Beifall brüllt.

Der König rief mit stolzem Blick;
Der Diener eilt und kehrt zurück.

Er trug viel gülden Gerät auf dem Haupt;
Das war aus dem Tempel Jehovas geraubt.

Und der König ergriff mit frevler Hand
Einen heiligen Becher, gefüllt bis am Rand.

Und er leert ihn hastig bis auf den Grund,
Und rufet laut mit schäumendem Mund:

Jehovah! dir künd' ich auf ewig Hohn, –
Ich bin der König von Babylon!

Doch kaum das grause Wort verklang,
Dem König ward's heimlich im Busen bang.

Das gellende Lachen verstummte zumal;
Es wurde leichenstill im Saal.

Und sieh! und sieh! an weißer Wand
Da kam's hervor wie Menschenhand;

Und schrieb, und schrieb an weißer Wand
Buchstaben von Feuer, und schrieb und schwand.

Der König stieren Blicks da saß,
Mit schlotternden Knien und totenblass.

Die Knechtenschar saß kalt durchgraut,
Und saß gar still, gab keinen Laut.

Die Magier kamen, doch keiner verstand
Zu deuten die Flammenschrift an der Wand.

Belsazar ward aber in selbiger Nacht
Von seinen Knechten umgebracht.«

Was war, wenn Rackert ihm eine geheime Botschaft zukommen lassen wollte? Und er die Zeichen der Botschaft wie Belsazar nicht übersetzen konnte? Drohte ihm dann auch Unheimliches? Sosehr sich Berger auch bemühte, er wurde aus dem Verhalten Rackerts nicht schlau. Er brauchte einen weisen Ratgeber. Die Auseinandersetzung mit Rackert belastete ihn so, dass er den Kripochef, Kriminaloberrat Hans-Joachim Winker, kurz Hajo Winker, um ein persönliches Gespräch bat.

Der Kriminaloberrat hörte Berger ruhig zu, der den Fall der drei Puppen im Gifiz und das Zerwürfnis mit Rackert schilderte. Auch den Tiefschlag, den ihm der Kollege versetzt hatte, ließ Berger nicht aus. Er brachte seine Sorgen um seinen Kollegen zur Sprache. Die Fragen, die er stellte, waren allerdings mehr an sich selbst gerichtet als an Hajo Winker. Hatte er bei den Ermittlungen am Gifiz einen Fehler gemacht? Steckte mehr in dem Fall, oder wurden sie von einem Unbekannten genarrt? Warum reagierte Rackert über? Fühlte sich Rackert veralbert? Hatte er sich Rackert gegenüber unmöglich verhalten?

Der Kriminaloberrat beruhigte ihn. Nach allem, was er jetzt gehört habe, würde er den Fall mit den Puppen auch nicht so hochhängen. Wenn noch einmal so ein Ding aus Silikon gefunden werde, könne man sich in Ruhe überlegen, ob man ermitteln müsse oder nicht. Über das Verhalten Rackerts könne man letztlich nur spekulieren. Das wolle er aber nicht. Eine Erklärung habe er nicht parat. Er betonte, dass Berger sich nicht falsch verhalten habe.

Nicht falsch verhalten, überlegte Berger. Das kann ja auch bedeuten, dass ich mich hätte anders verhalten können oder sogar müssen. Kommt jetzt das große Aber?

Es blieb aus. Von einer Konfrontation oder Konsequenzen oder gar einer Umsetzung im Kriminaldauerdienst riet der Kripochef vorerst ab. »Ich denke, wir werden eine Lösung finden, die auch in Zukunft eine gute Zusammenarbeit ermöglicht.«

Bei Konflikten unter Kollegen war der Kripochef Winker grundsätzlich auf Ausgleich bedacht. Meistens fuhr er damit gut. Seine Personalführung wurde hochgelobt. Ob Winker auch in diesem Fall eine glückliche Hand hatte, bezweifelte Berger. Oder wollte er Rackert schützen? Auf jeden Fall empfahl der Kripochef Berger, zunächst einmal die Sache auf sich beruhen zu lassen, bis Rackert aus seinem Jahresurlaub zurückkehrte. Er bot ein Dreiergespräch an, um den Streit, falls es tatsächlich einer war, zu klären. Vielleicht, meinte Winker, sei die hohe Arbeitsbelastung im Kriminaldauerdienst ein Grund für die gereizte Stimmung zwischen ihm und Rackert.

Berger gefiel diese Begründung überhaupt nicht. Man konnte nicht alle Unstimmigkeiten auf Überlastung zurückführen. Außerdem konnte er nicht erkennen, dass Rackert und er in den letzten Monaten unter der Arbeit gelitten hätten. Wenn er es genau überlegte, war eine Anspannung oder Reizbarkeit zwischen ihnen beiden nur bei den Puppenfällen zu spüren. Rackert bearbeitete jeden Puppenfall mit großem Ernst. Mit zu großem Ernst, wenn man es sich recht überlegte. Berger verzichtete darauf, seine Beobachtung dem Kripochef mitzuteilen. Er musste in Ruhe über die nächsten Schritte nachdenken. Deshalb nahm er die Empfehlung des Winkers ohne Erwiderung hin.

Sie standen auf, der Winker wünschte Berger alles Gute und klopfte ihm auf die Schulter. »Lassen Sie sich nicht verunsichern. Bewahren Sie Ruhe.«

Sehr hilfreich! Wer keine Ruhe hat, kann auch keine Ruhe bewahren. Berger behielt seine Gedanken jedoch für sich und verließ mit gemischten Gefühlen das Büro des Kripochefs. Vielleicht hätte er besser auf ein Gespräch mit Winker verzichtet. Es brachte ihn jedenfalls nicht weiter. Ratlos stürzte er sich in die Arbeit.

I

Im lichten Morgengrauen spürte Berger noch volle Zuversicht und Tatendrang. Es war ein schöner Septembermorgen, luftig, durchmischt mit der süßen Schwere des beginnenden Herbstes. Ein prächtiger Altweibersommer ließ grüßen mit Blumen und Sträuchern, über die Spinnennetze wie Schicksalsfäden gezogen waren. So liebte er den Herbst. Er hatte sich vorgenommen, zusammen mit seiner Frau wieder mehr zu wandern. In den nächsten Wochen wollten sie die Premiumwege im Renchtal in Angriff nehmen. Sie hatten sich den neuen Himmelssteig in Bad Peterstal und den Buchkopfturm-Rundweg bei Oppenau-Maisach vorgenommen. Anschließend wollten sie in einer Höhengaststätte einkehren. Er träumte von den Wanderungen. Sie würden sicher so schön werden wie der Ausflug zu den Wirkungsstätten von Grimmelshausen.

Als sie zum See kamen, war schon alles abgesperrt. Berger und seine Kollegin Bieger gingen zum Amphitheater. Wieder eine nackte Leiche, dieses Mal nicht auf dem See, sondern davor, hatte es geheißen, als sie den Auftrag entgegengenommen hatten. Das hatte ihn stutzig werden lassen, obwohl er sofort wieder mit einer Sexpuppe gerechnet hatte.

Doch sein Gefühl bestätigte sich, als sie das Amphitheater erreichten. Der nackte, schlanke und durchtrainierte Körper eines Mannes lag bäuchlings auf dem Boden im Amphitheater. Die auseinandergespreizten Beine zeigten Richtung See. Die Arme lagen an den Körper gepresst. Mit weißer Farbe waren von den Füßen an Linien auf den Boden gesprüht. Wenn man genau hinschaute, bildeten der Körper und die Linien ein Pentagramm, das auf den Kopf gestellt war.

Als Berger sich dem Körper näherte, stockte ihm der Atem. Sofort fiel ihm das wellige braune Haar auf. Er zog Gummihandschuhe an und hob vorsichtig den Kopf der Leiche an. Und hatte die fürchterliche Gewissheit: Auf dem Boden lag sein Kollege Georg Rackert. Berger hatte in seinem Beruf schon viel erlebt, aber noch nie geweint. Jetzt schossen ihm Tränen aus den Augen.

Seine Kollegin Bieger berührte seine rechte Hand, nahm ihr Smartphone, rief die Zentrale an und sagte mit leiser Stimme: »Kommt zum Gifiz. Georg Rackert liegt hier. Das ganze Programm.«

Es vergingen Minuten, bis Berger sich einigermaßen gefasst hatte. Bieger hielt immer noch seine rechte Hand. Diese Verbindung beruhigte ihn etwas. Bei anderen Kolleginnen oder Kollegen hätte er diese Berührung nicht so lange ausgehalten. Aber Bieger und er hatten so etwas wie eine gleiche Wellenlänge. Beide waren sie Studienabbrecher, sie in Psychologie, er in Germanistik. Sie liebten ihren Beruf, wollten aber keine Karriere machen. Mit jeder Faser kosteten sie ihre Freizeit aus. Über ihre Vorlieben und ihren Werdegang sprachen sie immer mal wieder, wenn sie Zeit dazu hatten. Privat gingen sie getrennte Wege. Sie pflegten ein gutes, kollegiales Verhältnis. Das brachte ihn dazu, ihr nach wenigen gemeinsamen Einsätzen als Älterer das Du anzubieten.

Bieger ließ seine Hand erst los, als die Spurensicherer kamen. Kurze Zeit später waren auch der Polizeipräsident, sein Stellvertreter und der Kripochef Hajo Winker vor Ort. Und ein Staatsanwalt. Man sah ihnen die Erschütterung an. Sie sagten nicht viel. Schauten sich um, soweit es ging. Am unmittelbaren Fundort hatten sie nichts verloren, trotz ihres hohen Ranges. Keine Spur durfte vernichtet werden. Vorrang hatte die Kriminaltechnik. Alle wussten, dass die Spurensicherung das Wichtigste am Fundort war.

Und dieser Fundort hatte es in sich. Der Gifizsee war ein viel besuchter Ort. Am Amphitheater lagerten häufig Besucher und hinterließen Spuren. Vor wenigen Tagen erst war die Kultursaison am Amphitheater beendet worden. Ausgerechnet mit einer Krimilesung!

Das Amphitheater war vor längerer Zeit auf Anregung von Anwohnern am Gifizsee entstanden. Sie boten jedes Jahr ein anregendes Programm mit Lesungen, Musik und Tanz an. Die Künstler verzichteten auf eine Gage und erhielten lediglich Essensgutscheine für das Restaurant am See. Die Initiatoren finanzierten die Organisation und die Technik aus eigener Tasche. Bei den Aufführungen hielt ein Maler die Szenen in schnellen Bildern fest, hing sie an eine Art Wäscheleine und versuchte sie zu verkaufen. Das Amphitheater war ein kulturelles Experiment, das vom selbstlosen Engagement einiger weniger Anwohner lebte. Kleinkunst ohne Kommerzialisierung. Dieses Angebot schätzten die Anwohner sehr. Nur in der Presse fand es nicht immer das gebührende Echo. Die Veranstalter hielten sich jedoch mit Kritik zurück.

Jetzt lag ein dunkler Schatten auf dem kleinen Rund vor dem See. Und in diesem Rund mit seinen stufenweisen Sitzreihen sowie um das Amphitheater herum mussten sich die Techniker durch eine vielfältige Mischung von Spuren arbeiten. Fast der ganze Gifizsee war abgesperrt, als die Kriminaltechniker in ihren weißen Ganzkörperanzügen mit der

Arbeit begannen. Sie mussten darauf achten, selbst keine Spuren zu hinterlassen. Und sie mussten Spuren aller Art sichern: DNA, Haare, Hautpartikel, Fasern, Steine, Schuhabdrücke. Fakten, die man nicht widerlegen konnte. Besonders wichtig waren Hautschuppen. Sie waren an jedem Ort eines Verbrechens zu finden. Im Gegensatz zu Blutspuren konnte der Täter sie nicht beseitigen. Allerdings war es nicht einfach, sie zuzuordnen. Sie mussten notfalls mit den DNA-Profilen der Ermittler verglichen werden, die den Tatort betreten hatten. In der Regel waren die Ermittler mit ihrem genetischen Fingerabdruck registriert. So konnte man schnell Verunreinigungen des Tatorts durch Polizisten aufdecken. Bei aller Akribie und Vorsicht mussten die Techniker schnell und gründlich sein. Aber zuerst erfassten sie den Fundort und das Opfer fotografisch. Später digitalisierten sie die fotografischen Daten. So konnten die Mitglieder der Soko am Computer durch den Fundort surfen.

Nun hoben die Techniker die Leiche von Georg Rackert vorsichtig an und drehten sie auf die Seite. An Bauch und Oberschenkel hafteten Teile, die sorgfältig in Tüten gesammelt wurden. Als die vorläufige Untersuchung abgeschlossen war, legten sie den toten Rackert in eine dunkle Wanne. Die Rechtsmediziner in Freiburg mussten die Todesursache feststellen und nach Hinweisen suchen, die zu dem oder den Tätern führten. Falls es sich um Mord handelte. In diesem frühen Stadium der Ermittlungen war jede Behauptung fehl am Platz. Auf dem Weg zur Gifiz-Halbinsel auf der Höhe des Amphitheaters stand der Leichenwagen eines Bestattungsinstituts bereit, das auch Leichen zur Rechtsmedizin brachte.

Alban Berger, Tammy Bieger und den anderen Kriminalisten des Polizeipräsidiums war klar, dass noch im Laufe des

Tages eine Sonderkommission gebildet werden würde. Keine Mordkommission. Die Staatsanwaltschaft hatte gleich angedeutet, dass der Fall nach erstem Augenschein etwas Besonderes sei. Eine Sonderkommission bedeutete einen erheblichen Kraftakt. Berger hatte schon in Sonderkommissionen gearbeitet. Man musste sich das Ganze wie einen Ameisenhaufen vorstellen. Jede Ameise hatte ihre spezielle Aufgabe. Keine durfte die andere behindern. Es wirkte auf Außenstehende wie ein Gewusel. Aber am Schluss fügte sich in den meisten Fällen alles so, dass das Verbrechen aufgeklärt wurde. In Mordfällen lag die Aufklärungsquote in Deutschland bei rund 93 Prozent. Nach offiziellen Statistiken. In den letzten Jahren kursierten allerdings immer wieder Untersuchungen, die etwas anderes besagten, nämlich dass jeder zweite Mord oder Totschlag unentdeckt bleibe. Die Untersuchungen verfehlten ihre Wirkung nicht: Bund und Länder setzten inzwischen auf eine verbesserte Ausbildung der Mediziner und eine professionellere Leichenschau. Aber die Leiche im Amphitheater zählte nicht zu den unentdeckten Fällen.

Dass das scheinbare Gewusel seine Ordnung hatte, dafür sorgte unter anderem die Oberameise, die Ameisenkönigin, die Staatsanwaltschaft. Sie lenkte die Ameisen, gab die Laufrichtung vor. Und die Mitglieder der Sonderkommission, die Arbeitsameisen, hatten zu »gehorchen«. Eine Sonderkommission war in keinem Polizeipräsidium beliebt. Alle waren bis in die Finger- und Haarspitzen gefordert. Ein Arbeitstag in der Sonderkommission dauerte bis zu 16 Stunden. Sonn- und Feiertage und Urlaub wurden gestrichen. Nur Hochzeiten waren erlaubt, aber Hochzeitsreisen nicht. Berger dachte an die geplanten Herbstwanderungen: »Die kann ich vergessen.«

Am Nachmittag war die Sonderkommission schon gebildet. Sie hatte den Namen »Soko Gifiz«. Mehr als 60 Männer und Frauen aus dem Polizeipräsidium mussten im Fall Georg Rackert ermitteln. Sie hatten vier Bereiche abzudecken. Bereich eins fragte Zeugen und verhörte Verdächtige. Bereich zwei nahm Hinweise auf, erfasste Daten und katalogisierte Spuren. Bereich drei fahndete mit technischen Mitteln wie zum Beispiel Kameras. Bereich vier sicherte Spuren und hielt Kontakt zur Rechtsmedizin.

Berger wollte eigentlich nicht in der Sonderkommission mitarbeiten. Ihm ging der Fall zu nahe. Er glaubte, dass ihn das bei der Arbeit behinderte. Zu eng und zu lange hatte er mit Georg Rackert zusammengearbeitet. Aus diesem Grund fühlte er sich befangen. Er bat den Einsatzleiter der Soko, Hubert Firner, darum, ihn nicht zu berücksichtigen. Er sei ja außerdem so etwas wie ein Zeuge. Im Moment könne er sich nicht vorstellen, dass er fähig sei, die Erinnerung an Georg Rackert und die Ermittlungsarbeit auseinanderzuhalten. Er könne vielleicht wichtige Hinweise geben, aber nicht systematisch ermitteln. Berger erwähnte die Puppen mit den geheimnisvollen Zeichen, Buchstaben und Zahlen. Auch den Streit mit Rackert und dessen seltsames Verhalten sprach er an.

Firner ließ die Argumente nicht gelten und erwiderte, er könne jetzt auf niemand verzichten, vor allem nicht auf sehr erfahrene Kollegen. Berger müsse mit dieser Belastung entsprechend umgehen. Er traue ihm zu, dass er das alles aushalte. Firner beschwor Berger: »Sie müssen mithelfen. Das sind Sie dem Kollegen Rackert und seiner Familie schuldig.« Firner baute so viel moralischen Druck auf, dass Berger nicht widerstehen konnte. Er sagte seine Mitarbeit zu, aber nicht in einer führenden Position. Firner bedauerte das. Er habe ihn eigentlich als Leiter des Bereichs zwei vorgesehen. Aber er respektiere seine Bedenken. Er biete ihm jedoch an, sich die Puppenfälle noch einmal näher anzuschauen. Vielleicht ergäben sich daraus wichtige Hinweise. Berger wusste, dass noch mehr auf ihn zukommen würde. Firner bezog ihn geschickt in die Soko ein. Berger bat darum, dass Tammy Bieger ihn unterstützte. Der Einsatzleiter folgte dem Wunsch, Berger und Bieger wurden dem Bereich zwei als Team zugeordnet.

Alban Berger rief seine Frau an und sagte ihr, dass es ziemlich spät werde. Es sei etwas Schreckliches passiert. Sein Kollege Georg Rackert sei tot am Gifiz gefunden worden. Er müsse in einer Sonderkommission mitarbeiten. Mehr könne er ihr nicht sagen. Seine Frau wusste aus leidvoller Erfahrung, dass eine Sonderkommission kein Privatleben zuließ. Sie hatte sich zwar gut auf das Leben mit einem Polizisten eingestellt. Trotzdem würden herbe Wochen folgen. Zu tun hatte sie genug. Außerdem hingen sie nicht aneinander wie Kletten. Aber die gemeinsamen Stunden und Erlebnisse, die Gespräche über Literatur, das Kochen, das Wandern, ein gelegentlicher Kinobesuch und vieles mehr waren ihnen äußerst wichtig. Darauf mussten sie jetzt auf unabsehbare Zeit verzichten. In der Regel wurden Sonderkommissionen nicht so schnell wieder aufgelöst. Man bildete sie nur, wenn die Fakten am Anfang keine eindeutigen Schlüsse zuließen. So viel hatte sie in den Ehejahren mit einem Kriminalpolizisten mitbekommen.

Am frühen Abend war alles eingeteilt. Die Soko arbeitete so, als sei sie vor langer Zeit eingerichtet worden. Nach und nach trudelten Daten ein und wurden eingearbeitet. Viele Spuren waren schon erfasst. Sie bekamen Nummern und wurden kategorisiert. Wenn sie abgearbeitet waren, erhielten sie einen Haken. Aber sie verschwanden nicht aus dem Blickfeld. Manchmal musste man sie neu betrachten oder bewerten. In so einem frühen Stadium konnte die Soko Gifiz noch nicht viel abhaken. Vorerst war das schnelle Sammeln von Spuren angesagt. In der Regel übersahen die Kriminalisten keine oder nur wenige Spuren. In einigen Fällen war allerdings ihre Deutung sehr schwierig. Und da begann der mühevolle Wettlauf gegen die Zeit. Das bekamen Berger und die anderen Mitglieder der Soko gleich an diesem Abend zu spüren.

Während Berger und seine Kollegen von Team zwei Daten erfassten und kategorisierten, stellten Techniker die Wohnung von Georg Rackert auf den Kopf. Systematisch durchsuchten sie alle Räume, schauten nach Auffälligkeiten. Für 18.30 Uhr war die erste große Besprechung der Soko geplant. Firner verschob den Termin jedoch um eine halbe Stunde, weil er die ersten Ergebnisse der Ermittlungen in Georg Rackerts Wohnung abwarten wollte. Außerdem mussten der Kripochef und er mit der Staatsanwaltschaft letzte Einzelheiten klären.

Um 19.00 Uhr erschienen der Soko-Leiter Firner, der Kripochef Winker, die Polizeiführung und Oberstaatsanwalt Dr. Lorenz Taglehner im Polizeipräsidium, wo die Teams der vier Ermittlungsbereiche in einem provisorischen Raum bereits versammelt waren.

»Dr. Lorenz Taglehner!«, murmelte Berger vor sich hin. »Das kann ja heiter werden!«

Tammy legte ihre rechte Hand auf seine linke Schulter. Sie war bemüht, ihn zu beruhigen. Aber auch sie wusste, dass Oberstaatsanwalt Taglehner ein besonderer Vertreter des Rechts war. Hochintelligent, hart gegen sich selbst und sein Team, erfolgshungrig, streitlustig und scharfzüngig. Privat, wurde kolportiert, sei er nett und auch witzig. Dienstlich war davon nichts bei ihm zu spüren.

In knappen Worten schilderte Taglehner nun, warum eine Sonderkommission und keine einfache Mordkommission gebildet worden war. Er zählte die Ermittlungsschwerpunkte auf: Mord, als Selbsttötung getarnter Mord, Totschlag, Suizid. Das Zeichen am Fundort der Leiche deute nach einer ersten schnellen Analyse auf Satanismus hin. Das müsse man ganz stark berücksichtigen.

Berger hätte am liebsten gerufen: »Das kann man auch anders sehen.« Er konnte sich gerade noch zurückhalten.

Taglehner meinte, möglicherweise hänge der Fall mit den drei Puppen im Gifizsee zusammen. Dieser Zusammenhang sei ihm allerdings erst vor wenigen Minuten mitgeteilt worden. Er könne das alles fürs Erste nicht einordnen. Deshalb müsse er darauf bestehen, dass in alle Richtungen ermittelt werde. Und diesen Satz wiederholte er langsam. Zur Rolle von Georg Rackert wolle er zu diesem Zeitpunkt gar nichts sagen. Er warnte davor, voreilig Schlüsse zu ziehen.

Berger dachte: Das hättest du dir sparen können. Wir sind keine Anfänger. Aber so war Taglehner. Er musste immer deutlich machen, dass er der Herr des Verfahrens war.

Wie üblich legte sich Taglehner nicht gleich fest. Das war auf der einen Seite gut, fand Berger, auf der anderen Seite bedeutete das mehr Aufwand bei den Ermittlungen. Als Mitglied der Sonderkommission durfte er das Vorgehen der Staatsanwaltschaft jedoch nicht infrage stellen. Aber das, was ihm Rackert über das Zeichen, die Zahlen und die Buchstaben auf den Sexpuppen gesagt hatte, ließ ihn an der ersten Einschätzung Taglehners zweifeln.

Firner klatschte in die Hände. Der Soko-Leiter stellte erste Erkenntnisse vor. Am Fundort der Leiche und in der näheren Umgebung seien bisher keine auffälligen Spuren gefunden worden. Das kleine Amphitheater sei am späten Nachmittag mit einem Spezialgerät abgesaugt worden. Der Inhalt sei mit einem Hubschrauber unterwegs nach Stuttgart und werde dort im Kriminaltechnischen Institut genau untersucht. Vielleicht gelinge den Stuttgartern ein Volltreffer wie im Fall der ermordeten Freiburger Studentin Maria L. Im Spätjahr 2016 hatte ein 18,5 Zentimeter langes, schwarzes Haar mit Blondierung den Durchbruch in dem Fall gebracht. Eine Wissenschaftlerin des Kriminaltechnischen Instituts hatte das Haar aus einem Brombeergestrüpp gefischt, das am Tatort abgemäht worden war. Die Befragungen von Anwohnern am Gifizsee seien noch nicht beendet, erklärte Firner. Die Auswertung erfolge im Laufe der Nacht. Die Leiche von Georg Rackert befinde sich bereits zur Obduktion in der Rechtsmedizin in Freiburg. Zu diesem Zeitpunkt könne man aber noch nichts über die Todesursache sagen. Der Todeszeitpunkt müsse um Mitternacht oder kurz davor liegen. Die Reaktion der Gesichtsmuskulatur und der Pupillen am Morgen sowie die Körperkerntemperatur im Enddarm der Leiche und die Temperatur in der Umgebung ließen auf diesen Zeitpunkt schließen. Die Kollegen, die im Moment die Häuser um den Gifiz abklapperten, seien über den Zeitpunkt informiert. Normalerweise dauere die Obduktion einer Leiche nicht lange, wie ja alle wüssten. Dieser Fall sei für die Rechtsmedizin ausnahmsweise schwieriger und erfordere Geduld. Äußere Verletzungen habe man am Fundort nicht feststellen können. Man müsse sich auf mehrere Fragen konzentrieren: Wie ist Georg Rackert an den Gifizsee gekommen? Gelangte er selbst dorthin oder ist er zum See getragen worden? Wenn ja, in welchem Zustand? Ist er schon tot gewesen? Hat er noch gelebt? Ist er bewusstlos gewesen? Ist er betäubt worden? Wo sind seine Kleider, seine Schuhe? Hat er sie selbst am See ausgezogen? Oder ist er nackt zum See gebracht worden? Ist der Fundort auch der Tatort? Man müsse den ganzen Uferbereich des Sees absuchen. Es bleibe nichts anderes übrig, als auch die Mülltonnen der Häuser rund um den Gifiz zu untersuchen. Die nötigen Polizeieinheiten seien schon angefordert. Eine Tauchereinheit werde den Seegrund inspizieren. Man sei auch dabei, den Tagesablauf Rackerts zu rekonstruieren. Die Vermieter Rackerts, schockiert wie viele in dem Fall, hatten ausgesagt, sie hätten den ganzen Tag nichts von ihm gehört. Während der »20-Uhr-Tagesschau« am gestrigen Abend sei er weggefahren. Die Tagesschau war immer noch eine verlässliche Orientierung im Tageskalender vieler Menschen, vor allem der mittleren und älteren Generation. Rackert, hätten sie noch betont, sei ein sehr freundlicher und ruhiger Mieter gewesen, aber nicht gerade der gesprächigste.

Den Paukenschlag lieferten die Bereiche drei und vier, also die, die mit technischen Mitteln fahndeten und Spuren sicherten. Sie fanden in Rackerts Wohnung zwei nackte Sexpuppen, beide hatten ein Zeichen und Zahlen und Buchstaben auf der linken Brust. Außerdem entdeckten sie noch eine Schablone für Buchstaben und eine Sprühdose zum Auftragen der Farbe. Alban Berger war erschüttert.

Firner verkündete abschließend, dass am nächsten Tag die vorläufige Untersuchung von Rackerts Wohnung in den Besprechungen im Vordergrund stehe. Damit schloss er die Lagebesprechung. Das hieß, er wollte sie schließen. »Entschuldigung, Kolleginnen und Kollegen. Ich habe ein Ritual beinahe vergessen. Bei Sokos und Mokos, die ich geleitet habe, habe ich es mir angewöhnt, zum Schluss der Besprechungen zu fragen, ob wir etwas vergessen haben.«

Das Ritual war bekannt als »Firners Endrunde«.

»Und, haben wir etwas vergessen? Oder noch nicht überlegt? Oder haben wir etwas übersehen?«

Berger wurde plötzlich hellwach. »Ich glaube, wir haben tatsächlich etwas übersehen! Hat sich schon jemand mit der Frage beschäftigt, wo Rackerts Auto ist?«

Firner runzelte die Stirn. Die Frage traf ihn, weil sie ein nicht ganz unbedeutendes Versäumnis aufdeckte. »Was für ein Auto fährt er denn?«

»Einen Opel Vivaro. Er muss ja seine Bikes unterbringen.«

»Hat seine Bikes unterbringen müssen!« Das konnte nur von Chris Doll kommen. Er war ein netter, sogar lieber Kollege, aber manchmal ein nervender Klugscheißer. Er hatte nicht umsonst den Spitznamen Korinthi für Korinthenkacker. Oft fiel er mit Zwischenrufen auf, die nicht immer angebracht waren.

Firner nahm sich seinen Duz-Freund zur Brust. »Chris, das war jetzt völlig unangebracht. Es ist doch verständlich, dass wir im Zusammenhang mit Georg Rackert nicht sofort in der Vergangenheit sprechen. Wir sind noch nicht einmal in der Phase der Erinnerung. Also lass so unnötige Belehrungen. Das ist peinlich und pietätlos. Der Hinweis auf das Auto ist gut, Berger. Hätte uns allen natürlich schon früher einfallen müssen. Ist wohl der großen Nervosität in diesem Fall geschuldet. Entschuldigt! Berger, wissen Sie zufällig die Farbe?«

»Rot.«

»Die Techniker, die Rackerts Wohnung durchsuchen, können gleich schauen, ob sein Wagen da ist. Wenn nicht, muss die Bereitschaft die Parkplätze und Straßen rund um den Gifiz abgehen. Ich leite das in die Wege. Ich danke euch.«

Die Lagebesprechung war jetzt wirklich beendet. Berger verfiel wieder in die Erschütterung, die die Nachricht von den Funden in Rackerts Wohnung in ihm ausgelöst hatte. Er nahm nicht wahr, dass um ihn herum die Kolleginnen und Kollegen ihre Arbeitsplätze ansteuerten. Er konnte es nicht glauben, dass in Rackerts Wohnung wichtige Beweisstücke entdeckt worden waren. Was hatte Rackert getrieben? War er in etwas geraten, das er nicht mehr hatte steuern können? War er Täter oder Opfer? Diese und noch viele andere Fragen mussten in der Soko beantwortet werden. Berger wusste nur, dass er Rackert kaum gekannt hatte. Sie waren Kollegen gewesen, aber mehr nicht. Das wurde ihm an diesem Abend klar.

Berger teilte die Fälle, die er zu lösen hatte, für sich in Farben ein. Dieser Fall war schwarz, sogar sehr schwarz. Er hatte das Gefühl, dass er ihn viel Energie kosten werde. Und noch mehr.

Eine Hand tippte auf seine Schulter. Es war Firners Hand. Neben dem Soko-Leiter stand Tammy Bieger. Berger hatte beide nicht bemerkt.

Firner sagte: »Es ist alles so furchtbar. Ich weiß. Aber wir müssen uns voll auf den Fall konzentrieren. Sie kennen ja alle Oberstaatsanwalt Taglehner. Er verlangt, dass wir schon bald Ergebnisse vorlegen. Sie beide fangen noch heute Abend an, sich mit dem Thema Satanismus zu befassen. Und holen Sie diese Puppen aus der Asservatenkammer. Die Kriminaltechnik muss die noch einmal untersuchen. Ich will auch wissen, wo die herkommen. Vielleicht entdecken wir eine Spur. Schauen Sie die Protokolle zu den drei Puppen durch.«

Berger lag nicht falsch mit seiner Einschätzung, dass ihn Firner geschickt in die Soko einbezog und ihm gleich noch mehr Arbeit aufhalste. Er schüttelte den Kopf. »Ich glaube, wir verrennen uns da. Das passt doch nicht zusammen: Satanismus und Bibeltexte. Allein aus dem umgekehrten Pentagramm zu schließen, dass Satanisten am Werk sind, geht zu weit. Das ist voreilig. Rackert hat mir zu den Puppen im See erklärt, dass das Zeichen, unabhängig von der Stellung, in jedem Fall Schutz vor dem Bösen bedeute. Vielleicht kommt es auch auf die Perspektive an, aus der man das Pentagramm sieht. Aber ich muss gestehen, dass mich der Fall ziemlich verwirrt.«

»Berger, Sie müssen da durch! Das habe ich Ihnen vorhin schon gesagt. Die Verwirrung können Sie nur beenden, indem Sie Fakten sammeln. Ich setze auf Ihre Erfahrung! Sie sind ein Teil, ein wichtiger Teil der Lösung dieses Falles!« Firner klopfte Berger kameradschaftlich auf die Schulter.

Die Aufmunterung hilft mir auch nicht weiter, dachte Berger. Das Schulterklopfen mochte er nur bedingt. Er schaute zu Tammy Bieger, die ihn mit ernstem Blick betrachtete. Spürte sie, dass es in ihm zu brodeln begann? Berger sagte gallig: »Also fangen wir an, am besten mit dem Teufel und seinen Gesellen.« Plötzlich fiel ihm etwas ein. Er lief Firner nach und fasste ihn an der Schulter.

Firner drehte sich erschrocken um. »Was ist los, Berger?«

»Wir brauchen die zwei Puppen aus Rackerts Wohnung. Noch heute Abend.«

»Mal sehen, ob sich das machen lässt.«

»Wir müssen die beiden Puppen vergleichen mit den drei in der Asservatenkammer. Ich will wenigstens wissen, wie das Zeichen aussieht und was die Buchstaben und Zahlen bedeuten.«

»Berger, Sie bekommen in den nächsten Stunden entweder die Puppen oder das Zeichen und die anderen Hinweise.«

»Gut, dann schere ich mich mal zum Teufel.«

Firner lachte leise über den Wortwitz und Berger kehrte zu seinem Arbeitsplatz zurück.

»Und, wie gehen wir vor?«, fragte Tammy.

Berger überlegte kurz. »Firner lässt uns die Puppen aus Rackerts Wohnung bringen. Wenn das nicht klappt, kriegen wir auf jeden Fall die Hinweise auf den Puppen. Hat er jedenfalls zugesagt. Kannst du die Puppen aus der Asservatenkammer holen lassen? Ist nur die Frage, wo wir die unterbringen? In diesem Raum ist kein Platz.«

»Ich schaue mal, ob wir einen freien Nebenraum haben.«

Tammy orderte die Puppen aus der Asservatenkammer und besorgte einen Raum, in dem alle fünf Objekte Platz hatten.

»So, das hätten wir. Was machen wir, bis die Puppen da sind?«

»Bis dahin steht der Teufel auf dem Programm. Ich schaue mal ins Internet«, antwortete Berger. »Am besten, wir grenzen die Suche zunächst ein und konzentrieren uns auf Baden-Württemberg. Überprüfst du unsere Programme? Wenn es in unserem Bundesland satanistische Vorfälle oder entsprechende Anhaltspunkte gegeben hat, dann müssten sie beim LKA registriert sein.«

Tammy und Berger fuhren ihre Computer hoch. Sie saßen gemeinsam an einem langen Arbeitstisch.

Plötzlich kreuzte Firner wieder auf. »Berger, ich muss Sie in mein Büro bitten.«

»Um was geht es denn?«

»Das sage ich Ihnen gleich.«

Berger schaute Tammy an, stand langsam auf und folgte Firner.

Im Büro sagte Firner ohne Umschweife zu Berger: »Kollege, ich muss Sie befragen. Sie haben lange mit Rackert zusammengearbeitet, haben sich also ein Bild von ihm machen können wie kein anderer von uns. Wie haben Sie ihn erlebt?«

»Ich kann nur sagen, dass die Zusammenarbeit hervorragend war. Ein sehr verlässlicher Kollege. Sachlich, konkret. Eine sehr schnelle Auffassungsgabe. Unsere Kommunikation beschränkte sich aber im Wesentlichen auf den Dienst. Privates haben wir nur selten ausgetauscht. Ab und zu haben wir über seine Mountainbike-Leidenschaft gesprochen. Das war ein Thema, auf das er ansprang. Das einzige, muss ich leider sagen.«

»Und wie war es in letzter Zeit?«

»Da hatte ich das Gefühl, dass sich etwas veränderte. Er wurde noch zurückhaltender und stiller.«

»Depressiv?«

»Nein, so nicht. Eher angespannt. Aber ich kann es nicht genau beschreiben. Es muss ihn etwas Schwerwiegendes beschäftigt haben, ob privat oder beruflich. In den letzten Wochen hatten wir ja einen Dissens bei der Beurteilung der Sexpuppen im Gifiz. Er gipfelte in einem Wutausbruch Rackerts. Der Kollege beleidigte mich. So etwas habe ich in meinen ganzen Berufsjahren noch nicht erlebt. Aber ich wiederhole mich. Vorhin habe ich Ihnen das ja kurz geschildert. Ich habe darüber mit dem Kripochef gesprochen, wie Sie wissen. Winker hat darum gebeten, die Sache zunächst ruhen zu lassen bis nach Rackerts Rückkehr aus dem Jahresurlaub.«

»Können Sie sich denn die Sache mit den Sexpuppen erklären?«

»Nein, überhaupt nicht.«

»Gut«, sagte Firner, »belassen wir es vorerst dabei. Kann sein, dass ich irgendwann noch einmal auf sie zukomme.«

Firners Diensttelefon klingelte. Er hob ab. »Ja?« Firner runzelte wieder wie in der Besprechung die Stirn. Irgendetwas schien nicht in seinem Sinne zu laufen. »Gut. Muss ich akzeptieren. Könnt ihr was über die Zeichen und die merkwürdigen Zahlen und Buchstaben auf den Puppen sagen? Gebt sie doch einfach in unser Intranet ein. Dann kann Berger gleich zugreifen. Aber bitte so schnell wie möglich!« Firner legte auf.

»Die Puppen kommen heute nicht mehr. Aber die Hinweise werden ins System eingepflegt. Es wird nicht lange dauern, bis Sie die Daten abrufen können. Kann ich noch etwas für Sie tun, Berger?«

»Nein, Kollege Firner, für heute Abend bin ich ausgelastet. Mit Sexpuppen und dem Teufel, ein satanisches Vergnügen.«

»Ich kann es Ihnen leider nicht ersparen.«

Berger hob die Hände und stand auf. Er fühlte sich wie ein alter Mann. Und wie ein alter Mann ging er zurück an seinen Platz.

Berger liebte Rätsel, vor allem, wenn sie kompliziert waren und ihn herausforderten. Jeden Donnerstag freute er sich auf das Rätsel im Magazin einer großen Wochenzeitung, die man weder im Bett noch im Zug lesen konnte. Er suchte immer zuerst nach Ansatzpunkten, die ihn weiterbrachten. Wenn er die gefunden hatte, füllten sich schnell die weißen

Kästchen. In seiner besten Zeit hatte er das Rätsel in einer halben Stunde gelöst.

Bei dem Rätsel, das er jetzt vor sich hatte, sah er keinen einzigen Ansatzpunkt. Die weißen Kästchen blieben leer.

»War etwas Besonderes?«, fragte Tammy.

»Firner wollte wissen, wie es in letzter Zeit mit Rackert war. Ob mir etwas aufgefallen ist. Ich glaube, ich habe ihm nicht wirklich weiterhelfen können.« Er ließ sich auf seinen Stuhl fallen.

Was genau ist eigentlich unter Satanismus zu verstehen, fragte sich Berger. Er gab in die größte Suchmaschine der Welt »Satanismus in Deutschland« ein. 105.000 Ergebnisse zeigte die Suchmaschine an.

Er stieß auf eine Seite, die sich in einem Artikel mit Religion und Philosophie befasste. Ein umgekehrtes Pentagramm war rechts oben zu sehen. Er vertiefte sich in den Artikel. Rund 40.000 Satanisten gebe es vermutlich in Deutschland, las er. Das hätte er nicht gedacht. Er hatte mit weniger gerechnet. Sie seien sehr unterschiedlich geprägt, stand in dem Artikel. Man finde Mode-Satanisten genauso wie kriminelle Organisationen. Viele Satanisten seien vor allem im Internet präsent und versuchten, Jugendliche zu beeinflussen, die Probleme hätten. Sie lockten oft mit Drogen, Alkohol und Sex. Leicht hätten sie es mit labilen Jugendlichen, die mit ihrem Leben und der Gesellschaft haderten, und auch mit den Kirchen. Die Formel der Satanisten sei einfach und deshalb so anziehend: Umkehrung christlicher Werte, Ausbruch aus der Gesellschaft.

Berger zog Parallelen. Alles auf den Kopf stellen: das Kreuz, das Pentagramm.

»Hört mal alle zu!«, sagte Firner laut.

Berger erschrak – er war so in den Artikel vertieft gewesen, dass er Firner weder gesehen hatte noch hatte kommen gehört.

»Der Opel Vivaro steht nicht vor Rackerts Haus. Ich habe schon Leute von der Bereitschaft losgeschickt. Die suchen die Parkplätze und die Straßen um den Gifiz ab. Wenn sie den Vivaro nicht finden, müssen wir nach dem Fahrzeug fahnden.« So kam schnell eine Aufgabe zur anderen.

»Ich habe einen Treffer!«

Tammys Ruf erinnerte an das Spiel »Schiffe versenken«.

»In Karlsruhe ist vor Jahren eine Gruppe von Satanisten aktiv gewesen.«

Berger antwortete zunächst nicht, sondern gab »Satanismus Karlsruhe« in die Suchmaschine ein. Immerhin 61.000 Ergebnisse. Er überflog die Überschriften der ersten Treffer, blieb bei Nummer neun hängen und klickte den Beitrag an.

»Du meinst aber nicht den Fall Antonella B? Der ist nach 28 Jahren geklärt worden. Hat nichts mit Satanismus zu tun gehabt, wie ursprünglich angenommen.«

»Nein, den meine ich nicht. Das habe ich gesehen, dass der abgehakt ist. Es geht um Satanisten, die den Hardtwald unsicher gemacht haben.«

»Falls DNA sichergestellt wurde, müssen wir die anfordern.«

»Gut, ich notiere mir das für morgen früh.«

»Mach das, sicherheitshalber. Aber ehrlich gesagt glaube ich nicht, dass wir bei einem DNA-Vergleich etwas finden werden. Egal, woher die Satanisten kommen. Nach allem, was ich gerade im Netz recherchiert habe, passt Satanismus nicht zu unserem Fall, und schon gar nicht zu Georg Rackert, auch wenn ich nicht viel über ihn weiß. Wir müssen uns noch intensiver mit dem Pentagramm auseinandersetzen. Ich gebe mal das Wort Pentagramm ein.«

Die Suchmaschine zeigte 644.000 Ergebnisse an. Dann gute Nacht, dachte er. Er klickte und las, klickte und las. Das umgedrehte Pentagramm hatten sich tatsächlich Satanisten zu eigen gemacht. Berger stieß auf eine geisteswissenschaftliche Seite, die sich mit dem Pentagramm beschäftigte. Sie nannte sich »Teufeleien von A bis Z«. Ungewöhnlich für eine wissenschaftliche Seite. So viel Humor hätte er Wissenschaftlern nicht zugetraut.

»Tammy, hör mal zu. Das Pentagramm haben schon die alten Griechen gekannt. Sie haben es als Zeichen des Lebens und der Gesundheit gesehen. Die Christen haben es übernommen. Und im Mittelalter hat die katholische Kirche daraus ein Abwehrzeichen gegen Dämonen und Druden gemacht. Druden sind, wenn ich das richtig verstanden habe, im Volksglauben Wesen, die sich nachts den Menschen auf die Brust setzen und Atemnot und Alpträume verursachen. Da steht auch noch, dass das Pentagramm die fünf Wunden Jesu Christi symbolisiert. Und heute denkt man meist an Satanisten, wenn man das Pentagramm sieht. Vor allem beliebt bei Menschen, die für Magie und Mystik offen sind. Für sie bedeuten die fünf Zacken des Pentagramms die vier Elemente Feuer, Wasser, Luft und Erde sowie den Geist, der über allem steht. Und auch sie glauben, dass das Pentagramm die Macht hat, vor Bösem zu schützen und Gutes herbeizurufen. Ich schaue jetzt noch nach dem umgedrehten Pentagramm.«

Es dauerte nicht lange.

»Das umgedrehte Pentagramm, also mit der Spitze nach unten, ist im Altertum als Zeichen der Vollkommenheit, des Weltalls und des Geheimnisses aufgefasst worden. Ist später von Geheimgesellschaften genutzt worden, aber auch von der Kirche. Baumeister haben es zum Beispiel in der Gotik in Kirchenfenster eingelassen. Und im Mittelalter kommt es wieder ins Spiel als Abwehrzeichen gegen das Böse.«

Berger las eine Weile lang still weiter, bevor er sich wieder zu Wort meldete.

»Ich glaube es nicht, es wird sogar heute noch von einigen wenigen abergläubischen Menschen an die Türen von Viehställen gemalt, um Hexen abzuhalten. Im Wesentlichen deckt sich das mit dem, was mir Georg Rackert gesagt hat. Welche Ergebnisse hast du zum Thema Satanismus?«

»Außer Karlsruhe habe ich in Baden-Württemberg keinen Treffer. In unserer näheren Umgebung, ich meine die Polizeipräsidien Freiburg und Offenburg, sind keine Vorkommnisse mit Satanisten in die Datenbanken eingetragen. Das will aber noch nichts heißen. Da müssten wir im Netz und in den sozialen Medien Satanisten-Seiten durchsuchen. Das dauert. Vielleicht können wir diese Aufgabe anderen übertragen.«

»Hallo, die Puppen sind jetzt da!«, rief jemand in den Raum. Alle lachten, nur Tammy und Berger nicht.

»Sie liegen im übernächsten Zimmer bereit«, informierte der Rufer. »Viel Vergnügen!«, fügte er augenzwinkernd hinzu und verschwand. Das Wort »Vergnügen« konnte Berger im Zusammenhang mit den Puppen überhaupt nicht ertragen. Rackerts böser Satz mit den Puppen in der Asservatenkammer hallte in ihm nach.

»Blöder Scherzbold«, murmelte er. Er atmete einmal tief durch und ging nun doch auf die allgemeine Belustigung ein. »Einen besseren Abschluss des Tages kann man sich ja nicht wünschen«, sagte er zu Tammy. »Gönnen wir unserem Voyeurismus eine Freude.«

Tammy pfiff durch die Zähne, als sie die drei Puppen sah. »Erstaunliche Arbeit. Hätte ich nicht gedacht. Sicher nicht billig.«

»Tausende von Euro zahlt man für so eine Puppe. Manch eine ist so teuer wie ein Kleinwagen.« Berger machte eine Pause, während Tammy um die Puppen herumging.

»Fällt dir etwas auf, Tammy?«

»Na ja, die Zeichen, die Buchstaben, die Zahlen. Aber das ist doch alles schon entschlüsselt. Wonach ich suche, ist ein Hinweis auf die Herkunft der Puppen, auf den Hersteller. Weißt du etwas? Was steht denn in den Protokollen?«

»Keine Ahnung. Ich muss gestehen, dass ich alle Schreibarbeit in den Puppenfällen Rackert überlassen habe. Der hat auch die Protokolle verfasst.«

Tammy betrachtete die Puppe mit dem asiatischen Gesichtsausdruck. Sie zog am linken Arm und hob ihn etwas an. »In der Armbeuge steht etwas.«

»Was denn?«

»Warte. Es ist klein gedruckt: r, e, v, e, p, r, o, f, o, n, d.«

»Lass mich mal sehen.« Berger studierte das Kleingedruckte. »Das sieht französisch aus. Reve profond. Könnte übersetzt so etwas wie ›tiefer Traum‹ bedeuten. Sehr originell.« Berger konnte leidlich französisch sprechen und lesen. Er hatte die Sprache auf dem Gymnasium bis zum Abitur gelernt und später für kurze Zeit Privatunterricht bei einem pensionierten Lehrer genommen.

Tammy untersuchte auch bei den anderen Puppen den linken Arm. Das gleiche Ergebnis. »Das ist doch schon einmal ein Anhaltspunkt. Sehen wir noch im Netz nach oder lassen wir die Rollläden runter? Eigentlich bin ich jetzt platt. Meine Konzentration lässt ziemlich nach. Wir sind ja schon seit heute früh in Aktion. Also länger als die anderen Kollegen. Ich würde jetzt lieber Schluss machen.«

»Mir geht es genauso«, sagte Berger. Sie gaben noch ihre bisherigen Rechercheergebnisse ins System ein und besprachen die nächsten Schritte. Auf ihrer Tagesordnung standen unter anderem die Hinweise auf den Puppen in Rackerts Wohnung. Berger schaute nach, ob das Team, das Rackerts Wohnung durchsuchte, die Hinweise schon eingetragen hatte. Er wurde fündig. Bei beiden Puppen war auf der linken Brust das umgekehrte Pentagramm zu sehen. Die Hinweise lauteten: Lk 19,27 und Lk 13,5.

Die Aufklärung der Bibelzitate musste eine Nacht warten. »Morgen ist auch noch ein Tag«, sagte Berger. Sie fuhren ihre PCs herunter. Gegen 22.30 Uhr verließen sie erschöpft das Präsidium.

Als Berger nach Hause kam, lag seine Frau schon im Bett. Er war so müde, dass er nicht einmal mehr Lust auf einen Absacker hatte. Hunger hatte er auch keinen mehr. Sie hatten sich im Dienst von einem Pizzaservice verköstigen lassen. Von Köstlichkeiten konnte allerdings nicht die Rede sein. Die Pizza hatte nach der Pappschachtel geschmeckt, in der sie geliefert worden war. Er trank zwei große Gläser Wasser, putzte im Bad seine Zähne, machte eine Katzenwäsche und schlich leise ins Bett, um seine Frau nicht aufzuwecken. Zum ersten Mal seit ewigen Zeiten konnte er nicht gleich einschlafen. Das war ungewöhnlich. Er hatte noch nie darüber geklagt, nicht einschlafen oder durchschlafen zu können. Im Gegensatz zu seiner Frau. Jetzt ging ihm Rackert einfach nicht aus dem Kopf. Irgendwann musste er doch eingeschlafen sein.

Als gegen 6 Uhr der Wecker seiner Frau rasselte, standen beide schweigend auf. Berger fühlte sich nicht gut. Am liebsten hätte er den Spiegel zugehängt, nachdem er geduscht hatte und sich abtrocknete. Beim Zähneputzen schaute er bewusst ins Waschbecken.

Seine Frau sagte beim Frühstück: »Du siehst müde aus.«

»Ich weiß.«

Sie vertieften sich in ihre Zeitungen. Bergers Frau hätte gern mehr über Rackerts Tod erfahren. Aber sie wusste, dass ihr Mann bei Fragen, die seine Arbeit betrafen, schnell blockte. Also bremste sie ihre Neugier und schwieg. Sie konnte sich vorstellen, dass der Fall eine größere Dimension hatte. Sonst wäre keine Sonderkommission gebildet worden.

Nach dem Frühstück küssten sie sich sanft und gingen ihrer Dienstwege.

Von Beginn an lag ein Schatten auf den Ermittlungen. Am Tag zwei der Soko war in einem großen überregionalen Blatt zu lesen, dass am Gifizsee in Offenburg ein Polizist ermordet worden sei. Es handle sich möglicherweise um einen Fall von Satanismus. Die fette Schlagzeile und der Untertitel beherrschten die Titelseite: »Satanismus in Offenburg? Toter Polizist gibt Rätsel auf!« Das Blatt untermauerte seinen Artikel mit einigen Fakten. Das umgedrehte Pentagramm spielte die Hauptrolle. Voller Genuss wurde über die Sexpuppen berichtet und nebenbei wurden die Bibelhinweise zitiert. Die Zeitung achtete nicht auf logische Zusammenhänge. Es kam ihr nur auf die Schlagzeilen an. Solche fetten Überschriften machten die Leser hungrig. Das war die Strategie der Blattmacher. Die Soko hatte offensichtlich einen in ihren Reihen, der fast alles Wichtige an die Presse durchstach, besser gesagt: an dieses eine

Presseorgan, das die Kunst der Überzeichnung besonders gut beherrschte. Hacker konnten nicht am Werk gewesen sein. Denn die Computersysteme der Soko bildeten ein geschlossenes Netz, in das man von außen nicht so leicht eindringen konnte. Aber von innen hatte jeder Zugang zu den gesammelten Informationen und Spuren. In jedem Raum, an jedem Arbeitsplatz, vor jedem Computer stand oder saß jetzt das Misstrauen. Das war keine gute Voraussetzung für erfolgreiche Ermittlungen. Falls es sich im Fall Rackert tatsächlich um Mord handelte, waren der oder die Täter gewarnt.

Die Polizeiführung war außer sich vor Wut. Sie schäumte geradezu. Firner berichtete in der morgendlichen Lagebesprechung, dass ein internes Ermittlungsverfahren eingeleitet worden sei. Das löste ein Murren in der Runde aus. Generalverdacht! Jede, jeder konnte der Verräter sein. Nach der Lagebesprechung äußerten etliche ihren Unmut. Die Polizeiführung gehe zu weit. Dass Informationen nach außen gelangten, komme immer wieder vor bei Ermittlungen. Das müsse man halt hinnehmen. Außerdem hätte man mit dem Ermittlungsverfahren warten können. Es könne ja sein, dass nichts mehr nach außen dringe. Eine interne Ermittlung bedeutete, dass jedes Soko-Mitglied verdächtigt und befragt wurde. Das belastete alle. Ob man sich das genau überlegt habe, wurde gefragt. Zugriff auf die Daten hätten doch auch andere, zum Beispiel die Staatsanwaltschaft.

Harte Fakten hatten die bisherigen Ermittlungen nicht gebracht. Die befragten Anwohner rund um den Gifiz hatten in der Mehrheit ausgesagt, sie hätten nichts Besonders entdeckt oder wahrgenommen. Lediglich einer hatte berichtet, er habe in der Nacht einen weißen Kastenwagen in der

Nähe der Einfahrt zur Gifiz-Halbinsel gesehen. Das sei so gegen 2 Uhr gewesen. Er habe auf die Toilette gemusst und aus Gewohnheit aus dem Fenster geschaut. Obwohl die Aussage sehr vage war, wurde sie als Spur 334 aufgenommen. Die Zahl der Spuren wuchs Stunde um Stunde. Und sie waren erst am Anfang der Ermittlungen. In einer Soko war es normal, dass die Spuren sich gleich zu Beginn vervielfachten. Die Ermittler nahmen alles auf, was möglicherweise mit der Tat zusammenhing. Oft waren es die kleinsten Spuren, die entscheidend weiterhalfen.

Berger und Bieger trugen vor, was sie am Abend und am Morgen recherchiert hatten. Beide Puppen in Rackerts Wohnung hatten auf der linken Brust ein umgedrehtes Pentagramm. Bei den Buchstaben und Zahlen handele es sich wie bei den Puppen im See um Hinweise auf Bibelstellen: Lk 19,27 und Lk 13,5.

Die erste Abkürzung, Lk 19,27, bedeute: »Doch jene meine Feinde, die nicht wollten, dass ich über sie herrschen sollte, bringet her und erwürget sie vor mir.«

Lk 13,5 hörte sich nicht minder grausam an: »Ich sage: Nein; sondern so ihr euch nicht bessert, werdet ihr alle auch also umkommen.«

Berger und Tammy erklärten, dass die Zitate in ihrem soeben angegebenen Wortlaut aus der Luther-Bibel stammten. Sie hätten bei der Suche nach den Hinweisen jedoch mehrere Bibelübersetzungen entdeckt. Vielleicht müsse man die verschiedenen Bibelstellen vergleichen, um zu sehen, ob es starke Abweichungen gebe. Es sei durchaus denkbar, dass sich der Sinn der Zitate je nach Übersetzung verändere. Das müsse man gegebenenfalls Experten übertragen. Aber es sei davon auszugehen, dass die Textstellen, die sie gefunden hätten, zutreffend seien.

Sie erwähnten nur kurz, was sie über Pentagramm und Satanismus herausgefunden hatten. Berger und Bieger verzichteten darauf, die Fakten zu bewerten. Aber bei ihrem Vortrag war zwischen den Zeilen eine gewisse Skepsis zu spüren, was diese Richtung der Ermittlungen betraf. Ihre Bitte, die DNA der Karlsruher Satanisten anzufordern, falls vorhanden, wurde aufgenommen.

Mit dem Abgleich müsse man sich gedulden, sagte Firner. Die DNA-Profile vom Amphitheater müssten in rund fünf Tagen da sein. Die Untersuchung von Rackerts Wohnung sei noch nicht abgeschlossen. Am Abend wisse man mehr, teilte er mit.

Die DNA-Analyse war für die moderne Kriminalistik unverzichtbar geworden. Mit ihrem Einsatz hatte ein neues Zeitalter begonnen. Sie beschleunigte die Bekämpfung des Verbrechens. Täter konnten mit den geringsten Spuren überführt werden.

Die Suche nach den Kleidern von Georg Rackert erwies sich als äußerst schwierig. Bereitschaftspolizisten durchkämmten weiträumig das Gelände um den See. Das Uferstück hinter dem Amphitheater war bereits durchforstet. Sie hatten im Uferbereich nur Treibholz und sonstiges Schwemmgut, die üblichen Abfälle an Badeseen, gefunden. Was aus kriminaltechnischer Sicht verwertbar erschien, wurde eingesammelt. Nichts durfte man dem Zufall überlassen. Der Berg an Arbeit wuchs. Zum Zeitpunkt der Lagebesprechung waren die Bereitschaftspolizisten noch im Gelände. Vier Taucher durchsuchten planmäßig das Gewässer. Die Untersuchung der Mülltonnen konnte man sich sparen, wie sich herausstellte. Gerade an dem Morgen, als Georg Rackerts Leiche gefunden wurde, hatte die Müllabfuhr in der Platanenallee und in den Seitenstraßen den Müll abgeholt.

Erfahrene Kollegen hatten bereits die Eltern und die Schwester von Georg Rackert besucht. Es waren dunkle Stunden für alle. Eine Befragung war nahezu unmöglich gewesen, denn die Eltern standen unter Schock. Es bedrückte sie, dass ihr Sohn unter Verdacht stand, in kriminelle Handlungen verstrickt zu sein. Noch mehr beunruhigte sie der Vorwurf des Satanismus. Sie hatten versichert, dass sie keine Wesensänderung in den letzten Wochen und Monaten bei ihrem Sohn festgestellt haben. Einen Hang zu extremen Einstellungen oder Ideologien oder Magie habe er nie gezeigt. In seiner Freizeit sei er oft mit dem Rad gefahren oder habe Gitarre gespielt. Das passe doch nicht zu extremen Einstellungen. Bei seinen letzten Besuchen sei er ausgeglichen, aber ernst gewesen. Einmal habe er gesagt, dass ihm das Scheitern seiner letzten Beziehung zu schaffen mache. Aber darüber habe er nicht reden wollen. Das sei doch normal, dass einem der Bruch einer Beziehung nachgehe. Sorgen hätten sie sich deswegen keine gemacht. Er sei immer sehr stabil gewesen. Was man jetzt in aller Öffentlichkeit über den Sohn verbreite, übersteige jedes Maß.

Ähnlich hatte sich seine Schwester geäußert. Sie habe wenige Tage vor seinem Tod mit ihm telefoniert. Er habe ganz normal geklungen. Sie könne sich nicht vorstellen, dass er etwas Schlimmes gemacht habe. Er sei sehr korrekt gewesen. Die Vorverurteilung Georgs sei mehr als empörend. Ihre Familie könne die Belastung fast nicht mehr aushalten.

Die Eltern und die Schwester hatten sich zudem beklagt, dass sie von Presseleuten bedrängt wurden. Ob man nichts dagegen tun könne? Die Kollegen hatten zugesagt, sich darum zu kümmern, ihnen jedoch nicht viel Hoffnung gemacht. In Wirklichkeit hatten sie so gut wie nichts in der Hand gegen Presseleute, die über die Stränge schlugen und Angehörige von Opfern bedrängten. Aber sie gaben die Klagen weiter. So etwas war Sache der Polizeispitze und des Leitenden Staatsanwaltes. In der Tat waren die Klagen der Familie nicht unberechtigt. Vor dem Haus von Rackerts Eltern lauerten Reporter auf eine Gelegenheit, Fotos zu schießen und Clips zu drehen.

*

Er las online von dem Fall des nackten Polizisten am Gifizsee. Das umgedrehte Pentagramm! Die nackten Puppen! Bibelzitate! Satanismus am Gifizsee! Er musste lächeln. Die Zeit der Verunsicherung hatte begonnen. Und die Polizei war auf der falschen Spur. Dennoch stieg Wut in ihm auf. Sie hatten ihr erstes Ziel nicht erreicht. Die Aufmerksamkeit war in eine falsche Richtung gelenkt worden. Warum hatte er sich in diesem Mann so getäuscht, den er fast als dreizehnten Jünger aufgenommen hatte? Er konnte es sich nicht erklären. Seine Menschenkenntnis war doch bisher so gut gewesen.

*

Nach der Morgenrunde hielt das Gemurre in der Soko über die internen Ermittlungen eine Zeit lang an. Als es sich allmählich gelegt hatte, vertieften sich alle Mitglieder wieder in die Arbeit und suchten nach Hinweisen. In der Nacht war ein Aufruf an die Bevölkerung verfasst worden, sich zu melden, wenn man etwas Verdächtiges im Fall Gifiz gesehen oder gehört habe. Die Polizei verteilte einen Fragebogen an die Presse. Im Netz richtete sie eine Seite ein, auf der man anonym Hinweise geben konnte. Es war zu erwarten, dass viel Unsinniges auszusortieren war. In den sozialen Medien wurde schon fleißig spekuliert. Die üblichen Verschwörungstheorien tauchten auf. Und die Hasser und Hetzer meldeten sich zu Wort. Vor allem das Thema Satanismus faszinierte die Netzgemeinde. Unter anderem hieß es, man habe schon lange den Eindruck, dass sich nachts am Gifiz Satanisten herumtrieben. Beweise lieferte niemand. Wie in vielen anderen Fällen hatte eine ungeschützte Behauptung genügt, um wildeste Gerüchte auszulösen. Und doch waren die Ermittler gezwungen, durch diesen mitunter stinkenden Sumpf zu waten.

Tammy Bieger und Alban Berger arbeiteten sich wieder durch das Thema Satanismus. Sie mussten ihre Bedenken zurückstellen, sogar ignorieren. Der Soko-Leiter bestand darauf, diese Spur weiterzuverfolgen. Selbst wenn Rackert persönlich nichts mit Satanismus zu tun gehabt habe, könne er trotzdem in die Fänge von Anhängern dieser Richtung geraten sein, betonte er. Dem konnte Berger nicht widersprechen. Beim Polizeipräsidium in Karlsruhe und beim LKA in Stuttgart wurden Abfragen zum Thema Satanismus gestartet.

Sobald die Spuren vom Amphitheater ausgewertet waren, konnte man Daten, Fingerabdrücke und DNA vergleichen. Die drei Puppen vom See wurden noch einmal kriminaltechnisch untersucht. Man wollte sichergehen, dass bei der ersten Untersuchung nichts übersehen worden war.

Rackerts Protokolle zu den Puppen lagen inzwischen auf dem Tisch von Bieger und Berger. Sie waren perfekt wie alles, was Rackert angepackt hatte. Ein Punkt machte Berger und Tammy jedoch stutzig: Es fehlte der Hinweis auf den Aufdruck »reveprofond«, den Tammy Bieger am vergangenen Abend an den drei Puppen entdeckt hatte.

Hatte Rackert den Aufdruck übersehen? Oder hatte er ihn bewusst unterschlagen? Nach allem, was sie bisher in dem Fall erfahren hatten, traute ihm Berger das zu. Tammy sagte nichts zu diesem Versäumnis.

»Geben wir mal ›reveprofond‹ im Netz ein?« Die Frage Bergers war eher rhetorischer Art.

Tammy Bieger tippte bereits die Buchstaben in die Suchleiste der allwissenden Maschine ein. Sofort landete sie mehrere Treffer. Berger stellte sich neben sie. Tammy klickte auf den ersten Treffer. Die Seite öffnete sich und eine üppige Sexpuppe prangte ihnen entgegen, die denen in der Asservatenkammer glich. Tammy scrollte durch die Seite. Oben befand sich der Home Button. Der Hersteller hieß »monreve«, »mein Traum«, wie Berger übersetzte. »Monreve« warb damit, dass die Puppen lebensecht seien. Sie seien keine Massenprodukte. Man stelle jede von Hand her. Der Firmeninhaber schrieb auf der Homepage, seine Puppen seien nicht nur Sexobjekte. Sie hätten eine wichtige soziale Funktion. Viele Kunden gingen mit ihren Puppen ins Restaurant.

Berger schüttelte den Kopf. »Das hat mir Rackert gesagt.«

Sie lasen weiter. Manche Kunden kauften ihren Puppen teuren Schmuck und feierten ihren Geburtstag.

»Unfassbar!«, entfuhr es Tammy.

In einem kleinen Werbeclip zeigte der Firmenchef, wie die Puppen gefertigt wurden. Es war ein aufwendiges Verfahren. Kein Wunder, dass die Puppen so teuer waren. Die billigste kostete schon fast 4.000 Euro, die teuerste etwa 10.000. Ihren Sitz hatte die Firma in Rappenheim im Elsass, rund 20 Kilometer westlich von Straßburg. Der Ort hatte gerade mal 1.200 Einwohner. Der Ortskern bestach durch viele Häuser mit Fachwerk. Tammy und Berger notierten sich die Internetadresse, die Mailadresse und die Telefonnummern.

»Wie kann sich Georg eigentlich so hochwertige und teure Puppen leisten? Für den einen Zweck, sie mit Zeichen, Buchstaben und Zahlen zu versehen und im Gifiz schwimmen zu lassen?«

Tammy schüttelte wieder den Kopf. »Wenn man die billigste Variante nimmt, haben die fünf Puppen einen Wert von 20.000 Euro. Ich fasse es nicht.«

»Die andere Möglichkeit ist, dass er sie geklaut hat.«

Bergers Überlegung ließ Tammy nicht gelten. »Das kann ich mir nicht vorstellen. Nicht bei Georg. Der hat doch immer darauf geachtet, dass alles sauber läuft.«

»Aber irgendjemand muss sie gekauft, besorgt oder gestohlen haben.«

»Das Rätsel können wir nur lösen, wenn wir mit dem Inhaber von ›monreve‹ sprechen. Ist nur die Frage, ob wir das von uns aus können. Oder ob wir die Straßburger Polizei darum bitten müssen.«

»Das muss Firner klären.«

Sie fütterten das Soko-Programm mit den neuesten Informationen und Berger kontaktierte Firner. Berger ahnte, dass eine Anfrage im Elsass Geduld erforderte. Die grenzüberschreitende Strafverfolgung lief inzwischen zwar einigermaßen reibungslos, aber die Polizeisysteme in Deutschland und Frankreich waren doch sehr unterschiedlich. Wenn man das nicht beachtete, hatte man schnell Ärger am Hals.

»Auch das noch!«, stöhnte Firner, als ihm Berger die neue Entwicklung schilderte. »Berger, Sie wissen ja, ohne Staatsanwaltschaft geht in diesem Fall gar nichts. Das ist die erste Hürde.« Firner schien genervt. Von der Staatsanwaltschaft allgemein oder vom Oberstaatsanwalt?

»Und die zweite Hürde ist wohl die französische Polizei«, warf Berger ein.

»Genau. Wenn Straßburg zuständig ist, muss ich mich an die Police Nationale wenden. In ländlichen Gebieten ist die Gendarmerie zuständig. Wie heißt der Ort noch einmal?«

»Rappenheim. 1.200 Einwohner. Gendarmerie, oder?«

»Sehr wahrscheinlich. Ist der Kontakt zu den französischen Kollegen dringend?«

»Sehr dringend.«

»Stellen Sie kurz etwas zusammen, vor allem die wichtigsten Fragen. Und mailen Sie mir das Ganze. Möglichst schnell!«

»Ist schon unterwegs, Firner!«

Berger und Tammy schilderten in einer übersichtlichen Mail die Sachlage und formulierten Fragen: Hat in den letzten Wochen und Monaten jemand auf einen Schlag fünf Puppen der Firma »monreve« gekauft? Wenn ja, hat der Käufer seine Adresse hinterlassen? Hat er bar bezahlt oder das Geld überwiesen? Oder ist in der Firma eingebrochen worden? Wann? Sind Spuren gesichert worden? Wer hat die Spuren gesichert? Ist in letzter Zeit in der Firma etwas aufgefallen? Wie sehen die Sicherheitssysteme der Firma aus?

Sie schickten die Mail ab.

»Was da wohl rauskommt, Alban?«

»Ich bin gespannt.«

Das Rätsel »Pentagramm« wartete noch auf sie. Letztlich stellte sich die Frage, warum Rackert in die Form eines Pentagramms gelegt wurde. Sah man in ihm etwas Böses, das es abzuwehren galt? Wer fühlte sich von ihm bedroht? Sie mussten auch überlegen, ob es nicht doch ein Ritualmord war. Welche Merkmale hatte ein Ritualmord? Das Thema hatte in den Besprechungen keine große Rolle gespielt.

Berger schaute noch einmal die Aufnahmen vom Amphitheater an. »Tammy, weißt du, was ich mir überlege?«

»Was?«

»Klick dich mal durch die Aufnahmen vom Fundort.«

Tammy brauchte eine Weile, bis sie die vielen Aufnahmen durchgeblättert hatte. »Und?«, fragte sie.

»Genau betrachtet, kann man das Amphitheater als Opferstätte sehen. Oder gehe ich zu weit mit dieser Überlegung?«

»Du spielst auf Ritualmord an?«

»Na ja, ich weiß noch nicht so recht.«

»Vielleicht behalten wir die bisherige Reihenfolge bei.« Es klang wie ein Schlusswort.

Tammy Bieger suchte weiter nach Fällen von Satanismus in Deutschland. Berger musste die Kriminaltechnik fragen, wie weit sie mit der Untersuchung der Sexpuppen in Rackerts Wohnung war. Vor allem wollte er wissen, ob sie einen Aufdruck am linken Arm hatten. Die Kriminaltechnik vertröstete ihn auf später.

Er kümmerte sich deshalb wieder um das Thema Ritualmord. Der Begriff war mehr oder weniger verschwommen. Man konnte ihn auf viele Fälle anwenden. Möglicherweise auch auf den Fall Rackert. Ein Ritual war eine Handlung, die nach bestimmten Regeln ablief. Regeln spielten auch bei einer rituellen Tötung eine Rolle. Wenn es im Fall Rackert um einen Ritualmord ging, war er vermutlich aus religiösen Motiven begangen worden. Zumindest deuteten das Pentagramm und die Hinweise auf die Bibelstellen an den Sexpuppen darauf hin. Oder mussten sie das Pentagramm um Rackerts Leiche und die Sexpuppen voneinander trennen? Einen Hinweis auf eine Bibelstelle hatten sie an und um Rackerts Leiche herum nicht entdeckt. Allerdings war in seiner Wohnung genug Material gefunden worden, das einen Zusammenhang als sehr realistisch erscheinen ließ.

»Können wir kurz noch einmal über Satanismus sprechen?« Tammy unterbrach seine Überlegungen.

»Hast du was Entscheidendes gefunden?«

»Eigentlich nicht. Oder vielleicht doch.«

»Was heißt das?«

»Ich habe mal die radikalen Satanisten betrachtet. Damit meine ich jene, die vor Gewalt nicht zurückschrecken. Ihre Zahl in Deutschland wird auf rund 2.000 geschätzt. Die Zahl kann auch übertrieben sein. Entsprechende Untersuchungen liegen leider schon Jahre zurück. Im Moment scheint Satanismus nicht mehr so verbreitet zu sein wie in den 80er- und 90er-Jahren, jedenfalls nicht in der öffentlichen Wahrnehmung. Jetzt kommt das große Aber! Wenn besonders radikale Satanisten am Werk sind, sieht es für die Opfer nicht gut aus. Die gehen ziemlich brutal vor. Da geht es sofort um Schwerstkriminalität wie Mord, Kindstötung, Kannibalismus, meist verbunden mit Sexualität. Es werden auch rituelle Gewalt und ritueller Missbrauch erwähnt.«

»Und das ist alles in Deutschland praktiziert worden?«

»Das ist völlig unklar. Ende der 90er-Jahre hat sich eine Kommission des Bundestages mit Sekten und Psychogruppen befasst. Das Ergebnis ist dürftig. Damals sind alle Landeskriminalämter befragt worden. Und die haben unisono erklärt: ›Uns liegen keine Erkenntnisse über satanistische Vorfälle vor.‹ Wir können höchstens prüfen lassen, ob es seither Vorfälle dieser Art gegeben hat.«

»Also ich würde sagen, machen wir für uns eine Übersicht«, sagte Berger. »Wir brauchen Klarheit.« Er holte ein

Blatt Papier und schrieb oben mit Großbuchstaben das Wort Satanismus hin. Darunter notierte er links »dafür«, rechts »dagegen«.

»Was spricht für die Satanismus-Theorie?«, fragte er.

»Das umgedrehte Pentagramm.«

»Und was dagegen? Was sagst du als Satanismus-Expertin?«

»Rackerts Körper ist so gut wie unversehrt. Keine äußeren Spuren von Gewalt.«

»Die Bibelzitate gehören auf die rechte Seite.«

»Genau.«

»Haben wir etwas übersehen?«

»Ich glaube nicht. Halt, die Befragung der Landeskriminalämter spricht auch gegen Satanismus. Allerdings fehlt uns eine Aktualisierung.«

»Um die Aktualisierung muss sich das Landeskriminalamt in Stuttgart kümmern. Auch wenn neue Daten im Moment fehlen, ist für mich klar, dass wir es nicht mit einem Fall von Satanismus zu tun haben«, unterstrich Berger.

»Ich sehe das ähnlich. Vorhin habe ich noch einmal im Netz in einigen kompetenteren Seiten geblättert. Nur wenige Fälle von Satanismus werden da erwähnt. Auszuschließen sind Einzelfälle nicht, aber in unserem Fall glaube ich nicht an Satanismus.«

»Ob die Kollegen, vor allem unsere Chefs und die Staatsanwaltschaft, unserer Argumentation folgen, ist eine andere Frage.«

»Leider. Wir müssen der Runde schon bald signalisieren, dass wir von der Satanismus-These nichts halten. Das ist eine falsche Fährte. Können wir auch noch über Ritualmord reden?«

»Sicher.«

Ihre Erfahrungen und ihre Ausbildung sagten ihnen, dass der Begriff Ritualmord in vielen Fällen nicht weiterhalf. In jeder Tötung konnte man rituelle Elemente entdecken. Hinrichtungen und Selbstmordanschläge zählten dazu. Einzelne Taten in den vergangenen Jahrzehnten wurden dieser Kategorie zugeordnet: die Ermordung der Schauspielerin Sharon Tate in den USA durch die Manson-Family, die Morde an einem Schüler und an einem Erwachsenen in Deutschland. In den beiden deutschen Fällen spielten Okkultismus, Satanismus und Vampirismus im Prozess eine Rolle. Jahre später zogen Juristen alles mehr oder weniger in Zweifel. Von rituellen Handlungen in den beiden Fällen war plötzlich nicht mehr die Rede. Man tendierte eher zu Persönlichkeitsstörungen der Täter.

Konnte man zu diesem Zeitpunkt im Fall Rackert Anzeichen von Satanismus und Ritualmord entdecken? Für rituelles Vorgehen der Täter sprachen zum Beispiel das umgedrehte Pentagramm und das Rund des Amphitheaters. Alban Berger und Tammy Bieger sahen sich ratlos an. Sie waren nicht zufrieden mit ihren Recherchen und Überlegungen. Trotzdem nutzten sie die Kategorien und füllten sie mit Fakten. Wenn man alles verknüpfte – gewann man dann ein klareres Bild in diesem verworrenen Fall? Darauf antworteten sie lieber nicht. Berger sah plötzlich Rackert vor sich und ließ die letzten Wochen der Zusammenarbeit mit dem Kollegen Revue passieren. Er spürte ein Ziehen im Bauch. Hoffentlich wurde es nicht chronisch.

J

Jetzt hatte die Staatsanwaltschaft ihren großen Auftritt! Der Saal war bis in die letzten Winkel gefüllt. Das Interesse am Fall des toten Polizisten war riesengroß. Er weckte überall Neugier. Kein Wunder. Die ungeklärten Todesumstände, der Fundort der Leiche, die geheimnisvollen Zeichen, die Sexpuppen, die Erkenntnislücken und die vielen Gerüchte ergaben eine Mischung, die in den Bann zog. Unzählige Mikrofone standen vor dem Tisch der Staatsanwaltschaft und der Polizei. Kameras bewegten sich durch den Raum. Laptops und iPads waren aufgeklappt. Smartphones wurden in die Höhe gestreckt. Überall surrte und klickte es. Aus der ganzen Republik waren Journalisten angereist, nicht jeder mit dem edlen Motiv der Aufklärung und Information.

Der Leitende und Ermittelnde Oberstaatsanwalt, in dessen Zuständigkeit unter anderem Organisierte Kriminalität, Bandenkriminalität, politische Straftaten und Brände fielen, ergriff das Wort.

»Meine Damen und Herren, ich begrüße Sie zur Pressekonferenz im Fall Gifiz. Ich bin Oberstaatsanwalt Dr. Lorenz Taglehner.«

Jede Pressekonferenz mit überregionaler Bedeutung eröffnete er mit diesem Satz: »Ich bin Oberstaatsanwalt Dr. Lorenz Taglehner.« Er brauchte offenbar dieses Ritual, obwohl er es nicht nötig hatte. Mit seiner Größe von 1,90 Metern ragte er sowieso heraus. Er bestach auch durch seine elegante klassische Kleidung, die immer gut saß. Heute trug er einen grauen Anzug, der mit schwarzen Fäden durchwirkt war. Natürlich fehlte die Fliege nicht, schwarz, leicht glänzend. Aus seinem Brillenarsenal hatte er eine mit feiner schwarzer Metallfassung gewählt. Er sah auch noch unverschämt gut aus mit seinen fast ebenmäßigen Gesichtszügen, dem Dreitagebart und dem leicht ergrauten und gut geschnittenen Kopfhaar. Er hätte als Dressman arbeiten können. Man konnte sein Auftreten nicht einmal als Imponiergehabe bezeichnen. Er wollte ganz bewusst die Autorität seines Amtes ausstrahlen. Und das gelang ihm bei fast jedem größeren Auftritt.

»Vorweg muss ich Ihnen sagen, dass es nach unserer Erklärung keine Möglichkeit gibt, Fragen zu stellen. Das geht in diesem Fall aus ermittlungstaktischen Gründen nicht anders. Bitte haben Sie dafür Verständnis.«

Im Saal schwoll ein Grummeln an. Der Oberstaatsanwalt ließ sich davon nicht beeindrucken.

»Ich kann Sie beruhigen, meine Damen und Herren. Sie bekommen von mir alle nötigen Informationen, um Ihre Seiten und Programme zu füllen. Zum jetzigen Zeitpunkt können wir bestätigen, dass es sich bei dem Toten vom Gifizsee um Kommissar Georg Rackert handelt. Sein Tod hat uns alle erschüttert. Unser Mitgefühl gilt den Eltern und der Schwester von Georg Rackert. Ich bitte Sie alle darum, Rücksicht auf die Familie des Toten zu nehmen. An dieser Stelle muss ich Ihnen deutlich sagen, dass das Verhalten einiger Medien in den vergangenen Tagen nicht nur die Ermittlungen erschwert, sondern auch das Bild des Journalismus beschädigt hat. Außerdem ist es höchst bedauerlich und befremdlich, dass aus den Ermittlungsbehörden Informationen durchgesickert sind. Daraus werden wir Konsequenzen ziehen, intern wie extern. Wir haben es in diesem Fall mit einer unheiligen Trinität oder Dreifaltigkeit in der Öffentlichkeit und in den sozialen Medien zu tun: Das Gerücht eilt voraus, die Lüge hetzt hinterher und die Wahrheit hat Mühe, Schritt zu halten!«

Im Saal murmelte und brodelte es, als stehe ein Vulkan kurz vor dem Ausbruch. Der Oberstaatsanwalt hatte einen Treffer gelandet und machte selbstzufrieden eine kurze Pause.

Provozierend ruhig nahm er dann den Faden wieder auf. »Im Fall Georg Rackert stehen wir vor einem großen Rätsel. Die erste Obduktion der Leiche hat noch keine endgültigen Aufschlüsse über die Todesart gegeben. Weder Totschlag, noch Mord, noch Suizid sind auszuschließen. Es stehen weitere feingewebliche Untersuchungen an. Eindeutige Ergebnisse sind erst in den nächsten Tagen zu erwarten. Wir ermitteln in alle Richtungen. Das heißt, dass zum Beispiel ein Ritualmord genauso möglich ist wie ein Mord, eine inszenierte Selbsttötung oder eben Suizid, wie ich es bereits angedeutet habe. Der Fall hängt möglicherweise, und das wissen Sie ja schon, mit den drei Puppen im Gifiz zusammen. Sie sind nicht zum Vergnügen in den See gesetzt worden, sondern sie haben biblische Botschaften verkündet. Auch das ist durchgereicht worden. Georg Rackert hatte sich mit dem Fall Gifiz-Puppen befasst. Seine Rolle in diesm Fall ist aber völlig unklar. Hat er auf eigene Faust gehandelt und ist in etwas geraten, das zu seinem Tod geführt hat? Das ist die eine Frage. Oder ist er Teil eines Systems gewesen und hat für dieses gehandelt? In seiner Wohnung sind zwei weitere Puppen gefunden worden. Auch sie tragen das umgedrehte Pentagramm und eine biblische Botschaft auf der linken Brust: Lk 19,27 und Lk 13,5. Hinter Lk 19,27 steht folgendes Zitat: ›Doch jene meine Feinde, die nicht wollten, dass ich über sie herrschen sollte, bringet her und erwürget sie vor mir.‹ Lk 13,5 hat diese Aussage zum Inhalt: ›Ich sage: Nein; sondern so ihr euch nicht bessert, werdet ihr alle auch also umkommen.‹«

Er las die Bibelzitate betont langsam und so, als wären sie noch nicht bekannt.

»Auf Rackerts heimischem Schreibtisch haben wir einen ganzen Stapel mit grausamen Bibelzitaten aus dem Alten und Neuen Testament gefunden.«

Der Oberstaatsanwalt machte eine gewichtige Pause. Er hatte sich wohl eine besondere Dramaturgie ausgedacht.

»Momentan können wir nicht sagen, ob Rackert bei heimlichen Ermittlungen die Puppen beschlagnahmt oder ob er sie selbst präpariert hat. In seiner Wohnung sind auf jeden Fall Materialien sichergestellt worden, die beide Schlüsse zulassen. Die Kripo Offenburg hat eine ›Soko Gifiz‹ eingerichtet. Rund 60 Männer und Frauen arbeiten Tag und Nacht an dem Fall. Daran können Sie ablesen, welche Bedeutung dieser Fall für uns hat.«

Wieder legte der Oberstaatsanwalt eine Pause ein. Man merkte, dass er zum ersten Höhepunkt seiner Erklärung kommen wollte.

»In einigen Medien war zu lesen, der Staatsschutz sei in die Ermittlungen eingebunden. Das ist richtig – und ganz normal in so einem Fall. Sie müssen sich nur einmal den Aufbau eines Polizeipräsidiums mit den einzelnen Bereichen und Kommissariaten sowie die Rolle des Staatsschutzes vergegenwärtigen. Es ist überhaupt nicht sensationell, wenn der Staatsschutz ermittelt. Der Eindruck des Besonderen, den einige Medien erweckt haben, ist falsch. Bevor weitere Gerüchte sich verbreiten, kann ich Ihnen mitteilen, dass wir in Georg Rackerts Wohnung auf einige Screenshots, Kopien, viele handschriftliche Aufzeichnungen und weitere Unterlagen gestoßen sind, die den Verdacht auf Terrorismus nahelegen. Das Material enthält beispielsweise Screenshots der Webseite einer Gruppe mit dem Namen ›Die Testamentsvollstrecker‹. Sie hat das Motto: ›Jesus will, dass wir bereit sind, uns mit dem Schwert zu verteidigen!‹ Im Netz ist die Seite inzwischen gelöscht. Die Seite hat eine gewisse Ähnlichkeit mit einer Gruppe in der Schweiz, die sich ›Christliche Gotteskrieger‹ nannte. Sie ist vor einiger Zeit ausgehoben worden. ›Die Testamentsvollstrecker‹, wenn es sie tatsächlich gibt oder gegeben hat, haben möglicherweise das Motto der ›Christlichen Gotteskrieger‹ übernommen.

Weiterhin sind in den Unterlagen aus Rackerts Wohnung Ziele von Anschlägen genannt: Bordelle, Pornokinos, Sexshops, Diskothcken und öffentliche Einrichtungen. Außerdem die Planung, Hackerangriffe auf Pornoseiten im Internet und auf die Polizei zu starten. Allerdings sind diese Unterlagen zum großen Teil älteren Datums, wie die Kriminaltechniker festgestellt haben. Wir haben ein Notebook und ein iPad in Georg Rackerts Wohnung beschlagnahmt. Beide Geräte sind so verschlüsselt, dass wir noch keinen Zugriff auf die Inhalte haben. Da sind die zuständigen Techniker gefragt.«

Taglehner nahm das Wasserglas, das vor ihm stand, und gönnte sich einen großen Schluck. Mit der Zunge fuhr er fast genüsslich von rechts nach links über die Lippen, hob den Kopf und blickte konzentriert in den Saal. Hatte er noch etwas Sensationelles zu bieten?

»Auf dem Schreibtisch von Georg Rackert haben wir Pläne von beliebten Badeseen in der Ortenau gefunden. Es hat wohl Überlegungen gegeben, dort weitere Sexpuppen mit Hinweisen auf Bibelzitate zu platzieren. Wir können bisher nur vermuten, dass das Ziel gewesen ist, Aufmerksamkeit zu erregen oder Unruhe zu erzeugen. Ich will allerdings betonen, dass es sich vorerst um Vermutungen handelt. Noch einen Punkt will ich ansprechen. In etlichen Berichten heißt es, dass sich im Fall Georg Rackert das Thema Satanismus aufdränge. Die Berichte beziehen sich auf das umgekehrte Pentagramm, das an den Puppen festgestellt worden ist, und auf den Fundort der Leiche. Ich muss gestehen, dass ich als Leitender und Ermittelnder Oberstaatsanwalt das Pentagramm ernst nehme, äußerst ernst. Es bildet einen Schwerpunkt in unseren Ermittlungen. Ich hebe diesen Punkt besonders hervor, weil er im Vordergrund Ihrer Berichterstattung steht. Weitere Einzelheiten kann ich Ihnen nicht nennen.«

Der Oberstaatsanwalt hatte offenbar großen Durst. In Ruhe trank er das Glas Wasser fast ganz aus. Aus der linken Tasche seines Anzugs kramte er eine Packung Papiertaschentücher und öffnete sie. Langsam zog er ein Taschentuch heraus und tupfte seine Lippen ab.

»Zum Schluss will ich noch etwas sagen. Es ist extrem schwierig, Licht in das Dunkel dieses Falles zu bringen. Dazu gehört, dass wir in diesem kritischen Stadium kein sicheres Urteil über die Person Georg Rackert abgeben können. Deshalb geht an Sie der Appell, sich mit Bewertungen zurückzuhalten und die Persönlichkeitsrechte zu wahren. Vorverurteilungen sind fehl am Platz und widersprechen den Prinzipien des Rechtsstaates. Zu gegebener Zeit werden wir Sie über die weiteren Ermittlungen informieren.«

Taglehner übergab das Wort an den Polizeipräsidenten, den Kripochef Winker und den Leiter der Soko, Firner, die ebenfalls auf dem Podium saßen. Sie äußerten sich nur kurz und verwiesen auf die Zusammenfassung des Oberstaatsanwaltes. Ihr Tenor war, dass man sich zum jetzigen Zeitpunkt sehr zurückhalten müsse. Sie berichteten, welche Bereiche in die Ermittlungen einbezogen waren. Neues hatten sie nicht auf Lager. Oberstaatsanwalt Taglehner, der im Prinzip auch nicht viel mitgeteilt hatte, hatte alle Häppchen schon verteilt. Auch die Kripoleute warnten davor, im Fall Rackert voreilige Schlüsse zu ziehen. Das schade den Ermittlungen nur. Was hätten sie anderes sagen können.

Der Oberstaatsanwalt hielt Wort. Er ließ keine Fragen zu und sagte zum Schluss laut: »Ich danke Ihnen für die Aufmerksamkeit und für Ihr Verständnis und beende die Pressekonferenz.« Taglehner und die anderen auf dem Podium erhoben sich und gingen zum Ausgang. Es surrte und klickte wieder im Saal. Die Medienvertreter packten ihre Sachen zusammen, während sich in ihren Köpfen die Schlagzeilen bildeten. Alles strömte aus dem Saal, auch das Gerücht, die Lüge und zuletzt die Wahrheit, wie es Taglehner umschrieben hatte.

Das Echo auf die Pressekonferenz mit Oberstaatsanwalt Taglehner war nicht das beste, zum Teil sogar verheerend. Die Presse warf Taglehner fast geschlossen Arroganz und Machtgehabe vor. So dürfe man nicht mit der Öffentlichkeit umgehen, bei allem Verständnis für eine ungestörte Ermittlungsarbeit. Scharf kritisierten sie, dass Taglehner keine Fragen bei der Pressekonferenz zugelassen hatte. Das lasse den Verdacht zu, dass die Ermittler etwas zu verbergen hätten. Dass ein Teil der Presse zu diesem Missverhältnis beitrug, problematisierten die Berichterstatter und Kommentatoren nicht.

Taglehners denkwürdige Pressekonferenz wirkte bis in die Soko Gifiz hinein. Mit seinem Fokus auf Satanismus irritierte er die Kripoleute. Er hatte doch kurz nach Bildung der Soko deutlich gesagt, dass in alle Richtungen ermittelt werde. Warum rückte er den Satanismus, der in der Soko keine herausragende Rolle spielte, in den Vordergrund? Man bemühte sich doch, ohne Festlegung Spur für Spur abzuarbeiten. Dass Taglehner so viele Einzelheiten der Öffentlichkeit mitgeteilt hatte, störte die Soko nicht. Es sei ja alles schon an die Medien durchgereicht worden. Wenn man in dieser Situation ein Geheimnis um bekannte Fakten mache, biete man ein peinliches Bild.

K

Klärung wurde zum Fremdwort in der Soko. Eine Woche nach dem Auftritt von Oberstaatsanwalt Taglehner waren die meisten Spuren noch immer nicht abgehakt. Die Sonderkommission biss sich an dem Fall Georg Rackert regelrecht fest.

Alban Berger und seine Kollegin Bieger hatten Schichtende. Für Berger blieb die Arbeit in der Sonderkommission weiter eine Herausforderung, weil er sich immer noch Vorwürfe machte, nicht auf Georg Rackert gehört zu haben. Streckenweise geriet sie zur Tortur. Wenn er an Rackert dachte, spürte er oft dieses Ziehen im Bauch. Und das Einschlafen in der Nacht wollte auch nicht mehr gelingen.

Seine Kollegin Bieger tippte ihm auf die Schulter, als sie den Großraum im Landwirtschaftsamt verließen. Die Sonderkommission war inzwischen auf mehrere Räume in der Prinz-Eugen-Straße verteilt. Das Landwirtschaftsamt und das Kreisdezernat für den Ländlichen Raum, die in einem Gebäude in der Nähe des Polizeipräsidiums untergebracht waren, hatten Konferenzzimmer angeboten, weil das Polizeipräsidium aus allen Nähten platzte. Tammy, die im Kommissariat nur »die schnelle Tammy« hieß, fragte Berger, ob er noch auf einen Kaffee mitkomme.

Im Café in der Nähe des Edeka-Centers fanden sie einen ruhigen Platz in einer Ecke. Die schnelle Tammy verdankte ihren Spitznamen ihrer Motorradleidenschaft. Sie befuhr mit ihrer schweren italienischen Maschine am liebsten anspruchsvolle Bergstrecken im deutschsprachigen Raum. Davon gab es nicht wenige. Sie kannte in Deutschland, Österreich und der Schweiz fast alle interessanten Strecken für Motorradfahrer. In der Regel war sie allein unterwegs. Das Fahren im Pulk mochte sie nicht. Sie liebte die Geschwindigkeit, hielt aber nichts von unüberlegtem Rasen. Nie würde sie mit Tempo 100 über die Schwarzwaldhochstraße donnern. Regelmäßig absolvierte sie ein Sicherheitstraining. Ihren Körper hielt sie mit gesunder Ernährung und einem ausgeklügelten Trainingsprogramm fit. Ein Motorrad mit 200 PS zu fahren, war reiner und harter Sport. Langstrecken erforderten Kraft und Konzentration. Man fuhr immer mit dem ganzen Körper. Und der Kopf musste frei sein von Ablenkung. Aber für ihre Motorradleidenschaft nahm Tamara Bieger vieles in Kauf. Sie war Anfang 30, ledig und eine beliebte Teamarbeiterin, weil sie sich sehr kooperativ verhielt. Zickereien kannte man von ihr nicht. Manche hatten ihr einst ein Verhältnis mit Rackert nachgesagt. Aber Bieger und Rackert schwiegen eisern und dampften damit die Gerüchteküche aus.

Bieger hatte Berger zum Kaffee angeregt, weil sie mit ihm über Georg Rackert reden wollte. Sie spürte und sah auch, dass ihr Kollege an dem Fall schwer litt. Deshalb redete sie nicht um den heißen Brei herum und sprach ihn direkt an: »Du machst dir immer noch Vorwürfe wegen Georg.«

»Ja. Ich hätte ihn ernst nehmen müssen.«

»Aber du glaubst doch nicht wirklich, dass du seinen Tod hättest verhindern können?«

»Doch! Auf jeden Fall. Vielleicht hätte ich ihn vor verhängnisvollen Schritten bewahren können.«

Tamara Bieger trank einen Schluck Kaffee. »Glaubst du an eine Selbsttötung oder inszenierte Selbsttötung?«

»Nein. Schließe ich beides aus.«

»Dann sind wir schon einmal auf einer Linie«, stellte Bieger fest. »Ich finde, der Oberstaatsanwalt hätte sich bei der Beurteilung des Falles zurückhalten müssen. Der hat Georg schon vorverurteilt. Wahrscheinlich ohne es zu wollen.«

»Das sehe ich nicht anders«, sagte Berger. »Wir wissen ja, dass der Oberstaatsanwalt in manchen Fällen gerne die Öffentlichkeit sucht und auf die Pauke haut. In diesem Fall ist er zu weit gegangen. Wie du frage auch ich mich, wie er von Selbsttötung und inszenierter Selbsttötung reden kann. Im Fall von Selbsttötung hätte Rackert ja ein Mittel nehmen müssen, das ihm Zeit lässt, sich so hinzulegen, dass er das Pentagramm bilden kann. Und dieses Mittel dürfte im Todeskampf keine Zuckungen auslösen. Am Tatort kann er sich nicht ausgezogen haben. Wo sind seine Kleider? Und warum ist er nackt gewesen? Das passt alles nicht zu Suizid. Aus meiner Sicht. Und aus meiner Erfahrung.«

Die schnelle Tammy warf ein: »Denkbar ist natürlich, dass andere ihm bei der Selbsttötung geholfen haben. Aber ich halte das nicht für wahrscheinlich oder glaubwürdig. Wenn sich jemand umbringen will, zeigt er meist lange vorher Veränderungen im Verhalten. Ist dir etwas an ihm aufgefallen, das in diese Richtung geht?«

»Nein. Ich habe ja mit dem Kripochef und mit Firner über das Verhalten Rackerts geredet. Rackert ist in den letzten Wochen angespannt gewesen. Das stimmt. Aber seltsamerweise hauptsächlich dann, wenn es um die Puppen gegangen ist. Das, was wir jetzt wissen, erklärt vielleicht einiges. Aber Anzeichen für eine starke Depression und einen bevorstehenden Suizid habe ich bei ihm nicht feststellen können. Ähnliches gilt auch für die Satanismus-Theorie. Oder siehst du das anders?« Berger rührte bedächtig mit dem Löffel im Kaffee.

Tammy war mit ihrem Kaffee fertig und schob die Tasse beiseite. »Alban, auch wenn wir bisher wenig Spuren haben, gehe ich von Mord aus. Ich bin auf jeden Fall gespannt auf die Ergebnisse der Rechtsmedizin.«

Berger trank seinen Kaffee aus. »Was mich bei diesem Fall ziemlich umtreibt: Ich glaube, Rackert hat mich hintergangen. Er hat mit mir Versteck gespielt. Um es brutal zu sagen: Er hat mich verarscht. Und ich kann diese Behauptung auch begründen.«

Tammy zuckte zusammen.

War er jetzt zu heftig gewesen, fragte sich Berger. Hatte Rackert und Bieger doch mehr als die berufliche Zusammenarbeit verbunden? Andererseits, warum war sie dann so ruhig geblieben, als sie den toten Rackert gesehen hatte? Hatten sie also doch keine Beziehung gehabt? Oder war zwischen den beiden etwas Böses vorgefallen? Er konnte sie nicht fragen. Sonst hätte er in die Gerüchteküche gehen und sich bedienen müssen. Das wollte er auf keinen Fall. Gerüchteküchen hasste er wie die Pest, weil sie so viel Zwischenmenschliches zerstörten.

»Also gut, Alban, rück mal heraus mit der Sprache. Erklär mir, wie du dazu kommst, so etwas über Georg zu sagen.« Ihre Worte klangen ziemlich bitter.

Mit so einer Reaktion hatte er nicht gerechnet. »Tammy, ich will mich nicht mit dir streiten. Aber zum heutigen Zeitpunkt müssen wir davon ausgehen, dass Rackert für die Puppen im Gifizsee verantwortlich ist. Ich glaube, daran lässt sich nicht rütteln. Ich frage dich: Ist es nicht auffällig, dass immer nur Rackert und ich zu den Puppen im See gerufen worden sind? Das erste Mal hat ein älterer Mann eine Meldung über eine Leiche im Gifiz gemacht. In den nächsten zwei Fällen ein anonymer Anrufer. Und jedes Mal hatten Rackert und ich Frühdienst. Und ich wette mit dir, dass Rackert der anonyme Anrufer gewesen ist. So viele Zufälle kann es nicht geben. Davon bin ich felsenfest überzeugt.«

Tammy saß betreten da. »Ich kann dir nicht widersprechen, Alban«, sagte sie nach einer längeren Pause.

Berger fühlte sich unwohl. Das Gespräch hatte eine Wende genommen, die er nicht gewollt hatte. »Entschuldige, dass ich so heftig geworden bin.«

»Du musst dich nicht entschuldigen, Alban. Ich kann verstehen, dass dich dieser Fall so mitnimmt. Ihr beide seid ja lange ein gutes Team gewesen.«

»Bis zuletzt. Wenn man den Puppenstreit einmal außer Acht lässt, hat es nie Reibereien gegeben. Aber im Rückblick muss ich zu meinem größten Bedauern feststellen, dass Rackert mir irgendwie fremd geblieben ist. Wir haben keinen Draht zueinander gefunden. Unsere Routine und unsere Erfahrung haben uns zu einem guten Team gemacht. Sonst leider wenig.« Er hätte gerne noch etwas gesagt, etwas Versöhnliches, aber plötzlich vibrierten ihre Smartphones. Die Sonderkommission wurde zu einer Besprechung gerufen.

Die beiden winkten der Bedienung, zahlten und standen auf. Im Hinausgehen klopfte Tammy ihrem Kollegen Berger sanft auf die Schulter, als wollte sie ihn beruhigen, und sagte fast schon seufzend: »Mal sehen, was jetzt auf uns zukommt. Ich will lieber nicht tippen. Ruhe wird es nicht geben.«

Berger senkte den Kopf und meinte philosophisch: »Es gibt genug Rohstoff für das Böse. Das ist unser Problem. Deshalb, Tammy, wird es nie Ruhe geben.«

Als Bieger und Berger etwas abgehetzt in den großen Besprechungsraum kamen, waren die Stühle schon besetzt. Sie waren vom Café zum Präsidium gerannt, um nicht zu spät zu kommen. In der Nähe der Tür blieben sie stehen. Es strömten weitere Kolleginnen und Kollegen herein. Stimmengewirr beherrschte den Raum. Schlagartig endete es, als der Kripochef Winker eintrat.

Er kam gleich zum Wesentlichen. »Ich habe Sie in Absprache mit Soko-Leiter Firner einberufen, weil es Neuigkeiten von der Rechtsmedizin gibt. Eines ist jetzt klar: Georg Rackert hat sich nicht umgebracht. Eine Selbsttötung ist auszuschließen. Die Rechtsmediziner haben im Nackenbereich am Haaransatz und unter dem Nagel des rechten Mittelfingers jeweils eine Einstichstelle entdeckt. Im Körper hat die Rechtsmedizin Spuren von Substanzen ausgemacht, die sie aber chemisch nicht zuordnen kann. Sie seien morphologisch schwer fassbar. Sie geht davon aus, dass Georg Rackert zunächst eine betäubende und kurz danach eine tödliche Substanz injiziert wurde. Vermutlich wurde ihm bei einem Überraschungsangriff eine Spritze in den Nacken gestoßen. Der Angriff muss so plötzlich gekommen sein, dass er sich nicht wehren konnte. Was sagt uns dieses Ergebnis der Rechtsmedizin? Für die Angehörigen ist die Nachricht trotz tiefer Trauer beruhigend. Sie wollen Georg Rackert möglichst schnell beerdigen. Die Rechtsmedizin hat keinerlei Bedenken gegen die Freigabe des Leichnams. Die Staatsanwaltschaft hat die Beschlagnahme des Leichnams bereits aufgehoben. Der Termin der Beisetzung ist vermutlich nächste Woche. Für uns erscheint der Fall in neuem Licht. Ich will mal die Ergebnisse und Spuren zusammenfassen, die Sie zusammengetragen haben: Wir müssen von Totschlag oder Mord ausgehen. Noch wissen wir nicht, in was Georg Rackert verwickelt war. Und welche Rolle er gespielt hat. Ob er Mitglied dieser Gruppe gewesen ist. Von einem Einzeltäter haben wir uns intern gleich am Anfang verabschiedet. Da sind wir alle einer Meinung. Das Bild, das wir von dieser Gruppe haben, ist noch relativ unscharf. Das, was wir in Georg Rackerts Haus gefunden haben, deutet darauf hin, dass eine ziemlich radikale Gruppe im Hintergrund aktiv ist, eine radikale christliche Gruppe. Ob das reine Tarnung ist, darüber lässt sich nur spekulieren. Noch etwas ist erwähnenswert: In Rackerts Wohnung war alles unauffällig. Die Dienstwaffe war vorschriftsmäßig verwahrt, Diensthandy und Geldbörse mit Ausweis und Kreditkarten lagen auf seinem Schreibtisch. Keine Anzeichen, dass jemand alles durchsucht hat. Daraus können wir den Schluss ziehen, allerdings sehr vorsichtig, dass Georg Rackert vermutlich nicht in seiner Wohnung getötet wurde.«

Winker machte eine kurze Pause und schob dann nach: »Die Einordnung der verschiedenen Funde ist schwierig, wie Sie alle wissen. Ein großes Problem ist, dass die Auswertung von Rackerts Laptop und iPad noch nicht möglich ist. Uns fehlen die Passwörter. Sie sind nirgends zu finden. Die Techniker haben schon etliche Tricks angewendet, aber den Zugang noch nicht geschafft. Die Staatsanwaltschaft, der Staatsschutz, der Verfassungsschutz, das LKA und das BKA, die unsere Ermittlungen prüfen und zum Teil parallel ermitteln, kommen auch nicht weiter. Das heißt, wir sind immer noch am Anfang der Ermittlungen. Wir wissen nur, dass der Fall über ein gewöhnliches Tötungsdelikt hinausgeht. Deshalb hängen sich der Verfassungsschutz, das LKA und das BKA auch so rein. Ich hoffe, dass wir bald eine Lösung des Falles vorweisen können und keine böse Überraschung erleben.«

Die letzten Worte des Kripochefs sorgten für eine Schwere im Raum.

Nach der Besprechung rief Einsatzleiter Firner Berger zu sich. »Berger, Oberstaatsanwalt Taglehner hat ein Problem mit christlichem Terrorismus. Obwohl seit heute vieles dafürspricht. Er sagt, das gibt es doch gar nicht in Deutschland. Im Moment lässt er sich noch nicht davon überzeugen. Er führt immer das Argument an, dass das umgedrehte Pentagramm das Zeichen der Satanisten sei. Berger, Sie und Tamara Bieger, Sie beide müssen unbedingt den Punkt ›christlicher Terrorismus‹ untersuchen, auch wenn in den Augen von Taglehner ein solcher Fall nicht vorliegt. Ich bitte Sie, trotzdem verstärkt in dieser Richtung zu ermitteln und Fakten zu sammeln. Es muss ja nicht jede Ermittlung auf der Infowand oder im Computer zu sehen sein. Wir verstehen uns?«

»Keine Sorge«, sagte Berger. Er wollte Firner nicht verärgern. Aber eigentlich hätte er ihm deutlich sagen müssen, dass er genervt war und sich große Sorgen machte. Der Oberstaatsanwalt trieb die Ermittlungen unnötigerweise in die falsche Richtung, nur weil die Erkenntnisse, die sie aus dem Fall gewonnen hatten, nicht seinem Weltbild entsprachen. In seiner Funktion hatte er die Fakten objektiv zu prüfen. Taglehner enttäuschte ihn. Ein solches Verhalten war man von ihm nicht gewohnt.

Satanismus, christlicher Terrorismus. Waren sie denn Politikwissenschaftler? Wenn das so weiterging, konnten sie bald als Dozenten an Universitäten und Volkshochschulen Vorträge halten. Am liebsten hätte er das Thema Satanismus sofort abgehakt.

L

Launisch war das Wetter. Wie in den letzten Wochen. Der Nachthimmel zeigte sich glanzlos grau bis schwarz. Regen rauschte auf die Bäume des Alten Friedhofs. In heftigen Stößen trieb der Wind von Frankreich her neue dicke Wolken. Die Bäume schwankten bedrohlich im Wind. Der Frühherbst zeigte sich von einer gespenstischen Seite.

Am Rand des Alten Friedhofs war ein Grab ausgehoben. Um das Grab lag aufgehäuft die ausgeschaufelte Erde. Eine große, dunkle Gestalt lief auf das frische Grab zu. Sie war bekleidet mit einer langen Kutte. Eine Kapuze verdeckte den Kopf. Die Gestalt zog etwas hinter sich her. Vor der aufgehäuften Erde blieb sie stehen. In der Dunkelheit blitzte etwas Weißes auf: Es war ein großes Kreuz. Die dunkle Gestalt richtete das Kreuz auf. Ihre schwarzen Hände stießen es mit voller Wucht in die aufgehäufte Erde und rüttelten anschließend daran. Offensichtlich wollte sie sichergehen, dass es nicht umfiel. So lautlos, wie sie gekommen war, entfernte sie sich wieder. Der Wind wurde stärker, pfiff zwischen den Bäumen auf dem Alten Friedhof hindurch, rauschte gewaltig durch die Blätter – die dunklen Herbstgesänge verstärkten das unheimliche Szenario.

Die Eltern von Georg Rackert hatten den Alten Friedhof am Waldbach als letzte Ruhestätte für ihren Sohn gewählt.

1871 war der Friedhof eingeweiht worden. Seit längerer Zeit schon war er denkmalgeschützt. Aber er wurde nie stillgelegt, wie es einige »Zeitgenossen« gewünscht hatten. Der Friedhof hatte die Patina des Vergänglichen und war ein Ort der Vergangenheit. Das verlieh ihm einen besonderen Reiz. Ein Arbeitskreis kümmerte sich liebevoll um die Grabanlagen, damit aus der Patina nicht Verfall wurde. Er sorgte für Grabpatenschaften und gab den Verstorbenen in einem kleinen Buch Gesichter mit Würde. So wurde an den Hutfabrikanten erinnert, der zum Bürgermeister aufstieg, an den Historiker, der sich um die Geschichte Offenburgs und der Umgebung kümmerte, an den Unternehmer, der vielen unter die Arme griff, an den Tüftler, der sich weltweit einen Namen machte, an den Kunstsammler, der Kirchen unterstützte, an den Künstler, der die Stadt auf Bilder bannte, an den Drucker, der eine Unternehmerdynastie gründete, an den Liberalen, der der Stadt den Weg in die Industrialisierung ebnete, an den Fabrikanten, der für die Unterstützung der Sozialdemokraten ins Gefängnis musste, an die Bürgerliche, die städtische Armenrätin wurde, an den radikalen Sozialisten, der seine Kinder zur Toleranz erzog, an die besessene Malerin, die kritisch in die Gegenwart blickte, an den tragischen Erfinder, der Pech mit seinem Patent hatte, an den Zeitungsmann, der armen Künstlern half, an den Lehrer, der Heimatgeschichte zu seinem Lebenswerk machte, an den liberalen Pfarrer, der eine heilsame Kirchenreform forderte, an den Demokraten, der für das Frauenwahlrecht kämpfte, an den Papierfachmann, der ein lokales Zeitungsunternehmen aufbaute, an den revolutionären Mediziner, der nach Straßburg fliehen musste, an den Professor, der ein Freilichtmuseum gründete, an den Hotelier, der zum Stifter wurde sowie an den Bürgermeister, der eine beeindruckende Studie zur Hexenverfolgung schrieb. Auch viele jüdische Frauen und Männer hatten auf dem kleinen Friedhof ihre letzte Ruhestätte gefunden. Einen Teil des Areals hatte man nämlich bis zum Naziterror als Judenfriedhof angelegt. So barg dieser Ort bis in die Gegenwart viel Geschichte und viele Geschichten.

Die Trauerfeier für Georg Rackert fand im kleinen Rahmen statt. Die Eltern und die Schwester lehnten jede Art von Öffentlichkeit ab. Der Schmerz über den Verlust des Sohnes und des Bruders war zu groß. Eingeladen in die Einsegnungshalle des Alten Friedhofes waren Verwandte, der Polizeipräsident, sein Stellvertreter, der Kripochef Hajo Winker sowie Firner, der Leiter der Soko Gifiz. Außerdem war Alban Berger als engster Kollege dabei. Die Eltern von Georg Rackert hatten auf seine Teilnahme gedrängt. Georg habe immer wieder mit höchstem Respekt von ihm gesprochen und betont, wie gut ihm die Zusammenarbeit mit dem Kollegen tue.

Berger fand die Geste einerseits schön, andererseits versuchte er, nicht ganz in die Nähe der Eltern zu kommen. Vielleicht sahen ihm die Eltern seine Schuldgefühle an, seine Fehler im Umgang mit Rackert, sein Versagen in entscheidenden Momenten. Oder machte er sich unnötig viele Gedanken? Die Eltern wussten bestimmt nichts von den Auseinandersetzungen um die Puppen im See zwischen ihm und Georg. Aber die Zweifel und die Vorwürfe begleiteten Alban Berger jeden Tag, Schritt für Schritt.

Als die Eltern von Rackert, seine Schwester und ihr Lebensgefährte sowie die Trauergäste sich gesetzt hatten, wurde es ruhig im Raum. Berger dachte an Tammy. Hatte die Beziehung zwischen ihr und Rackert, wenn es denn eine gegeben hatte, so tragisch geendet, dass die Familie sie nicht dabeihaben wollte? Andererseits konnte man verstehen, dass die Getrennten nicht wieder zusammengeführt wurden, vor allem nicht in so einer schmerzhaften Stunde. Wusste die Familie überhaupt von dieser Beziehung? Gitarrenklänge beendeten Bergers Gedankenspiele.

»Un Dia de Noviembre«, ein feines Tongewebe, geprägt von Romantik, durchzog den Raum. Der kubanische Komponist Leo Brouwer hatte das Stück 1968 geschaffen, als die Welt am Ende des »Prager Frühlings« wieder einmal den Atem angehalten hatte. Diese vier Minuten eindringlicher Musik hatten eine bittere Note an diesem Tag des Abschieds. Un Dia de Noviembre! War es nicht wie an einem Tag im November mit seinem Nebel, der Blicke in die Tiefe und Ferne nicht zuließ, der der Natur die Farben nahm, der Seelen aus dem Gleichgewicht brachte, der Menschen beunruhigte, der dem Winter die Tür öffnete, der nach Wärme rufen ließ? Der letzte Ton, den der Gitarrist leicht zupfte, wirkte so, als verlasse etwas den Raum.

Der Bann des Stückes löste eine Stille aus, die fast zwei Minuten anhielt, bis jemand sich von seinem Stuhl erhob. Das Geräusch, das dabei entstand, durchbrach zwar die Stille, konnte aber den tiefen Nachhall der Musik nicht zerstören.

Die Angehörigen hatten nur einen Redner zugelassen. Sie wollten nicht, dass sich die Trauerfeier in die Länge zog. Die Wahl fiel auf den Kripochef. Rackert und er hatten ein besonderes Vertrauensverhältnis gehabt. Hajo Winker hatte oft von Rackerts vielseitigem Talent geschwärmt und ihn gefördert, wo es nur ging. Er empfehle sich für höhere und höchste Aufgaben, ließ der Kripochef immer mal wieder durchblicken. Und jetzt stand Winker sichtlich erschüttert vor den Angehörigen und den Trauergästen. Bedächtig nahm er sein Redemanuskript aus der rechten Tasche seiner Polizeiuniform und faltete es mühsam auseinander. Seine Hände zitterten. Jeder sah ihm an, dass es für ihn ungeheuer schwer war, die Trauerrede für seinen »Ziehsohn« zu halten. Er stockte immer wieder, weil ihm die Stimme brach. Einfühlsam schilderte der Kripochef den Werdegang Rackerts. Er sei ein sehr wertvoller und geachteter Kollege gewesen, hob er hervor und richtete seinen Blick auf die Eltern und die Schwester. Das könnten alle in seiner Abteilung bestätigen. Seine Stimme wurde leiser. Die letzten Lebenswochen Georg Rackerts und die Funde in seiner Wohnung hätten allerdings für ein Rätsel gesorgt, das die Kolleginnen und Kollegen im Polizeipräsidium bedrücke. Das wolle und dürfe er nicht verschweigen. Niemand wisse, ob Georg Rackert Schuld auf sich geladen habe oder ob er Opfer einer tragischen Entwicklung geworden sei. Diese Ungewissheit sei sehr belastend für die Angehörigen und für die Kolleginnen und Kollegen, das wisse er, das spüre man und das zehre an den Kräften. Und dann wurde der Kripochef persönlich und sagte zu den Eltern und der Schwester Rackerts: »Georg und ich haben, trotz seines jungen Alters, eine lange Zeit gemeinsam mit Polizeiarbeit verbracht. Ich habe einen Menschen kennengelernt, dem ich absolut nichts Böses oder Strafbares zutraue. Und ich versichere Ihnen, dass wir den Fall aufklären und Ihren Sohn, Ihren Bruder rehabilitieren werden, und zwar voll und ganz.« Der Kripochef kehrte mit schleppendem Gang weinend zu seinem Platz zurück.

Es war ein bewegender Moment. Auch Alban Berger fing wie viele andere Trauergäste an zu weinen. Die Eltern saßen gebeugt da, von Weinkrämpfen geschüttelt. Die Schwester und ihr Freund machten einen etwas gefassteren Eindruck. Aber auch sie konnten ihre Tränen nicht mehr zurückhalten, als der Gitarrist, ein Freund der Familie, die »Suite Española Opus 47« von Isaac Albéniz interpretierte. Albéniz, der mit seinem Klavierzyklus »Iberia« berühmt geworden war, hatte mit der Suite die Städte und Regionen seiner Heimat Spanien geehrt. Georg Rackert, der ein talentierter Gitarrist gewesen war, hatte das Opus 47 oft selbst gespielt.

Der Freund der Familie, der die Trauerfeier begleitete, unterrichtete an der Musikschule Achern-Oberkirch Gitarre. Er hatte zahlreiche Privatschüler, darunter war auch Georg Rackert gewesen. Die beiden hatten sich nach einem Soloauftritt des Gitarristen über iberische Komponisten unterhalten. So entwickelte sich eine Freundschaft bis in die Familie hinein. Der Gitarrist war bei seinen Schülern beliebt, auch bei Georg Rackert. Er begeisterte sie für eine Kunst, die er meisterhaft und vorbildlich beherrschte. Rackert hatte nach dem Abitur überlegt, Musik zu studieren. Er hatte nicht nur Gitarre, sondern auch Klavier und leidlich Flöte gespielt. Das musikalische Talent hatte er von der Mutter, einer freischaffenden Klavierlehrerin. Bei der Berufswahl gab schließlich der Vater den Ausschlag, der früher an verschiedenen Polizeihochschulen gelehrt hatte. Rackerts Schwester folgte beruflich der Mutter und studierte Musikpädagogik. Die ganze Familie ließ sich von Musik inspirieren, auch der Vater, der nach der Pensionierung wieder seine alte Klarinette in die Hand genommen hatte. In diesem Augenblick der Trauer, in den hinein der Gitarrist so einfühlsam die Suite Española Ton für Ton »setzte«, verband die Inspiration die Familie besonders stark.

Nach der Trauerfeier wurde Georg Rackert stumm beigesetzt, denn er zählte zu den Nichtreligiösen. Die Familie respektierte seinen Willen, den er schon vor langer Zeit bei

Gesprächen über das Sterben und den Tod geäußert hatte. Wortlos nahmen alle Abschied von Georg Rackert. Die Angehörigen und der Gitarrist standen noch um das Grab, die Kripoleute hatten sich etwas zurückgezogen.

Plötzlich kam die Schwester von Georg Rackert auf sie zu. Sie sagte, sie müsse kurz mit ihnen reden. Die Friedhofsverwaltung habe sie auf etwas aufmerksam gemacht. Am Morgen habe ein großes, weißes Holzkreuz in der Erde vor dem Grab gesteckt. Es seien ein Zeichen sowie Buchstaben und Zahlen aufgesprüht. Sie habe es noch nicht anschauen können, die Organisation der Beisetzung habe sie einfach zu sehr in Anspruch genommen. Der Friedhofsgärtner habe das Kreuz in den Geräteschuppen gestellt.

Der Kripochef gab Firner und Berger ein Zeichen. Alle drei folgten der Schwester Rackerts zum Friedhofsgärtner. Der Polizeipräsident und sein Stellvertreter gingen ein Stück weiter zum Ausgang des Friedhofes und warteten. Der Gärtner zeigte Berger und seinen Begleitern im Geräteschuppen das weiße Kreuz.

Alban Berger musste schlucken: Am Kopf des Kreuzes war das Zeichen zu sehen, das er schon kannte: das Pentagramm. Auf dem Querbalken stand: Mt 3,10–12. Er zog ein kleines Notizbuch und einen Kugelschreiber aus der Innentasche seiner Anzugsjacke und schrieb die Buchstaben und Zahlen auf. Pentagramm, notierte er noch und setzte ein Ausrufezeichen dahinter.

Berger tippte dem Kripochef Winker auf die Schulter. »Das hat mit dem Gifiz-Fall zu tun, eindeutig.«

Winker sagte: »Das habe ich befürchtet.«

Auch Firners Miene verdüsterte sich. »Dann gibt es nur eines: Die Spurensicherung muss her. Vielleicht findet sie etwas Brauchbares.«

Der Kripochef nickte nur. Alle drei verließen zusammen mit der Schwester Rackerts den Geräteschuppen.

Berger blieb unterwegs plötzlich stehen.

Firner war überrascht. »Berger, was ist los?«

»Ich muss das Kreuz noch einmal sehen. Kommen Sie mit.«

Winker, Firner und Berger gingen zurück in den Geräteschuppen. Berger überlegte, was ihn beim Betrachten des Kreuzes stutzig gemacht hatte. Er stand einige Augenblicke davor. Jetzt fiel es ihm auf. Das Pentagramm! Es stand nicht auf der Spitze!

»Ich muss ihnen etwas Wichtiges sagen, wir müssen möglicherweise umdenken!«

»Wie meinen Sie das, Berger?«, fragte Firner.

»Das Pentagramm ist nicht umgedreht. In den bisherigen Fällen hat die Spitze des Pentagramms nach unten gezeigt. Bei diesem Kreuz zeigt es nach oben. Das ist die übliche Form.«

»Was heißt das?«

»Dass wir es sehr wahrscheinlich nicht mit Satanismus zu tun haben. Ich bin mir sogar zu 100 Prozent sicher.«

»Das wird den Oberstaatsanwalt nicht freuen!«

Obwohl alle in Trauerstimmung waren, konnte Firner ein Grinsen nicht verbergen. Er kramte sein Smartphone hervor und organisierte die Spurensicherung. Winker informierte den Polizeipräsidenten und dessen Stellvertreter, die am Friedhofstor warteten, über die neue Entwicklung. Sie nahmen die Nachricht nickend zur Kenntnis.

Wenig später suchten weißgekleidete Gestalten den Alten Friedhof ab. Berger und die schnelle Tammy mussten sich in ihrem Büro um die Inschrift auf dem weißen Kreuz kümmern. Ihnen half in der kurzen Zeit nur Google. Über die Bedeutung des Pentagramms wussten Berger und Tammy inzwischen genug. Berger gab die Buchstaben und Zahlen in die gefräßige Suchmaschine ein. Die Suchmaschine antwortete mit hoher Geschwindigkeit, aber er mochte sie nicht, obwohl sie hilfreich war. Er hielt sie für gefährlich dominant und eine eigennützige Sammlerin von Daten. Auch wenn er Polizist war, Datensammelwut, wie sie dieses Unternehmen praktizierte, konnte er nicht leiden. Natürlich hatten sie auf Anhieb einen Treffer.

Bei Mt 3,10–12 handelte es sich um ein Zitat aus dem Matthäus-Evangelium: »Es ist schon die Axt den Bäumen an die Wurzel gelegt. Darum, welcher Baum nicht gute Frucht bringt, wird abgehauen und ins Feuer geworfen. Ich taufe euch mit Wasser zur Buße; der aber nach mir kommt, ist stärker denn ich, dem ich nicht genugsam bin, seine Schuhe zu tragen; der wird euch mit dem Heiligen Geist und mit Feuer taufen. Und er hat seine Wurfschaufel in der Hand: er wird seine Tenne fegen und den Weizen in seine Scheune sammeln; aber die Spreu wird er verbrennen mit ewigem Feuer.«

Berger scrollte hin und her und seine Kollegin las mit. Sie entdeckten, dass die Worte Johannes dem Täufer in den Mund gelegt waren.

Berger schaute auf. »Wir beide sind keine Bibelexperten. Aber nach allem, was bisher geschehen ist, müssen wir davon ausgehen, dass hier jemand die Bibel auf eine ganz brutale Art und Weise auslegt und zu allem bereit ist. Ich glaube, es ist an der Zeit, die Bibelstellen genau zu analysieren.«

Eine Weile schwiegen sie. Man hörte nur ihre Finger über die Tasten flitzen.

»Tammy, können wir mal kurz miteinander in aller Ruhe reden?«

»Ja.«

»Ich muss dir etwas zeigen.«

»Du machst es spannend.«

»Ich lege dir jetzt alle Textstellen aus der Bibel vor, auf die wir bisher gestoßen sind: an den drei Puppen im See, an den beiden in Rackerts Wohnung und am Kreuz an Rackerts Grab. Dabei fiel mir auf, dass Rackert in seinen Protokollen die Kürzel an den drei Puppen im Gifiz nach der Elberfelder Bibel zitierte. Wir haben die nachfolgenden drei Hinweise allerdings bisher nach der Lutherbibel zitiert. Ich habe nun alle Zitate einheitlich nach der Elberfelder Bibel aufgeschrieben.« Alles hatte er fein säuberlich vorbereitet. Sie las die Texte.

Text eins: Tim 5,15
»Denn schon haben sich etliche abgewandt, dem Satan nach.«

Text zwei: Mt 7,13–14
»Gehet ein durch die enge Pforte; denn weit ist die Pforte und breit der Weg, der zum Verderben führt, und viele sind, die durch dieselbe eingehen. Denn eng ist die Pforte und schmal der Weg, der zum Leben führt, und wenige sind, die ihn finden.«

Text drei: Röm 8,13
»Denn wenn ihr nach dem Fleische lebet, so werdet ihr sterben, wenn ihr aber durch den Geist die Handlungen des Leibes tötet, so werdet ihr leben.«

Text vier: Lk 19,27

»Doch jene, meine Feinde, die nicht wollten, dass ich über sie herrschen sollte, bringet her und erschlaget sie vor mir.«

Text fünf: Lk 13,5

»Nein, sage ich euch; sondern wenn ihr nicht Buße tut, werdet ihr alle gleicherweise umkommen.«

Text sechs: Mt 3,10–12

»Schon ist aber die Axt an die Wurzel der Bäume gelegt; jeder Baum nun, der nicht gute Frucht bringt, wird abgehauen und ins Feuer geworfen. Ich zwar taufe euch mit Wasser zur Buße; der nach mir Kommende aber ist stärker als ich, Dessen Sandalen zu tragen ich nicht würdig bin; er wird euch mit Heiligem Geiste und Feuer taufen; dessen Worfschaufel in seiner Hand ist, und er wird seine Tenne durch und durch reinigen und seinen Weizen in die Scheune sammeln, die Spreu aber wird er verbrennen mit unauslöschlichem Feuer.«

Alle sechs Texte hatte sie laut gelesen.

»Ist dir etwas aufgefallen, Tammy?«

»Lass mich mal kurz überlegen. Ich will keinen Schnellschuss machen. Aber bevor ich etwas sage, musst du mir noch schnell erklären, was eine Worfschaufel ist. Du hast doch nachgeschaut oder täusche ich mich?«

»Du täuschst dich nicht. Ich habe in das Bibel-Lexikon geschaut. Eine Worfschaufel ist eine kleine Schaufel. Oft ist auch von Wurfgabel die Rede. Das ist eine Gabel aus Holz mit breiten Zinken. Mit der Schaufel oder Gabel hat man in alter Zeit zum Beispiel ausgedroschene Getreidekörner in die Luft geworfen, damit der Wind die Spreu wegblasen kann. Das Bibel-Lexikon bringt die Worfschaufel mit den Gerichten Gottes in Verbindung. Die Spreu vom Weizen trennen! Hilft dir das weiter?«

»Doch, ja. Ich kann zumindest den Text etwas besser verstehen. Aber lass mir noch einmal etwas Zeit.« Sie schaute sich die Texte ein weiteres Mal an. Aus einer kurzen wurde eine längere Prüfung.

»Alban, worauf willst du hinaus?«

»Tammy, sage mir bitte, was dir aufgefallen ist. Du hast die Texte einmal laut gelesen und still eine längere Zeit studiert. Dir muss doch etwas aufgefallen sein.«

»Ich bin hoffentlich nicht begriffsstutzig.« Sie zögerte ein bisschen. »Also gut. Gehen wir es an. Die Texte steigern sich. Sie werden immer radikaler.«

»Und was schließt du daraus?«

»Ich fürchte, es wird noch schlimmer kommen.«

»Genau!«

»Und was hat diese Gruppe vor?«

»Wenn wir das wüssten!«

»Alban, ich muss noch etwas einwerfen. In Text drei, vier und fünf wird mit dem Tod gedroht und in Text sechs mit dem Feuer. Können wir daraus ableiten, welche Ziele die Gruppe verfolgt?«

»Möglicherweise. Vielleicht müssen wir das in Ruhe betrachten.« Den letzten Satz hatte Berger sehr langsam gesprochen. Da war bestimmt eine weitere Idee von ihm zu erwarten.

»Alban, du willst mir sicher noch etwas sagen?«

»Richtig. Aber nur dir.« Er packte die Texte wieder

zusammen. »Bist du damit einverstanden, dass wir in der Lagebesprechung auf die Radikalisierung hinweisen?«

»Habe ich nichts dagegen. Aber die Runde wird natürlich fragen, ob wir etwas Konkretes zu den Zielen herausgefunden haben. Und wir haben leider nur Vermutungen. Oder hast du schon etwas, das du mir gleich offenbaren willst?«

»Nein, du hast recht. Wir können aber noch einmal das analysieren, was bei der Untersuchung von Rackerts Wohnung herausgekommen ist. Vielleicht finden wir brauchbare Hinweise.«

»Du meinst Hinweise auf Terrorismus? Oder höre ich da noch etwas anderes heraus? Du machst mich echt neugierig. Was überlegst du denn? Lass es einfach raus, aber möglichst schnell.«

»Uns ist ja die Steigerung aufgefallen.«

»Dir!«

»Uns! Es kommt in diesem Fall auf eine gemeinsame Einschätzung an. Ich bin ja nicht der Einzige, der sich mit den besonderen Aspekten des Falles befasst.«

»Komm, mach einen Punkt! Ich will jetzt endlich erfahren, was du dir überlegt hast.«

»Okay. Was ist, wenn wir es mit einem Serienmörder zu tun haben?«

»Diese These ist jetzt aber mehr als gewagt, Alban!«

»Hör mal zu, diese Steigerung in den Texten finde ich schon beachtlich. Ich habe sie einfach auf die Charakterisierung eines Serienmörders übertragen. Und da kann man natürlich Übereinstimmungen feststellen.«

»Mag sein, Alban. Aber du wirst doch nicht allein mit der Steigerung deine These untermauern. Nach allem, was wir bisher erlebt haben, ist von einer Gruppe auszugehen. Das passt nicht zum Serienmörder.«

»Das stimmt vordergründig. Was ist, wenn die Gruppe von jemandem dominiert wird, der aus egoistischen Motiven handelt? Der die Gruppe benutzt? Vielleicht muss man gruppenpsychologisch an die Sache rangehen. Du hast doch ein bisschen Psychologie studiert. Und in unserer Ausbildung haben wir es mit Kriminalpsychologie zu tun gehabt. Jetzt können wir unsere Kenntnisse einsetzen.«

»Dagegen habe ich gar nichts, Alban. Ich weiß ja, dass du gerne gegen den Strom schwimmst und bei Ermittlungen schon früh Theorien aufstellst, die oft verifiziert werden. Manchmal denke ich, du hast so etwas wie ein Zweites Gesicht. Aber in diesem Fall appelliere ich an deine Vernunft. Mit dieser These kannst du nicht in die Lagebesprechung gehen.«

»Habe ich ja auch nur dir vorgetragen. Ich habe vorhin betont, dass ich meine Vermutung einzig und allein dir anvertraue.«

»Dann ist gut.«

»Und außerdem: Ein Zweites Gesicht habe ich nicht. Ich stelle einfach nur Zusammenhänge her. Manchmal bin ich halt ein Krummdenker, anders als ein Querdenker.«

»Na ja, so ein bisschen Zweites Gesicht spielt da schon mit. Nennen wir es einfach ›Magie‹ im besten Sinn.«

Er lächelte. »Wenn du meinst, dann bin ich ein Magier. Ich sage schon voraus, dass meine nächste Theorie bald kommt. Du wirst sie als Erste erfahren. Und niemand sonst.«

Jetzt lächelte auch Tammy.

Sichtlich entspannt fütterte sie gemeinsam mit Berger das Soko-Programm.

In der Abendbesprechung trug Tammy die Theorie von der Radikalisierung der Gruppe vor. Berger ergänzte sie.

Natürlich wurde gleich die Frage gestellt, an welche Ziele sie denn dächten. Eine konkrete Antwort konnten sie nicht geben. Sie verwiesen auf die Funde in Rackerts Wohnung, schränkten aber ein, dass man daraus nicht unbedingt eindeutige Schlüsse ziehen könne. Gefährdet seien möglicherweise Staatsorgane, darunter die Polizei, öffentliche Einrichtungen, auf jeden Fall Bordelle und Erotikshops. Auf solche Ziele sei ja auch schon Rackert gestoßen.

Firner erklärte, bei der jetzigen Personalsituation sei es unmöglich, alle Objekte zu schützen, selbst in einer überschaubaren Mittelstadt wie Offenburg. Man könne die Streifen etwas verstärken. Das müsse er mit dem Kripochef und dem Polizeipräsidenten besprechen. Versprechen könne er nichts. Aber er werde sich sofort darum kümmern. In einer der nächsten Runden werde er darauf zurückkommen. Er dankte Berger und Tammy für den Hinweis und bat sie, eine Liste gefährdeter Objekte zu erstellen. Und er teilte mit, dass der Oberstaatsanwalt ohne Kommentar zur Kenntnis genommen habe, dass es sich in diesem schwierigen Fall wohl nicht um Satanismus handele. Wieder konnte sich Firner ein Grinsen nicht verkneifen. Sein Verhältnis zu Taglehner war angespannt. Er wusste, dass der Oberstaatsanwalt Niederlagen nicht gut wegstecken konnte.

M

Magie! Schöne Unterstellung! Aus dem Mund von Tammy klang das bewundernd. Er gewann seine Erkenntnisse nicht aus Übernatürlichem, eher aus wildem Denken. Hatte das auch etwas mit Magie zu tun? Berger saß wie erstarrt vor dem PC und zermarterte sich wieder einmal den Kopf. Er fand keinen Zugang zum Rätsel Georg Rackert. Da half kein Zweites Gesicht, keine Magie. Und wie jeden Tag gab er sich die Schuld an Rackerts Tod. Er hätte auf seine Warnungen reagieren müssen. Vielleicht hatte Rackert zu jenem Zeitpunkt schon sehr viel recherchiert und vertuschen wollen, dass er auf eigene Faust ermittelt hatte. Und vielleicht hatte er geahnt, in welche Gefahr er sich begeben hatte. Und ihn deshalb auf eine etwas hinterlistige Art beschworen, das Spektakel mit den Puppen ernst zu nehmen. Ein »Vielleicht« reihte sich an das andere. Jedes »Vielleicht« verwandelte sich in ein verknotetes Fragezeichen und vergrößerte sein Schuldgefühl.

In der morgendlichen Besprechung hatte Firner berichtet, dass die Puppen im Gifiz und in Rackerts Wohnung tatsächlich von der Firma »monreve« in Rappenheim bei Straßburg stammten. Nach Informationen der zuständigen Gendarmerie waren sie geklaut worden. Der oder die Einbrecher seien höchst professionell vorgegangen. Die Gendarmerie habe nur wenige Einbruchsspuren entdeckt. Die Daten würden demnächst übermittelt. Zum Glück seien die grenzüberschreitenden Ermittlungen heutzutage etwas einfacher, meinte Firner. Außerdem hätten der Polizeipräsident, der Kripochef und er einen guten Draht zu den Kollegen in Straßburg und Umgebung. Und die EU habe ja vor einiger Zeit die Richtlinien für die Polizeiarbeit in Europa gelockert. Das habe den Austausch von Daten zwischen Frankreich und Deutschland zusätzlich verbessert.

Als ein Kollege rief, der Rhein sei immer noch eine Grenze und ein störender Faktor bei Ermittlungen, selbst innerhalb Deutschlands, hörte Firner mit seiner Exkursion in die europäische Polizeiarbeit auf und wandte sich sofort wieder dem aktuellen Fall zu.

Die Puppen seien versandfertig gewesen. Es habe sich um sehr teure Exemplare gehandelt. Den Schaden allein durch den Verlust der Puppen gebe »monreve« mit mehr als 50.000 Euro an. Die Firma habe eingeräumt, dass ihre Sicherheitsvorkehrungen nicht die besten gewesen seien. Inzwischen habe sie für viel Geld eine hochmoderne Alarmanlage einbauen lassen. Eine Summe habe sie nicht genannt. Dass der Einbruch unbemerkt geblieben sei, liege zum Teil daran, dass die Firma in einem abgelegenen Bereich des Industriegebietes von Rappenheim stehe. Bei diesen Produkten könne man das verstehen, bemerkte Firner süffisant. Auf den Puppen in Rackerts Wohnung konnte die Kriminaltechnik keine verwertbaren Spuren entdecken. Die Herkunft der Puppen war zwar geklärt. Aber die Hoffnung, entscheidende Hinweise in diesem Fall zu finden, erfüllte sich nicht.

Bergers und Tammys Liste gefährdeter Objekte von A bis Z stand auf dem Programm. Sie war erstaunlich lang.

Banken und Sparkassen, Bordelle, Eroscenter, das Erotikkino, Erotikshops, Energie- und Wasserversorgung, Feuerwehren, Kino, Kirchen, Kliniken, Medienbetriebe, Moscheen, die Oberrhein Messe, das Offenburger Weinfest, Polizeigebäude, Polizeidienststellen außerhalb von Offenburg, Polizisten allgemein, Spielhallen, Videotheken. Bei jedem Objekt beschrieben Berger und Tammy den Grad der Gefährdung und begründeten die Auswahl. In einem Zusatz hielten sie fest, dass sie die potenziellen terroristischen Ziele nach der Auswertung von Anschlägen definiert hätten. Dabei hätten sie natürlich religiöse Motive besonders beachtet. Darüber hinaus hätten sie versucht, aus den Bibeltexten Erkenntnisse zu gewinnen. Sie wüssten, dass diese Methode kriminalwissenschaftlichen Untersuchungen und Vergleichen im Ernstfall nicht ganz standhalten könne. Andererseits hätten sie im Bereich »christlicher Terrorismus« nichts Vergleichbares im deutschen Sprachraum gefunden. Die vagen Informationen aus Georg Rackerts Unterlagen hätten sie eingearbeitet. Vorerst blieben sie bei ihrer Einschätzung, dass man es im Fall Gifiz mit christlichem Terrorismus zu tun habe.

Der Kripochef Winker und Firner sagten übereinstimmend, die Liste möglicher Bedrohungen erfülle sie mit größter Sorge. Sie hätten schon mit dem Polizeipräsidenten gesprochen. Eine schnelle Lösung der Personalprobleme sehe der nicht. Er habe mehrere Stellen eingeschaltet, um die öffentliche Sicherheit zu gewährleisten. Die Bundespolizei habe Unterstützung zugesagt, aber ebenfalls auf Personalprobleme hingewiesen. Zudem müsse alles mit BKA, LKA und den anderen Ermittlungsbehörden sowie mit dem Landesinnenministerium abgeklärt werden. Man müsse vorerst mit eigenen Kräften auf die Lage reagieren. Auf Landesebene gebe es schon wieder Streit um die Polizeireform. Von dieser Seite dürfe man nicht zu viel erwarten. Die Reform der Polizeireform koste viel Geld. Zugesagtes Personal werde vermutlich auf die zwei Präsidien verteilt, die das Innenministerium neu einrichten wolle. Es sei absehbar, dass der politische Prozess lange dauern werde. Das kenne man ja von der ersten Polizeireform. Die einzige große Hilfe im aktuellen Fall sei ein schneller Ermittlungserfolg.

Allgemeines Stöhnen! Die Aussagen trübten die Stimmung in der Runde. Illusionen machte sich keiner der Ermittler. Der Fall war wie verhext.

Dass die Ermittlungen nicht richtig vorankamen, belastete Berger schwer. Fest stand für ihn, dass Rackert in ein fundamentalistisches Milieu eingetaucht war. Darauf deuteten die Bibelsprüche hin. Das letzte grausame Bibelzitat stammte aus dem Matthäus-Evangelium. Wie viele Evangelien gab es eigentlich? Er war zwar katholisch getauft und zahlte fleißig Kirchensteuer. Aber er zählte zur Masse der ignoranten und ungläubigen Christen, die stetig wuchs. Solche Mitglieder wurden in Parteien »Karteileichen« genannt. Er selbst bezeichnete sich als tote Seele. In unregelmäßigen Abständen reifte in ihm der Entschluss, aus der Kirche auszutreten. Warum er diesen Schritt nicht vollzog, konnte er sich nicht erklären. Dieser Fall zwang ihn, sein »christliches« Gedächtnis aufzufrischen. Im Religionsunterricht hatten sie über die Bibel gesprochen, aber nur oberflächlich. Dieser geheimnisvolle Fall verlangte mehr Wissen. Er kannte sich nicht einmal im Aufbau der Bibel aus. Die Begriffe Altes und Neues Testament waren ihm bekannt. Aber das war es schon.

Und so holte er sich mal wieder mit der Suchmaschine das fehlende Wissen. Zuallererst interessierten ihn die

Evangelien. Vier erwähnte die Suchmaschine: das Matthäus-Evangelium, Kürzel Mt, das Markus-Evangelium, Kürzel Mk, das Lukas-Evangelium, Kürzel Lk, und das Johannes-Evangelium, Kürzel Joh. Über den genauen Aufbau der Bibel wollte er sich demnächst kundig machen. Vielleicht konnte ihm Ariane aus ihrem Verlag eine besorgen. Wäre das nicht eine Möglichkeit, wieder miteinander ins Gespräch zu kommen? Er spürte, dass sie unter seiner Sprachlosigkeit litt. Aber wie er diese Mundsperre überwinden konnte, wusste er nicht.

In Rackerts Wohnung hatten die Kollegen viele grausame Bibelzitate gefunden. Er tippte in die Suchmaschine »grausame Bibelzitate« ein und staunte: Er hatte sich bisher nicht vorstellen können, dass es im Alten und Neuen Testament nur so wimmelte von brutalen Sprüchen. War das Christentum, war die Bibel ähnlich geprägt wie der Islam, wie der Koran, dem man viele sprachliche und andere Grausamkeiten unterstellte? Die gleichen Wurzeln hatten die beiden Religionen ja. Hatte Papst Franziskus nicht vor einiger Zeit etwas Schonungsloses gesagt? »In fast jeder Religion gibt es eine kleine Gruppe von Fundamentalisten, auch bei uns. Wenn ich über islamische Gewalt spreche, dann muss ich auch über christliche Gewalt sprechen.«

Christlicher Fundamentalismus! Berger hatte sich noch nie mit diesem Phänomen befasst, ehrlich gesagt auch nicht mit Koran, Islam, Islamismus und islamistischem Terrorismus. Fragen nach Terrorismus und Fundamentalismus musste er in der täglichen Arbeit nicht beantworten. Würden sie auftauchen, wären andere Stellen zuständig: LKA, BKA, Bundesnachrichtendienst, Verfassungsschutz. Ein Urteil traute er sich bei diesen komplexen Themen nicht zu.

Da fehlte ihm der wissenschaftliche und historische Hintergrund. Und dennoch: Tammy und er wuchsen allmählich in eine Rolle hinein, die ihnen in der Soko zur Ehre gereichte. Angestrebt hatten sie diese Rolle nicht.

Er las noch einige Zitate und fuhr dann den Computer herunter.

Auf der Heimfahrt ertappte Berger sich dabei, dass er die Nummernschilder der Autos genau betrachtete und nach den Kürzeln Mt, Mk und Lk schaute. Joh war so ungewöhnlich, dass er dieses Kürzel gänzlich ausschloss. In der Regel folgten bei einem Nummernschild auf die Kennung des Landkreises nur zwei Buchstaben.

In den nächsten Tagen suchte Berger weiter nach den Kürzeln auf den Autokennzeichen. Er überlegte sich, ob die Kürzel und die folgenden Zahlen ein Bibelzitat ergaben. Manchmal hatte er einen Treffer. Er befürchtete schon, verrückt zu werden. Aber er beruhigte sich mit dem Hinweis, dass seine Suche ihren Grund hatte. Vielleicht hatte er doch ein Zweites Gesicht oder magische Fähigkeiten. Was Tammy ihm da eingeredet hatte!

Es war in einer der folgenden Nächte, als seine Schutzhaut endgültig zerriss, auf die er immer so stolz war. Sie hatte schon kurz nach Rackerts Tod feine Risse bekommen. Gegen 3 Uhr wachte er nach einem unruhigen Schlaf auf. Er hatte sich immer wieder mal auf die eine, mal auf die andere Seite gedreht. Sein Schlafanzug war durchgeschwitzt. Kopfkissen, Decke und Bettbezug trieften fast vor Nässe. Er hätte sie auswringen können. Leise stand er auf und ging in den Waschraum im Keller. Dort musste noch ein frischer Schlafanzug hängen. Er wollte seine Frau nicht wecken, wenn er im Schrank nach Wäsche suchte. Beim Wechseln des Schlafanzuges merkte er, wie eine starke Unruhe in ihm erwachte. Wenn er jetzt wieder ins feuchte Bett kroch, begann die Wälzerei von Neuem. Er setzte sich deshalb im Wohnzimmer auf das Sofa und knipste die Leselampe an. Seine Unruhe wirkte sich allmählich auf den ganzen Körper aus. Fast schmerzhaft spannte sich seine Bauchdecke. Er brauchte etwas Beruhigendes. Etwas, das schnell wirkte. Etwas Hartes! Im Getränkeschrank suchte er nach einem Whisky. Er hatte nicht wenige in seinem Angebot. Alkohol war keine Lösung, sagte er sich bei der Suche nach dem richtigen Drink. Das wusste er. Aber in diesem Moment zählte nur die schnelle Entspannung. Er machte einen besonderen Whisky auf, den er im vergangenen November an seinem Geburtstag von seinem Schwiegervater bekommen hatte: eine teure Sorte aus einer kleinen Edelbrennerei in der südlichen Ortenau. Die Brennerei war in kurzer Zeit in den Olymp der feinen Destillerien aufgestiegen. Und mit ihr die Preise. Die besondere Sorte zeigte ihre schöne Farbe, als sie in das stilechte Whiskyglas floss. Eigentlich war sie nicht für therapeutische Zwecke gedacht. Er stellte die Flasche vorsichtig auf den kleinen runden Tisch bei der Leselampe. Schon der erste Schluck offenbarte die hohe Kunst des Brennereimeisters. Der Whisky schmeckte hervorragend. Er war sein Geld wert. Nach kurzer Zeit entspannte sich der Bauch etwas. Aber in seinem Kopf tauchte Georg Rackert wieder auf, begleitet von Schuldgefühlen. Er schenkte sich noch einen zweiten Whisky ein. Dieses Mal gönnte er sich ein größeres Quantum Trost. Auch das war bald verbraucht. Und das dritte Spiel mit Flasche und Glas begann. Irgendwann überkam ihn der Schlaf und bescherte ihm einen seltsamen Traum.

Sie waren wieder am Gifiz, Rackert und er. Rackert war völlig nackt, er selbst hatte eine Jeans und ein Unterhemd mit Doppelripp an. Gemeinsam versuchten sie in der Nähe des Amphitheaters eine nackte Sexpuppe aus dem Wasser zu ziehen. Das war nicht einfach. Die Puppe war riesig und schwer. Alles an ihr war überproportioniert und lebensecht. Mit aller Kraft zogen sie an den Füßen. Die Puppe bewegte sich nicht aus dem Wasser. Im Gegenteil. Sie hatten das Gefühl, dass die Puppe sie beide immer mehr vom Ufer wegzog. Mit aller Gewalt stemmten sie sich im glitschigen und steinigen Randbereich gegen die Zugkraft der monströsen Puppe. Sie standen schon bis zur Hüfte im Wasser. Das Einfachste wäre gewesen, die Riesenpuppe loszulassen. Aber nicht einmal das gelang ihnen. Ihre Hände klebten an den Füßen der Puppe. Immer tiefer wurde das Wasser. Es reichte ihnen schon bis zum Hals. Sie konnten nichts mehr gegen die Puppe ausrichten. Das Wasser drang ihnen in Mund, Nase und Ohren. Rackert war plötzlich nicht mehr zu sehen. Die Puppe zog immer stärker. Alban Berger spürte, dass ihn die Kräfte verließen. Die Puppe wurde schneller. Wie im Schlepptau musste er mitziehen. Das Wasser schlug über seinem Kopf zusammen. Er hörte noch ein seltsames Rauschen.

Am frühen Morgen fand ihn seine Frau. Quer lag er auf dem Sofa und schnarchte. Er schnarchte immer, wenn er zu viel getrunken hatte. Zu seiner Ehre musste sie einräumen, dass das selten vorkam. Aber trotzdem staunte sie nicht schlecht. Und ein bisschen wütend war sie auch. Die Whiskyflasche war halb leer, das dicke Glas lag auf dem Teppich. Er hatte es wohl beim Einschlafen fallen lassen. Still räumte sie auf und beschloss, ihn weiterschnarchen zu lassen.

Erst am späten Vormittag kam Berger in den Dienst. Seine Frau hatte angerufen, dass es ihm nicht gut gehe. Er brauche noch ein bisschen Ruhe. Schlecht sah er aus. Gegen sein Kopfweh hatte er zwei Tabletten geschluckt. In seiner Schläfe klopfte es immer noch. So viel Alkohol war er nicht gewohnt. Er war mehr der Genussmensch. Köstlichkeiten wie den Whisky trank er normalerweise sehr bedacht. Ähnlich hielt er es mit dem Wein. Aber was war in diesen Tagen schon normal.

»Was hast du denn angestellt?«, fragte Tammy.

»Erzähl ich dir später.« Er setzte sich. »Gibt es etwas Neues?«

»Nicht viel.« Sie roch etwas, was an ihm ungewöhnlich war. »Hast du zu viel getrunken? Oder täusche ich mich? Du hast sozusagen eine Fahne.«

»Du täuschst dich nicht. Ich habe in der Nacht mehrere Gläser Whisky getrunken. Jetzt weißt du es.« Am liebsten wäre er aufgestanden und gegangen.

»Alban, warum machst du so etwas?«

»Weil es mir beschissen geht.«

Hoffentlich sagte sie nichts mehr. Sie klang so sorgenvoll, als wären sie verheiratet. Tammy gab nicht auf. Ihre Stimme bohrte sich in seinen Kopf wie eine Nadelspitze. Wenn sie so weitermachte, würde das Kopfweh mit voller Wucht zurückkehren.

»Alkohol ist doch keine Lösung.«

»Tammy, solche Gespräche kann ich zurzeit nicht aushalten, weder hier noch zu Hause.« Diese Art von Dialog war er von Tammy nicht gewohnt. Er hatte allerdings bisher keinen Anlass zu Diskussionen über Missbrauch von Alkohol gegeben.

»Verstanden, ich halte meinen Mund.« Sie hatte eine Grenze überschritten. Das tat ihr leid. Sie wollte ihn nicht nerven. »Wenn du Hilfe brauchst, melde dich. Rechtzeitig!«

»Tammy, deine Fürsorge ist ja nett. Aber im Moment brauche ich einfach Ruhe.«

Inständig hoffte er auf ein Ende des Gesprächs. Tammy vertiefte sich in ihre Ermittlungen. Ob es eine gute Idee war, in diesem Zustand in den Dienst zu gehen? Seine preußischen Tugenden zwangen ihn zur Arbeit. Mehr schlecht als recht quälte er sich durch die zweite Hälfte des Tages.

Bergers Frau Ariane saß zu Hause in ihrem kleinen Arbeitszimmer und versuchte, sich auf ein Manuskript zu konzentrieren. Sie hatte im Verlag angerufen, dass sie an diesem Tag zu Hause arbeite. Ihr Arbeitsvertrag gestattete ihr, einige Tage im Monat daheim zu lektorieren. Sie legte das Manuskript beiseite. Keine einzige Zeile kam sie weiter. Was war nur mit Alban los? Als er am späten Vormittag das Haus verlassen hatte, stand sie am Küchenfenster und schaute ihm verzweifelt nach. Seit Beginn dieser Ermittlungen hatten sie kaum ein Wort miteinander geredet. Was steckte in dem Fall, das ihn stumm werden ließ? Oder war es eine andere Frau? Das konnte sie sich nicht vorstellen. Sie wollte es nicht. Es musste mit dem Fall zusammenhängen, redete sie sich ein. Sie nahm ein Papiertaschentuch und trocknete ihre Tränen. Sie beschloss, demnächst mit ihm zu reden. Dazu brauchte sie allerdings Kraft. Und die hatte sie in diesen Tagen nicht. Nicht einmal für das Manuskript, das allerdings sperrig war. »Komplexität und Komplexitätsreduktion im digitalen Zeitalter am Beispiel der evangelischen und der katholischen Kirche!« Die Sätze waren komplexer als das Thema. Warum hatte man ausgerechnet ihr das Lektorat übertragen? Sie kannte sich weder mit Systemtheorie noch mit dem Innen- und Außenleben der großen Kirchen aus. Der sperrige Text war keine Hilfe, in die Themen tiefer einzudringen. Wahrscheinlich musste sie dem Autor dringend empfehlen, das Manuskript zu überarbeiten.

Sie ging in die Küche und machte sich einen Kaffee. Verträumt sah sie aus dem Fenster, während die Kaffeemaschine dampfte, gurgelte und spuckte. Wie schön war doch ihre Grimmelshausen-Fahrt gewesen! Im »Silbernen Sternen« in Gaisbach hatten sie zu Abend gegessen und sich über die Literatur des Barockdichters unterhalten. Daheim hatten sie noch einen leichten, trockenen Roséwein aus dem Rebland getrunken, der eine erstaunlich rote Farbe hatte. Und später hatten sie so herrlich miteinander gekuschelt. Geriet das alles in Gefahr? Das konnte doch nicht sein, nicht von heute auf morgen. Bekamen sie jetzt endlich den Fluch des Polizistenlebens so richtig zu spüren? Die Catalpa vor der Küche, die alte Schattenspenderin, hatte schon eine Herbstfärbung. Bald lösten sich ihre großen Blätter von den Ästen. Sie nahm einen Schluck Kaffee, den sie am liebsten heiß, stark und ohne Milch und Zucker trank. Ihre Seele hatte Herbststimmung. In ihr wuchs etwas. Etwas Bedrohliches. Vielleicht redete sie sich das nur ein. Doch in den letzten Tagen hatte sie ihre Brüste abgetastet. In der linken Brust hatte sie Knoten festgestellt. Nächste Woche hatte sie einen Termin bei ihrer Frauenärztin. Sie hätte längst schon zur Vorsorgeuntersuchung gehen müssen. Wenn doch die Catalpa auch Trost spenden könnte! Nicht nur Schatten.

In der Nacht fiel es Berger wieder schwer, einzuschlafen. Er wälzte sich hin und her wie schon in der vergangenen Nacht. Und in den Nächten davor. War er einmal eingenickt, wachte er nach kurzer Zeit wieder auf. Wurde aus ihm ein schlafloses Grübelmonster? Er fühlte sich erdrückt von Schuldgefühlen. Die Vorwürfe, die er sich machte, peinigten ihn. Einen Ausweg aus seiner Krise sah er nicht. Zu seinem Hausarzt oder zu einem Psychiater zu gehen, lehnte er vorerst ab. Mit niemandem konnte er so richtig reden, nicht einmal mit seiner Frau Ariane. Warum? Vielleicht war es eine falsche Strategie, dienstliche Probleme nie zu Hause anzusprechen. An dieser Maxime hatte er jedoch all die Jahre festgehalten. Und war damit gut gefahren. Und jetzt, da ihn ein Konflikt fast zerriss, besaß er nicht die Kraft, von der Maxime abzukehren. Er war Gefangener seiner Grundsätze.

N

Nathan! Er fasste es nicht. Es war tatsächlich Nathan, der vor ihm stand. Seine Augen! Keiner hatte solchen Augen wie er!

»Bist du es, Nathan?«

Sein Gegenüber reagierte nicht sofort.

»Na, komm schon! Gib es zu, du bist doch Nathan, mein alter Freund.«

Wie lange wollte sich Nathan noch verstellen? Auf der Liste der Seminarteilnehmer stand kein Nathan. Wahrscheinlich hatte er sich in letzter Minute angemeldet. Nathan sah ihn an mit seinen Augen, die alles durchdrangen. Diesen Augen konnte er mit seinem Blick nicht standhalten. Sie wirkten so, als würden gleich zwei Schlangen aus den Höhlen schießen und ihn durchbohren.

»Ja, ich bin Nathan.«

Also doch. »Ich habe deinen Namen gar nicht entdeckt auf der Liste der Seminarteilnehmer. Hast du dich jetzt erst angemeldet?«

»Nein, ich habe einen anderen Namen.«

Er konnte es nicht glauben. »Wieso das denn?«

Die Antwort, die kam, klang schroff. Sie hatte einen scharfen Unterton. »Das hat mit meiner Familiengeschichte zu tun. Ich will aber mit niemandem darüber reden. Auch mit dir nicht.«

»Ich verstehe. Entschuldige. Geht mich auch nichts an.«

Nathans Familiengeschichte wurde zum Tabu. Er redete nie mehr mit ihm darüber.

Er hätte ihn damals gar nicht ansprechen dürfen. Besser wäre es gewesen, er hätte sich umgedreht und das Seminar auf Nimmerwiedersehen verlassen. Stattdessen war er geblieben und in den Sog von Nathan geraten wie damals im Klosterinternat. Schon nach kurzer Zeit hatte Nathan ihn wieder in der Gewalt. Nathan musste ihn nur mit seinen hypnotischen Augen anschauen. Hatte er ihn damals bei der Begegnung im Seminar nicht als alten Freund bezeichnet? Er war nie sein Freund gewesen. Wie alle anderen, die auf Nathan hörten oder zu ihm aufschauten, war er ein Werkzeug. Schon im Klosterinternat wusste Nathan die meisten für sich einzunehmen. In der ersten Zeit im Kloster hielt sich Nathan zurück, bis ihn jener Pater Blasius auftaute. Von da an war er fast wie umgewandelt. Er hatte gute Beziehungen zum Pater. Manche sagten Nathan nach, er habe für den Pater Opfer ausgesucht. Belegen konnte es niemand. Seltsamerweise war es immer schwierig, Nathan irgendetwas nachzuweisen. Hatte Nathan auch ihn als Opfer ausgesucht? Kurz nach der Begegnung im Seminar war der dicke Vorhang gefallen, den er vor die Vergangenheit gezogen hatte. Alles hatte er verdrängt. Und geglaubt, die Vergangenheit kehre nie mehr zurück. Und plötzlich hatte er wieder diesen ekligen Geschmack im Mund. Und plötzlich kniete er wieder im engen Beichtstuhl vor diesem Pater. Und plötzlich entfesselte sich seine ganze Wut, mit der er so viele von körperlichen Leiden erlöste. Aber ihre Seelen befreite er nicht durch das Wüten in dieser geschlossenen Welt.

Er raffte seine Kleider zusammen, riss die Tür des Beichtstuhls auf und rannte hinter den großen Altar. Dort zog er sich hastig an und lief aus der Klosterkirche, als wäre der Teufel hinter ihm her. Aus dem Augenwinkel sah er beim Hinauslaufen, dass eine Gestalt auf einer Bank an der Seite in der Nähe des Beichtstuhls saß. War es Nathan? Es war zu dunkel, um die Gestalt richtig zu erkennen. Er traute es ihm zu. Nathan hatte oft auf der Bank gesessen, während der Pater die Beichte abnahm. Er hatte nie gewagt, Nathan zu fragen, ob er an jenem Tag etwas gesehen oder gehört hatte. Nathan brauchte ihn von da an nur noch mit seinen durchdringenden Augen anschauen.

Nach der Klosterzeit hatte er gehofft, ihm nie wieder zu begegnen. Viele andere waren an den Erlebnissen jener dunklen Zeit zerbrochen. Er hatte es geschafft, durchzukommen, im Leben anzukommen. Nicht einmal den Glauben hatte er verloren, allerdings das Vertrauen in die kirchlichen Autoritäten. Aber er verbarg seine wahre Haltung.

Und jetzt war er wieder in Nathans Gewalt. Nathan flüsterte ihm immer ein, sie hätten ein besonderes Vertrauensverhältnis. Es beruhte lange Zeit darauf, dass Nathan zu viel über ihn wusste und ihn jederzeit vernichten konnte. Inzwischen war es so, dass sie sich gegenseitig vernichten konnten. Diese Erkenntnis ließ ihn stärker werden. Er fühlte sich Nathan fast ebenbürtig. Und er hatte allmählich die Kraft, sich von diesem Mann zu lösen, der sie in die Katastrophe führte. Lösen setzte er gleich mit vernichten. Er musste mit den anderen reden.

Er hatte sich in der letzten Zeit oft gefragt, was sie eigentlich zu einer Einheit machte. Hass, einfach nur Hass, unbändiger Hass. Alle hatten Verletzungen erlitten. Aber Hass war ein schlechter Ratgeber. Nathan hatte ihre Schmerzen geschickt genutzt. Was war das für eine Gesellschaft, die Erniedrigten nicht half, die nicht den Opfern, sondern den Tätern Schutz bot, die sich nicht entschuldigte? Diese Gesellschaft lähmte die Opfer so, dass die Täter sich im Recht fühlten. Sie konnten moralische Normen missachten, ohne behelligt zu werden. Die Opfer hatten in den wenigsten Fällen Chancen auf Wiedergutmachung. So blieben sie auf ewig unversöhnt mit dieser erbarmungslosen Gesellschaft. Nathan, der wohl selbst ein Opfer war, stellte die richtigen Fragen. Und hatte Antworten. Und kannte die Schuldigen. Das fanden zunächst alle überzeugend. Er konnte gut reden und predigen. Seine Stimme hatte eine ähnliche Tiefenwirkung wie seine Augen. Zweifel erstickte er auf seine unnachahmliche Art schon im Keim. Er sah alles, er hörte alles, er kontrollierte alles. Er hatte die richtige Ansprache, die richtige Theorie, den richtigen Plan. In den Augen aller. Jedenfalls bis zu diesem Zeitpunkt. Es lag nun an ihm, überzeugender zu sein als Nathan. Er hoffte auf Eingebungen und Entwicklungen.

Dass er sich diesem Mann so unterworfen hatte! Er hatte ihn sogar in diesen Landstrich geholt, war ihm behilflich gewesen bei der Wohnungssuche. Hatte ihm vorgeschwärmt, wie mythenreich diese Landschaft war. Hatte ihm von der Christianisierung des Schwarzwaldes erzählt, vom Kampf zwischen Gut und Böse, der so viele tiefgehende Legenden hervorbrachte, von Klöstern, Kirchen, Kapellen und Wallfahrtsorten, von armen Seelen, die auf Erlösung warteten. Zählten sie nicht auch zu diesen armen Seelen? Hatte auch erwähnt, dass die dunklen Wälder im 17. und 18. Jahrhundert Räubern Unterschlupf boten. Das hatte Nathan animiert, ihre wichtigsten Besprechungen in Wäldern abzuhalten! Die meisten fanden das wunderbar und anregend, sogar aufregend. Das verstärkte ihre Vorstellung, etwas Besonderes zu sein. Und Nathan hatte einen Bezug zur Bibel hergestellt, als wollte er ihr Tun heiligen. Aus den Psalmen im Alten Testament hatte er fast schon feierlich zitiert: »Es frohlocke das Gefilde und alles, was darauf ist! Dann werden jubeln alle Bäume des Waldes – Vor Jehova; denn er kommt, denn er kommt, die Erde zu richten: er wird den Erdkreis richten in Gerechtigkeit, und die Völker in seiner Treue.« Er konnte auf seine Art so viel verbinden und mit seiner Stimme seine Hörer beeindrucken. Aber über sich erzählte Nathan nichts. Kein einziger in Nathans Umgebung wusste, aus welcher Gegend er stammte. Er machte aus allem, was sein Leben betraf, ein Geheimnis. Das hatte er im Internat schon so gehalten.

Er verbarg sich beim Bahnhof so, dass er noch einen freien Blick auf die Unionbrücke und die Gebäude rechts davon hatte. Die letzten Züge waren ein- beziehungsweise ausgefahren. In den nächsten zwei Nachtstunden blieb die Stadt überwiegend vom Rattern und Quietschen im Bahngraben verschont. Ab und zu fuhr ein langer Güterzug durch. Es war ein beunruhigender und bedrohlicher Rhythmus, wenn Waggon für Waggon durch den Bahngraben rumpelte. In den Straßen um den Bahngraben könnte er nicht leben. Mehrere Nächte lang hatte er alles ausgekundschaftet. Zwischen 2 Uhr und 4 Uhr trieben sich nur wenige Menschen im Bahnhofsbereich herum. Das, was er vorhatte, hätte er auch von zu Hause oder von einer anderen Stelle aus erledigen können. Das hätte ihm jedoch keine Befriedigung verschafft. Er wollte es sehen und seinen Triumph auskosten. So etwas ließ er sich nicht nehmen. Er brauchte allerdings noch etwas Zeit.

Während er die Gegend beobachtete, erinnerte er sich zurück. Er hatte schwierige Zeiten hinter sich. Wie ein

Schattenreich zogen sie hinter ihm her. Die Schatten ließen sich einfach nicht vertreiben. Überall stieß er auf seinem Lebensweg auf Schwierigkeiten und Hindernisse. Im Kolleg hatten sie ihn einst kritisiert, weil er eine strenge Auslegung der Bibel verlangt hatte. Warum fiel ihm gerade in diesem Augenblick das Kolleg ein? Immer wieder hatten sie gerufen: »Da kommen die betenden Hände!« Sie hatten seinen innigen Dialog mit Gott verspottet. Schließlich hatten sie ihm religiösen Wahn vorgeworfen und ihn aus dem Kolleg entlassen. Und wieder einmal war er in der Psychiatrie gelandet. Es waren böse Bilder aus einem unerträglichen Lebensabschnitt. Aber er war jedes Mal aufgestanden. Er hatte sogar sein Theologiestudium durchgezogen und das Examen mit sehr guten Noten bestanden. Und damit war er schon am Ende gewesen. Eine Karriere an der Universität war ihm mit allen Mitteln verwehrt worden. Vor allem ein liberaler Theologieprofessor hatte alle Hebel in Bewegung gesetzt, um seine Anstellung als Assistent oder Dozent zu verhindern. Man müsse den Anfängen wehren. Die Wissenschaft sei in Gefahr, wenn ein fundamentalistischer Bibelausleger auf einem Dozenten- oder Professorenstuhl sitze. Alles schien sich gegen ihn verschworen zu haben.

Drei Männer hatten besonderen Anteil an seinem hindernisreichen und fast zerstörten Lebensweg: Der erste hatte ihm die Mutter genommen, der zweite die körperliche Unversehrtheit, der dritte die berufliche Zukunft. Zerbrechen konnte ihn jedoch niemand. Er hatte Gleichgesinnte gefunden, die zu seinen Jüngern wurden. Sie folgten ihm und er vertraute ihnen. Nur in einem hatte er sich getäuscht. Er hätte ein Jünger werden können, denn er hatte alle Anlagen dazu. Sie waren sich im Netz auf einer Plattform zur Rechristianisierung des Abendlandes begegnet. Er hatte große Hoffnung in diesen Mann gesetzt, der sich als »Christlicher Gotteskrieger« bezeichnet hatte. Dieser Gotteskrieger war in Wirklichkeit ein Sohn des Satans. Das hatten sie erst erkannt, nachdem sie im Darknet ihre Gruppe »Die Auferstehung« gegründet und Aktionen geplant hatten. Davor hatten sie ihre Seite »Die Testamentsvollstrecker« löschen müssen, weil sie mehrmals gehackt worden war. Möglicherweise hatte dieser Sohn des Satans dahintergesteckt. In der neuen Gruppe stellte er bald zu viele Fragen, beeinflusste die Diskussionen im Forum, verhinderte Aktionen durch Einsprüche. Und er schnüffelte dem zwölften Jünger nach. Immer sprach er mit falscher Zunge. Deshalb mussten sie ein Zeichen setzen.

»Ein Belialsmensch, ein heilloser Mensch ist, wer umhergeht mit Verkehrtheit des Mundes, mit seinen Augen zwinkt, mit seinen Füßen scharrt, mit seinen Fingern deutet. Verkehrtheiten sind in seinem Herzen, er schmiedet Böses zu aller Zeit, streut Zwietracht aus. Darum wird plötzlich sein Verderben kommen; im Augenblick wird er zerschmettert werden ohne Heilung.«

Und wie recht sie gehabt hatten! Dieser Sohn des Satans war ein Polizist gewesen. Aber sie konnten sich rechtzeitig für immer von ihm trennen und mit ihrer Symbolik die Polizei und die Öffentlichkeit beunruhigen und in die Irre führen.

Jetzt waren sie wieder sicher im Darknet und konnten alles in Ruhe vorbereiten. Im Darknet konnte man sich gut verbergen. Und sie konnten alles kaufen für den großen Kampf, den sie führen mussten: Gifte, die man nicht oder nur schwer beschaffen konnte, Narkotika, Sprengstoff, falsche Ausweise, gefälschte Nummernschilder und noch viel mehr.

Ein Auto schreckte ihn auf. Es kam von der Wilhelmstraße und fuhr mit überhöhter Geschwindigkeit über die Unionbrücke. Die Bäume in der Wilhelmstraße, hatte er online gelesen, waren gefährdet. Die Verwaltung wollte sie aus Sicherheitsgründen fällen lassen und den Radweg verbreitern. Vorerst standen sie noch. Vielleicht wurden sie auch nie gefällt, weil der Bürgerprotest wuchs. Er studierte ständig aufmerksam die Online-Seiten der hiesigen Presse. Es war ihm ein großes Bedürfnis, alles über sein Umfeld zu erfahren. Er wollte wissen, was die Leute trieben, welche Vorlieben sie hatten, über was sie sich aufregten. Er wollte die Kontrolle über die Menschen in seiner Umgebung gewinnen, damit er sie zu gegebener Zeit für seine Pläne benutzen konnte.

Die vorderen Fenster des Autos waren halb geöffnet. Gedämpfte, dumpf klopfende Musik drang ins Freie. Sie hörte sich an wie Luftverschmutzung. Das Auto bog beim Bahnhof links ab. Er sah sich um. Noch ein Wagen näherte sich: Polizei. Ganz langsam fuhr der Streifenwagen über die Unionbrücke. Er drehte sich ab, sodass die beiden Polizisten im Ernstfall nicht viel sehen konnten. Nach wenigen Metern beschleunigte der Streifenwagen und fuhr am Bahnhof vorbei Richtung Norden. Die beiden Polizisten hatten ihn wohl nicht wahrgenommen. Er musterte erneut die Gegend. Alles war wieder ruhig. So hatte er es sich vorgestellt.

Die Autos waren wie ein Weckruf gewesen. Sie hatten ihn aus seinen dunklen Gedankengängen zurückgeholt. Jetzt war es an der Zeit, ein weiteres Zeichen zu setzen. Die Rettung des christlichen Abendlandes duldete keinen Aufschub mehr. Sie hatten durch diesen Polizisten schon zu viel Zeit verloren. Seine Jünger hatten alles vorbereitet. Einige unter ihnen hatten ein großes technisches Talent. Er bewunderte ihre Fertigkeiten. Ihm lag mehr das Philosophieren, das Predigen, das Nachdenken über die Welt und das Entwerfen einer göttlichen Ordnung. Deshalb überließ er seinen Jüngern die Technik und die Organisation.

Er nestelte unter seiner Kutte herum, zog sein Smartphone hervor, klappte es auf und wischte. Uhrzeit: 2.44 Uhr. Er tippte auf »Telefon«. Unter »Kontakte« suchte er nach dem Stichwort »Offenbarung«. Er öffnete die »Offenbarung« und drückte auf die Nummer unter »Mobil«.

Die Front des Erotik-Kinos an der Unionrampe platzte mit einem großen Knall auf. Es war, als wollte das Gebäude wie ein übersättigter Magen alles auskotzen. Mauerteile schossen auf die Unionbrücke und in den Bahngraben, Glasscherben verstreuten sich, zerstörte Sexpuppen flogen umher, gefolgt von beschädigten Dildos und anderen Lustbringern, die von Kümmerern zu Kümmerlingen wurden. Dessous-Fetzen flatterten wie betrunkene Schmetterlinge zu Boden. Die Nebengebäude des Erotik-Kinos, die ehemalige Stadthalle und eine ehemalige Bank bekamen den Druck der Detonation nicht so stark zu spüren. Die Abstände zwischen den Gebäuden waren entsprechend groß. Aber auch an ihnen sah man deutliche Spuren der Explosion. In den Oberleitungen der Bahn zischte es, ein Funkenregen fiel. Einige Leitungen rissen.

Kaum waren die Geräusche der Explosion verklungen, gingen Lichter in den Häusern der Umgebung an. Zufrieden betrachtete er sein Werk. Das Gebäude war bis zur Hälfte zerstört und sah aus der Entfernung wie eine große klaffende Wunde aus. Ein Feuer brach aus. Er drehte sich genüsslich um, als hätte er soeben ein Wunder vollbracht, und verließ den Bahnhof durch die Unterführung Ost.

Nach kurzer Zeit waren Polizeisirenen zu hören. Er stieg die Treppe am Ende der Unterführung hoch, überquerte die Rammersweierstraße und ging in die Prinz-Eugen-Straße, wobei er sich immer wieder umdrehte. In der Nähe des Polizeipräsidiums stand sein Wagen, ein alter purpurroter VW Käfer mit dem Kennzeichen OG–LK–1249.

Im Polizeigebäude entstand Unruhe. Oder täuschte er sich? Die Sirenen kamen vom anderen großen Polizeigebäude am Stadtbuckel. Dort residierte die Bereitschaftspolizei. Feuerwehrsirenen waren jetzt ebenfalls zu hören. Er stieg in seinen Wagen und fuhr lächelnd davon. Das Smartphone, mit dem er sein Werk vollbracht hatte, musste er möglichst bald entsorgen. Über die Rammersweierstraße und die Wilhelmstraße, die Straße der bedrohten Bäume, wollte er zum Gifiz. Als er aber sah, dass weiter vorne um die Unionbrücke herum immer mehr Blaulicht die Nacht erhellte, bog er nach rechts ab und machte einen großen Umweg über den Südring.

0

Ohrenbetäubender Lärm hatte die Stadt in der Nacht geweckt. Am Morgen, als das ganze Ausmaß des Schadens zu sehen war, zeigten sich die Menschen geschockt. Von einer Stunde auf die andere stand Offenburg im Blitzlichtgewitter, war Thema in den sozialen Medien und Objekt von Spekulationen und Gerüchten. Schon nach dem Tod von Georg Rackert war das Medieninteresse groß. Aber jetzt beherrschten die Medien die Stadt. Überall wimmelte es von Reportern und Kameraleuten. Die Polizei, die Staatsanwaltschaft, die Verwaltungsspitze wurden ständig um Statements gebeten. Aber was konnten sie zu diesem Zeitpunkt sagen? So gut wie nichts. Nur das eine Presseorgan, das große Blatt, erfuhr mehr als alle anderen Medien. Es nährte sich weiter von den Informationen, die aus der Soko kamen. Mit jedem Tag wuchs sein Informationsvorsprung.

Bei dem Anschlag war niemand verletzt worden. Hatten die Täter es so geplant oder war es Zufall? Die Ermittler konnten die Frage nicht beantworten. Sie wussten nur, dass die Täter eines erreicht hatten: Die Angst schlich über die Straßen, Wege und Plätze und drang in die Häuser ein.

Die Polizei und die Techniker der Bahn arbeiteten unter hohem Zeitdruck. Rund um Offenburg war die Bahnstrecke seit 3.15 Uhr in der Nacht gesperrt. Als Ersatz fuhren Busse. Für die Ermittler war es schwierig, im Umkreis der Unionbrücke die Beweise zu sichern. Zentimeterweise mussten sie vorgehen. Im Schneckentempo bewegten sich die weiß gekleideten Techniker vorwärts.

Beim ZOB, dem Zentralen Omnibusbahnhof, entdeckten sie auf dem Boden ein aufgesprühtes Pentagramm. Sie waren sensibilisiert worden, bei jeder auffälligen Tat auch nach dem Symbol, nach Buchstaben und Zahlen zu suchen. Und diese Tat war mehr als auffällig. Neben dem fünfzackigen Stern war ein Hinweis auf ein Bibelzitat zu sehen: 5 Mose 13,13–16.

Berger und Tammy fanden schnell heraus, dass es aus dem Alten Testament stammte und nichts Gutes verhieß: »Es sind Männer, Söhne Belials, aus deiner Mitte ausgegangen und haben die Bewohner ihrer Stadt verleitet und gesprochen: Laßt uns gehen und andern Göttern dienen (die ihr nicht gekannt habt), so sollst du genau untersuchen und nachforschen und fragen; und siehe, ist es Wahrheit, steht die Sache fest, ist dieser Greuel in deiner Mitte verübt worden, so sollst du die Bürger jener Stadt gewißlich schlagen mit der Schärfe des Schwertes; du sollst sie verbannen und alles, was in ihr ist, und ihr Vieh, mit der Schärfe des Schwertes.«

Damit war klar, dass der Fall Gifiz und der Anschlag zusammenhingen. Es war beunruhigend für die Ermittler, dass sie keine Hinweise fanden, die eine Wende in dem Fall gebracht hätten. Mit Respekt begegneten sie Berger und Tammy, die eine Eskalation vorausgesagt hatten. Beide hatten den Bibelhinweis auf dem weißen Kreuz an Rackerts Grab richtig gedeutet. Das Kreuz hatte keine Spuren geliefert, die zu den Tätern führen konnten. Das Bibelzitat am Zentralen Omnibusbahnhof ließ eine nochmalige Steigerung erwarten. In den Lagebesprechungen rätselte man, wie es diese Gruppe schaffte, unentdeckt zu bleiben. Firner knurrte nur: »Irgendwann unterläuft auch denen ein Fehler.« Die Ermittler lebten von der Hoffnung.

Die Kriminaltechniker robbten noch von Spur zu Spur, als der Eigentümer des Erotik-Kinos befragt wurde. Er war so durcheinander, dass sie zunächst nicht viel mit ihm anfangen konnten. Auf die Frage, ob ihm in letzter Zeit etwas aufgefallen sei, reagierte er zögernd. Sie sagten, die Bombe sei im Inneren hochgegangen. Ob er denn überhaupt nichts gesehen habe? Er jammerte, dass seine Existenz zerstört sei. Das Gebäude sei ja wohl abbruchreif. Damit hatte er nicht unrecht. Wenn er alles wiederaufbaue, dauere das mindestens ein Jahr oder noch länger. Er rechne mit dem Widerstand der Stadtverwaltung. Vielen sei sein Erotik-Kino ein Dorn im Auge. Die Geschäfte gingen nicht mehr so gut wie früher. Das Internet und der Online-Handel zerstörten alles. Als er sich ausgejammert hatte, verstummte er. Sie mussten ihn drängen, ihre Frage zu beantworten. Nein, ihm sei gar nichts aufgefallen. Er könne ihnen nicht weiterhelfen. Er beobachte zwar die Leute im Ladenbereich und auch beim Kauf der Kinokarten, aber sehr zurückhaltend. In seinem Metier müsse man sehr sensibel sein. Sonst kämen die Leute nicht mehr.

Die Befragung der Anwohner brachte die Ermittlungen nicht voran. Manche wollten mehr gehört und gesehen haben als andere. Aber wenn sie genauer befragt wurden, mussten sie einräumen, dass sie so gut wie nichts mitbekommen hatten. So etwas war die Polizei von vielen Fällen gewohnt. Auch die Bundespolizei, die im Bahnhofsbereich präsent war, konnte nichts zur Aufklärung beitragen.

Die Streifenpolizisten, die in der Nacht in der Innenstadt unterwegs gewesen waren, gaben zu Protokoll, es sei ihnen nichts Wesentliches aufgefallen. Sie seien jede Stunde über die Unionbrücke am Erotik-Kino vorbeigefahren, wie es der neue Einsatzplan vorgesehen habe. Bis zur Explosion sei es eine sehr ruhige Nacht gewesen. Das deckte sich mit den Beobachtungen der Bundespolizei.

Nach dem Anschlag auf das Erotik-Kino an der Unionbrücke kam sofort die Frage auf, ob nicht der Generalbundesanwalt in Karlsruhe tätig werden müsse. Einige Punkte sprachen dafür: Verdacht auf Mord oder Totschlag an einem Polizisten, Bildung einer kriminellen oder sogar terroristischen Vereinigung, Gefährdung der öffentlichen Sicherheit, Eingriff in den Bahnverkehr. Die Antwort ließ nicht lange auf sich warten. Zwei Tage nach dem Anschlag zog der Generalbundesanwalt die Ermittlungen tatsächlich an sich. Das hieß, er konnte Einfluss auf den Gifiz-Fall nehmen und Weisungen erteilen. Für Oberstaatsanwalt Taglehner war es ein schlechter Tag. Eine höhere Gewalt bestimmte von nun an die Ermittlungen. Manche freuten sich, dass er die Linienkompetenz abgeben musste.

Die meisten in der Soko konnten sich mit der Bundesanwaltschaft anfreunden. In der Regel versuchte der Generalbundesanwalt, gemeinsam mit den Ermittlern Lösungen zu finden. Trotzdem wuchs die Spannung. Die Soko war Dienerin eines weiteren Herren. Sie hatten schon die Staatsanwaltschaft, den Staatsschutz, den Verfassungsschutz, das Landeskriminalamt und das Bundeskriminalamt um und über sich. Der Generalbundesanwalt nahm noch offiziell den Bundesnachrichtendienst mit ins Aufklärungsboot. Der BND musste untersuchen, ob die Täter Verbindungen ins Ausland unterhielten. Von diesen Ermittlungen bekam die

Soko jedoch nichts mit. An Transparenz lag dem Nachrichtendienst nicht viel.

Bei so einem großen Pool von Ermittlungsbehörden waren Reibereien programmiert. Vor allem Soko-Chef Firner war mehr denn je gefordert. Er musste die verschiedenen Ebenen genau im Blick behalten, damit keine Fehler in der Koordination unterliefen. Doppel- oder Mehrfacharbeit konnte er nicht verhindern. In vielen Punkten war sie sogar erwünscht. Es kam allerdings darauf an, die Ergebnisse der Doppel- und Mehrfacharbeit richtig zu bewerten.

Scheinbar unbeeindruckt von dieser neuen Entwicklung sammelten, katalogisierten und analysierten die Mitglieder der Soko Daten und Spuren. Sie wollten den geheimnisvollen Fall unbedingt lösen. Der öffentliche und der interne Druck verstärkten sich. Es war, als hinge ein übergroßer Mühlstein an einem dünnen Faden über ihnen.

Die Einschaltung der Bundesanwaltschaft veränderte die Pressearbeit der Ermittlungsbehörden. Jede Stellungnahme musste mit der Pressestelle der Bundesanwaltschaft in Karlsruhe abgesprochen werden. Der Generalbundesanwalt hatte natürlich mitbekommen, dass aus der Soko einem Presseorgan Interna zugespielt wurden. Er drängte darauf, die internen Ermittlungen gegen den unbekannten Informanten zu verstärken. Dieses Spiel müsse beendet werden. Die internen Ermittler zogen die Schrauben an und verschärften die Befragungen.

Sie mussten sich auf die Lagebesprechung vorbereiten und steckten die Köpfe zusammen. Auf zwei Fragen suchten sie die passende Antwort. Konnte man aus den bisherigen Bibeltexten erschließen, ob und welche Anschläge die Gruppe plante? Hätten sie mit einer besseren Analyse den

Anschlag auf das Erotik-Kino an der Unionbrücke verhindern können? Berger hing geradezu am Bildschirm und hatte Tammy um Hilfe gebeten.

Tammy schaute nun von ihrem Bildschirm auf und beobachtete Berger. »Darf ich dich mal vorsichtig etwas fragen?«

»Nur zu.«

»Geht es dir besser?«

»Kein Kopfweh mehr. Aber sonst hat sich nicht viel gebessert.«

»Ich bewundere dich, dass du das alles so aushältst und auch noch konzentriert arbeitest.«

Er ließ sich mit einer Antwort Zeit. Die Frage schmerzte ihn. Aber er blieb ruhig. »Von außen sieht vieles gut aus. Mir helfen meine gute Ausbildung und die Routine. Und sonst nichts zurzeit. Jammern hilft auf jeden Fall nicht.« Mit dem rechten Zeigefinger klopfte er mahnend auf den Bildschirm. Er wollte also kein Gespräch über seinen körperlichen und seelischen Zustand führen.

Sie ließ ihn in Ruhe. Jede weitere Frage nach seiner Befindlichkeit würde ihn reizen.

»Tammy, wir müssen an die Fragen ran. Lies bitte noch einmal den vorletzten Bibeltext, den auf dem weißen Kreuz. Kannst du darin ein Ziel erkennen?«

Sie rückte näher. Der schwache Duft ihres Parfüms, das schon fast verweht war, stieg ihm in die Nase. Sie hatte eine gute Wahl getroffen. Er deutete auf den Bildschirm und auf den Text. Sie beugte sich weiter vor. Der dritte Knopf ihrer schwarzen Bluse sprang auf. Die beiden oberen Knöpfe machte sie meist nicht zu. Er sah mehr, als er wollte. Er ließ sich nichts anmerken. Aber ein bisschen verwirrt war er schon. Tammy war eine attraktive Frau, leicht mollig, aber gut trainiert. Sie hatte eine schöne Brust, wie er feststellte. Wie unauffällig machte sie den Knopf wieder zu. Seine Verwirrung hielt trotzdem eine ganze Weile an.

Tammy befasste sich mit dem Text. »Wir haben vor Tagen die Texte schon einmal ansatzweise analysiert. In Text Nummer sechs ist die Rede von Axt, Feuer und reinigen. Daraus kann ich nicht ableiten, dass die Gruppe in einem Erotikcenter eine Bombe hochgehen lässt. Eher hätte ich auf einen Brandanschlag getippt.«

»Der kann ja noch kommen.«

»Hoffentlich nicht. Ruf doch noch den Text Nummer sieben auf.« Tammy richtete sich auf. Mit einem Klick Bergers war der Text da. Tammy beugte sich wieder vor. Dieses Mal hielt der dritte Knopf der Bluse. »In diesem Text ist vom Schwert die Rede und von Verbannung. Mit welcher Art von Anschlag verbindet man ein Schwert? Ich weiß darauf keine Antwort. Bibeltexte haben doch sicher eine hohe Symbolkraft. Kennen wir jemand, der sie verständlich machen kann?«

»Keine Ahnung. Muss ich mich mal umhören. Profunde Bibelkenner gibt es sicher nicht wie Sand am Meer. Wir müssten an Leute ran, die zum Beispiel an der neuen Lutherbibel mitgearbeitet haben.«

»Oder in diese Bibel mit Kennerblick schauen und uns die Symbole erklären. Hat die Lutherbibel Texterläuterungen?«

»Kann ich mir schon vorstellen. Meinst du, die helfen uns weiter?«

»Wir müssten es auf einen Versuch ankommen lassen. Aber noch einmal zurück zum Ausgangspunkt: Kann man denn überhaupt davon ausgehen, dass die Gruppe die Bibelhinweise zielgerichtet einsetzt?«

»Wie muss ich deine Frage verstehen, Tammy?«

»Es kann ja sein, dass die Gruppe kein Muster hat, keinen Plan, sondern die Bibelhinweise willkürlich herausgreift.«

»Aber wir haben gemeinsam festgestellt, dass die Texte in ihrer Aussage von Mal zu Mal gewalttätiger werden.«

»Das stimmt schon, Alban, aber ich will Advocatus Diaboli spielen, damit wir uns nicht verrennen.«

Berger rieb sich die Augen. »Ich glaube, wir brauchen eine Operative Fallanalyse. Wir müssen das in der Lagebesprechung thematisieren.«

Eine Operative Fallanalyse war Sache des Bundeskriminalamtes oder des Landeskriminalamtes. Da BKA und LKA in die Soko Gifiz eingebunden waren, lag es nahe, sie um eine Fallanalyse zu bitten, dachten sich Berger und Tammy. Die Fallanalyse setzte man bei Sexual- und Tötungsdelikten, Brandstiftungen und Terroranschlägen ein. Aber nur dann, wenn die Ermittlungen der Polizei stockten oder Tatablauf und Täterprofil nicht eindeutig zu bestimmen waren. Alles traf doch in diesem Fall zu, sagten sich die beiden. Bei einer Fallanalyse wurden die Daten und Spuren neu bewertet. Sie lief parallel zu den eigentlichen Ermittlungen. Ein zulässiges Beweismittel war die Fallanalyse nicht. 1987 wendete das Bundeskriminalamt zum ersten Mal eine Fallanalyse an. Elf Jahre später richtete die Arbeitsgemeinschaft der Landeskriminalämter und des Bundeskriminalamtes eine Datenbank ein, um die Methode verlässlicher zu machen. Die Datenbank wurde systematisch mit Mustern von Tötungs- und Sexualdelikten gefüttert, um Tatzusammenhänge und Serientäter besser zu erkennen. Fallanalytiker waren besonders geschulte Kriminalisten und Psychologen. Sie sahen ungeklärte Fälle mit anderen Augen und konnten die Ermittlungen oft voranbringen. Wunder wie in amerikanischen Profiler-Serien vollbrachten sie allerdings nicht. Sie waren keine Helden.

In der Lagebesprechung stellten Berger und Tammy ihre Überlegungen vor und empfahlen eine Fallanalyse. Firner reagierte zurückhaltend auf diesen Vorstoß. Im engsten Kreis habe man das schon erwogen. Das BKA habe jedoch abgewehrt. Es sei noch zu früh für eine umfangreiche Fallanalyse. Man habe einen Toten und einen Anschlag. Die Daten ließen verschiedene Rückschlüsse zu. Es sei alles jedoch sehr vage.

Berger ließ diese Einwände nicht gelten. Man habe inzwischen viele Merkmale gesammelt, unter anderem die Bibeltexte. Daraus müsse man doch Muster und Profile erstellen können. Ihn interessiere, wie diese Gruppe ticke und was sie noch vorhabe. Vielleicht finde man auch Hinweise auf das Gruppenverhalten. Es gehe ihm und auch seiner Kollegin Bieger darum, weitere Straftaten zu verhindern. Ihren Analysen nach sei mit noch schlimmeren Anschlägen zu rechnen. Die Texte enthielten Drohungen, die man nicht übersehen könne. Da sei ein Muster zu erkennen.

Firner sagte, er gebe ihnen ein Stück weit recht. Und er wolle die Diskussion auch nicht abwürgen. Im Moment stehe aber Einschätzung gegen Einschätzung. Er mache einen Kompromissvorschlag: Wie wäre es, wenn er, Berger, gemeinsam mit Tamara Bieger wesentliche Merkmale notiere und einen Fragenkatalog ausarbeite. Er werde dann gemeinsam mit LKA und BKA das weitere Vorgehen besprechen.

Berger war etwas enttäuscht. Er wagte es nicht, die Befragung eines Bibelexperten ins Gespräch zu bringen. So einen Vorschlag blockierte die Runde sicher sofort. Sarkastisch fragte er, wann sie die Notizen vorlegen müssten, vor oder nach dem nächsten Anschlag? Dass das Firner nicht amüsieren würde, war Berger klar.

Aber Firner blieb erstaunlich ruhig und bat zu seiner berühmten Endrunde.

Tammy rüffelte Berger nach der Besprechung: »Mann, Alban, du kannst Firner doch nicht so angehen. Der steht auf unserer Seite!«

Firner schlenderte vorbei. Berger sagte: »Sorry, war nicht so gemeint. Es ist mir böser rausgerutscht, als ich es beabsichtigt habe.«

»Ich kann gut verdauen, Berger. Irgendwie verstehe ich Sie schon. Bringen Sie Ihr Papier so schnell wie möglich. Ich teile Ihre Befürchtungen.«

In der Nacht plagte Berger die Unruhe einmal mehr. Er fand wie üblich nur schwer in den Schlaf. Irgendwann war er wohl in einen Traum versunken, wieder in einen merkwürdigen. Erst erschien ihm seine Frau, nackt. Sie hatte einen schönen Körper, obwohl auch sie an der einen oder anderen Stelle wie er dem Alter Tribut zollen musste. Urplötzlich verwandelte sie sich in Tammy. Nach kurzer Zeit sah er wieder seine Frau. Verschwitzt wachte er auf. Irgendetwas hatte ihn geweckt. Benommen schaute er sich um. Er hatte von der nackten Tammy geträumt, die er noch nie so gesehen hatte! Nur ihre fast nackte Brust. Was war nur mit ihm los? Geriet jetzt alles in ihm ins Wanken?

Ariane tippte ihn an. »Kannst du nicht schlafen?«

»Schlecht. Ich wache immer wieder auf. Und ich schwitze fürchterlich. Das Herz klopft manchmal ganz laut.«

»Was ist los mit dir? Erzähle es mir. Es macht mich verrückt, dass du immer schweigsamer wirst.«

»Ich kann es dir nicht sagen. Um mich wächst ein Panzer, den ich nicht durchbrechen kann. Und in mir brodelt es.«

So viel hatte er in letzter Zeit nicht mehr gesprochen. Sie deutete das als gutes Zeichen und wollte es ihm sagen. Er drehte sich auf die andere Seite. Es war wie eine Zurückweisung. Sie weinte still in ihr Kissen. Sie brauchte Zuwendung, ein offenes Gespräch und Trost, wie er. Sie hatte Angst vor dem Termin bei ihrer Frauenärztin. Mit ihren Töchtern wollte sie nicht über ihre Probleme sprechen. Die erfuhren noch früh genug, was mit ihrer Mutter, mit ihren Eltern los war.

Wie in den letzten Tagen saßen Berger und seine Frau stumm am Frühstückstisch, geschützt durch ihre Zeitungen, durch die Vorhänge aus Papier. Die einzige Unterhaltung im Raum war das Rascheln der Zeitungen, wenn die Seiten von zwei unsichtbaren Menschen umgeblättert wurden. Wenn sie ab und zu ihre Blätter senkten und sich anschauten, dann nur ernst. Der Fall durfte nicht zur Bedrohung ihres Lebens werden, appellierte Berger an sich selbst. Er musste etwas tun, er musste unbedingt mit seiner Frau reden! Nur nicht in diesem Augenblick. Dazu fehlten ihm die klärenden Worte. Obwohl doch alles einfach war. Er musste das Einfache nur aussprechen, seine Gefühle zeigen. Warum konnte er es nicht? Wann löste sich diese Blockade endlich auf?

P

Probleme, Probleme, Probleme! Der Kripochef Hajo Winker raufte sich mit beiden Händen seine Haare, die noch erstaunlich voll waren. Es klopfte. Winker rief laut: »Herein!«

Die Tür öffnete sich mit großem Schwung. Ein Mann mit Wuschelkopf und Bart steuerte auf den Schreibtisch zu.

»Schön, Sie wiederzusehen, Herr Manderscheid. Setzen Sie sich doch bitte.«

Sie schüttelten sich die Hände. Der Wuschelkopf ließ sich in den Besucherstuhl fallen, als wäre er erschöpft.

»Herr Manderscheid, ich hoffe, Sie haben sich in Ihrem langen Australien-Urlaub gut erholt.«

»Auf der einen Seite erholt, auf der anderen wiederum nicht. Ich muss die Reize dieses Landes erst einmal verarbeiten. Und außerdem war alles zeitlich eng getaktet bis gestern Abend. Sie sehen, ich habe noch nicht einmal Gelegenheit gehabt, zum Friseur zu gehen. Der Heimflug steckt mir auch noch in den Knochen. Aber die Reise hat sich auf jeden Fall gelohnt.«

»Das ist schön. Ich würde gerne mit Ihnen über die Reise plaudern. Leider lässt das die Zeit nicht zu. Sie hatten Glück. Einige Zeit später hätten Sie wegen der Urlaubssperre im Fall Rackert den Urlaub stornieren müssen. Kommen wir zur Sache: Was führt Sie so dringend zu mir?«

»Der Gifiz-Fall. Beziehungsweise der Fall Rackert. Aus diesem einen Grund habe ich es so eilig gehabt mit einem Termin und bin so penetrant gewesen. Entschuldigen Sie bitte.«

»Manderscheid, Sie müssen sich überhaupt nicht entschuldigen. Es ist alles okay.«

»Gut, dass Sie mir nicht böse sind. Ich habe erst vorhin bei Dienstantritt alles erfahren. Es macht mich fassungslos, was mit Georg Rackert passiert ist.« Felix Manderscheids Augen wurden wässrig.

Winker sagte leise: »Der Fall nimmt uns alle schwer mit.«

Eine Weile saßen sie stumm und unbeweglich da. Sie brachten kein Wort über ihre Lippen. Beide hatten eine besondere Beziehung zu Rackert gehabt. Manderscheid und Rackert hatten sich über die Arbeit und in der Kantine kennengelernt. Mit der Zeit entdeckten sie gemeinsame Berührungspunkte und stellten fest, dass sie in vielen Bereichen, gerade in der Kriminalistik, gleiche Einschätzungen hatten. Vor allem über das Darknet tauschten sie sich aus. Rackert konnte sich gut vorstellen, in diesen Bereich der Kriminalistik zu wechseln. Mit der Zeit waren sie Freunde geworden. Das konnte man mit Fug und Recht sagen, überlegte Manderscheid.

Der Kripochef rekapitulierte noch einmal seine Trauerrede für Rackert. Jeden Satz konnte er unterstreichen. Ein absolutes Ausnahmetalent war Georg Rackert gewesen, ein vielseitiger Kriminalist. Ihm standen alle Türen offen, bis diese Gruppe zuschlug.

Manderscheid hob das Schweigen auf. »Vielleicht kann ich etwas zur Aufklärung beitragen. Ich habe mich kurz vor meinem Urlaub noch mit Georg getroffen. Es ist andeutungsweise um die Vorgeschichte dieses Falles gegangen, wenn man so sagen kann zum jetzigen Zeitpunkt, und um das Darknet. Wie Sie ja wissen, bin ich offiziell der einzige Darknet-Spezialist im Hause. Georg ist allerdings in diesem Metier auch ein Spezialist gewesen, ein hervorragender sogar.«

»Ich weiß, dass er sich sehr dafür interessiert hat. Wir haben ihm ja entsprechende Fortbildungen ermöglicht.«

»Herr Winker, die hat er gut genutzt. Und nebenbei hat sich Georg in seiner kurzen Zeit beim LKA mit dem Thema befasst. Und er hat in Gießen bei der Zentralstelle zur Bekämpfung der Internetkriminalität hospitiert. Aber das ist Ihnen ja alles bekannt. Auf jeden Fall hat er sich ein enormes Wissen erworben, was das Darknet angeht. Das hat mich erstaunt.«

»Wir wollen nicht abschweifen«, mahnte der Kripochef. »Die Zeit läuft uns davon.«

»Nein, ich komme auch schon auf den entscheidenden Punkt. Georg hat mir erzählt, dass er sich seit einiger Zeit mit Terrorgruppen allgemein beschäftigt hat und mit religiösen Fanatikern. Er ist genau wie ich zu dem Schluss gekommen, dass es in dieser Szene so brodelt, dass es jederzeit irgendwo zu einer Explosion kommen kann.«

»Eine Explosion haben wir schon in Offenburg. Mit Ihrer Analyse beziehen Sie sich nur auf Deutschland?«

»Ja. Bei seinen Recherchen ist er auf eine Gruppe gestoßen, die wohl Anschläge vorbereitet. Und an die hat er sich gehängt.«

Winker schüttelte zornig den Kopf.

»Ich habe das auch nicht für gut gehalten, Herr Winker. Ich habe ihn bei meinem letzten Treffen händeringend darum gebeten, nicht eigenmächtig vorzugehen und mit Ihnen, mit Kollegen und dem LKA zu sprechen. Er hat mir in die Hand versprochen, meinem Rat zu folgen. Hat er sich denn in der Zwischenzeit geäußert zu dieser Geschichte?«

Winker lehnte sich zurück. »Meines Wissens nicht. Er hat allerdings dem Kollegen Alban Berger vom Kriminaldauerdienst Andeutungen gemacht, sehr versteckte Andeutungen. Aber der hat die Botschaft nicht so richtig verstanden. Ich will ihm das nicht zum Vorwurf machen. Das wäre wahrscheinlich jedem von uns so gegangen. Berger macht sich sowieso große Vorwürfe, dass er auf Rackerts Andeutungen nicht entsprechend reagiert hat. Das sieht man ihm jeden Tag an. Ich hoffe, er kommt darüber hinweg und hält durch. Ich mache mir Sorgen um ihn. Meine Frage ist: Wie können Sie uns helfen? Wir rechnen mit einem neuen Anschlag. Deshalb müssen wir so schnell wie möglich den Fall lösen.« Hajo Winker schilderte, was sich in den letzten Wochen ereignet hatte. Er ließ auch den Puppenstreit zwischen Rackert und Berger nicht aus. »Die Gruppe ist äußerst gefährlich. Bisher haben wir noch keinen richtigen Ansatz, um sie zu fassen. So etwas habe ich schon lange nicht mehr erlebt.«

Manderscheid zögerte: »Möglicherweise bin ich wirklich eine Hilfe. Georg hat mir bei unserem letzten Treffen gesagt, dass er mir verschlüsselte Informationen schickt für den Fall, dass etwas schiefläuft oder sich eine neue Entwicklung anbahnt. Er hat ausdrücklich betont, dass er nicht den Dienstweg einschlägt.«

»Das heißt?«

»Ich muss erst einmal zu Hause an meinen PC. Das kann leider dauern. Ich habe bis auf die letzte Minute meinen Urlaub ausgekostet.« Manderscheid wohnte mit seiner Lebensgefährtin in Oberkirch-Bottenau. Sie hatte allerdings noch ein kleines Zimmer in Freudenstadt. Es würde wertvolle Zeit vergehen, bis er in seiner Wohnung die Mailbox geprüft hatte und zurück zur Dienststelle gefahren war. Aber was blieb ihm anderes übrig? Vom Dienst aus hatte er keinen Zugriff auf seinen eigenen PC. Das wollte er auch gar nicht.

Mit einem Ruck stand Manderscheid auf. »Ich wollte mich eigentlich erst in den nächsten Tagen mit meinen E-Mails beschäftigen. Die Mailbox quillt bestimmt über. Aber der Fall geht vor. Dann reden wir ein anderes Mal über Australien.«

»Ich bin brennend interessiert an Ihren Urlaubseindrücken. Meine Frau und ich haben auch schon einmal überlegt, in Australien Urlaub zu machen. Vielleicht klappt es in drei, vier Jahren, wenn ich in Pension gehe. Meine Frau hat neulich bei ihrer Friseurin in einem Reisejournal einen längeren Artikel über Australien gelesen. Seither liegt sie mir in den Ohren und will unbedingt das Great Barrier Reef, die Blue Mountains und den Uluru sehen. Und in das Opernhaus von Sidney will sie auch noch. Wir können uns ja mal zusammensetzen und bei einem Gläschen Wein unterhalten. Und jetzt nichts wie los.«

Der Kripochef verabschiedete Manderscheid.

»Wenn Sie zurück sind, setzen Sie sich sofort mit den Internetspezialisten vom LKA in Verbindung und arbeiten der Sonderkommission Gifiz zu. Und mit Soko-Leiter Firner Kontakt aufnehmen! Am besten Sie reden zuerst mit ihm, wenn Sie was gefunden haben. Ich bereite ihn darauf vor. Viel Glück bei Ihrer Suche.«

In seiner Wohnung schaltete Manderscheid sein Notebook ein und fuhr es hoch. Er öffnete die Mailbox. Sie quoll wirklich über vor wichtigen und vor allem belanglosen Botschaften. Während seines Jahresurlaubs waren über 400 Mails in der Box gelandet. Es dauerte eine ganze Weile, bis er die Box vom üblichen Müll befreit hatte. Kein Wunder! Er war einfach zu kontaktfreudig, zu neugierig. So sammelte sich schnell vieles an. Er suchte gezielt, aber umsichtig nach Mails von Georg Rackert. Nicht dass er aus Versehen wichtige Mitteilungen in den Papierkorb schoss und von dort ins Nirwana. Den Papierkorb würde er vorerst nicht leeren. Aus Sicherheitsgründen.

Ein Drittel hatte er schon durch, als er auf zwei Mails von Rackert stieß. In der ersten bat Rackert um ein Treffen nach Manderscheids Urlaub. Man könne sich ja in der Innenstadt von Offenburg in einem Café zusammensetzen. Er habe interessante Neuigkeiten. Rackert schrieb, dass er in seinem Urlaub nicht wegfahre. Er müsse noch viel aufarbeiten. Rackerts Mails waren in der Regel kurz. Die zweite Mail war etwas länger. Manderscheid begann sie zu lesen:

»Lieber Felix, wie schön doch der Urlaub ist! Ich genieße es, mit dem Mountainbike über die Moos, diesen herrlichen Gebirgszug, zu jagen. Das entspannt mich richtig. Neulich habe ich endlich mal wieder meine Eltern besucht. Wir sind in ihrem Garten gesessen, haben Kaffee getrunken, Kuchen gegessen und über alte Zeiten gesprochen. Ein schöner Tag. Vor einiger Zeit habe ich in einem Antiquariat ein interessantes Buch entdeckt. Es hat mich an meine Kinder- und Jugendzeit erinnert. Sehr empfehlenswert. Ich habe mich so richtig in das Buch vertieft. Manches Kapitel birgt Überraschendes, das uns in der Jetztzeit sogar weiterhilft. Du wirst erstaunt sein. Es ist spannend bis zum Schluss. Und das Nachwort entschlüsselt vieles und bringt dich voran, selbst im PC-Zeitalter. Wir sehen uns ja nach deinem Urlaub. Melde dich einfach. Dann können wir in Ruhe quatschen. Gruß, Georg.

Noch ein Nachwort: Falls ich längere Zeit nicht zu erreichen bin, weißt du ja, wo du suchen musst. Du brauchst doch sicher kein B uch der O ffenbarung, das du von der ersten Seite bis zu den letzten zwei Zeilen, versehen mit einem Aufruf, lesen musst, serviert auf einem Tablett. Wir verstehen uns.«

Manderscheid stutzte.

Enthielt die Mail eine versteckte Botschaft? Er studierte die einzelnen Hauptwörter: Urlaub, Mountainbike, Moos, Eltern, Garten, Kaffee, Kuchen, Zeiten, Antiquariat, Buch, Kapitel, Überraschendes, Jetztzeit. Sie hatten sich doch auf ein Stichwort für besondere Fälle geeinigt. Er holte aus der untersten Schublade seines Schreibtisches ein schwarzes Büchlein. Es war alphabetisch geordnet. Zugangscodes, Passwörter, Pins, Adressen und andere wichtige Informationen hielt er darin fest. Natürlich war es nicht ohne Risiko, diese Informationen in einem einzigen Büchlein zu versammeln. Ein gefundenes Fressen für einen Einbrecher! Er blätterte das Büchlein durch.

Da! Unter »M«!

»Von der Mail mit dem Stichwort ›Mountainbike‹ den fünften Satz nehmen!«

Der fünfte Satz! Er zählte die Sätze der E-Mail.

»Wir sind in ihrem Garten gesessen, haben Kaffee getrunken, Kuchen gegessen und über alte Zeiten gesprochen.«

Der alte Spieler Georg! Er hatte es geliebt, das Versteckspiel mit Worten, Sätzen und Texten. Manderscheid hatte bei seiner Ausbildung zum Darknet-Spezialisten Kryptoanalyse, Kryptografie und Steganografie gelernt. Rackert hatte es sich selbst beigebracht. Mit großem Spaß hatten sie ihre Kenntnisse ausprobiert und sich oft geheime Botschaften geschickt. Vor geraumer Zeit hatte Rackert ihm gesagt, er müsse sich eine Notiz aufschreiben, die wichtig werde, wenn er eine harmlose Mail schicke, in der das Wort »Mountainbike« vorkomme. Den Hintergrund könne er ihm vorerst nicht genau erläutern. Auf jeden Fall bekomme er dann einen Brief oder ein Päckchen oder beides. Weitere Erläuterungen hatte sich Rackert erspart. Manderscheid brauchte sie nicht. Er ahnte auch so, was ihn erwartete.

Die Notiz hatte die Überschrift »Wortspiel«. Manderscheid las die Sätze darunter genau durch: »Vom ersten Wort mit vier Buchstaben den zweiten, vom ersten Wort mit fünf Buchstaben den vierten, vom ersten Wort mit sechs Buchstaben den vierten, von den nächsten beiden Wörtern mit sechs Buchstaben den dritten und den vierten, vom letzten Wort mit sechs Buchstaben den dritten. Dann umdrehen! Die Zahl der Wörter durch die Zahl der Kommas teilen und das Ergebnis hinter den vierten Buchstaben setzen.« Manderscheid machte alles so, wie Rackert es ihm vorgegeben hatte.

Kurze Zeit später hatte er den Code geknackt: ihcf8ftei. Jetzt fehlte nur noch die Datei oder das Programm oder der USB-Stick zum Code. War in einer weiteren Mail eine Datei oder ein Programm versteckt? Mühsam durchforschte er die Mailbox. Er achtete besonders auf Anhänge. Ab einem bestimmten Zeitpunkt war klar, dass keine Mail von Rackert mehr auftauchte. Da war Rackert schon tot. Trotzdem öffnete er Mail für Mail bis zum aktuellen Zeitpunkt. Keine weitere aufschlussreiche Mail oder Botschaft. Er musste zur Post in der Nähe des Oberkircher Bahnhofs. Dort hatte er in seinem langen Urlaub seine Briefe und Sendungen lagern lassen.

Er nahm einen großen Einkaufskorb aus Weidengeflecht mit und fuhr zur Poststelle. Briefe, Reklame, Zeitungen und Zeitschriften wanderten in den Korb. Und eine Büchersendung. Sie hatte keinen Absender. Der Korb war voll.

In der Wohnung erwartete ihn überraschend seine Lebensgefährtin. Sophie fragte schläfrig: »Arbeitest du heute zu Hause?«

»Nein. Ich muss etwas Wichtiges suchen, was wir im Dienst brauchen. Hast du mich vorhin nicht gehört? Ich war schon einmal da.«

»Ich habe so tief geschlafen. Wie viel Uhr ist es denn?«

»Gleich 12 Uhr.«

»Was hast du denn zwischendurch gemacht?«

»Ich bin in der Stadt gewesen und habe meine Post geholt.«

»Das hört sich alles furchtbar wichtig an.«

»Ist es auch.«

»Willst du einen Kaffee und etwas zu essen?«

»Kaffee ja, Essen nein. Sobald ich gefunden habe, was ich suche, muss ich zurück in den Dienst.«

»Schade.«

Er sortierte die Post. Werbesendungen landeten im Papierkorb. Rechnungen, Mahnungen, Einladungen legte er auf den Schreibtisch. Zeitungen und Zeitschriften stapelte er auf einem eigenen Haufen. Er hätte am liebsten die gesamte Post in den Müll geworfen. Es war dasselbe Spiel wie mit der Mailbox. Unter der Post war nichts Auffälliges zu finden, auch nicht ein Brief oder ein Päckchen von Georg Rackert.

Er nahm die Büchersendung in die Hand. Er drehte sie hin und her. Nirgends fand er einen Hinweis auf den Absender. Wer schickte ihm ein Buch? Es kam allerdings immer mal wieder vor, dass eine Büchersendung ohne Hinweis auf den Absender bei ihm landete. Der Absender hatte die Adresse nicht mit Hand geschrieben, sondern mit dem PC und aufgeklebt. Die Sendung erwies sich als sehr widerspenstig. Selbst mit dem Fingernagel konnte er sie nicht aufreißen. Sie war verdammt gut verklebt. Manderscheid zog eine Papierschere aus einem Tonkrug auf dem Schreibtisch. Darin steckten noch Kuli, Füller, Bleistifte und ein alter verschmutzter Brieföffner. Er benutzte die Utensilien selten. Man sah es am Staubbelag. Mit der Schere traktierte er die Sendung.

Endlich kam das Buch zum Vorschein. Ein Brief lag nicht dabei. Das Buch sah alt aus, an den Rändern war es etwas abgeschabt. Es trug einen seltsamen Titel: »Ritter, Reiter, Gottesstreiter«. Er hatte noch nie von diesem Buch gehört. War es das antiquarische Buch, das Rackert in seiner Mail erwähnt hatte? Er klappte es auf. Der Titel wurde wiederholt. Darunter der Untertitel: »Aus den Deutschen Volksbüchern neu erzählt«. Er hielt ein altes Sagenbuch in der Hand. Es war nicht nur antiquarisch, es roch auch so.

Sophie brachte einen großen Becher Kaffee mit Sahne. Sie hatte etwas Zimt auf die Sahne gestreut. Er liebte diese Kombination über alles.

»Danke, Sophie. Der riecht gut.«

»Musst du wirklich so dringend in den Dienst zurück? Ich habe dich so lange vermissen müssen. Mehr als zwei Monate!«

»Ich habe dich auch vermisst, ziemlich sogar.«

Sie fuhr mit beiden Händen genussvoll durch sein wuscheliges Haar. Sanft knabberte sie mit den Zähnen an seinem rechten Ohrläppchen. Sie wusste, dass sie damit ein Feuer entfachte. Darauf legte sie es offenbar an.

Er konnte sich nur schwer konzentrieren. »Sophie, du weißt, was du anrichtest!«

Sie knabberte einfach weiter.

Der Kaffee war in der Zwischenzeit kalt geworden.

»Ich mache dir einen neuen, du Tiger. Und dann lasse ich dich in Ruhe. Versprochen! Vorerst!« Sie ließ ihn los, stand vom weichen Teppich auf, nahm seine volle Kaffeetasse, ging in die Küche und pfiff ein Lied.

Er hatte Gewissensbisse. Durfte er sich bei so einem ernsten Thema ablenken lassen? Zumal es um seinen toten Freund Georg ging. Er versuchte, die Vorwürfe zu verdrängen. Georg war ein toleranter Typ, ein Nonkonformist. Er hätte sein Verhalten nicht kritisiert, redete er beschwichtigend auf sich ein. Im Gegensatz zu Sophie zog sich Manderscheid an und schaute auf die Uhr. Ganz schön viel Zeit war vergangen. Aber es war keine verlorene Zeit.

Am Schreibtisch griff er sich wieder das alte Buch. Sagen hatte er schon lange nicht mehr gelesen. Eine interessante Lektüre. Gespannt schlug er die ersten Seiten auf. Das Buch begann mit »Parzival« und »Lohengrin«. Er las ein bisschen. Nach einer Weile überflog er die Seiten und fing an zu blättern. Er kam nicht weit. Auf Seite 75, wo die Geschichte »Robert der Teufel« anfing, entdeckte er etwas, das er nur Georg zutraute. Ein Lesen war nicht mehr möglich. Die Seite 75 und die folgenden Seiten waren in der Mitte fein säuberlich ausgestanzt. Das Buch hatte ein Leseloch! Und in diesem Leseloch lag ein USB-Stick.

Er las die Mail noch einmal genau durch. Ja, es passte. Das Buch hatte eindeutig Georg geschickt. »Ritter, Reiter, Gottesstreiter«, »Robert der Teufel«. Schöne Anspielungen. Nur schade, dass das alte Buch zerstört war. Er hätte es gerne gelesen. Manderscheid holte den USB-Stick aus der Vertiefung und legte das Buch beiseite.

Als der USB-Stick in seinem Notebook steckte, tat sich nicht viel. Das System wollte sich erst öffnen, wenn der richtige Code eingegeben war. Der richtige Code! Er musste es versuchen. Vorsichtig drückte er Buchstabe für Buchstabe und die eine Zahl: i h c f 8 f t e i. Es klappte, er konnte auf den Inhalt des Sticks zugreifen. Eine Menge Daten hatte Georg gesammelt. Ob man sie verwerten konnte, mussten die Experten in der Soko, das LKA und das BKA prüfen. Manderscheid konnte zufrieden sein mit seiner Arbeit. Dieses Gefühl hielt allerdings nur kurz an. Urplötzlich erfasste ihn eine Unruhe, die er sich nicht erklären konnte. Was war, wenn Georg tatsächlich noch eine Mail geschickt hatte oder irgendeine Botschaft? Wo war die?

Er rief Firner an, wie es der Kripochef empfohlen hatte. Sophie brachte eine frische Tasse Kaffee. Sie lächelte. Ihr Hunger war offenbar noch nicht ganz gestillt. Sie drehte sich um und verließ aufreizend sein Arbeitszimmer. Firner meldete sich. Beinahe hätte sich Manderscheid versprochen, so hatte ihn Sophie verwirrt.

»Ja, hier Manderscheid. Winker hat sicher schon mit Ihnen gesprochen. Folgendes: Ich habe meine Post gesiebt und bin auf einen entscheidenden Hinweis von Georg Rackert gestoßen. Er hat mir einen USB-Stick zukommen lassen. Darauf sind viele Daten, darunter Screenshots und Aufzeichnungen. Wie verfahren wir? Ich weiß nicht, ob ich es heute noch einmal in den Dienst schaffe. Ich suche nach einer weiteren Mail oder Botschaft. Hunderte von Mails muss ich noch einmal öffnen. Ich habe so ein blödes Gefühl, etwas übersehen zu haben. Aber fragen Sie mich nicht, warum.«

»Manderscheid, alles kein Problem. Bleiben Sie zu Hause. Machen Sie es so, wie Sie es für richtig halten. Schicken Sie die Daten auf dem USB-Stick verschlüsselt an unseren Soko-Server. Ich maile Ihnen die Adresse. Und wenn Sie die Mail, die Sie suchen, gefunden haben, verfahren Sie genauso. Morgen früh sehen wir uns in der Lagebesprechung.«

»Okay. Ich danke Ihnen für Ihr Verständnis. Und einen schönen Resttag noch.«

»Danke. Schöne Tage haben wir zurzeit allerdings nicht.«

Damit war das Gespräch beendet.

»Musst du heute nicht mehr in den Dienst?«, tönte es aus der Küche.

»Du hast spitze Ohren! Jawohl, ich kann den Rest des Tages hier verbringen.«

»Super. Ich koche uns etwas Leckeres.«

Sein Magen grummelte. Bald hörte er ein Klappern und Hacken. Ein Zischen folgte. Der Duft von angeschwitztem Knoblauch strömte aus der Küche, den Sophie ihm nur kurz gönnte. Geräuschvoll und hässlich lief die Dunstabzugshaube an, die Küchentür fiel zu.

Auf dem Briefsymbol des E-Mail-Centers stand die Zahl eins. Firner hatte die Adresse der Soko gemailt! Manderscheid öffnete die Box und entschlüsselte die Information. Er kopierte die Daten Rackerts, »verpackte« sie sorgfältig und leitete sie weiter. Seine E-Mail löschte er aus dem Fach »Gesendet«. Nur den Papierkorb durfte er nicht leeren! Eine Heidenarbeit lag vor ihm. Hunderte von Mails musste er noch einmal durchsehen bis in die Anhänge.

Sophie erschien. Noch immer nackt.

»Das Essen ist fertig. Ich ziehe mir schnell etwas an. In der Küche ist alles schon gedeckt. Willst du einen Rotwein trinken? Es gibt Spaghetti bolognese.«

Der Duft aus der Küche hatte schon angedeutet, dass sie eines seiner Lieblingsgerichte kochte. Er überlegte. Es war schon Nachmittag. Später Nachmittag.

»Also gut. Aber nur ein Glas.«

»Es steht bereits auf dem Tisch.«

Sie wusste, dass er bei so einem Gericht nicht Nein zu einem Glas Rotwein sagen konnte. »Warum bist du so schweigsam, Tiger? Bedrückt dich etwas?«

Manderscheid drehte die Spaghetti mit seiner Gabel, als wäre er ein Italiener. Sie kochte einfach göttlich. »Ich suche nach einer Mail von Georg oder einem Brief und finde ihn nicht. Wobei ich einen Brief eigentlich eher ausschließe. Du weißt ja, dass Georg tot ist. Wir haben noch gar nicht darüber gesprochen.«

»So viel Zeit hatten wir ja nicht. Ich habe es aus der Zeitung erfahren. Obwohl ich ihn nur einmal gesehen habe, ist sein Tod mir sehr nahegegangen. Als ich die Meldung gelesen habe, habe ich überlegt, ob ich dir eine WhatsApp schicke. Ihr seid ja immerhin Freunde gewesen. Ich habe befürchtet, dass du dann keine Freude mehr hast an Australien. Ich hoffe, ich habe nichts Falsches gemacht.«

»Nein. Du hast die richtige Entscheidung getroffen. Ich hätte den Urlaub nicht mehr genießen können. Vielleicht hätte ich ihn sogar abgebrochen.« Er trank einen Schluck Rotwein.

»Und was machst du jetzt mit dem restlichen Tag?«

Eine listige Frage. Oder unterstellte er ihr etwas?

»Ich muss mich durch Hunderte Mails wühlen und höllisch aufpassen, dass ich nichts übersehe. Am wichtigsten ist die Zeit vor Georgs Tod.«

»Wäre es nicht besser gewesen, ich hätte mich um deine Post gekümmert, und vielleicht sogar um deine Mailbox?«

»Du weißt, dass ich meine Grundsätze bei Post und Mails habe. Auch in einer Beziehung. Das hat aber nichts mit dir persönlich zu tun. Und außerdem hättest du fast jeden Tag in die Mailbox oder in den Briefkasten schauen müssen. Das wollte ich nicht.«

Seit anderthalb Jahren waren sie zusammen. Sie wollten sich Zeit lassen mit dem Zusammenziehen. Sie pendelte oft zwischen Freudenstadt und Oberkirch hin und her. In Freudenstadt arbeitete sie als Assistenzärztin am Kreiskrankenhaus und hatte viele Nachtdienste. Deshalb sahen sie sich nicht so oft, wie sie es gerne gehabt hätten. Wenn sie beieinander waren, hatten sie immer mächtig Hunger. Sie hatte überlegt, sich im Ortenau Klinikum um einen Job zu bewerben. Als sie las, dass das Klinikum vor einem großen Umbruch stand und möglicherweise mehrere Standorte geschlossen wurden, gab sie ihren Plan auf. Bevor der Ortenauer Kreistag keine klare Entscheidung über die Zukunft des Klinikums getroffen hatte, kam für sie eine Bewerbung nicht infrage. Für Übergangslösungen war sie nicht zu haben. Viele Kliniken in Deutschland schrieben rote Zahlen. Für etliche kam bald das Aus. Die Kliniklandschaft stand vor einer ungewissen Zukunft. Überall plante man Fusionen und die Schließung von Standorten. Das beunruhigte die Mitarbeiter und auch die Bevölkerung. Sophie versuchte, mit der unruhigen Zeit klarzukommen. Das gelang ihr nicht immer.

Sie wäre gerne mit nach Australien gereist. Aber ihr Dienst ließ das nicht zu. Zudem hatte Felix schon vor über zwei Jahren die Reise bei seiner Dienststelle beantragt und Vorbereitungen getroffen. Da hatten sie sich noch gar nicht gekannt.

Wie Sophie es nach ihrem Nachtdienst gestern geschafft

hatte, nach Oberkirch zu fahren, bewunderte er. Sie waren eigentlich erst für diesen Abend verabredet. Wahrscheinlich wollte sie ihn überraschen. Das war ihr gelungen. Als er am frühen Vormittag von seinem Büro zurückgekehrt war und seine Mailbox geleert hatte, war nichts von ihr zu sehen oder zu hören gewesen.

Er beruhigte sie. »Mach dir mal keine Gedanken wegen der Post. Es ist alles richtig gelaufen.«

Bis auf den heutigen Morgen, als ihn bei Dienstbeginn die Schocknachricht traf. Sein Freund Georg war einem Verbrechen zum Opfer gefallen, dessen Hintergrund völlig unklar war. Und er konnte Entscheidendes zur Aufklärung des Falles beitragen. Wenn er nur diese Mail finden würde. Er aß die restlichen Spaghetti und leerte das Weinglas.

»Ich muss wieder an den PC. Lass alles stehen und liegen. Ich räume nachher auf. Ruhe dich aus.«

»Okay, ich nehme dein Angebot liebend gern an.« Sie stand auf und fuhr wieder mit den Händen durch sein Haar. Grinsend verschwand sie im Schlafzimmer.

Die Sucherei begann von vorne. Er musste auf Besonderheiten achten. Bei Georg war mit allem zu rechnen. Zuerst sichtete er die Mails im Fach »Posteingang«. Dabei ging er langsamer und noch sorgfältiger vor als am Vormittag. Die Zeit um den Tod von Georg war für ihn eine Grenzlinie. Seine Akribie half nicht. Weder vor der Linie noch nach der Linie wurde er fündig. Nicht anders erging es ihm im Papierkorb. Blieb noch der Spamfilter. Sein Mailprogramm hatte einen äußerst effizienten Spamfilter. Er bekam es so gut wie nie mit, wenn lästige Mails abgewehrt wurden. Das Spam-Fach war gähnend leer. Hatte Georg gar keine zusätzliche Information geschickt? War er gar nicht mehr dazu gekommen?

Aus irgendeinem Grund nahm Manderscheid sich die E-Mail mit der versteckten Botschaft noch einmal vor. Zwei Sätze fast am Schluss der Mail hatte er ausschließlich auf den USB-Stick bezogen. »Ich habe mich so richtig in das Buch vertieft. Manches Kapitel birgt Überraschendes, das uns in der Jetztzeit sogar weiterhilft.« Er erinnerte sich, dass er den recht flachen USB-Stick aus dem ausgestanzten Loch gezogen und das Buch zugeklappt hatte. Das war vermutlich voreilig gewesen.

Er griff das Buch erneut und schüttelte es. Nichts fiel heraus. Wieder blätterte er es durch. Ab dem Kapitel »Tannhäuser« waren die Seiten wieder ganz. Er achtete auf Besonderheiten wie unterstrichene Wörter oder Sätze, Veränderungen. Seine Konzentration ließ etwas nach. Er legte das aufgeklappte Buch vor den PC und holte sich aus der Küche ein Glas Wasser. Weiter, weiter, drängte er sich.

Er war schon beim vorletzten Kapitel »Doktor Faust« auf Seite 319. Er schlug die Seite 320 auf. In der Mitte begann ein neues Unterkapitel. Die Überschrift lautete: »Wie Faust im letzten Lebensjahr seinen Pakt vergeblich bereut und schließlich vom Teufel geholt wird.« Treffer! Von Seite 321 an waren vier Blätter sauber ausgestanzt. Auf Seite 329 endete die Geschichte von Doktor Faust mit den Sätzen: »Vom wahren Erkenntnislicht aber, das Faust am Anfang suchte, dann aber aus den Augen verlor, weil er sich vom Teufel verblenden ließ, sprechen die Worte Christi: ›Ich bin das Licht der Welt. Wer mir nachfolgt, wird nicht in der Finsternis wandeln, sondern das Licht des Lebens haben.‹«

Im ausgestanzten Bereich fand Manderscheid das, was er so lange gesucht hatte, den Brief von Georg Rackert. Welch ein Zynismus, den Brief genau in diesem Kapitel zu verstecken. Hatte Georg das bedacht? Diese Seite von Georg war ihm fremd. Trotzdem war Manderscheid erleichtert, dass die Suche erfolgreich war. Er hatte sich eine Belohnung verdient. Die stand in der Küche auf dem Esstisch. Der Rotwein floss sanft in Manderscheids Glas. Er ließ sich in Ruhe den Wein munden. Warum hatte er das Buch nicht gleich richtig untersucht? Hatte er sich zu sehr ablenken lassen? Sei's drum. Er wollte nichts missen. Und Rechenschaft musste er schon gar nicht ablegen. Er schenkte nach und kehrte zum Schreibtisch zurück.

»Lieber Felix, du wirst schwer enttäuscht sein. Ich habe deinen Rat nicht befolgt. Die Gruppe, über die wir vor deinem Urlaub gesprochen haben, lässt mich nicht los. Ich halte sie für sehr gefährlich. Lange Zeit habe ich versucht, sie von schweren Verbrechen abzuhalten. In ihrem Forum habe ich fleißig mitgemischt und immer wieder interveniert. Es ist mir bis jetzt gelungen, ihre kriminellen Absichten auf eine harmlose Aktion zu lenken. Damit habe ich vorerst Straftaten verhindert.

Vor Wochen habe ich ihnen einen besonderen Plan aufgeschwätzt: die Platzierung von Sexpuppen in Ortenauer Baggerseen. Und vorgeschwärmt, was das auslöst, wenn in den Baggerseen Sexpuppen schwimmen, die auf Bibelzitate hinweisen. Das werde ein großes Echo auslösen und die Menschen zum Nachdenken über Zügellosigkeit bringen. Gerade an Baggerseen erlebe man immer wieder Freizügigkeiten, die die Moral infrage stellten. Ich habe den Kehler Baggersee erwähnt, der ja einen entsprechenden Ruf hat. Ob das gerechtfertigt ist, sei dahingestellt. Ich habe vorgeschlagen, zunächst mit dem Gifizsee zu beginnen. Er ist ja auch bei Familien beliebt. Und die meisten Eltern achten auf Moral. Wenn auf dem Gifiz eine Sexpuppe schwimmt, werden die Eltern Fragen stellen. Und in der Öffentlichkeit wird eine Debatte losgetreten. Mit ›Engelszungen‹ habe ich die Runde beschworen, erst einmal so einzusteigen. Man könne damit den Anfang bereiten für ein Umdenken. In der Runde bin ich fast nur auf Ablehnung gestoßen. Erstaunlicherweise ist der Meister, der Anführer der Gruppe, auf meinen Vorschlag eingegangen. Er hat es nicht begründet. Warum auch immer. Zu seinen Entscheidungen sagt er grundsätzlich nichts. Allerdings steht er auf Bibelzitate. Vielleicht hat ihn die Kombination von Bibelzitaten und Sexpuppen angeregt. Ich habe von einem reizvollen Widerspruch geredet, der in der öffentlichen Wahrnehmung ganz bestimmt als Mahnung oder Warnung aufgefasst werde. Bei der Beschriftung der Puppen hat der Meister alles vorgegeben: den Hinweis auf das Bibelzitat, die Stelle der Beschriftung. Linke Brust nah beim Herzen! Und ein fünfzackiger Stern, ein Pentagramm, ein altes Symbol zur Abwehr des Bösen. Beim Auftragen ist mir ein großer Fehler unterlaufen. Ich habe das Pentagramm bei allen fünf Puppen verkehrt herum aufgesprüht. Ich kann mir diesen Fehler nicht erklären. Das umgekehrte Pentagramm ist dummerweise auch ein Symbol der Satanisten. Der Meister und seine Jünger, so nennt er seine Mitstreiter, haben sich noch nicht zu dem Fehler geäußert.

Mir ist nicht klar, warum der Meister so am Pentagramm hängt. Es muss für ihn eine ganz große Bedeutung haben.

Die ersten drei Puppen im Gifiz haben übrigens so gut wie keine Wirkung ausgelöst. Die Presse hat nicht so reagiert, wie ich es erhofft habe. Das hat mich erstaunt. Auch in der Öffentlichkeit, also in den sozialen Medien, ist eine Reaktion auf den Kurzbericht über die erste Puppe ausgeblieben. Presse und Öffentlichkeit sind sonst doch immer ganz wild auf Sexgeschichten. Darauf habe ich ja spekuliert. Meine Forderung, noch mehr Sexpuppen einzusetzen, und zwar flächendeckend, hat selbst der Meister zurückgewiesen. Er verlangt Aktionen, die aufschrecken. Das heißt, die Gruppe ist an einem Punkt angelangt, an dem es gefährlich wird. Ich glaube nicht, dass ich schwere Straftaten noch verhindern kann.

Bisher habe ich zu der Gruppe nur über das Darknet Kontakt. Sonst scheuen sie jeden direkten Kontakt mit mir. Lediglich einen nuschelnden Jünger habe ich kennengelernt. Er sieht aus wie ein Drogenabhängiger. Dieser Typ hat mir die Sexpuppen besorgt. Er hat mir bei der Übergabe nicht gesagt, wo er die herhat. Ich vermute, er hat sie gestohlen. Er hat davon gesprochen, dass er sie im Elsass ›besorgt‹ habe. Ich habe ihn zweimal verfolgt. Beim zweiten Mal habe ich ihn vor einem Aussiedlerhof weit hinter Rheinhausen entdeckt. Der Hof steht in der Nähe des Taubergießen. Ich weiß nicht, ob der Nuschler dort wohnt oder zu Besuch gewesen ist oder was er sonst gemacht hat. Die Adresse des Hofes findest du am Schluss dieses Briefes. Ich habe auch die Nummer seines Fahrzeuges aufgeschrieben. Er fährt einen weißen Kastenwagen mit französischem Kennzeichen. Über dem hinteren Nummernschild ist ein kleineres Loch. Den Nuschler habe ich auch gefragt, ob man sich mal so treffen könne. Er hat mich auf den Meister verwiesen.

Die Gruppe wird sehr stark vom Meister geprägt. Sein Wort gilt. Im Forum lässt er zwar abweichende Meinungen und Diskussionen zu. Wenn er jedoch entschieden hat, hört die Debatte auf. Mit Namen reden sie sich im Forum nicht an. Der Meister nennt seine Mitstreiter nur Jünger. Es ist unglaublich. Aber sie vermeiden geschickt alles, was zu ihrer Identifizierung führen kann. Heute habe ich im Forum die

Zusage vom Meister bekommen, dass wir uns treffen können. Welch eine Überraschung! Der genaue Zeitpunkt und der Ort stehen noch nicht fest. Ich hoffe, dass ich dabei an Verwertbares komme. Oder in den inneren Zirkel vordringen kann. Ich werde mich auf ihre Gesichter konzentrieren. Das schwächste Glied dieser Gruppe scheint mir der Nuschler zu sein. Ich kann mich natürlich täuschen. Nach dem Treffen weiß ich wahrscheinlich mehr. Wir werden uns austauschen. Und dann können wir zuschlagen, bevor die Gruppe großen Schaden anrichtet.

Meinem Kollegen Berger im Kriminaldauerdienst habe ich kryptische Andeutungen gemacht, dass man in dem Puppenfall etwas unternehmen müsse. Aber er hat ständig abgeblockt und gesagt, er halte das Ganze eher für einen Scherz. Ich habe mich kurz vor meinem Urlaub mit ihm gezofft. Das ist natürlich nicht gut. Ich bin richtig aus der Haut gefahren. Man kann auch sagen, dass ich ausgerastet bin. Das liegt sicher an der Spannung, unter der ich stehe. Das muss ich zugeben. Ich habe festgestellt, dass meine Nerven nicht aus Draht sind. Nach dem Urlaub muss ich in Ruhe mit ihm reden und ihm von meinem Alleingang erzählen. Ich werde mich bei ihm entschuldigen. Berger ist ein sehr anständiger Mensch, von dem ich sehr viel gelernt habe. Bei jeder Puppe, die wir aus dem Gifiz gezogen haben, habe ich ihn arglistig getäuscht. Das muss ich zugeben. Offenbar habe ich schauspielerisches Talent. Mir ist es einfach darum gegangen, die Gruppe zu stoppen. Ich hoffe, Berger nimmt meine Entschuldigung an. Die Kollegen und der Kripochef werden mir ordentlich den Kopf waschen. Wenn ich Glück habe, komme ich mit einer Verwarnung davon. Und meine Vermutung ist sicher richtig, dass auch du ziemlich sauer auf mich sein wirst. Irgendwie muss ich aus der Sache wieder rauskommen. Aber erst einmal geht es zum Treffen mit dem Meister und seinen Jüngern. Und dann sehe ich weiter. Und es wird sich klären, ob sie mir das mit dem umgedrehten Pentagramm übel nehmen. Drücke mir die Daumen, dass alles gut läuft. Gruß. Georg.«

Es folgten Informationen zum Fahrzeug des Nuschlers, zu diesem Hof am Taubergießen und zur Gruppenhierarchie. Georg beschrieb zudem den Nuschler. Er hatte ein ausgezeichnetes Personengedächtnis. Alles, was er in dem Fall ermittelt hatte, Bibelzitate, Pentagramm et cetera, notierte er in klaren Stichworten von A bis Z. So tickte der Kriminalkommissar Georg Rackert.

Manderscheid war nicht nur verärgert über den Alleingang Rackerts, der ihm den Tod gebracht hatte. Er war traurig und noch mehr entsetzt. Ohne Auftrag und Absicherung hatte sich Georg in eine Terroristengruppe eingeschlichen. Als etwas anderes konnte man die Gruppe nicht bezeichnen. Er hatte Georg immer für besonnen gehalten. Was hatte ihn zu diesem Ritt auf der Rasierklinge verleitet? Vielleicht seine Besessenheit. Wenn er an etwas dran war, ließ er nicht mehr locker. Das hatte Manderscheid auch von Kollegen gehört.

Die Bitte um das Daumendrücken hätte sich Georg sparen können, dachte Manderscheid verbittert. Zu diesem Zeitpunkt war ich in Australien, abgeschnitten von jeder Information aus dem Polizeipräsidium oder von einzelnen Kollegen. Bewusst wollte er einen Urlaub machen ohne berufliche Belastung. Das war ihm ja auch gelungen.

Manderscheid rief noch einmal Firner an. Der Soko-Leiter meldete sich nicht. Es war fast 19 Uhr. Er war bestimmt in der Lagebesprechung.

Sophie erschien. Mit Unschuldsmiene fragte sie: »Was machen wir in den nächsten Stunden?«

»Ich muss noch etwas erledigen. Dann können wir überlegen.«

»Ich habe Hunger.«

»Wonach?«

Sie schlenderte in die Küche, ohne auf die zweideutige Frage zu antworten. Manderscheid nahm sein Smartphone zur Hand, drückte auf »Telefon« und den letzten Anruf unter »Protokolle«. Dieses Mal meldete sich Firner.

»Hier Manderscheid. Ich habe den Brief gefunden, den ich verzweifelt gesucht habe. Er enthält weitere Informationen über die Gruppe. Am Schluss hat Rackert Rechercheergebnisse notiert. Es hat ziemlich viel Zeit gekostet, bis ich das Schreiben gefunden habe. Dafür will ich mich entschuldigen.«

»Das müssen Sie nicht, Manderscheid. Hauptsache, der Brief bringt uns voran. Leiten Sie ihn gleich auf dem üblichen Weg weiter. Und danke für die Unterstützung.«

Dienstliche Telefongespräche mit Firner waren meistens sehr kurz. Er war auf Effizienz getrimmt. Manderscheid scannte den Brief Georg Rackerts und sendete ihn verschlüsselt an die Soko. Er fuhr sein Notebook herunter, schaltete den Scanner aus und klatschte in die Hände, als wollte er diesen aufregenden Tag damit endgültig abschließen. Wie auf ein Kommando tauchte Sophie auf.

»Hast du großen Hunger?«

»Sehr großen!« Sie verwandelte sich in ein Knabbermäuschen und machte sich an seinem rechten Ohrläppchen zu schaffen.

Die Soko arbeitete rund um die Uhr. In der Nacht schaltete sie auf kleinere Besetzung. Als der Brief von Georg

Rackert eintraf, waren die meisten Mitarbeiter noch da. Alle unterbrachen ihre Arbeit, darunter Berger und Tammy, und lasen aufmerksam den Brief. Erleichterung machte sich breit. Kollege Georg Rackert war nicht in kriminelle Handlungen verwickelt gewesen. Man konnte ihm lediglich den Alleingang vorwerfen. Aber so etwas genügte oft schon, um disziplinarrechtliche Schritte einzuleiten. Und die Sache mit dem umgedrehten Pentagramm war endgültig geklärt. Sie hatten es nicht mit Satanisten zu tun. Besonders dieser Aspekt des Briefes stimmte Berger froh. Er hatte den Fall von Anfang an richtig eingeschätzt. Ein Gefühl des Triumphes verspürte er dennoch nicht. Im Gegenteil! Der Brief verstärkte seine Schuldgefühle. Hätte er nur auf Rackert gehört! Er murmelte: »Ich nehme die Entschuldigung an.«

»Was hast du gesagt?«, fragte Tammy.

»Ich habe Rackert gesagt, dass ich seine Entschuldigung annehme.«

»Schön wäre es, wenn er das noch hören könnte.«

»Ich glaube, ich muss Schluss machen.« Die Worte klangen gequält. Er ordnete seinen Arbeitstisch und schaltete den PC aus.

Tammy hatte Verständnis für Bergers Verhalten. Der Brief brachte ihn wohl vollends aus dem Gleichgewicht. Tammy schaute Berger besorgt nach, als er den Raum verließ. Er hatte sich nicht einmal verabschiedet. Warum lud er so viel Schuld auf sich? Georg hatte doch auch seinen Anteil an der dramatischen Entwicklung mit seinem Alleingang. Verdammt, er hatte einen größeren Anteil Schuld als Berger! Er hatte den größten Anteil!

Obwohl es schon recht spät war, rief Kripochef Winker die Eltern von Georg Rackert an. Ob er vorbeikommen könne. Er habe ihnen etwas Wichtiges mitzuteilen. Die Eltern willigten ein. Sie könnten ohnehin nicht schlafen, sagten sie. Bevor sich Winker auf den Weg machte, notierte er Grundzüge einer Pressemitteilung. Der Tenor war, Georg Rackert als mutigen Ermittler darzustellen, der bei einem gefährlichen Einsatz getötet worden sei. Sein Ziel war es, seinen Zögling vom zwielichtigen Image zu befreien. Das war er ihm und den Eltern und der Schwester schuldig. Den Alleingang Rackerts wollte er nicht erwähnt haben. Seine Grundzüge leitete er an die Presseabteilung weiter. Die musste das Ganze mit der Bundesanwaltschaft besprechen.

Rackerts Eltern wirkten erlöst, als Winker seinen Bericht über den Brief ihres Sohnes beendet hatte. Eine schwere Last fiel von ihnen ab. Sie hätten es nicht ertragen können, wenn weiter ein dunkler Schatten auf ihrem Sohn geruht hätte. In die Erleichterung mischte sich wieder die Trauer um den ermordeten Sohn.

Winker fuhr in dem Bewusstsein nach Hause, dass er mit seinem Besuch der Familie die nötige Kraft gegeben hatte, um die Trauerarbeit zu bewältigen. Und mit der Presseerklärung, die er veranlasst hatte, löste er sein Versprechen ein, Georg Rackert voll zu rehabilitieren.

Die Medien griffen geradezu begierig die Pressemitteilung auf, die von der Bundesanwaltschaft gebilligt worden war. Sie gab dem Fall eine große menschliche Note. Ohne kritische Zwischentöne berichteten die Medien über die gefahrvolle Arbeit Georg Rackerts und machten ihn fast zum Helden.

Den Eltern und der Schwester wird es recht sein, dachte der Kripochef, als er die Medienberichte am nächsten Tag überflog.

Manderscheid erschien nach einem schönen Abend und einer kurzen Nacht gerade noch rechtzeitig in der Lagebesprechung. Für viele sah er übermüdet aus, weil er vermutlich die lange Reise noch nicht verdaut hatte. Nach einem Schwätzchen mit Kollegen, die nach seinen Erlebnissen in Australien fragten, wollte Manderscheid zurück in sein Büro, um endlich den Alltagsbetrieb aufzunehmen. Aber er kam nicht weit.

Firner hielt ihn an. »Niemand kommt an die Daten in Rackerts privatem PC und in seinem iPad ran. Nicht einmal die Spezialisten vom LKA. Haben Sie zufällig die Passwörter? Sie haben ja eine besondere Beziehung zu ihm gehabt. Oder können Sie uns auf irgendeine Weise helfen?«

»Sie erwarten ziemlich viel von mir. Wenn Sie sich da mal nicht täuschen. Wo ist denn der PC jetzt? Und das iPad?«

»Hier im Haus.«

»Die Spezialisten vom LKA haben doch sicher mehr Tricks auf Lager als ich, um an die Daten zu kommen.«

»In diesem Fall offensichtlich nicht.«

Firner führte Manderscheid in das Zimmer, in dem zwei Spezialisten vom LKA sich mit der Analyse von Daten befassten. Die vier begrüßen sich per Handschlag. Ohne große Vorrede schilderten die Spezialisten vom LKA, mit welchen Tricks und Programmen sie versucht hatten, die Zugangscodes von Rackerts privatem PC und seinem iPad zu knacken.

Manderscheid zuckte mit den Schultern. »Ich muss Sie enttäuschen, liebe Kollegen, mehr habe ich auch nicht drauf.«

Firner ließ sich nicht entmutigen. »Manderscheid, es muss doch eine Möglichkeit geben, um Rackerts Passwort zu finden.«

»Wenn ich wüsste, wo.«

Die vier standen ratlos da. Manderscheid senkte leicht seinen wuscheligen Kopf und überlegte.

»Es kann sein, dass ich in Rackerts Mails, auf dem USB-Stick, im Brief oder in diesem Sagenbuch, das er mir geschickt hat, etwas übersehen habe. Ist denn der USB-Stick schon vollständig ausgewertet worden?«

»Fast«, erklärte einer der LKA-Spezialisten. »Da hängen ja noch BKA, Bundesanwaltschaft und andere dran. Die Auswertung ist aber bald abgeschlossen.«

Firner schaute Manderscheid an, als könne er Wunder vollbringen. »Manderscheid, Sie sind unsere Hoffnung!«

»Hoffentlich nicht die letzte. Ich vermute, Sie wollen, dass ich alle Informationen, die ich von Rackert bekommen habe, noch einmal akribisch durchgehe.«

»So ist es.«

»Ich habe allerdings nicht alles hier, muss ich gestehen.«

»Was haben Sie denn alles hier?«, fragte Firner.

»Den Inhalt des USB-Sticks und den Brief, den ich im Sagenbuch gefunden habe. Das Sagenbuch liegt zu Hause auf dem Schreibtisch und die Mails sind in meinem privaten PC gespeichert.«

»Dann fangen Sie hier an. Und wenn Sie nichts finden, machen Sie Heimarbeit. Sie können ja zunächst zusammen mit den beiden LKA-Kollegen hier den Inhalt des USB-Sticks prüfen.«

»Okay.«

»Holen wir uns erst einmal einen Kaffee«, meinte einer der LKA-Spezialisten.

Manderscheid musste gähnen. »Sehr gute Idee. Ich brauche auf jeden Fall einen.«

Nach der Rückkehr vom Kaffeeautomaten nahmen sie sich den Inhalt des USB-Sticks vor. Seite für Seite analysierten sie, konnten aber keinen Hinweis auf ein Passwort entdecken. Alle drei waren erfahren in der Analyse von Texten. Aber gegen Mittag kapitulierten sie. Sie waren fest davon überzeugt, nichts übersehen zu haben. Manderscheid meldete das frustrierende Ergebnis dem Soko-Leiter.

»Ab nach Hause«, sagte Firner nur.

In der Lagebesprechung am Morgen war natürlich auch der nuschelnde Jünger Thema gewesen. Sie hatten überlegt, ob man aus Rackerts Beschreibung ein Phantombild machen konnte. Ein erfahrener Zeichner musste sich der Sache annehmen. Rackert hatte den Mann sehr genau beschrieben. Trotzdem gab es in solchen Fällen einiges zu beachten. Eine Panne wie in Niedersachsen, als ein Phantombild eines Räubers den Rapper Bushido zeigte, konnten sie sich nicht leisten. Sie hatten beschlossen, einen Versuch zu starten. Sobald das Bild fertig war, wollten sie über eine Veröffentlichung entscheiden. Auch das Gebäude, vor dem Rackert diesen Nuschler gesehen hatte, war von großem Interesse. Die Adresse hatten sie. Man musste nur herausfinden, wem dieses Gebäude beziehungsweise der Aussiedlerhof gehörte. Das Problem war, dass Rheinhausen im Landkreis Emmendingen lag. Und der gehörte zum Polizeipräsidium Freiburg. Sie mussten das benachbarte Präsidium um Hilfe bitten. Alle Recherchen und Absprachen fraßen ihnen wichtige Zeit weg. Kriminalpolizeiliche Arbeit bedeutete in den meisten Fällen, im Sand das entscheidende Korn zu finden. Es war mitunter schwieriger als die Suche nach der Nadel im Heuhaufen.

»Darfst du heute schon wieder Heimarbeit machen?«

Mit ihrer eingeübten Unschuldsmiene setzte sich Sophie

auf die linke Seite von Manderscheids Schreibtisch. Sie hatte einen Tanga an und ein weißes T-Shirt.

»Ich muss. Deshalb wird vorerst nicht geknabbert, Sophie!«

»Und wie lange dauert dein Knabberverbot?«

»Kann ich dir nicht sagen.«

»Darf ich dir wenigstens zwischendurch etwas Essen anbieten?«

»Gern.«

Sie rutschte vom Schreibtisch und verließ sein Arbeitszimmer. Manderscheid schaute ihr nach. Es half alles nichts. Keine weitere Ablenkung, beschwor er sich. Er fuhr sein Notebook hoch und öffnete die Mailbox. Mit höchster Konzentration studierte er die erste Mail von Georg, in der er vorgeschlagen hatte, sich nach dem Urlaub in einem Offenburger Café zu treffen. Beim besten Willen stieß er auf nichts, was interpretierbar war. Die zweite Mail war die mit der versteckten Botschaft. Vielleicht war in ihr noch mehr verborgen. Er las sie mehrmals durch.

Wie ein Geist schwebte Sophie ins Zimmer und stellte ihm seinen Lieblingskaffee auf den Schreibtisch. »Wie läuft es?«

»Ich habe es!«, entfuhr es ihm.

Die letzten Sätze!

»Vor einiger Zeit habe ich in einem Antiquariat ein interessantes Buch entdeckt. Es hat mich an meine Kinder- und Jugendzeit erinnert. Sehr empfehlenswert. Ich habe mich so richtig in das Buch vertieft. Manches Kapitel birgt Überraschendes, das uns in der Jetztzeit sogar weiterhilft. Du wirst erstaunt sein. Es ist spannend bis zum Schluss. Und das Nachwort entschlüsselt vieles und bringt dich voran, selbst im PC-Zeitalter. Wir sehen uns ja nach deinem Urlaub.

Melde dich einfach. Dann können wir in Ruhe quatschen. Gruß, Georg.

Noch ein Nachwort: Falls ich längere Zeit nicht zu erreichen bin, weißt du ja, wo du suchen musst. Du brauchst doch sicher kein B uch der O ffenbarung, das du von der ersten Seite bis zu den letzten zwei Zeilen, versehen mit einem Aufruf, lesen musst, serviert auf einem Tablett. Wir verstehen uns.«

Warum hatte er diese Sätze so wenig beachtet? Er hatte sich zu sehr in die Suche nach dem Stichwort vertieft. Er beachtete Sophie gar nicht und ließ auch seinen Kaffee unberührt. Die Lösung war im Buch zu finden. Diese Sätze besagten nichts anderes. Wenn er die Anspielung Georgs richtig verstand, musste er sich mit dem Nachwort befassen. Er zog das Buch mit dem beziehungsreichen Titel an sich und schlug das Nachwort auf. Es umfasste nicht einmal vier volle Seiten. Und trotzdem brauchte er mehr als 20 Minuten, bis er durch war. So langsam las er. Er blickte auf. Keine Sophie, keine neuen Erkenntnisse. Er schlürfte seinen Kaffee, der nur noch lauwarm war.

»Sophie!«, rief er. »Du musst mir helfen!«

Als hätte sie auf seinen Ruf gewartet, eilte Sophie ins Zimmer. »Ist das Knabberverbot aufgehoben?«

»Nein, noch nicht. Du musst einen Text lesen. Und mir sagen, ob dir etwas auffällt. Du hast rund 20 Minuten Zeit. So lange habe ich für den Text gebraucht.« Er gab ihr das Buch. »Du musst nur das Nachwort lesen.«

»Ich nehme es mit in die Küche.« Sie zog sich mit dem Buch zurück und schloss die Küchentür.

Es war zum Verzweifeln. Warum machte es Georg so schwer, die Lösung zu finden? Das war nicht mehr der Georg, der Spaß am Versteckspiel hatte. Das war ein Georg, der voller Anspannung und Angst war. Der wollte auf keinen Fall, dass seine Botschaften in die falschen Hände gerieten.

Die Küchentür ging auf. Sophie brachte das Buch zurück. »Mir ist jetzt nichts Besonderes am Text aufgefallen. Aber ich bin ja auch keine Germanistin. Etwas ist allerdings komisch. Auf der letzten Seite des Nachwortes sind einige Buchstaben durchstochen.«

»Wie bitte?« Manderscheid riss Sophie das Buch aus der Hand.

»Ich kann auf Seite 338 nichts entdecken.«

»Entweder du schaust dir das Buch noch einmal in der Küche an. Da sind die Lichtverhältnisse besser. Oder du knipst deine Schreibtischlampe an.«

Er befolgte ihren Rat. »Ich glaube es nicht!«

Er schrieb der Reihe nach die Buchstaben auf, die durchlöchert waren. Rackert hatte eine sehr feine Nadel benutzt, sodass man die Löcher nur sehr schwer erkennen konnte. Die Reihe lautete: Z, S, G, E, V, B, M, S. Auch die Seitenzahl betrachtete er jetzt genau. Die erste 3 war durchstochen, und die 8. Er ging davon aus, dass Zahlen und Buchstaben gemeinsam einen Zugangscode bildeten.

Er versuchte eine Kombination, die ihm realistisch erschien: ZS3DEVB8MS. Den Rest überließ er den beiden Spezialisten vom LKA, die er gleich anrief. Er gab ihnen die Kombination durch. Sie versprachen, sich zu melden. Aber sie bräuchten auch noch die Passwörter für das iPad.

»Leck die Katz!«, entfuhr es Manderscheid. Das hatte er vergessen. »Ich kümmere mich darum.«

Nachdem er das Gespräch beendet hatte, kamen ihm plötzlich Zweifel. Vielleicht waren die Nadelstiche im Buch uralt. Er musste warten. Wieder hatte die Suche viel Zeit gekostet. Und die Passwörter für das iPad musste er auch noch suchen. Möglicherweise lag der Schlüssel für das iPad auch in den letzten Sätzen der längeren Mail. Welche Sätze hatte er noch nicht bis zum letzten Punkt analysiert? Das Nachwort.

Er rief die Mail noch einmal auf und betrachtete die Schlusssätze.

»Noch ein Nachwort: Falls ich längere Zeit nicht zu erreichen bin, weißt du ja, wo du suchen musst. Du brauchst doch sicher kein B uch der O ffenbarung, das du von der ersten Seite bis zu den letzten zwei Zeilen, versehen mit einem Aufruf, lesen musst, serviert auf einem Tablett. Wir verstehen uns.«

Sehr komisch. Auffällig waren die Leerzeichen bei B uch und O ffenbarung. War das ein Hinweis? Buch der Offenbarung? Kannte er nicht.

Manderscheid ging in die Küche. »Sophie, hast du schon einmal etwas von einem Buch der Offenbarung gehört?«

Sie schleckte gerade einen Löffel ab. »Buch der Offenbarung? Ich meine, das hat mit der Bibel zu tun. Ich bin mir nicht hundertprozentig sicher. Können wir denn jetzt etwas essen?«

»Noch nicht. Ein weiteres Rätsel wartet auf mich. Wenn ich das gelöst habe, ist es so weit.«

Firner musste ihm weiterhelfen.

Der Soko-Leiter sagte, er sei überfragt. Aber wenn es um etwas Biblisches gehe, seien Alban Berger und Tammy Bieger die richtigen Adressen. Beide seien zu erreichen.

Berger erklärte ihm, dass das Buch der Offenbarung ein Teil des Neuen Testamentes sei. Gewissermaßen der

Abschluss. Er hatte zwei Tage zuvor per Zufall an einem Kiosk eine Zeitschrift für historisch Interessierte entdeckt mit dem Schwerpunktthema »Die Bibel«. Er hatte ein Exemplar gekauft und es mit in den Dienst genommen. Die Autoren erklärten unter anderem den Aufbau der Bibel und die Bedeutung der einzelnen Bücher.

Manderscheid las Berger das merkwürdige Nachwort vor. Ob er etwas damit anfange könne.

Berger sagte, er müsse in die Bibel gucken, dann sei er schlauer. Sie hätten die beiden antiquarischen Bibeln, die in Rackerts Wohnung gefunden worden seien, zur Analyse hier. Er kümmere sich gleich darum.

Manderscheid musste nicht einmal eine halbe Stunde warten. Berger berichtete, dass er sowohl die Lutherbibel als auch die Elberfelder Bibel geprüft habe. Manderscheid verstand mehr Bahnhof als Bibel. Aber er wollte Berger nicht unterbrechen.

»Manderscheid, ich glaube, dass am ehesten die Elberfelder Bibel eine Lösung bringt. In den letzten beiden Sätzen der ›Offenbarung‹ ist ein Aufruf zu finden: ›Maranatha‹.« Er wiederholte das Wort, damit es Manderscheid mitschreiben konnte.

Manderscheid fragte lieber nicht nach, was »Maranatha« hieß.

»Möglicherweise spielt auch der Schluss der Offenbarung eine Rolle. Da hängen eine Erläuterung und ein Hinweis auf eine Fundstelle dran. Sie lautet: 1 Kor 16,22. Nur kurz: Mit Kor sind die Briefe des Apostels Paulus an die Korinther gemeint. Haben Sie sich auch alles notieren können?«

»Habe ich.«

»Rufen Sie sich den Satz aus Rackerts Nachwort in Erinnerung: ›Du brauchst doch sicher kein B uch der O ffenbarung, das du von der ersten Seite bis zu den letzten zwei Zeilen, versehen mit einem Aufruf, lesen musst.‹ Kann es sein, dass die Seitenzahl der ersten Seite, die Textstelle 1 Kor 16,22 und das darin enthaltene ›Maranatha‹ Passwörter sind?«

»Durchaus denkbar. Ich gebe sie den LKA-Spezialisten durch. Vielen Dank für Ihre Hilfe, Berger.« Bibelexperte müsste man sein! Manderscheid war immer noch verblüfft. Er gab die Ergebnisse an die LKA-Leute weiter. Diese versprachen ihm, sich zu melden, sobald sie alles überprüft hätten.

Manderscheid und Sophie ließen sich Zeit beim Essen und unterhielten sich. Nach so einer langen Trennung hatte man sich viel zu erzählen.

Kaum hatten sie das Essen beendet, als das Smartphone von Manderscheid klingelte. Einer der LKA-Spezialisten teilte ihm mit, dass sie Zugang hätten zu Rackerts privatem PC und zum iPad. Er bedankte sich für die Unterstützung. Mit der Rückmeldung habe es länger gedauert, weil sie die Zahlen für den Zugang zum PC hätten umstellen müssen. Die 8 tauche ganz am Schluss auf. Zum Glück habe die Buchstabenreihe gestimmt. Jetzt ständen sie aber vor einem neuen Rätsel beim iPad. Die Seitenzahl habe hingehauen. Und »Maranatha« stimme auch. Aber aus dem Terminkalender auf dem iPad würden sie nicht ganz schlau. Auf dem PC hätten sie übrigens eine Terrorismus-Analyse und einen Vergleich mit dieser seltsamen Gruppe entdeckt. Außerdem habe Rackert seine gesamte Surferei im Darknet in Stichworten und Anmerkungen skizziert. Eine interessante Lektüre.

Manderscheid sagte, dass er heute nicht mehr ins Büro zurückkehre. Er sei hundemüde von der langen Reise und könne sich kaum noch konzentrieren. So sei er keine Hilfe.

Der richtige Gesprächspartner für den Terminkalender sei Alban Berger, soviel er wisse. Der könne das Rätsel wahrscheinlich lösen, falls er noch im Dienst sei. Froh, dass er nicht mehr in den Dienst musste, stand Manderscheid auf und reckte sich. Feierlich verkündete er: »Hiermit ist das Knabberverbot beendet!«

Alban Berger war tatsächlich noch im Dienst. Er war genauso müde wie Manderscheid, wenn auch aus anderen Gründen. Er wollte die Kollegen vom LKA allerdings nicht hängen lassen. Sie schilderten ihm ihr Problem. Der Terminkalender, den sie auf Rackerts iPad gefunden hätten, sei fast schon kryptisch. Das hielt Berger für untertrieben, als sie gemeinsam die Eintragungen checkten. In den meisten Fällen konnte Berger keine Auskunft geben, obwohl er lange mit Rackert zusammengearbeitet hatte. An etlichen Kalendertagen waren nur ein F und eine Zahl eingetragen, zum Beispiel F22 oder F23. Er schloss aus Rackerts Brief an Manderscheid, dass F wahrscheinlich Forum bedeutete und die Zahl die Uhrzeit.

Ein Eintrag fiel ihm besonders auf. Es war der Tag, bevor Rackerts Leiche gefunden worden war. In Rackerts Kalender stand unter dem Datum: »M, WP, L103, E, 2130«.

»Ich gehe davon aus, dass es sich bei der 2130 um die Uhrzeit handelt.«

Die LKA-Spezialisten nickten zustimmend.

»Und wenn wir uns auf die 2130 als Uhrzeit festlegen, haben die anderen Angaben mit einem Treffpunkt und mit einer oder mehreren Personen zu tun. In seinem Brief an Manderscheid spricht Rackert von einem Treffen mit dem Meister und den Jüngern. Bei WP, L103 und E fällt mir spontan nichts ein.«

Alle drei schwiegen.

»WP, L103 und E beziehen sich auf den Ort«, meinte einer der LKA-Männer. »L103 ist höchstwahrscheinlich eine Landstraße.«

»Dann müssen wir nur wissen, wo die verläuft.«

Berger meldete sich zurück. »Alles andere dürfte sich von selbst klären.«

Mit dem Landstraßenverzeichnis von Baden-Württemberg orteten sie den Treffpunkt, einen Waldparkplatz, WP, bei Ettenheim, E. In aller Frühe musste der Waldparkplatz geprüft werden. Berger informierte Firner und meldete sich zerschlagen ab.

Q

Qualm begann das Gebäude einzuhüllen. Feuerzungen leckten an allen Wänden, am Vordereingang, am Hintereingang. Hungrig kletterten sie empor und drangen ins Haus ein. Sie waren schnell und sehr gefräßig. Gefährliche Begleiter folgten ihnen: Rauchgeister. Durch jede Öffnung und Ritze krochen sie und stiegen unaufhaltsam empor. In der Ferne hörte man Sirenen der Feuerwehr. Als wüssten sie, dass die Sirenen nicht ihnen galten, breiteten sich die Feuerzungen und die Rauchgeister weiter aus. Den unteren Bereich des Gebäudes hatten sie schon in ihrer Gewalt. Über Treppen und Schächte nahmen sie die oberen Stockwerke in Angriff. Während die Feuerzungen es lustvoll knistern ließen, wenn sie Holz und Tapeten hitzig attackierten, schwebten die Rauchgeister lautlos durch Aufgänge und Räume. Durch nichts ließen sich die Feuerzungen und Rauchgeister stören. Schon gar nicht durch Schreie.

Kurz nach 9.30 Uhr erreichte die Soko ein Anruf von einem Waldparkplatz bei Ettenheim. Der Anruf kam von Kalli Momper, ein Allrounder, der zwar der Abteilung drei in der Soko zugeteilt war, aber eigentlich wie ein Springer eingeteilt wurde. Die Chefs lobten immer wieder seine Flexibilität. Kalli sagte, sie hätten den Wagen von Georg Rackert gefunden. Die Kriminaltechniker müssten her. Der Opel Vivaro sei verschlossen. Man müsse ihn aufbrechen.

Soko-Leiter Firner stöhnte: »Wo nehme ich jetzt Techniker her? Die meisten sind an den Brandorten. Gut, ich sehe, was ich tun kann.«

Firner trommelte eine kleine Einheit Techniker zusammen und schickte sie nach Ettenheim zum Fundort des Vivaro.

Nach der Nacht des Schreckens zogen Feuerwehr und Polizei am Vormittag auf einer kurzfristig einberufenen Pressekonferenz eine »Bilanz«, als gehe es um Fakten aus dem Wirtschaftsleben. Sie konnten nicht länger damit warten, die Öffentlichkeit zu informieren. Das hätte alle Ermittlungsbehörden in ein schlechtes Licht gerückt.

Eine riesige Lagerhalle war vollständig niedergebrannt und ein Etablissement, mehr ein Bordell, war weitgehend zerstört. In dem Bordell gab es zwei Tote zu beklagen, ein Freier und eine Angestellte. Sie waren im obersten Stockwerk von den Flammen eingeschlossen worden. Niemand konnte ihnen helfen. Drei weitere Menschen wurden verletzt. Die Identität des Freiers konnte die Polizei noch nicht klären. In beiden Fällen gingen die Ermittler von Brandstiftung aus. Es wurden Reste von Brandbeschleunigern gefunden.

Auf die Frage, ob es einen Zusammenhang zwischen den beiden Bränden gebe, antwortete die Polizei ausweichend. Zum jetzigen Zeitpunkt lasse sich noch nicht viel sagen. Die Ermittlungen seien noch nicht so weit, um zuverlässige Aussagen machen zu können. Weil die Brandorte noch »heiß« seien, könnten die Experten nicht in jeden Bereich vordringen. Außerdem müsse die Feuerwehr Glutnester bekämpfen, vor allem in der Lagerhalle.

Eine wichtige Einzelheit unterschlug die Polizei: In der Nähe des Bordells hatten die Täter ein Pentagramm, Buchstaben und Zahlen auf die Straße gesprüht. Die Soko Gifiz arbeitete bereits an dem Fall. Dieses Detail blieb jedoch nicht lange geheim.

Alban Berger und Tammy Bieger waren gegen 7 Uhr zum Bordell gerufen worden, aus dem noch immer Qualm aufstieg. Tammy betrachtete Berger aufmerksam, als sie sich vor dem Brandort trafen. So sah ein Mensch aus, der eine ganz schlechte Nacht hinter sich hatte. Sie konnte für ihn und für alle in der Soko nur hoffen, dass er durchhielt. Ein eigennütziger Gedanke. Sie brauchten ihn dringend in der Soko. Er war von Anfang an auf der richtigen Spur gewesen.

Einem Polizisten waren das weiße Pentagramm sowie weiße Buchstaben und Zahlen auf dem Boden vor dem Bordell aufgefallen. Diese Symbolik war inzwischen nicht nur polizeibekannt. Der Polizist hatte seinen Einsatzleiter sofort auf das Zeichen, die Buchstaben und Zahlen hingewiesen. Und der hatte die Information an die Soko Gifiz weitergeleitet.

Da Berger und Bieger bisher am Pentagramm und den Bibelzitaten gearbeitet hatten, mussten sie auch dieses Mal ran. Berger fühlte sich nach wie vor nicht wohl. Starke Schuldvorwürfe plagten ihn fast ununterbrochen. Sein Schlaf blieb gestört. Eine Besserung war nicht in Sicht. Aber er hatte sich aufgerafft, als sein Smartphone in der Frühe geklingelt hatte. Mit gespannter Bauchdecke war er zum neuen Tatort gefahren.

Tammy wirkte wie immer frisch. Obwohl sie auch wie Berger im Schnitt 16 Stunden am Tag in der Soko arbeitete. Im Gegensatz zu ihm belasteten sie allerdings keine Schuldgefühle in diesem schwierigen Fall.

Beide betrachteten die aufgesprühte Botschaft: Ps 106,18. Diese Buchstaben waren neu in ihrer Sammlung von Bibelzitaten. Sie mussten wieder die Suchmaschine nutzen. Und die offenbarte ihnen dieses Mal einen Spruch aus den Psalmen: »Und ein Feuer brannte unter ihrer Rotte, eine Flamme verzehrte die Gesetzlosen.«

Pentagramm und Text passten zu dem Profil, das sie aus den anderen Bibelzitaten gewonnen hatten. Hinter dem Brand steckte eindeutig diese Gruppe, die kein Gesicht hatte.

Ihre Kenntnisse pflegten Berger und Tammy noch vor Ort über ihre Smartphones in das Soko-Programm ein, auf das alle Zugriff hatten.

Kaum hatten Berger und Bieger die Botschaft der Brandstifter entschlüsselt, wurden sie zu der Lagerhalle, dem anderen Brandort, beordert. Dort sollten sie nach einer ähnlichen Botschaft suchen. So lautete ihr Auftrag. Aber auch ohne speziellen Auftrag hätten sie sich an diesem Brandort umgesehen. Sie fragten zunächst die Polizisten, die das Gebiet um die abgebrannte Lagerhalle sicherten, ob ihnen etwas Außergewöhnliches aufgefallen sei. Fehlanzeige. Auch die Feuerwehrleute hatten nichts Besonderes an der Halle und um sie herum festgestellt. Berger und Tammy suchten das Gelände ab, soweit die Feuerwehr es zuließ. Aber auch sie wurden an diesem Brandort nicht fündig. Passten die beiden Brandfälle überhaupt zusammen? Oder war es ein purer Zufall, dass in der Nacht fast gleichzeitig zwei verheerende Brände ausgebrochen waren?

Die Brandfälle waren natürlich das große Thema in der Lagebesprechung um 9 Uhr. Niemand konnte eindeutig und schlüssig nachweisen, dass sie zusammenhingen. Dafür waren die Ergebnisse der ersten Ermittlungen zu dürftig. Zuerst hatte die Lagerhalle gebrannt, kurze Zeit später hatte das Bordell Feuer gefangen. Bei den Gebäuden war der Brand jeweils an mehreren Stellen gleichzeitig ausgebrochen. Der Brandfall Bordell wurde der Soko Gifiz zugeordnet. Das Pentagramm und der Spruch aus den Psalmen waren eindeutig. Und doch konnte man mit diesen Fakten nicht an die Öffentlichkeit gehen. An die Öffentlichkeit gehen! Viele wichtige Einzelheiten drangen noch immer nach außen, obwohl die internen Ermittler schärfer vorgingen. Auch im neuen Fall verhielt es sich nicht anders. Am späten Vormittag war auf der Online-Seite jenes großen Blattes zu lesen, dass die Terrorgruppe in Offenburg wieder zugeschlagen habe.

Die Durchstecherei erschwerte die Arbeit der Soko. Schlimmer war das Misstrauen, das die Zusammenarbeit behinderte. Die internen Ermittler wussten immer noch nicht, wer Informationen an einen bestimmten Teil der Presse weiterleitete. Oder sie taten so, als hätten sie keine Ahnung. Ein Mitglied der Soko nach dem anderen wurde durchleuchtet und befragt. Die Befragungen, beklagten manche, seien wie scharfe Verhöre. Das seien ungeheure Zumutungen. Berger und Tammy wunderten sich, dass sie noch nicht vorgeladen worden waren. Hielt man sie für sauber oder wurden sie heimlich beobachtet? Soko-Leiter Firner versuchte, die Gemüter zu beruhigen. Er leistete Schwerstarbeit.

Zum Schluss der Lagebesprechung betonte er, er könne sich durchaus vorstellen, dass es einen Zusammenhang zwischen den beiden Brandfällen gebe. Er sprach von einer ablenkenden Wirkung des ersten Brandfalles. Er habe ziemlich viele Feuerwehrleute aus Offenburg und Umgebung gebunden. Mehr als 200 Kräfte seien bei der Lagerhalle im Einsatz gewesen. Das hätten die Täter möglicherweise in ihre Strategie einbezogen, um die Feuerwehr zu schwächen und ungestört das Bordell angreifen zu können. Man möge das doch bitte im Hinterkopf behalten. All das müsse aber noch mit den anderen Ermittlungsbehörden und mit der Bundesanwaltschaft besprochen werden.

Als weitere Einzelheiten über den Brandfall durchsickerten, mussten sie ihre Zurückhaltung gänzlich aufgeben. Für den Mittag wurde eine Pressekonferenz angesetzt. Obwohl sie nur mitteilen konnten, was schon bekannt war, hatten sich die verschiedenen Akteure abzusprechen: Soko-Leitung, Kripochef, Polizeipräsident, LKA, BKA, Staatsanwaltschaft, Bundesanwaltschaft. Die Federführung, auch in der Öffentlichkeitsarbeit, hatte die Bundesanwaltschaft. Über ihre Presseabteilung wurde die Öffentlichkeitsarbeit koordiniert. Das Abwägen zwischen dem, was die Öffentlichkeit erfahren durfte, und dem, was man aus ermittlungstaktischen Gründen verschweigen wollte, gelang in diesem Fall nicht. Notgedrungen bestätigten sie, was sie gerne zurückgehalten hätten.

Sie wurden auch nach dem Opel Vivaro von Georg Rackert gefragt. Ob es stimme, dass er auf einem Waldparkplatz bei Ettenheim gefunden worden sei? Es war eine scheinheilige Frage. Im Netz fanden sich bereits Fotos, die den Opel Vivaro und Kriminaltechniker bei der Untersuchung des Fundortes zeigten. Auf der Online-Seite jenes großen Blattes.

Etwas mehr wusste die Soko zum Zeitpunkt der Pressekonferenz allerdings doch: Im Vivaro von Rackert sah alles ordentlich aus. Vermutlich hatten die Täter sich gar nicht am Wagen zu schaffen gemacht. Sie waren wohl nur daran interessiert gewesen, Rackert aus dem Weg zu räumen. Die Kriminaltechniker untersuchten großräumig und mit viel Aufwand das Gelände. Es war ein ungewollter Wettlauf. Die Ermittler spürten in jeder Phase den Atem der Medien im Nacken. Natürlich gelangte nicht jede Einzelheit nach außen.

Die Person, die die Presse mit Informationen versorgte, musste auf der Hut sein. Je mehr sie preisgab, desto höher war die Wahrscheinlichkeit, dass sie erwischt wurde. Möglicherweise war sie mit den Fotos zu weit gegangen. Ihre Stichworte reichten für das eine Blatt, um immer nah am Geschehen zu sein. Die anderen Medien setzten schnell nach. Sie benutzten das eine Blatt als Quelle. Die Medien spielten »Hase und Igel« miteinander.

Die Öffentlichkeit verwandelte sich in eine brodelnde und stürmische See. Seit dem Tod des Polizisten war die Stimmung in der Bevölkerung schlecht. Aber jetzt schlugen die Wogen hoch. In den sozialen Medien kochten die Beiträge über vor Wut. Manche nutzten die Lage aus und heizten die Gerüchteküche noch mehr an und schürten zusätzliche Ängste. Die Stadt steuerte auf einen Ausnahmezustand zu. Einen beträchtlichen Anteil an dieser Entwicklung hatten die Medien. Die Stadt war ununterbrochen im Fokus. Überall fuhren oder standen Kamerawagen. Reporter mit Aufnahmegeräten und Schreibblocks wanderten durch die Stadt. Es gab kein Entrinnen, weder für die Bevölkerung noch für die politisch Verantwortlichen.

Die katholische und die evangelische Kirche verständigten sich am Nachmittag auf einen Gedenk- und Mahngottesdienst. Er wurde auf den Abend in der Stadtkirche festgelegt. Die Medien verbreiteten den Termin. Mund-zu-Mund-Propaganda half mit. Pünktlich um 20 Uhr war die Stadtkirche brechend voll. Not schweißte zusammen. In den vorderen Reihen saßen die Verwaltungsspitze und die Gemeinderäte. Dahinter drängte sich das Volk bis auf die Straße. Die Dekane beider Kirchen segneten die Besucher und symbolisch auch die »Fehlgeleiteten«. Sie riefen sie auf, den irrigen Weg zu verlassen. Die Bibel sei ein Buch des Friedens. Wer sie anders auslege, versündige sich an Gott. Niemand könne sich auf diese Weise zum Richter machen. Die Bibelzitate, die diese Gruppe, von der man wenig wisse, benutze, seien zugegebenermaßen brutal. Aber nur wenn man sie aus dem Zusammenhang reiße. Sie müssten aus ihrer Zeit gesehen werden. Wenn man sie mit den richtigen Augen lese, werde man spüren, dass sie ganz anders zu verstehen seien. Das Gottesbild, das mit den Zitaten vermittelt werde, sei irrig und falsch. Der Gott der Bibel sei kein strafender und gewalttätiger Gott. Er sei ein Gott der Liebe und der Hoffnung. Die Dekane riefen zum Gebet für die Opfer auf. Sie schlossen auch die Täter in die Gebete ein, in der Hoffnung, dass sie die Fragwürdigkeit ihres Handelns einsähen und mit dem Terror aufhörten. Mit ernsten Gesichtern verließen die Besucher des Gedenk- und Mahngottesdienstes die Stadtkirche. Nirgends hörte man ein Schwätzchen oder ein Lachen. Stumm, ergriffen und ängstlich zerstreute sich die Menge.

Die Stadtverwaltung und der Gemeinderat fühlten sich im Belagerungszustand. Die Bevölkerung erwartete nicht nur von der Polizei mehr Sicherheit, sondern auch von den politisch Verantwortlichen. In Mails und Anrufen äußerte sie ihren Ärger, ihre Ängste, ihre Forderungen. Wer von den politisch Verantwortlichen die sozialen Medien nutzte, bekam im Minutentakt die Wut der Bevölkerung zu spüren. Es war an der Zeit, ein Zeichen zu setzen. Wer nicht handelte, ging unter. Deshalb lud die Verwaltungsspitze die Fraktionssprecher zu einer Sondersitzung nach dem Gedenkgottesdienst ein.

Sie versammelten sich im »Salmen«, in der historischen Stätte, die sie so liebten. Sondersitzung. Nicht öffentlich. Es war zu viel geschehen. Ein Toter am Gifiz, eine Explosion, zwei Brände, zwei Brandopfer, mehrere Verletzte. Die Stadtbevölkerung wurde immer unruhiger, die sozialen Medien gebärdeten sich wie eingesperrte Tiere, die vor Angst gegen die Käfigwände schossen und kratzten und bissen. Der öffentliche Druck verstärkte sich.

Die historische Stätte der deutschen Freiheitsbewegung des 19. Jahrhunderts war ein würdiger Ort für die Sondersitzung des Gemeinderates. Es ging wieder einmal um Freiheit, um Verteidigung der Freiheit gegen Terrorismus. Das, was die Stadt in der letzten Zeit erlebt hatte, war in den Augen des Gemeinderates eindeutig Terrorismus. Und der bedrohte die Freiheit. Am 12. September 1847 hatten die »Entschiedenen Freunde der Verfassung« im Offenburger »Salmen« Geschichte geschrieben. Hunderte von Bürgern hatten die »Forderungen des Volkes in Baden« verabschiedet. Sie riefen nach Gedanken-, Geistes- und Pressefreiheit, nach Gewissens- und Lehrfreiheit, und nach Glaubensfreiheit. Am 9. November 1938 hatten die Nazis den »Salmen« geschändet, der den Offenburger Juden als Synagoge diente. 1997 hatte die Stadt das Gebäude erworben und nutzte es seither als Kulturhaus, als Geburtshaus der deutschen Demokratiebewegung und für Sitzungen des Gemeinderates. In diesem geschichtsträchtigen Haus berieten jetzt die Räte über die Angriffe einer unsichtbaren Gruppe, die grundlegende Freiheiten bedrohte, wenn man sie auf Dauer gewähren ließ. Die Bibelzitate musste man nicht interpretieren.

Der Gemeinderat forderte, man müsse mehr für die öffentliche Sicherheit tun. Das bedeutete mehr Polizei. Verwaltung und Rat waren sich im Prinzip einig. Die üblichen Kämpfe blieben bei der Sondersitzung aus. Sie beschlossen eine Resolution und Forderungen an die Landesregierung. Vorbild war die Stadt Freiburg, die nach den Morden an zwei jungen Frauen die Landesregierung zum Handeln aufgerufen hatte. Die Freiburger hatten immerhin erreicht, dass mehr Polizisten geschickt wurden. Die Offenburger Räte argumentierten ähnlich wie damals der Freiburger Oberbürgermeister. Mehr Polizei könne zwar weitere Straftaten nicht unbedingt verhindern. Es gehe aber um mehr. Zusätzliche Polizeipräsenz stärke auf jeden Fall das Sicherheitsgefühl der Bevölkerung. Das leide fürchterlich unter den Anschlägen und Morden. Von mehr Polizei erwarte man zudem, dass die Ermittlungen der Soko Gifiz schneller vorankämen. Konkret drängten die Räte darauf, die nächtlichen Polizeistreifen zu verstärken. Die Erwartungen an die Sonderkommission waren inzwischen sehr groß. Der Gemeinderat war nicht zufrieden mit den Ermittlungsergebnissen. Einige Räte fragten fast schon aggressiv, warum es noch keine Festnahmen gegeben habe.

Der Polizeipräsident und der Kripochef waren in der Sondersitzung anwesend. Die Verwaltung hatte die beiden eingeladen. Sie sagten nach Absprache mit Bundesanwaltschaft und Landesinnenministerium zu, erklärten aber, sie kämen nur, wenn die Sondersitzung nicht öffentlich sei. Dem stimmte die Verwaltung zu. Der Polizeipräsident versicherte, man tue alles, um die Fälle aufzuklären. Sie seien leider sehr kompliziert. Man könne im jetzigen Stadium nur um Geduld bitten. Außerdem habe die Stadt die volle Unterstützung des Polizeipräsidiums, wenn es um mehr Personal für die Sicherheit gehe. Seit Jahren kämpfe man darum, die Zahl der Polizisten in allen Dezernaten und im Bereitschaftsdienst zu erhöhen. Die Polizeireform habe nicht die Entlastung gebracht, die man vorausgesagt habe. Die jüngsten Fälle hätten die Belastung der Polizei noch gesteigert. Viele Kolleginnen und Kollegen seien in die Soko eingebunden. Dadurch bleibe Arbeit unerledigt oder müsse von anderen übernommen werden. Was das bedeute, könne sich jeder ausrechnen: Die Zahl der Überstunden wachse.

Und der Kripochef erläuterte die Arbeit einer Sonderkommission. Die Fälle, die die Sonderkommission zu bearbeiten habe, müsse man trennen von den normalen Kriminalitätsfällen. Man habe es mit Terroristen zu tun, die äußerst professionell vorgingen. Er sage intern bewusst Terroristen. Offiziell sei die Sprachregelung noch zurückhaltend. Der Polizeipräsident nickte leicht. Offensichtlich stimmte er seinem Untergebenen voll und ganz zu. Der Kripochef betonte, diese Terroristen seien zu allem fähig, wie man gesehen habe. Sie seien schwer einzuschätzen. Man habe noch kein vollständiges Profil und kein Gesicht. Die Bibelzitate deuteten auf eine Terrorgruppe mit christlichen Motiven hin. Die üblichen Bekennerschreiben fehlten. Die christlichen Motive könnten auch vorgetäuscht sein, gab der Kripochef zu bedenken. Das müsse er einräumen. Die Soko sei nicht unabhängig in ihren Entscheidungen. Das Sagen habe die Bundesanwaltschaft. Alle, die mit den Fällen zu tun hätten, seien letztlich Zuarbeiter. Man müsse verschiedene Ebenen berücksichtigen, auch politische. Das mache die Arbeit nicht leichter.

Die Sondersitzung war für den Gemeinderat wichtig, aber nicht beruhigend. Er verabschiedete bei einer Enthaltung die Resolution, die ausgewogen war und die Landesregierung nicht bloßstellte. Die Verwaltung hatte darauf gedrängt, alle Seitenhiebe und Vorwürfe wegzulassen. Man wolle schließlich ein wichtiges Ziel erreichen, nämlich mehr Sicherheit. Dieses Ziel müsse man mit Behutsamkeit ansteuern.

So viel Sanftmut und Zurückhaltung war vielen Gemeinderäten ein Dorn im Auge. Sie hätten eine radikalere Variante bevorzugt. Aber sie beugten sich und unterstützten nach außen hin die Strategie der Verwaltung. Und so wurde noch am Abend die Resolution veröffentlicht, auch als Zeichen an die Bevölkerung, dass man handlungsfähig sei und entschieden vorgehe.

R

Ruhig war die Nacht. Aber als die Stadt am Morgen erwachte, bot sich ihrer Bevölkerung ein beunruhigendes Bild. An vielen Häusern und öffentlichen Gebäuden waren Buchstaben und Zahlen aufgesprüht. Menschen riefen bei der Polizei an und hatten Angst, dass ihre Wohnung niedergebrannt werde. Es war bekannt, dass in der Nähe des Bordells das Pentagramm und Hinweise auf eine Bibelstelle entdeckt worden waren. Und das Zitat, das nach dem Bombenanschlag auf das Erotik-Kino gefunden worden war, hatten viele noch im Gedächtnis:

»Es sind Männer, Söhne Belials, aus deiner Mitte ausgegangen und haben die Bewohner ihrer Stadt verleitet und gesprochen: Laßt uns gehen und andern Göttern dienen (die ihr nicht gekannt habt), so sollst du genau untersuchen und nachforschen und fragen; und siehe, ist es Wahrheit, steht die Sache fest, ist dieser Greuel in deiner Mitte verübt worden, so sollst du die Bürger jener Stadt gewißlich schlagen mit der Schärfe des Schwertes; du sollst sie verbannen und alles, was in ihr ist, und ihr Vieh, mit der Schärfe des Schwertes.«

Es war ja wie viele andere Informationen an die Öffentlichkeit gelangt. Kein Wunder, dass die Angst in der Bevölkerung noch mehr geschürt wurde.

Wieder waren Berger und Tammy gefordert. Sie mussten gemeinsam mit zwei Bereitschaftspolizisten die gesamte Innenstadt von Offenburg durchstreifen und die aufgesprühten Pentagramme, Buchstaben und Zahlen aufnehmen. Die Bereitschaftspolizisten befragten Hauseigentümer und Bewohner, ob sie etwas in der Nacht bemerkt hätten, verdächtige Geräusche gehört hätten. Berger und Bieger fotografierten die Schmierereien. Sie waren fast schon Experten in Bibelfundstellen. Deshalb fiel ihnen gleich auf, dass ein sogenannter Trittbrettfahrer am Werk war. Das eine oder andere Sprühwerk ergab vermutlich einen Sinn. 29 vermeintliche Bibelhinweise nahmen sie in der Innenstadt auf. Grafologisch gesehen zeigten fast alle Sprühwerke keine Übereinstimmung mit den aufgesprühten Pentagrammen, Buchstaben und Zahlen an den bisherigen Tatorten.

Aber an einer Stelle, an einem Haus aus der Gründerzeit, stutzten sie doch: Pentagramm, Buchstaben und Zahlen waren in der Zeichnung den acht bisherigen Pentagrammen und Bibelhinweisen ähnlich. Ästhetisch sahen sie aus. Der Sprayer hatte mit Sorgfalt gearbeitet. Die beiden Bereitschaftspolizisten klingelten. Niemand öffnete. Die Polizisten drückten alle acht Klingeln am Eingang. Keine Reaktion. Berger, Tammy und die Polizisten schauten am Haus hoch. Es hatte die besten Jahre schon lange hinter sich.

»Ob da überhaupt noch jemand wohnt?«, fragte Tammy.

»Einladend sieht es jedenfalls nicht aus.« Berger machte sich Notizen. »Ich glaube, wir müssen dieses Sprühwerk von den anderen trennen. Gehen wir zurück ins Büro. Wir müssen das alles in Ruhe durchgehen.«

Sie verabschiedeten sich von den Bereitschaftspolizisten.

»Wir brauchen möglichst schnell die Ergebnisse der Befragungen, auch wenn sie nicht viel gebracht haben«, mahnte Berger. Die Polizisten versprachen, ihr Protokoll gleich zu schreiben.

Sie hatten einen guten Riecher: Die meisten Schmierereien brachten kein Ergebnis. Der Sprüher hatte willkürlich Zahlen an Buchstaben gereiht. Es waren keine Kürzel einzelner oder mehrerer Verse aus der Bibel. Vermutlich hatte er überhaupt keine Ahnung von der Bibel. Und ein Ästhet wie der berühmte Sprayer Stefan Strumbel war er auch nicht.

Stefan Strumbel war ein waschechter Offenburger. In den 90er-Jahren hatte er Wände und Züge besprüht. Mehrmals klopfte ihm die Justiz auf seine farbigen Finger. Nach 2000 arbeitete er als freier Künstler, erhielt Stipendien. Er verwandelte Kult- und Kulturgegenstände wie Kuckucksuhren, Holzmasken und Kruzifixe durch Street Art und Pop Art. Diese Transformationskunst machte ihn berühmt. Aus einem Graffitisprayer war ein weltweit anerkannter Künstler geworden.

Wie gesagt, die nächtlichen Schmierereien an den Häuserwänden hatten nichts mit Kunst zu tun, wie so viele andere Graffitis. Die eine »Schmiererei« jedoch, die aus dem Rahmen fiel, ergab einen Treffer. Sie wies auf eine Textstelle im Matthäus-Evangelium hin: Mt 6,19. Und sie lautete: »Sammelt euch nicht Schätze auf der Erde, wo Motte und Rost zerstört, und wo Diebe durchgraben und stehlen.«

Hatte dieser Spruch etwas mit der Gruppe zu tun, die für den Tod von Georg Rackert und für die Anschläge verantwortlich war? Der Inhalt der Bibelstelle deckte sich nicht mit dem der anderen Hinweise. Was hatte der Spruch zu bedeuten? War er auch mit einem Verbrechen verbunden? Oder war ein zweiter Trittbrettfahrer unterwegs, der intelligenter und raffinierter vorging als der erste? Was für ein Motiv hatte er? Sein Zeichen, seine Buchstaben und seine Zahlen waren schön.

Was ihnen noch auffiel: Der erste Trittbrettfahrer hatte an einigen Stellen versucht, das Pentagramm zu sprühen. Es war ihm jedes Mal misslungen. Irgendwann hatte er die Versuche aufgegeben. Bei dem Hinweis auf das Matthäus-Evangelium war das Pentagramm hingegen korrekt und gut gesprüht. War hier also doch die Gruppe aktiv? Allerdings unterschied sich der Tonfall dieses Textes von den acht bisherigen: Er war nicht drohend und voller Gewalt, sondern mahnend.

Für Berger und Tammy stand fest: Sie mussten, um in das Haus zu gelangen, den Eigentümer ausfindig machen. Und zwar schnell. Und den Datenschutz überwinden. Und zwar schnell. Gefahr war im Verzug.

Mit einigem Druck auf die Stadtverwaltung kamen sie rasch an die Informationen. Das Haus gehörte einer alten Frau, die weit über 90 Jahre alt und dement war. Sie lebte schon lange in einer Einrichtung für Demenzkranke. Zugang zu ihrer Welt hatte niemand mehr. Die Frau hatte Verwandte, aber die rechtlichen Verhältnisse waren so, dass sie die Öffnung des Hauses nicht veranlassen konnten. Über das Betreuungsgericht hatte sie einen rechtlichen Betreuer bekommen. Wie Berger und Tammy von der Verwaltung hörten, war das Objekt seit langer Zeit ein »Stein des Anstoßes«. Es gab immer wieder Beschwerden von Anwohnern. Mehrfach war in das Haus eingebrochen, es war auch schon von Obdachlosen besetzt worden. Vor dem Haus sammelte sich oft Unrat. Der Stadtverwaltung waren aus rechtlichen Gründen die Hände gebunden. Sie konnte erst eingreifen, wenn das Haus für Nachbarn und Passanten zur Gefahr wurde. Also wenn denen, die am Haus vorbeigingen, Ziegel und Mauerstücke auf den Kopf fielen.

Das SEK stellte sich in aller Frühe vor dem Gebäude auf, um möglichst wenig Aufsehen zu erregen. Als Berger und Tammy eintrafen, wartete bereits ein Mann vom Ordnungsamt auf sie. Er war vom Betreuungsgericht beauftragt worden, die Ermittler zu unterstützen. Er wirkte etwas nervös und hilflos. Geplant war, dass er die Eingangstür öffnete. Eine Straßenlaterne beleuchtete die Szene.

»Edgar Brummer, städtisches Ordnungsamt.« Der Familienname »Mager« hätte besser zu ihm gepasst. »Die Tür ist schon auf. Ich verstehe das nicht«, sagte das Strichmännchen leise.

»Das fängt ja gut an!«

Berger knipste seine Taschenlampe an und leuchtete die Tür im Bereich des Schlüssellochs aus. Er entdeckte alte Einbruchspuren. Neue konnte er nicht feststellen. Das musste nichts heißen. Das Schloss war für findige Einbrecher kein großes Hindernis. Berger redete mit dem SEK-Einsatzleiter.

»Wir müssen vorsichtig sein. Die Tür ist nicht abgeschlossen. Möglicherweise ist eingebrochen worden.«

»Wir sind auf alles vorbereitet.«

»Gut, dann gehen wir rein.«

»Bleiben Sie und Ihre Kollegin hinter uns.«

»Okay.« Berger sagte dem Mann vom Ordnungsamt noch, sie bräuchten ihn nicht mehr, er könne gehen. Dieser war froh und verschwand, so schnell er konnte.

Als sie endlich im Gebäude waren, sahen sie, dass es ein Haus des Zerfalls war, innerlich mehr als äußerlich, wie es sich ihnen gleich offenbarte. Berger kam die Geschichte »Der Untergang des Hauses Usher« von Edgar Allan Poe in den Sinn. Zerfall, wo man hinsah. Überall roch es modrig. Das Haus Usher! Er bekam es nicht aus dem Kopf. Er tauchte in die Geschichte ein. Gleich steigt eine Leiche aus dem Keller empor, dachte er. In einer angespannten Lage kam es immer wieder vor, dass Berger in eine vergleichbare literarische Situation versank. Er konnte sich dieses Phänomen nicht erklären.

Die SEK-Leute weckten ihn aus dem düsteren Traum. Sie hatten das Spezialeinsatzkommando angefordert, weil ihnen die Hausdurchsuchung zu heikel war. Erstaunlicherweise wurde ihnen die Bitte sofort gewährt. Das SEK wurde in der Regel bei bedrohlichen Lagen geholt. Zum Beispiel bei Familienstreitigkeiten, die in Gewalt ausarteten, bei gefährlichen Gefangenentransporten und Prozessen, bei militanten Demonstrationen, bei Geiselnahmen und Entführungen, bei der Bekämpfung der Organisierten Kriminalität, bei Bedrohungen mit Waffen. Und auch bei einer Hausdurchsuchung, bei der eine Bedrohung nicht ausgeschlossen werden konnte. Der SEK-Einsatzleiter deutete mit dem rechten Zeigefinger an, dass sie zuerst in den Keller wollten. Bevor sie hinunterstiegen, teilten sie sich auf. Zwei sicherten den Flur und den steinernen Treppenaufgang. Den Keller, acht Wohnungen und das Dachgeschoss mussten sie durchkämmen.

Bieger und Berger trugen schusssichere Westen. In ihrem Schulterhalfter steckte eine gesicherte HK P2000 V2. Sie folgten den SEK-Leuten, die hochgerüstet an die Arbeit gingen. Jedes Mitglied der Einheit hatte eine 15 Kilo schwere Weste an, die nicht nur Schüsse hemmte, sondern auch vor Stichen schützte. Zur Standardausrüstung gehörten ein ballistischer Helm, eine Atemschutzmaske, ein Funkgerät, eine Uhr, ein Mehrzweckmesser, Pistolen. Manche trugen Maschinenpistolen. Ein SEK-Mann hatte zusätzlich eine Repetierflinte mit Sondermunition zum Öffnen von Türen bei sich.

Die Kellertür knarrte widerspenstig, als sie aufgestoßen wurde. Sie versuchten, Licht zu machen. Die Leitung war tot. Kein Problem. Sie hatten Stirnlampen und starke Taschenlampen dabei. Damit strahlten sie alles aus. Man sah, dass der Keller schon lange nicht mehr genutzt wurde. Langsam stiegen sie die wurmstichigen, ausgetretenen Holzstufen hinab. Die letzten zwei Stufen waren aus Sandstein. Der Boden war aus gestampften Lehm. Für jede der acht Wohnungen war ein Raum reserviert. Einfache dünne Holzwände aus Latten trennten die Räume. Von unten her faulten die Latten. Das war typisch für Keller mit Lehmböden. Sie zogen Feuchtigkeit an. Im ersten Raum lagen Umzugskartons, die bereits zerfallen waren. Nebenan fanden sie ein verrostetes Fahrrad. Einer der ehemaligen Bewohner war wohl Handwerker gewesen. Sie entdeckten in einem weiteren Raum eine Werkbank. An der Wand hingen noch Hämmer, Sägen und andere Werkzeuge. Auf der Werkbank lagen Nägel. Viele hatten einen rostigen Überzug. Der letzte Raum war verschlossen. Sie drückten die Tür auf. Eine Latte brach ab. Auf dem Boden standen hölzerne Weinkisten, aus denen leere, verstaubte Flaschen ragten. Einzelne Korken lagen neben den Kisten. Es roch stark nach Verwesung. Kein Wunder. In der rechten Ecke beleuchteten die Lichtkegel ihrer Lampen eine tote Katze. Sie musste sich vor Tagen durch das gekippte Kellerfenster gezwängt haben, das schmutzig war und von Spinnennetzen überzogen. Der Weg zurück durch das Kellerfenster war für die Katze zu hoch gewesen. Ihre Sprungkraft hatte nicht ausgereicht. Sie hatte es wohl mehrmals versucht. An der Wand waren frische Kratzer. Da die Tür verschlossen war, hatte die Katze keine Überlebenschancen gehabt. Vermutlich hatte sie geschrien, und niemand hatte es gehört. Ein trauriger, ein schauerlicher Ort. Sie entdeckten sonst nichts Außergewöhnliches in diesem finsteren Keller, der eher einem Verlies glich. Der Lehmboden war so fest, dass Berger, der wieder im Haus Usher war, nicht fürchten musste, dass er plötzlich aufbrach und sich ein Sarg aus der Tiefe erhob. Langsam zogen sie sich wieder zurück. Der SEK-Einsatzleiter war schon auf der vierten Stufe, als sie durchbrach. Er war so überrascht, dass er das Gleichgewicht verlor und zurückfiel. Er riss die zwei folgenden Kollegen mit. Alle drei landeten auf dem Lehmboden.

Tammy schrie erschrocken: »Seid ihr okay?«

Die drei gestürzten SEK-Leute rappelten sich wieder auf und klopften ihre Uniform ab. Der SEK-Leiter flüsterte: »Alles halb so wild. Wir sind okay. Vorsicht auf der Treppe! Langsam gehen. Und seid leise.«

Mann für Mann hangelten sie sich die Treppe hoch. Berger und Tammy, die den Schluss bildeten, mussten warten. Der Einsatzleiter war bereits an der angelehnten Kellertür angekommen und zog sie vorsichtig ganz auf.

Die beiden Kollegen, die den Eingangsbereich und den Treppenaufgang sicherten, schrien plötzlich: »Halt! Stehen bleiben!« Ein Schuss fiel. Die SEK-Leute im Keller entsicherten ihre Waffen. Berger und Tammy rissen ihre HK P2000 V2 aus dem Schulterhalfter. Aus dem Eingangsbereich hörte man zwei Schüsse und einen langen Schmerzensschrei. So schnell es ging, verließen alle den Keller. Auf der Treppe, die in die oberen Stockwerke führte, lag ein Mann und hielt sich den rechten Oberschenkel. Die beiden SEK-Leute im Eingangsbereich bewegten sich langsam auf den angeschossenen Mann auf der Treppe zu. Sie kickten seine Waffe die Treppe hinunter, die er beim Schusswechsel hatte fallen lassen. Auf einen Wink des Einsatzleiters unterstützten zwei Kollegen die SEK-Männer auf der Treppe. Gemeinsam überwältigten sie den Verwundeten und legten ihm Handschellen an. Der SEK-Leiter forderte einen Krankenwagen an und weitere Unterstützung. Er unterbrach den Einsatz, bis der Angeschossene abgeholt war.

Tammy stupste Berger an: »Gut, dass wir den Einsatz nicht allein durchgezogen haben. Das hätte schiefgehen können.«

»Wohl wahr. Mal sehen, was das Haus noch für Überraschungen zu bieten hat.«

Nach rund zwölf Minuten war ein Krankenwagen da. Drei Sanitäter machten die Erstversorgung. Zwei SEK-Leute hatten sich um die Blutung am Oberschenkel des Angeschossenen gekümmert und einen provisorischen Druckverband angelegt. Kurze Zeit danach traf die Verstärkung ein. Drei Bereitschaftspolizisten nahmen den Angeschossenen mit.

Der Zwischenfall ließ alle noch vorsichtiger werden. Stockwerk für Stockwerk und Wohnung für Wohnung durchkämmten sie und sahen nichts als Abfall und Zerfall. Durch vier Etagen arbeiteten sie sich und durch den Dachboden. Im zweiten Stock waren im Schlafzimmer einer Wohnung Boden und Bettdecken übersät mit toten Wespen. Sie mussten durch eine undichte Stelle am morschen Fenster in das Zimmer gekrabbelt sein. An das Wohnzimmer schloss sich ein Balkon mit Blick auf den Innenhof an. Ein von Mauern begrenztes Grundstück mit einem verwilderten Rasen war zu sehen. Der Putz der Mauer war an vielen Stellen aufgeplatzt. Brombeeren rankten wild an der Mauer hoch. Rechts im Innenhof befanden sich Remisen. Die mussten sie auch noch anschauen. Auf dem Balkon standen zwei alte Korbsessel. Sie waren ausgebleicht und brüchig von Regen und Sonne. Rechts entdeckten Berger, Tammy und zwei SEK-Leute einen eingebauten großen Wandschrank. Seine Tür stand etwas offen. Tammy zog sie vorsichtig weiter auf. Muffige Kleider hingen an einer durchgebogenen Stange. Manche waren schon ziemlich zerschlissen. Ein Mantel mit aufgenähten Stoffratten fiel ihnen ins Auge – wahrscheinlich war der Mantel einst für Fastnachtumzüge geschneidert worden. Der Mantel und der daneben hängende Anzug wölbten sich seltsam nach außen, als würde sich dahinter etwas verbergen. Vorsichtig drückte ein SEK-Mann den Rattenmantel und den Anzug auseinander. Ein riesiges Wespennest kam zum Vorschein. Der Einsatzleiter winkte ab. Sie zogen sich zurück, um die Wespen nicht zu beunruhigen. Aufregung hatten sie schon genug.

Es dauerte lange, bis sie alle Winkel durchforscht hatten und auf dem Dachboden landeten. Einige Ziegel waren nicht mehr in Ordnung und konnten bei Regen das Eindringen von Wasser nicht verhindern. Das Dach hing an der Schadstelle leicht herunter. In keinem Stockwerk, in keinem Raum fanden sie etwas, das mit ihrem Fall zu tun hatte. Das einzig Außergewöhnliche war, dass dieses einst schöne Haus einfach dem Zerfall überlassen war. Wie passte das alles zu den Fällen der Soko Gifiz? Wie passte der Schütze zu ihrem Fall? Stand vielleicht ein weiteres Verbrechen bevor? Oder hatte sich jemand die Aufregung der Stadt zunutze gemacht, um auf etwas ganz anderes hinzuweisen? Berger und Tammy fanden auf Anhieb keine vernünftige Erklärung. Abhaken durften sie den Fall vorerst nicht.

Als die Untersuchung des Hauses abgeschlossen war, ging Tammy auf den Einsatzleiter des SEK zu. »Entschuldige, Kollege, dass ich mich im Keller so unprofessionell verhalten habe. Irgendwie war alles so befremdlich und überraschend. Ich hoffe, du hast dich nicht verletzt.«

»Keine Sorge, die Schulter und der Rücken tun etwas weh. Aber das gibt sich. Auf jeden Fall danke für die Nachfrage. Und noch eines: Du brauchst dich nicht zu entschuldigen für deinen Schrei. Auch bei uns verläuft nicht jeder Einsatz geräuschlos.«

Er tätschelte Tammy sanft auf die Schulter. Beide lächelten verträumt und standen noch kurze Zeit beieinander. Bahnte sich da etwas an, fragte sich Berger, der die Szene verblüfft beobachtete. Er wurde doch hoffentlich nicht eifersüchtig. Alle klatschten sich schließlich ab und verließen geordnet das finstere Haus.

Als Berger und Tammy wieder im Büro waren, erfuhren sie einiges über den Angeschossenen. Es handelte sich um einen 30-Jährigen, der schon mehrfach wegen Körperverletzung aufgefallen war. Er hatte bereits eine Gefängnisstrafe hinter sich. Zuletzt wurde er mit Haftbefehl gesucht, weil er einen 40-jährigen Kumpel im Streit niedergestochen und lebensgefährlich verletzt hatte. Sein Strafregister war nicht gerade klein: gefährliche Körperverletzung, unerlaubter Waffenbesitz, Diebstahl, Fahren ohne Führerschein, Drogenhandel, Widerstand gegen Vollstreckungsbeamte. Seit längerer Zeit war er ohne Wohnsitz. Meist übernachtete er bei Komplizen, in Schrebergärten oder in dem Haus, in dem er gestellt worden war. Ob er in Verbindung zu der Terrorgruppe stand, musste noch untersucht werden. Berger und Tammy hielten das für eher unwahrscheinlich. Er passte nicht in das Erscheinungsbild der Gruppe. Zu sicher durfte man sich aber auch in diesem Fall nicht sein. Im Polizeialltag lauerten überall Überraschungen. Das hatte sich an diesem Morgen wieder gezeigt, der einigermaßen glimpflich verlaufen war. Zum Glück hatten sie von der Schusswaffe nicht Gebrauch machen müssen. Das hätte dienstliche Ermittlungen ausgelöst und ihre Arbeit gestört. Beim SEK hingegen zählten Befragungen dieser Art zur Routine.

Der materielle Schaden der Schmierereien an den Häusern war schon relativ hoch, der immaterielle aber übertraf die Sachbeschädigungen bei Weitem. Der oder die Schmierer spielten entweder bewusst mit der Angst der Bevölkerung oder überlegten nicht, was sie damit anrichteten. Die Polizei verstärkte die Streifen in der Innenstadt, obwohl es ihr an allen Ecken und Enden an Personal fehlte. Der beziehungsweise die Sprüher hatten ihre Aufmerksamkeit. Die Stadt redete über nichts anderes mehr als die Botschaften auf den Wänden. Auch in den sozialen Medien wurde spekuliert, was es damit auf sich hatte. Die Polizei hoffte, dass das Ego des oder der Sprüher sich gestreichelt fühlte und sie wieder tätig wurden. Und tatsächlich: Es reizte wohl, noch mehr Aufmerksamkeit zu erregen. Aber dieses Mal schnappte die Falle zu.

Er wurde noch in der Nacht verhört. Seine Wohnung wurde durchsucht und auf den Kopf gestellt. Zahlreiche Beweismittel wurden beschlagnahmt, darunter viele Sprühdosen. Der Verdächtige war ein unscheinbarer Typ, der schon länger in der Sprayer-Szene aktiv war. Man legte ihm die Fotos vor, die Berger und Tammy gemacht hatten. Zuerst blockte er ab und behauptete, er habe mit der ganzen Sache nichts zu tun. Dumm war nur, dass er auf frischer Tat ertappt worden war. Er hatte gerade einen Buchstaben und zwei Zahlen auf eine Hauswand gesprüht, als er gefasst wurde. Grafologisch gesehen waren die Übereinstimmungen zu groß. Nach einer Stunde Verhör gab er das Leugnen auf und gestand in 28 Fällen die Tat. Nur in dem abweichenden Fall sagte er, damit habe er wirklich nichts zu tun. Es klang glaubhaft. Jetzt wartete ein Verfahren wegen Sachbeschädigung auf ihn. Er musste auf jeden Fall mit hohen Kosten rechnen. Seine Spuren hakte die Soko Gifiz ab.

Die Bedrohung, die von den Fällen ausging, legte sich wie ein dunkler Schatten über die Schönheiten der Stadt und ihrer Umgebung. Es war eine Stadt, die gern feierte. Besonders der Herbst bot viele Gelegenheiten. Die Oberrhein Messe und das Weinfest nahten. Feierlaune wollte jedoch nicht so recht aufkommen. Jeder Ort, jedes Café, jedes Restaurant, jeder Laden wurde zu einer Gelegenheit, um sich über diese Bedrohung auszutauschen, die viele empfanden und viele bedrückte. Es wurden Fragen laut, ob man überhaupt in so einer Zeit feiern dürfe. Ob die Sicherheit der Messe und des Festes gewährleistet sei? Die Mehrheit des Gemeinderates und die Verwaltungsspitze entschieden sich mit großem Bauchgrimmen gegen eine Absage. Intern hieß es, man könne sich das aus wirtschaftlichen Gründen nicht erlauben. Allen war aber klar, dass Besucherrekorde in diesem Jahr nicht zu erwarten waren. Offiziell wurde verkündet, die Sicherheitsvorkehrungen würden verstärkt, sowohl für die Oberrhein Messe als auch für das Weinfest. Man engagiere zusätzlich private Sicherheitsdienste. Gleichzeitig wurde dazu aufgerufen, der Gefahr und dem Terrorismus zu trotzen. Kannte man diese Aufrufe nicht aus größeren Städten im In- und Ausland? Bisher war man nur Betrachter eines »auswärtigen« Terrorismus. Jetzt war er da, vor der eigenen Haustür, und nicht zu fassen.

Die Landesregierung hatte verstanden. Der Landesinnenminister fuhr mit einem größeren Tross vor das Polizeigebäude in der Nähe des Rathauses. Er war im Wahlkampfmodus. Manche sagten ihm nach, er sei immer im Wahlkampfmodus. Nach einer kurzen Begrüßung versammelten sich alle zunächst im Rathaussaal. Die Verwaltungsspitze erläuterte die dramatische Entwicklung und begründete, warum die Stadt sich für eine Resolution entschieden hatte. Die Fraktionssprecher schilderten die Stimmung in der Bevölkerung, die Ängste, die Sorgen, die Vorwürfe, die Aggressionen in den sozialen Medien, die Gerüchte, die Drohungen. Noch waren die Kommunalwahlen weit weg. Wenn man aber keine Antwort auf die aktuellen Gefahren wusste, war in der Zukunft mit allem zu rechnen. Der Minister nickte verständnisvoll und erklärte, er hätte als Verwaltung, als Gemeinderat auch nicht anders reagiert. Versprechungen könne er in diesem Moment nicht machen, aber die Landesregierung werde auf jeden Fall ihren Beitrag für mehr öffentliche Sicherheit leisten. Sie verfolge mit größter Sorge die Entwicklung in dieser Stadt. Bevor er sich konkret äußere, wolle er die Schäden in der Stadt anschauen und mit dem Polizeipräsidium reden. Danach werde er sich auf einer Pressekonferenz zu den Möglichkeiten äußern, die das Land habe. Er bat darum, nicht zu viel zu erwarten. Das Land schwimme nicht im Geld, wie viele glaubten. Und gute Polizeikräfte könne man nicht einfach aus dem Hut zaubern. Einzelne Räte lächelten, aber nicht verständnisvoll. Solche Antworten hörte man in Krisenlagen oft.

Der Minister wurde durch die Stadt gefahren, zu den Tatorten. Man zeigte ihm auch Häuser mit vermeintlichen Bibelzitaten. Er redete nicht viel. Die Fahrt endete beim Polizeipräsidium in der Prinz-Eugen-Straße.

Der Polizeipräsident und seine Mannschaft machten kein Hehl aus der gefährlichen Lage. In allen Einzelheiten zeichneten sie ein Bild der Bedrohung, wie sie es bisher noch nicht gekannt hatten. Beim Thema »christlicher Terrorismus« hob der Minister die Hand. Das passte nicht in sein Weltbild. Ob sich die Ermittler da sicher seien? Von christlichem Terrorismus könne man doch in Deutschland nicht reden.

Kripochef Winker warf ein, christlichen Terrorismus kenne man seit ewigen Zeiten. Man denke nur an die Kreuzzüge und an die Missionierung in aller Welt. Hajo Winker konnte manchmal bösartig sein, vor allem gegen Politiker.

Sein Einwand glitt am Innenminister nicht ab. Er wolle das nicht gehört haben, sagte er etwas schneidig.

Der Polizeipräsident machte eine beschwichtigende Handbewegung und erklärte, als gläubigem Christ sei ihm das auch schwer aufgestoßen. Und nicht nur ihm. Oberstaatsanwalt Taglehner habe bis dato große Zweifel an dieser Einschätzung, wolle aber nichts mehr ausschließen. Es sei natürlich die Frage aufgekommen, ob nicht islamistische Terroristen dahintersteckten. Sie hätten mit Experten gesprochen. Die seien der Auffassung, das, was sich in Offenburg ereignet habe, sei untypisch für islamistischen Terror. Es sei nicht denkbar, dass sie mit Bibelzitaten arbeiteten. In der Regel würden die Islamisten sich zu ihren Taten bekennen. Sie erhofften sich davon Zuspruch. Verdeckter Terrorismus sei eher eine Sache von Rechtsradikalen wie im Fall des Bundeswehrsoldaten, der vor einiger Zeit Aufsehen erregt habe. Der Soldat hatte sich als Flüchtling aus Syrien ausgegeben und Anschläge unter dem Deckmantel des Islamismus geplant. Im Offenburger Fall könne man jedoch keine rechtsradikale Handschrift erkennen. Allerdings gebe es auch Experten, die eine Zusammenarbeit der Terroristen mit Rechtsradikalen für denkbar hielten.

Aber, meinte der Minister, der Generalbundesanwalt ermittle nicht gegen christliche Terroristen.

Das sei schon richtig, sagte der Polizeipräsident. Aber gegen Terroristen. Intern habe die Bundesanwaltschaft jedoch nicht widersprochen, als das Thema »christlicher Terrorismus« aufgekommen sei. Gleichwohl müsse man unterstreichen, dass die Bundesanwaltschaft sich auch noch nicht hundertprozentig sicher sei. Für christlichen Terrorismus spreche die Analyse von Georg Rackert, dem Kriminalkommissar, den die Gruppe mit ziemlicher Sicherheit auf dem Gewissen habe. Die Analyse habe er kurz vor seinem Tod fertiggestellt. Darin vergleiche er die Gruppe mit bekannten Terrororganisationen. Rackert habe seine Erkenntnisse im Darknet gewonnen und ein Bild geliefert, das die Gruppe ausgezeichnet charakterisiere. Darüber hinaus kümmerten sich eine Kommissarin und ein Kriminalhauptkommissar um das Pentagramm und Bibelzitate. Sie kämen zu einem ähnlichen Ergebnis wie Rackert. Aufgrund ihrer Recherchen hätten sie eine Liste möglicher Terrorobjekte aufgestellt und vor einer Eskalation gewarnt. Leider habe sich ihre Projektion bewahrheitet. Was man auf jeden Fall ausschließe, sei Satanismus. Die Gruppe, die hinter den Morden und Anschlägen stehe, sei äußerst vorsichtig und hinterlasse kaum Spuren. Das wisse man seit Rackerts Analyse.

Schonungslosigkeit hatten sie sich im Polizeipräsidium in die Hand versprochen, wenn der Minister komme.

Beschwichtigungen wollten sie sich nicht bieten lassen. Von den Schwachstellen in der Polizeiarbeit hatten sie geredet, von den fehlenden Stellen. Jetzt appellierte der Polizeipräsident an die Verantwortung der Landesregierung.

Der Innenminister musste schlucken. Er wusste, dass er dem nicht viel entgegenzusetzen hatte.

Der Polizeipräsident und seine Mannschaft waren gut vorbereitet. Ein Argument nach dem anderen feuerten sie ab. Jedes war schwerwiegend. Und nicht zu widerlegen. Unabhängig von den Terrorfällen bräuchten sie ohnehin mehr Personal, unterstrichen der Polizeipräsident und der Kripochef. Das Polizeipräsidium Offenburg sei in der Kriminalstatistik in einer exponierten Lage. Es stehe an zweiter Stelle gleich hinter dem Spitzenreiter Freiburg.

Das wisse er, sagte der Minister kurz angebunden. Er habe die Statistiken im Kopf und sehe, wo es besonders brenne. Alle Erwartungen konnte der Minister nicht erfüllen, das hatten sie im Präsidium einkalkuliert. Ohne konkrete Zusagen durfte er aber auch nicht gehen. Sonst brach die Hölle los.

Der Minister kam nach den Vorträgen schnell zur Sache und trug vor, was er mit dem Regierungschef vereinbart hatte. Im Präsidium war keine Entspannung zu spüren, eher Enttäuschung.

Nach der Mittagspause im Hotel »Sonne«, in dem schon viele berühmte Persönlichkeiten übernachtet und gespeist hatten, ging es zur Pressekonferenz im »Salmen«. Die akkreditierten Journalisten hatten sich positioniert. Kameras waren aufgebaut. Offenburg war seit dem Tod des Polizisten Georg Rackert im Belagerungszustand. Aber die Presse war sich bei der Behandlung der Offenburger Fälle uneins.

Es war ein offenes Geheimnis, dass das eine Blatt sich einen Informationsvorsprung erkaufte. Das löste wieder einmal eine Debatte über die Ethik des Journalismus aus. Der Deutsche Journalistenverband erklärte, die Bezahlung von Informationen sei Gift für die Glaubwürdigkeit und Seriosität der Berichterstattung. Es könne nicht sein, dass die, die das Geld dafür hätten, an die exklusiven Storys kämen. Diese Art von Exklusivrecht spalte die Medienlandschaft. Viele nahmen das alles hin. Eine exklusive Story brachte Achtung und eine hohe Auflage und somit Geld. Unter einigen Medien lief ein Wettbewerb um die beste Geschichte. Da Journalisten sich auf Informantenschutz berufen konnten, war es schwierig, den Tippgeber zu ermitteln. Im Fall von Offenburg empfanden viele den Kauf von Informationen besonders schändlich, weil die Arbeit der Polizei und damit auch die Sicherheit der Bevölkerung gefährdet wurde. Und es wurde auch keine Rücksicht auf die Opfer und die Hinterbliebenen genommen. Diese moralische Sicht erreichte jedoch nicht, dass der unlautere Wettbewerb um die besten Informationen gestoppt wurde. Einige Mitbewerber um den besten Platz auf dem Boulevard der heißen Nachrichten versetzten dem Vertreter jenes Blattes mit Vorsprung auf dem Weg zur Pressekonferenz einige Rippenstöße und entschuldigten sich hämisch.

Ein kurzes Blitzlichtgewitter traf den Minister und seine Begleitung, als sie zum Podium schritten. Für Sicherheit war bestens gesorgt. Der Polizeipräsident raunte seinem Stellvertreter zu: »Mehr Sicherheit bräuchten wir an allen Tagen, nicht nur an diesem.« Wie alle Pressekonferenzen war auch diese von Ritualen geprägt.

Endlich hatte der Innenminister das Wort. Er betonte, wie wichtig die Sicherheit für einen demokratischen Staat sei. Das zeige sich jeden Tag und gerade jetzt in Offenburg. Seitenhiebe auf den Koalitionspartner und die Oppositionsparteien verkniff er sich dieses Mal. Er spürte, dass dafür niemand Verständnis gehabt hätte. Er war ein strategisch denkender Mensch. Wenn es galt zu holzen, holzte er. Wenn staatsmännisches Auftreten gefragt war, war er Staatsmann. Wichtig war in diesem Augenblick nur, was die Landesregierung zur Sicherheit der bedrohten Stadt beitragen wollte. Das Beste, oder vermeintlich Beste, hob sich der Minister bis zum Schluss auf. In politischer Dramaturgie war er ein Meister. 15 Polizisten, verkündete er, würden in den nächsten Tagen zusätzlich nach Offenburg beordert. Man wolle dadurch die Streifen rund um die Uhr verstärken und vor allem sensible Bereiche schützen. Die 15 Polizisten würden in der Stadt bleiben, bis die Gefahr vorüber sei. Wenn noch mehr Kräfte nötig seien, werde man flexibel handeln. Danach müsse man die Sicherheitslage neu bewerten. Fragen wurden nicht zugelassen mit dem Hinweis, der Minister sei unter Zeitdruck, er müsse dringend zu einem weiteren Termin. Es sah so aus, als wollten der Minister und seine Leute sich möglichst schnell aus der Gefahrenzone zurückziehen.

Wenn der Minister geglaubt hatte, die Pressekonferenz beruhige die Gemüter, hatte er sich gewaltig getäuscht. Man fragte sich nicht nur in den Medien, ob man mit zusätzlichen Polizisten im Streifendienst das gegenwärtige Problem lösen könne. Schließlich konnten die Fahnder noch keinen Erfolg vorweisen. Einige sahen es als Fortschritt, dass die bedrohliche Sicherheitslage auf Landesebene überhaupt wahrgenommen wurde. Aber richtig zufrieden war niemand. Die Polizeigewerkschaften tobten. Sie mussten jedoch zur Kenntnis nehmen, dass die Zahl 15 wie in Stein gemeißelt war.

S

Sie hatten sich getroffen, um weitere Aktionen vorzubereiten. Lange hatten sie auf den zwölften Jünger warten müssen. Er sah schlecht aus. Seine Augen hatten einen merkwürdigen Schleier. Und er roch etwas nach Alkohol. Ein Engel, der wieder fiel. Sie mussten handeln. Wer nicht stark war, gefährdete die Burg. Wenn der innere Ring brach, wurde die Burg zertrümmert. Diese Erfahrung hatten die Tempelritter machen müssen. Das mussten sie verhindern. Mit allen Konsequenzen. Hatten nicht auch die Tempelritter unnachsichtig gehandelt, wenn einer der Ihren gefehlt hatte? Er musste den weißen Mantel ausziehen. Für ein Jahr wurde er dazu verdammt, vom Boden zu essen. Nur niedere Arbeiten durfte er verrichten. Hatten sie sich nicht auch wie die Templer geschworen, strenge Regeln einzuhalten, auf Alkohol, Drogen, Sex zu verzichten? Strenge hatte die Templer stark gemacht. Nach dem Treffen leitete er schweren Herzens die nötigen Schritte ein. Bis zuletzt hatte er gehofft, sein treuer Paladin werde wieder zurückfinden. Er war ein wichtiger Mann, ihr Quartiermeister und Beschaffer. Seine Arbeit musste jetzt ein anderer übernehmen. Das brachte sie nicht durcheinander. Sie hatten alle möglichen Szenarien durchgespielt. Jeder hatte mehrere Aufgaben. Und jeder musste im Notfall für den anderen einspringen. So blieben sie immer handlungsfähig. Es tat ihm jedoch in der Seele weh, dass der zwölfte Jünger es nicht geschafft hatte. Dass er ihn opfern musste. Er hatte so viel Zeit für ihn verwendet, ihn mit Geld unterstützt, ihn wiederaufgebaut, ihm eine Perspektive gegeben. Rücksicht durfte er aber nicht nehmen. Jeder in der Gruppe wusste, was Regelverstöße bedeuteten. Jeder Regelverstoß machte ihn wütend, unendlich wütend.

Als sie am kleinen Waldparkplatz eintrafen, war der zwölfte Jünger noch nicht da, wie nicht anders zu erwarten war. An Pünktlichkeit ließ er es immer fehlen. Das übersahen sie meist, weil er andere Fähigkeiten hatte. Weil er ein guter Logistiker war. Trotzdem ärgerten sie sich oft über seine Disziplinlosigkeit. Sie wählten diesen Waldparkplatz, weil er vermutlich seltener angesteuert wurde. Der andere, an dem sie sich mit dem Polizisten getroffen hatten, kam nicht infrage. Er war »verbrannt«, nachdem der Wagen des Polizisten dort entdeckt worden war. Aber dieser Platz war genauso ideal, wenn nicht noch besser. Über eine schmale Serpentine mit Ausweichbuchten erreichte man die Stelle hoch oben im Tannenwald. Am Boden sah man keine Reifenspuren, auch keine Fußabdrücke. Sie hatten dem zwölften Jünger den Auftrag gegeben, einen stillen, kaum besuchten Parkplatz zu orten. Er war fündig geworden. In Aufgaben dieser Art zeigte er seine Meisterschaft. Es war sein letzter Auftrag. Seine Schwäche konnten sie nicht ignorieren. Wie oft hatte er auf ihn eingeredet, auf dem rechten Weg zu bleiben. Stumm hatte der zwölfte Jünger die Mahnungen aufgenommen. Eine Besserung ließ er in letzter Zeit nicht mehr erkennen. Er befand sich im freien Fall. Damit fällte er das Urteil über sich selbst.

Der Parkplatz war halbrund angelegt. Rechts führte ein kleiner Weg weiter hoch in den Tannenwald. Die schwarzen Handschuhe hatten sie dieses Mal nicht an. Der zwölfte Jünger durfte keinen Verdacht schöpfen. Sie mussten mögliche Spuren anders beseitigen. Wahrscheinlich spielte ihnen das Wetter wieder in die Hand. Für die Nacht war starker Regen vorhergesagt. Sie hatten schon mehrfach Glück mit dem schlechten Wetter. Fahrzeuggeräusche waren zu hören. Langsam kroch ein weißer Kastenwagen den Waldweg hoch. Endlich!

Der zwölfte Jünger stieg mühsam aus. Er sah noch schlechter aus als bei den letzten Treffen. Und er roch noch mehr nach Alkohol. Und die Augen waren noch trüber. Es schien, als schwanke er ein bisschen. Sie konnten sich auch täuschen. Er hatte oft einen unsicheren Gang, sogar, wenn er nüchtern war. Obwohl er noch relativ jung war, wirkte er gebrechlich. Kein Wunder. Sein Leben war eine Tragödie mit viel Drogen, Alkohol, Zusammenbrüchen, Klinikaufenthalten. Sie ließen sich nichts anmerken, als er auf sie zukam. Wie immer begrüßten sie sich freundlich und unaufgeregt. Sie sprachen über neue Aktionen und kamen schließlich zur Sache.

Als sein Körper erschlafft war, zogen sie ihm die Kleider aus. Ursprünglich wollten sie die Kleider wie beim Polizisten unterwegs in einen Container des Roten Kreuzes werfen. Aber sie rochen nach Rauch und Schweiß und waren wohl schon länger nicht mehr gewaschen worden. Sie beschlossen, sie unterwegs in Mülleimer zu verteilen. Die Leiche legten sie in den weißen Kastenwagen auf eine Plastikdecke. Der Meister hatte etwas ganz Besonderes mit ihr vor. Er hatte eine große grünliche Flasche mitgebracht, die mit einem Korken verschlossen war, und einen Schwamm. Wie bei einem Ritual zog er den Korken aus dem Gefäß und goss bedächtig Flüssigkeit auf den Schwamm. Alle rochen es: Essig. Mit den Füßen fing er an. Zuletzt wusch er dem zwölften Jünger das Gesicht.

Morgens kam ein Anruf, dass vor dem Weg zur Gifiz-Halbinsel ein weißer Lieferwagen stehe. Der Anrufer war der Bewohner, der bei der Befragung nach dem Mord an Rackert einen Hinweis gegeben hatte. Er hatte damals ausgesagt, dass er in der Nacht einen weißen Kasten- oder Lieferwagen gesehen habe. Sie schickten eine Streife.

Nach kurzer Zeit schon riefen die beiden Polizisten bei den Ermittlern der Sonderkommission an. Eine nackte Leiche liege im Lieferwagen. Recht schnell waren Techniker zur Stelle und Soko-Mitglieder, darunter Berger und Tammy. Wie am Amphitheater im Fall Rackert ging die ganze Prozedur wieder los. See sperren, die Straße um die Zufahrt zur Halbinsel dichtmachen, Spuren sichern, Umgebung absuchen, Leute befragen. Fotos von dem Toten machen. Wer hat diesen Mann schon einmal gesehen? Es würde etwas dauern, bis die DNA des Toten analysiert war. Dann konnte man sie vergleichen mit den DNA-Spuren vom Amphitheater. Man ging davon aus, dass die Täter die Leiche am Amphitheater ablegen wollten. Einen Zufall hielt man für unwahrscheinlich. Etliches sprach für eine Verbindung beider Fälle. Sie überprüften das Kennzeichen, ein französisches. Es stimmte nicht überein mit der Nummer, die Georg Rackert notiert hatte. Aber über dem hinteren Nummernschild klaffte ein kreisrundes Loch, wie es Rackert beschrieben hatte. Mit großer Wahrscheinlichkeit war das Kennzeichen gewechselt worden. Entweder war es gestohlen oder durch ein neues aus einer Fälscherwerkstatt ersetzt worden.

Als die Techniker die Tür am Heck des Lieferwagens öffneten, rief einer: »Hier stinkt es nach Essig.«

Berger und Tammy schauten sich verwundert an. Nahm der Fall eine neue Wende? Am liebsten wären sie sofort zum Lieferwagen gelaufen, aber sie mussten in gebührendem Abstand warten, bis die ersten Untersuchungen abgeschlossen waren. Endlich winkten die Techniker. Berger und Tammy durften ins Innere des Wagens schauen. Ein magerer und geschundener Körper lag vor ihnen, auf dem Rücken. Einer der Techniker sagte: »Der Geruch geht von der Plastikdecke und auch von der Leiche aus.«

Berger und Tammy hörten gar nicht richtig hin. Das Gesicht! Fast im Gleichklang tönte es aus ihren Mündern: »Der Nuschler!« Sie hatten das Phantombild vor sich, das nach den Beschreibungen von Georg Rackert gefertigt worden war. Aus Angst, einen Fehler zu machen, war vor Tagen in der Soko entschieden worden, es nicht zu veröffentlichen.

Tammy informierte Firner über die Neuigkeit. Einer der Techniker schickte ein Foto des Toten an die Soko. Berger fragte die Techniker nach dem ersten Stand der Untersuchungen. Sie zuckten mit den Schultern. Das bedeutete wohl, dass die Frage zu früh kam. Es sei keine direkte Gewaltanwendung festzustellen. Leider müsse man sich wieder einmal gedulden, bis die Rechtsmedizin die Leiche untersucht habe.

»Der Essiggeruch ist doch ungewöhnlich. Findest du nicht auch?« Tammy hatte ihr Gespräch mit dem Soko-Leiter beendet.

»Was macht man mit Essig?«, fragte Berger.

»Kochen, würzen, reinigen oder waschen.«

»In diesem Fall gibt es nur eines: Sie haben die Leiche gewaschen.«

»Und was bedeutet das?«

»Ich glaube, wir müssen im Bibel-Lexikon blättern.«

»Hoffentlich müssen wir nicht schon wieder umdenken. Hatten wir es neulich nicht von Ritualmord?«

Berger versuchte, Tammy zu beruhigen. »Erst prüfen wir, was es mit dem Essig und mit Leichenwäsche auf sich hat. Eine rituelle Handlung heißt ja nicht, dass wir es mit einer Serie von Ritualmorden zu tun haben. Daran denkst du doch?« Er sah sie fragend an.

»Sicher. Aber gut, wir müssen auch noch klären, ob hier Zeichen und das Pentagramm zu finden sind.«

Sie erkundigte sich bei den Technikern, ob sie sich im abgesperrten Bereichen umsehen konnten. Sie mussten noch kurze Zeit warten, dann durften sie das Gelände betreten. Aber nur mit Überziehern an den Schuhen, rief ihnen einer der Techniker hinterher. Das hätte man ihnen nicht sagen müssen. Sie waren schließlich nicht zum ersten Mal an einem Tatort.

Ihre geübten Augen richteten sich auf die üblichen Hinterlassenschaften der Gruppe. Aber dieses Mal fehlten das Pentagramm, die Buchstaben, die Zahlen. Was war in der Nacht passiert? Sie vermuteten, dass die Gruppe gestört worden war und ihr Vorhaben nicht umsetzen konnte. Wenn ja, musste doch irgendjemand etwas gesehen oder gehört haben. Wollte die Gruppe den Nuschler wie Georg Rackert zum Amphitheater bringen? Warum war dieses Theater so wichtig?

Als beide kurze Zeit später in ihr Büro zurückkehrten, speicherten sie ihre Eindrücke und Fragen im Computer ab. Essig und Waschung mussten sie noch klären. Ihre Recherchen im Netz ergaben, dass man in der Bibel sauren Wein auch als Essig bezeichnete. Essig spielte beim Sterben Christi eine Rolle. Man tränkte einen Schwamm mit Essig, steckte ihn auf ein Rohr und streckte es Jesus entgegen. Hinweise auf Leichenwäsche mit Essig konnten sie nicht finden. Leichen wurden gewöhnlich mit Wasser gewaschen und mit Öl gesalbt. Wieder einmal mussten sie Fragezeichen hinter ihre Recherchen setzen. Ob sie jemals eine Erklärung für das Verhalten der Gruppe finden konnten? Offen blieb auch die Frage, warum die Leichen von Rackert und dem Nuschler nackt waren. In einem Beitrag zum Verständnis der Bibel wurde Nacktheit als Selbstminderung und Unterwerfung, aber auch als Hilflosigkeit und als Schande des Sünders gedeutet. Schande leuchtete noch am ehesten ein in diesem mysteriösen Fall.

Alban Berger ertappte sich wieder beim Studium der Autokennzeichen. Er war auf dem Weg zum Ärztehaus auf der Kronenwiese in der Nähe vom OBI-Markt. Gerade ordnete er sich auf die rechte Abbiegespur ein, als er einen auffälligen Wagen entdeckte, der auf die linke Abbiegespur Richtung Landratsamt wechselte. Es war ein alter VW-Käfer, der in einem starken Purpurrot glänzte. Berger konnte sich gerade noch die Nummer merken: OG – LK – 1249. Dann schaltete die Ampel auf Grün. Hatte er richtig gesehen? Hatte der Fahrer eine Kapuze auf? Es verlief alles so schnell, dass Berger sich nicht mehr erinnern konnte, ob der Wagen das H für Oldtimer auf dem Nummernschild hatte. Bestimmt. Aber das Kennzeichen hatte er sich merken können.

Berger holte sich im Ärztehaus ein Rezept, um seine Rückenschmerzen behandeln zu lassen. Warum ließ er sich nicht einen Termin bei seinem Hausarzt geben? Der hatte doch auch seine Praxis hier. Er war reif für eine Krankschreibung: Rückenschmerzen, Schlafstörungen, Bauchspannungen, Nervosität. Noch mehr zu schaffen machte ihm die Unsicherheit, ob seine Frau Krebs hatte. Diese Unsicherheit überlagerte zunehmend seine Schuldgefühle, die er sofort empfand, wenn er an Rackert dachte. Die Frauenärztin hatte bei der Vorsorgeuntersuchung von einem starken Verdacht gesprochen. Eine eingehende Untersuchung im Ortenau Klinikum stand in den nächsten Tagen an. Was hielt ihn davon ab, sich endlich krankschreiben zu lassen? Sein verdammtes Pflichtbewusstsein!

Eigentlich wollte er nach Hause, aber das Kennzeichen und der auffällige Wagen gingen ihm nicht mehr aus dem Sinn. Also fuhr er zurück ins Büro. Wieder einmal musste alles zurückstehen: seine Gesundheit, sein Privatleben, die Angst um Ariane. Er gab in der Suchmaschine das Kürzel mit der Zahl ein, schob das Komma wie die Zunge eines alten Rechenschiebers hin und her und probierte verschiedene Stellen aus.

Mit Lk 12,49 hatte er einen Treffer: »Ich bin gekommen, Feuer auf die Erde zu werfen!«

Zielgerichtet steuerte Berger den Arbeitstisch von Manni Zanger an, der ein ausgezeichneter Rechercheur war. Mit ihm hatte Berger schon oft zusammengearbeitet. Ein Mann mit einer Eselsgeduld, einer, der Knoten entwirren konnte. »Kannst du dich mal um ein Autokennzeichen kümmern, und natürlich auch um den Besitzer des Wagens?« Berger sprach leise, damit niemand im Raum mitbekam, was er mit Zanger beredete.

Zanger antwortete genauso leise: »Hängt das mit unserem Fall zusammen? Bist du auf etwas gestoßen?«

»Ich kann dir jetzt keine Einzelheiten nennen, sonst erklärst du mich für verrückt.«

»Du weißt, dass wir unter besonderer Beobachtung des

Generalbundesanwaltes arbeiten. Da muss alles begründet werden. Und unsere Chefs mögen auch keine Geheimniskrämerei, und vor allem keine Alleingänge. Und die Internen lauern auch überall. Ich will mir keinen Ärger einhandeln.«

»Ich weiß, ich weiß. Niemand will Ärger haben. Du musst das ja nirgends eingeben, was du für mich herausfindest. Und vor den Internen musst du auch keine Angst haben. Könnte es sein, dass dir etwas einfällt, um solche Probleme zu umgehen?«

»Könnte es sein, dass du mich zu einem Essen einlädst?«

»Könnte es sein, dass wir uns gerade geeinigt haben?«

Auch Felix Manderscheid war in der Zwischenzeit nicht untätig gewesen. Er ging noch einmal die Wege im Netz und im Darknet durch, die Georg Rackert genommen hatte. Dazu benutzte er die Screenshots und Kopien, die ihm Rackert geschickt hatte. Zusammen mit Kollegen vom LKA analysierte er alles Schritt für Schritt. Einen neuen Zugang zu der Gruppe fanden sie nicht. Nach dem Mord an Rackert hatte sie wohl alles im dunklen Netz gelöscht und vermutlich eine neue Seite eingerichtet. Zwölf Mörder musste die Soko finden. Eigentlich fahndete sie nach Phantomen.

Manderscheid und die Darknet-Spezialisten im LKA überlegten, wie sie an die Täter herankamen. Als Grundlage für ihr weiteres Vorgehen zogen sie die Analyse Rackerts heran. Außerdem hatten Rackert und Manderscheid vor einiger Zeit über christlichen Fundamentalismus im Netz gesprochen. Sie mussten die Seiten von Fundamentalisten untersuchen und nach Anhaltspunkten forschen, die auf Verbindungen zu dieser unbekannten Terrorgruppe hindeuteten. Des Weiteren brauchten sie alle Daten, die die 16 Landeskriminalämter und das Bundeskriminalamt bisher in diesem Bereich gesammelt hatten. Auf diese Daten konnten sie jedoch nicht einfach über ein zentrales Register zugreifen. Wahrscheinlich fiel die Beute mager aus. Mühsame Arbeit wartete auf sie. Denn es galt, zahlreiche bürokratische Hürden zu überwinden.

Weitere Hürden waren das Bundesamt und die Landesämter für Verfassungsschutz. Zu deren originären Aufgaben zählte es, Menschen zu beobachten, die die freiheitliche demokratische Grundordnung bekämpften. Von sich aus gaben diese Ämter ihre Informationen nicht weiter. Sie waren aber zur Zusammenarbeit verpflichtet.

Das Terrorismusabwehrzentrum in Berlin konnten sie vergessen. Es befasste sich nur mit islamistischem Terrorismus. Eine Hilfe war möglicherweise die Antiterrordatei, auf die Nachrichtendienste, Staatsanwaltschaften und Polizei seit 2007 zugreifen konnten, also auch die Landeskriminalämter. Aber Manderscheid glaubte nicht so recht daran, dass man in dieser Datei auf Erkenntnisse zu christlichem Terrorismus stieß. Diese Art von Terrorismus kannte man bisher in Deutschland nicht. Das stand auf jeden Fall fest.

Im Visier hatten sie auch die Identitäre Bewegung, die Reichsbürger und die Selbstverwalter. Allesamt Gruppen, die die staatliche Ordnung ablehnten. Vor den Selbstverwaltern hatte jüngst das Bundeskriminalamt gewarnt. Es bescheinigte ihnen eine hohe Gewaltbereitschaft. Wie die Reichsbürger waren die Selbstverwalter keine homogene Gruppe. Viele Reichsbürger und Selbstverwalter nutzten die sozialen Medien als Plattform, um gegen staatliche Organe zu mobilisieren. Insofern zeigten sie ein Gesicht. Das war beim Recherchieren ein Vorteil.

Von dieser seltsamen Terrorgruppe, die in Offenburg ihr Unwesen trieb, hatten sie im Prinzip nur die Analyse von Georg Rackert, mehr wussten sie nicht. Gab es wirklich Berührungspunkte zwischen ihr und den anderen Gruppen? Manderscheid wünschte sich nach Australien zurück, zusammen mit Sophie. Mit den Kollegen vom LKA surfte er durch die dunklen Welten, schwankend zwischen Hoffnung und Hoffnungslosigkeit.

T

Tagelang hatten sie den Aussiedlerhof unauffällig geprüft. Kurz nachdem Manderscheid Rackerts Brief gefunden hatte. Der Hof wirkte unbewohnt. Was hatte der Nuschler dort gewollt? Gewohnt hatte er dort auf jeden Fall nicht, wie es schien. Sie hakten den Hof dennoch nicht ab. Sie wollten abwarten, ob nicht doch noch jemand auftauchte. Obwohl Rheinhausen nicht mehr im Einzugsbereich des Offenburger Polizeipräsidiums lag, befand sich der Aussiedlerhof auf der Gemarkung Rust, also im Ortenaukreis. Das hatte sich bei genaueren Recherchen herausgestellt. Am Anfang hatten sie nach Missverständnissen den Hof in Rheinhausen verortet. Das lag unter anderem an den Informationen Rackerts. Er hatte den Namen der Straße, die zum Hof führte, mit dem Anwesen verknüpft. Er konnte nicht wissen, dass der Hof nach einer Flurbereinigung Rust zugeschlagen worden war. Dass er im Grenzbereich von Rust lag, erleichterte die Arbeit, falls sie sich doch näher mit dem Hof beschäftigen mussten. Sie waren vorerst froh, nicht noch mehr Kräfte binden zu müssen.

Der Tod des Nuschlers änderte alles. Sie mussten seine Wege abgehen beziehungsweise abfahren. Die Orte, an denen der Nuschler aufgetaucht war, konnte man gut überschauen. Raststätte Mahlberg, Rheinhausen, Aussiedlerhof. Sie hielten sich an Rackerts Informationen. In der Soko waren alle ausgelastet. Firner musste zwei Kollegen aus anderen Bereichen anfordern. Sie hatten die Aufgabe, an den drei Orten Leute zu befragen, ob sie den Nuschler schon einmal gesehen hatten. Wenn die beiden nichts liefern konnten, mussten sie eine größere Fahndung starten.

Die Raststätte Mahlberg war die erste Station der beiden. Niemand kannte den Nuschler. Weder die Angestellten noch die Fernfahrer. Das musste noch nichts heißen. Auch die zweite Station, Rheinhausen, führte sie nicht weiter.

Die zwei Kripoleute stiegen aus. Sie standen vor dem Aussiedlerhof. Vor der Scheune parkte ein alter Kombi, ein Volvo. Sie stiegen die Steintreppe hinauf und suchten nach der Klingel. Sie drückten, aber man hörte nichts. Mit der Faust klopften sie gegen die Tür. Etwas Farbe platzte ab. Nach kurzer Zeit hörten sie Schritte. Die Tür ging auf. Ein großer Mann öffnete.

Er fragte kurz angebunden: »Was wollen Sie?«

»Wir sind von der Kriminalpolizei.« Sie zückten ihre Ausweise und hielten sie dem Mann vor die Nase.

»Das ist mein Kollege Nico Dahringer, mein Name ist Rolf Konstanzer. Wir sind unterwegs, um im Ort und in der Umgebung die Bewohner zu fragen, ob sie diesen Mann schon einmal gesehen haben.« Er zeigte ein Foto des zweiten Toten vom Gifizsee.

Der Mann schüttelte überraschend schnell den Kopf. »Kommt mir nicht bekannt vor.«

Konstanzer führte weiterhin das Wort, Dahringer hielt sich zurück. »Wir haben Hinweise, dass der Mann vor nicht allzu langer Zeit hier vor diesem Anwesen gesehen worden ist. Er hat einen französischen Kastenwagen gefahren. So ein Kastenwagen ist Ihnen nicht aufgefallen?«

»Muss ich mal überlegen. Hier ist ja kein Durchgangsverkehr, wie Sie sicher festgestellt haben.« Der Mann klang abweisend.

»Da haben Sie vollkommen recht. Können wir trotzdem kurz reinkommen?«

Dahringer rätselte, was Konstanzer vorhatte.

»Ist eigentlich nicht so günstig. Ich habe Besuch.«

»Nur kurz.«

Der Mann zögerte. Was überlegte er? Konstanzer und Dahringer schauten sich an.

»Also gut. Aber Sie müssen in die Küche. Die Stube ist belegt.«

»Das macht nichts.«

Er führte die beiden in die Küche. »Warten Sie hier einen Augenblick. Ich muss schnell noch etwas mit meinen Gästen bereden.«

»Ist okay.«

»Setzen Sie sich doch bitte dahin.«

Sie folgten der Bitte, die fast schon wie eine Anweisung klang. Der Mann verschwand durch eine Tür, die vermutlich in die Stube führte. Dahringer und Konstanzer saßen mit dem Rücken zu dieser Tür. Die Küche war alt. Über dem ausladenden Herd hingen Töpfe und Pfannen, Kellen, Schöpfer, Schneebesen und andere Geräte. Darüber breitete sich ein Rauchfang aus. Die Decke war geschwärzt. Es roch nach kaltem Rauch. Vor dem Fenster befand sich eine große Spüle aus Stein. Darin standen viele benutzte Becher und eine Kaffeekanne. Sie hörten ein Flüstern aus dem Nebenraum.

Dahringer sagte leise: »Ich habe ein ungutes Gefühl. Das gefällt mir nicht.«

»Wieso?«

»Erst versucht er, uns abzuweisen. Dann bittet er uns in die Küche. Hast du seine Augen gesehen?«

»Ich habe nicht so darauf geachtet. Was meinst du damit?«

»Die sind so durchdringend.«

Sie wurden unterbrochen. Die Tür hinter ihnen ging auf. Die Klinke quietschte, sie verlangte nach Öl. Konstanzer drehte sich zur Stubentür um. Sie hatte einen alten Türgriff aus Messing mit einem Langschild, das von zwei lockeren Schrauben gerade noch so festgehalten wurde. Das Langschild hatte ein Buntbartschlüsselloch. In ihm steckte ein Schlüssel, dem man das Alter des Hauses ansah. Er hing nach unten. Es war ein Wunder, dass er beim Öffnen und Schließen der Tür nicht herunterfiel.

Der große Mann schloss schnell die Stubentür, als wollte er Blicke in die Stube verhindern. Er ging um Dahringer und Konstanzer herum und fragte: »Kann ich mal das Foto haben? Vielleicht können meine Gäste weiterhelfen.«

»Gerne«, antwortete Konstanzer und gab dem Mann das Foto.

Der Mann drückte die quietschende Klinke runter und kehrte in die Stube zurück. Konstanzer und Dahringer vernahmen keinen Laut.

»Hoffentlich ist das hier bald vorbei.« Dahringer legte seine Hände auf den alten Küchentisch. »Wenn wir das hier hinter uns haben, muss das Haus überwacht werden. Der Typ weiß hundertprozentig etwas über den Toten. Aus irgendeinem Grund hält der uns hin. Das Ganze wird mir unheimlich.«

»Du bekommst doch hoffentlich keine Angst.«

»Angst nicht direkt. Aber ich bin sehr beunruhigt, muss ich sagen. Und ich bin heilfroh, wenn wir wieder draußen sind. Ist dir eigentlich aufgefallen, dass der seinen Namen nicht genannt hat?«

»Das klärt sich alles, glaube mir.«

»Dein Wort in Gottes Ohr!«

»So eine alte, rauchige Küche hatten meine Großeltern auch. Und so einen Räucherschrank für den Speck«, sagte Konstanzer.

»Willst du mich ablenken?«

»Nein, nein.« Konstanzer hörte etwas. Ein Geräusch. Der Hahn an der Spüle tropfte. Es war ein gleichmäßiger Rhythmus. Er schaute auf seine schwarze digitale Armbanduhr. Alle sieben Sekunden fiel ein Tropfen. Die Regelmäßigkeit beeindruckte ihn.

Die Tür zur Küche wurde so schnell aufgerissen, dass das Quietschen der Klinke gar nicht richtig zu hören war. Sie wollten sich umdrehen. Sie hatten keine Chance.

»Wissen wir jetzt eigentlich mehr über diesen Aussiedlerhof?« Mit der Frage schreckte der Kripochef Soko-Leiter Firner sichtlich auf, der in seine Arbeit vertieft war.

»Nein, wir warten auf die Kollegen Dahringer und Konstanzer. Die müssten eigentlich längst zurück sein.«

»Versucht, die beiden zu erreichen.« Winker wurde unruhig.

»Haben wir schon. Nichts zu machen. Sie gehen nicht an ihr Smartphone. Mit Ortung klappt es auch nicht. Das ist nicht gut.«

»Was jetzt?«

»Die große Aktion?«

»Alles noch einmal durchsprechen!«

»Mit allen?«

»Mit allen!«

»Gut, ich veranlasse das.«

Große Lagebesprechung. Firner und Winker trugen vor. Man überlegte alles. Letztlich blieb nur eines: die ganz große Aktion. Es musste jetzt schnell gehen. Jede Minute war wichtig. Ein Zögern verbot sich von selbst. Die Absprache mit den anderen Ermittlungsbehörden verlief schnell und routiniert. Eine SEK-Einheit wurde angefordert und ein Suchhubschrauber. Die Lage war ernst, mehr als ernst.

Sie hatten alles geklärt für den Einsatz. Kollegen hatten sich auf den Weg gemacht zu den Eigentümern des Aussiedlerhofes. Die Eigentümer wohnten in Rust, also im Landkreis Ortenau. Ein Glück. Die Frau, mit der sie am Telefon gesprochen hatten, war erschüttert von der Möglichkeit, dass in ihrem Aussiedlerhof ein Verbrechen verübt worden war. Sie war sehr kooperativ.

Jetzt saß sie zusammen mit ihrem Mann, den sie von der Arbeit abgeholt hatte, und mit den Polizisten im Wohnzimmer. Sie erzählte, dass sie den Aussiedlerhof seit dem Tod ihrer Eltern nicht mehr betrieben. Die Großeltern hatten ihn in den 50er-Jahren aufgebaut. Sie konnten ihren Hof im Ort nicht mehr erweitern. Als ihnen die große Fläche weit draußen vor dem Auenwald angeboten wurde, griffen sie zu. Die Gemeinde baute die Straße zum Hof. Mit der Zeit kamen die volle Elektrifizierung und die Kanalisation hinzu. Obwohl der Aussiedlerhof die Gemeinde ordentlich etwas kostete, waren sie im Dorf froh, dass der Hof nach außen verlagert wurde. Geruch, Lärm und Schmutz wurden geringer. Für die Aussiedlerfamilie war es nicht leicht, dort draußen eine Existenz aufzubauen. Sie biss sich durch und konnte von der Landwirtschaft leben. Die Großeltern hatten es noch gut, trotz Aufbau. Die Eltern spürten den Druck auf die Landwirtschaft. Es war eines Tages klar, dass die Kinder und Enkel kein Interesse hatten, den Hof zu übernehmen. Nach dem Tod der Eltern renovierten sie ihn notdürftig und vermieteten ihn über eine Homepage im Internet an Ferien- und Tagungsgäste. Das Geschäft lief relativ gut. Die meisten störten sich nicht daran, dass Küche, Stube, Schlafzimmer und die anderen Räume nicht dem modernen Komfort entsprachen. Im Gegenteil! Sie fanden es herrlich, in so einem alten Gebäude Urlaub zu machen oder zu tagen. Die Gäste lobten auch die Abgeschiedenheit und die Nähe zum Taubergießen.

Im Laufe der Jahre hatte sich der Taubergießen zu einem wunderschönen Naturschutzgebiet entwickelt. In dem Auenwaldgebiet mit seinen Wasserläufen konnte man sich mit Fischerbooten fahren lassen. Für Wanderer wurden zahlreiche Rundwege gebaut. Ein Bannwald und ein Schonwald sorgten dafür, dass Fauna und Flora zu ihrem Recht kamen. Wer mit wachen Augen durch den Taubergießen fuhr oder ging, konnte sich an unberührter Natur, an über 400 Schmetterlingsarten, am Pirol und anderen Vögeln erfreuen. Kein Wunder also, dass der Aussiedlerhof oft gebucht wurde.

Über die Zukunft des Aussiedlerhofes machten sich die jetzigen Eigentümer vorerst keine Gedanken. Aber irgendwann würden sie ihn verkaufen. Ihre Kinder hätten jedenfalls kein Interesse an dem Objekt.

Die Polizisten zeigten das Foto des Toten. Ob sie den schon einmal gesehen hätten. Ja, der habe den Aussiedlerhof für etliche Seminarwochen gebucht. Es sei noch nicht so lang her. Man habe ihn fast nicht verstanden, so undeutlich habe er gesprochen. Eine Adresse habe er angegeben. Aber sie seien nicht so bürokratisch und hätten nichts nachgeprüft. Einen Meldeschein hätten sie auch nicht ausfüllen lassen, gestand die Frau und lief rot an. Sie wüssten, dass das von der Gemeinde gar nicht gern gesehen werde. Der seltsame Mann habe sofort in bar gezahlt und noch drei Hunderter dazugelegt. Das komme so gut wie nie vor. Es habe mit den Leuten keinen Stress gegeben. Sie hätten sich auch nicht gemeldet. Offensichtlich seien sie mit allem zurechtgekommen. Solche Gäste seien ihnen am liebsten. Was passiere denn jetzt, fragten die beiden Eigentümer sorgenvoll.

Über den Einsatz dürften sie nichts sagen, antworteten die Polizisten. Man werde sie aber über alles Notwendige informieren. Vorerst dürften sie den Aussiedlerhof nicht betreten. Sie müssten die Freigabe abwarten. Die Polizisten verzichteten auf Belehrungen, aber im Stillen waren sie verärgert, dass die Eigentümer auf den Meldezettel verzichtet hatten. Spurenverluste rächten sich irgendwann.

Sie sperrten in Rheinhausen und Rust die Ortsausgänge Richtung Taubergießen und Rhein. Die SEK-Einheit bezog Stellung am Weg zum Aussiedlerhof. Im Auenwald hinter dem Aussiedlerhof waren ebenfalls Einheiten postiert. Sie wollten die Bewohner des Hofes überraschen, falls sie noch da waren. Bei solchen Einsätzen musste man mit allem rechnen. Die Einsatzleitung prüfte noch einmal, ob alle an ihrem Ort waren. Dann gab sie das Zeichen zum Vorstoß.

Vom Ortsrand von Rheinhausen her und vom Auenwald rückten die Einheiten schnell vor. Unterstützt wurden sie von einem Polizeihubschrauber, der über den Taubergießen rauschte und die Baumwipfel tanzen ließ. Das Gehöft war schnell umzingelt. Die SEK-Einheiten stellten sich vor den Türen zum Hauptgebäude und zum Ökonomiegebäude auf. Gleichzeitig drangen sie ein. Alles wurde durchsucht. Keine Menschenseele war zu sehen. Keine Spur von den

Bewohnern und den Kriminalpolizisten. Sie fanden nichts, das in irgendeiner Weise weitergeführt hätte. Oder doch?

In der Stube im Herrgottswinkel entdeckten sie unter dem Kreuz ein Zeichen und Buchstaben und Zahlen. Vom rechten Arm bis zum Kopf der Christusfigur spannte sich ein Spinnennetz. Kurz zeigte sich eine große Spinne, eine dunkelbraune Hauswinkelspinne, ein ungewöhnliches Verhalten. Winkelspinnen waren nachtaktiv. Die SEK-Leute gaben alles der Soko durch und erfuhren, dass das Zeichen ein Pentagramm war. Die Buchstaben und Zeichen lauteten: Ps 27,2. Sie hatte es allem Anschein nach mit dieser ominösen Terrorgruppe zu tun.

Berger und Tammy entschlüsselten schnell vom Büro aus den Hinweis. »Als Übeltäter mir nahten, um mein Fleisch zu fressen, meine Bedränger und meine Feinde – sie strauchelten und fielen.«

Es war eine Kampfansage an die Polizei, an ein Staatsorgan.

Nach den SEK-Leuten rückten die Kriminaltechniker in die Gebäude ein, während der Hubschrauber weiter den Taubergießen überflog und die Besatzung nach dem verschwundenen Auto der vermissten Polizisten suchte. Nach mehreren Stunden meldete die Besatzung, dass man bisher das Fahrzeug nicht gesehen habe. Die Soko orderte Hundertschaften. Die Wege, Wasserläufe, Wälder und Felder des Taubergießen mussten durchsucht werden. Eine Aufgabe, die Tage dauerte. Gleichzeitig startete eine Fahndung nach den beiden Kriminalpolizisten und ihrem Wagen rund um den Taubergießen. Es war denkbar, dass man den Fahndungsbereich noch vergrößern musste.

In der Soko fragte man sich, ob es nicht ein Fehler gewesen war, nur zwei Kollegen zum Aussiedlerhof zu schicken. Sie wussten ja inzwischen, wie gefährlich die Gruppe war. Einwände hatte allerdings niemand erhoben, als die Entscheidung gefällt worden war. Sie fragten sich auch, warum zwei erfahrene Kollegen einfach so verschwanden. Wie waren sie überrumpelt worden? Man befürchtete das Schlimmste für die Kollegen. Die Gruppe war ganz offensichtlich gut organisiert, und gut trainiert. Angenommen, sie hatte die Polizisten umgebracht. Sie musste die Leichen entsorgen, den Wagen verstecken, die Wohnung reinigen, Spuren beseitigen, unauffällig verschwinden – und das alles innerhalb kürzester Zeit. So etwas verlief nur reibungslos, wenn eine Hand wusste, was die andere tat.

U

Um ein Haar hätte Berger auf dem Weg zu seinem Arbeitsplatz nicht bemerkt, dass Manni Zanger ihm aufgeregt winkte. Berger winkte zurück und deutete an, dass er gleich zu ihm komme.

Zanger freute sich sichtlich, dass er Berger ein Ergebnis vorlegen konnte. Im Flüsterton sagte er: »Kollege, wir können einen Termin für das Essen ausmachen. Der Besitzer des Wagens mit der Nummer OG – LK – 1249 heißt Lukas Kambacher. Er wohnt beim Gifiz in einer kleinen abknickenden Straße. Die Adresse lautet: Ligusterweg 4. Als Beruf gibt er unter anderem Hypnotiseur an. Er ist kein gebürtiger Offenburger. So wie es aussieht, stammt er aus Oberbayern, genauer aus Oberammergau. Polizeilich ist er bisher nicht aufgefallen. Mehr gibt die Recherche vorerst nicht her. Warum interessiert dich dieser Mann?«

»Ich habe so ein Bauchgefühl.«

Zanger schien die Aussage nicht zu gefallen. »Meinst du, das Bauchgefühl reicht? Ich schätze deine Erfahrung sehr. Aber müssen wir nicht noch ein bisschen Logik beimischen?«

»Mit Logik kann ich dir das nicht erklären. Ich will dir mal etwas sagen, das sehr viel mit Erfahrung zu tun hat: Mit Logik kann man Beweise führen, aber nicht in jedem

Fall neue Erkenntnisse gewinnen. Dazu gehört das Bauchgefühl. Und das hat mir schon in vielen Fällen weitergeholfen. Jedenfalls danke ich dir für die Recherche. Und demnächst werde ich bei dir esstechnisch für ein wunderbares Bauchgefühl sorgen.«

Damit war die Flüsterrunde beendet. Berger war schon wieder an seinem Arbeitsplatz und wollte gerade Tammy etwas sagen, als er sah, dass Zanger wild mit dem rechten Arm fuchtelte. Die Flüsterrunde setzte sich fort.

»Kollege Berger, was mir noch eingefallen ist: Falls du denkst, dieser Kambacher hat etwas mit unseren Fällen zu tun, dann müssen wir in Erwägung ziehen, dass der Name Lukas Kambacher nicht seine einzige Identität ist. Ich habe nur verdächtig wenige Daten gefunden. Wir müssen notfalls in Bayern nachfragen, ob die Daten wirklich stimmen.«

»Das hat noch etwas Zeit.«

Berger drehte sich um und schlenderte durch den großen Raum zur schnellen Tammy. Er beugte sich zu ihr herunter und flüsterte ihr ins Ohr: »Komm mal mit auf eine kleine Fahrt. Wir müssen uns etwas anschauen.«

»Das klingt sehr geheimnisvoll, großer Magier. Nähern wir uns dem Ende des Falles?«

»Wer weiß, wer weiß!«

»Was habt ihr denn für große Geheimnisse, Zanger und du?«

»Erkläre ich dir bald.«

Die schnelle Tammy zog ihre Jacke vom Stuhl und folgte Berger.

Nach ungefähr einer Viertelstunde und mehreren Umleitungen, die Stadt machte einen aufgewühlten Eindruck, fuhren sie am Gifiz vorbei und landeten bei der Adresse im Ligusterweg. Es handelte sich um einen unscheinbaren Flachbau, der sehr versteckt lag. Er hatte große Fenster, überall hingen dichte, dunkle Vorhänge. An den Flachbau war eine große Garage angebaut, in der vermutlich zwei Autos Platz hatten. Ein hoher Zaun aus stabilem Holz schloss das Grundstück ein. Da wollte jemand unbedingt seine Ruhe haben. Berger und die schnelle Tammy stiegen aus und sahen sich den Eingangsbereich an. Neben der Klingel am Tor zum Grundstück war ein Schild angebracht: »L. Kambacher, Hypnotiseur, Hypno-Coach und Heilpraktiker«. Am Fenster an der linken Seite bewegte sich der Vorhang etwas. Berger glaubte, den Ansatz einer Kapuze zu sehen. Er konnte sich aber auch täuschen. Falls nicht, hatte der Kapuzenmann sie gesehen. Schlecht. Aber es war nicht mehr zu ändern. Sie setzten sich ins Auto.

Berger sagte: »Wenn man dieses Haus observieren will, hat man einige Schwierigkeiten. Es liegt nicht günstig für eine Überwachung.«

»Außerdem«, meinte die schnelle Tammy, »sind am Haus Überwachungskameras angebracht.«

»Das ist mir nicht aufgefallen, muss ich gestehen.«

»Du hast auch zu sehr auf das Schild neben der Tür und auf die Fenster gestarrt.«

»Ja, die Berufe haben mich abgelenkt und die kurze Bewegung des Vorhangs am Fenster links. Ich frage mich, ob man vom Hypnotisieren leben kann. Hat nicht ein Landtagsabgeordneter in Baden-Württemberg als Beruf Hypnotiseur und Hypno-Coach angegeben?«

»Keine Ahnung. Glaubst du, dass dieser Beruf eine Tarnung ist? Was weißt du über den Typ?«

»So gut wie gar nichts. Aber ich habe ein komisches Gefühl, das mich beunruhigt.«

»Du verrennst dich hoffentlich nicht. Wir brauchen alle Kraft für den Gifiz-Fall. Alleingänge können wir uns eigentlich nicht leisten.«

»Was heißt hier Alleingang! Ich binde dich ja in meine Überlegungen und Recherchen ein. Letztlich bist du mein Korrektiv, falls ich Gefahr laufe, mich tatsächlich zu verrennen. Aber um auf diesen Typ zurückzukommen: Es ist komisch, dennoch gehe ich davon aus, dass er mit unserem Fall etwas zu tun hat. Aber wenn ich in der Sonderkommission für eine Observierung plädiere, gehe ich unter.«

»Das sehe ich auch so. Wie kommst du überhaupt auf den Mann?«

Berger erzählte ihr, dass er Autokennzeichen studiere und prüfe, ob sie mit Bibelstellen übereinstimmten. Bei diesem Mann habe er einen Treffer gelandet.

»Du drehst doch nicht durch? Oder?«, fragte Tammy erregt. »Wie kannst du aus einem Autokennzeichen eine Verbindung zu unserem Fall herstellen? Das kannst du bei den Lagebesprechungen gar nicht vorbringen. Alle werden an deinem Verstand zweifeln. Die werden dich auslachen. Im schlimmsten Fall fliegst du aus der Soko!«

»Also das wäre nicht einmal das Schlimmste für mich. Aber jetzt wollen wir mal ganz ruhig bleiben. Es gibt gar keinen Grund zur Aufregung, Tammy. Ich weiß doch, was ich tun darf und was ich lassen muss. Nie und nimmer werde ich den Kollegen das vortragen. Ich habe es nur dir erzählt, wie so vieles in letzter Zeit, weil ich felsenfest davon überzeugt bin, dass du den Mund halten kannst.«

»Und wie ich den Mund halten werde.« Tammy schüttelte den Kopf. Ihre schwarzen Locken flogen aufgeregt hin und her.

Berger startete, drehte und fuhr zurück. Am Fenster auf

der linken Seite bewegte sich wieder der Vorhang. Eine halbe Kapuze sah dem wegfahrenden Auto nach.

*

Im Morgengrauen schlugen die Drogenfahnder des LKA Bayern zu. Sie hatten den Drogenkurier seit längerer Zeit im Visier. Ein Tipp aus der Szene hatte sie auf seine Spur geführt. Ohne den Tipp wären sie wahrscheinlich nie an ihn herangekommen. Er ging sehr geschickt vor, ein Meister der Tarnung. In seiner Wohnung allerdings ließ er alles offen herumliegen. Sie fanden genug Beweismittel, um ihn unter Druck zu setzen. Ziel war es, ihn als Informanten zu gewinnen, um seine Hintermänner zu fassen.

Nach tagelangen Verhören brach er schließlich ein. Die bayerischen Drogenfahnder hatten ihm mit einer langen Strafe gedroht und ihn gleichzeitig mit einem Angebot gelockt. Schon nach kurzer Zeit lieferte er Informationen zu Drogengeschäften im Darknet.

Ein Kollege legte sich eine Agenda zu und stieg langsam im Darknet in die Gang ein, für die der Drogenkurier tätig war. Aber der Kollege wurde plötzlich ernsthaft krank und fiel vermutlich für längere Zeit aus. Oder war die Krankheit nur vorgetäuscht? Als einzige Hoffnung blieb ihnen vorerst der Drogenkurier, den sie »umgedreht« hatten. Sie wollten keinen kurzfristigen Erfolg, sondern die Gruppe zerschlagen und ihre Verbindungen aufdecken. Wohl oder übel mussten sie solange die Drogengeschäfte dulden. Drogenfahndung war ein schwieriges Unterfangen, Erfolg in diesem Bereich eher selten. Außerdem musste man bei solchen Ermittlungen, vor allem bei verdeckten, viel Personal einsetzen. Schnell fielen Überstunden an. Die Arbeit im »Dunkelfeld« belastete außerdem die Fahnder und ihre Familien in übergroßem Maß. Der Erfolg blieb oft aus. Und viele Rückschläge mussten sie hinnehmen. Neulich erst hatten Kollegen einen Informanten aus der Isar gezogen. Sein Körper wies mehrere Einschüsse auf. Er hatte die Drogenfahndung mit Interna aus einer russischen Gang versorgt. Sie mussten sich daraufhin einen neuen Zugang zu der Bande verschaffen. Das konnte Monate dauern. Gegen zwei Kollegen liefen Ermittlungen. Sie hatten sich für Tipps bezahlen lassen. Mehrmals waren Razzien im Sande verlaufen.

Sie hofften, dass sie mit diesem Drogenkurier, der bereit war, Informationen zu liefern, nicht scheiterten. Und lagen richtig. Sie wurden nicht enttäuscht. Nach Wochen nannte ihnen der Informant einen Termin, eigentlich war es ein Zeitfenster, in dem sich sein Auftraggeber möglicherweise fassen ließ.

Etwas irritierte sie jedoch an dem Fall. Kurz vor dem Termin hatten sie einen anonymen Hinweis auf den Auftraggeber des Drogenkuriers erhalten. Einen sehr konkreten Hinweis. Die Information stimmte in etlichen Punkten mit dem überein, was ihnen der Drogenkurier verraten hatte. Was der anonyme Informant bezweckte, konnten sie nur erraten. Möglicherweise wollte jemand in der Szene einen Konkurrenten aus dem Weg räumen. Ob der Hinweisgeber identisch war mit dem, der den Drogenkurier hatte auffliegen lassen? Das schlossen sie eher aus. Sie mussten umsichtig vorgehen.

An einer kleinen Poststelle klickten schließlich die Handschellen. Der Auftraggeber des Drogenkuriers wollte gerade ein Päckchen verschicken, ein Päckchen mit Rauschgift, getarnt als Büchersendung. Ohne den Informanten und den anonymen Hinweis hätten sie den Mann nie erwischt.

Die Hausdurchsuchung war ein voller Erfolg. Der Mann handelte im Darknet nicht nur mit Drogen. Er hatte eine Plattform für Waffen, Gift und anderes geschaffen. Mit dem Erlös aus den illegalen Geschäften konnte er sich einen Lamborghini, eine teure Uhr und edle Klamotten leisten. Was sie aber entscheidend weiterbrachte, war eine Adressenliste, auf der er fein säuberlich seine Kunden von A bis Z festgehalten hatte. Sie war nicht einmal besonders gesichert. Er hatte wohl nicht damit gerechnet, aufzufliegen. Die Kunden waren in ganz Deutschland verstreut.

Das LKA Bayern nahm Kontakt zu anderen Landeskriminalämtern auf. Es empfahl eine konzertierte Aktion in mehreren Bundesländern. Sie mussten unauffällig vorgehen, um die Kunden nicht zu warnen.

V

Verflixt und zugenäht. Sie hatte kein Kleingeld mit ins Büro genommen. Dann musste eben Kalli herhalten. Sie fragte Berger: »Hast du Kalli gesehen?«

»Welchen Kalli meinst du denn, Tammy? Kalli Armbruster oder Kalli Momper?«

»Den Momper!«

»Und was ist mit dem?«

»Nichts. Der ist mir nur einen Kaffee schuldig.«

»Tut mir leid. Habe ihn nicht gesehen.«

»Hast du Kleingeld dabei?«

»Ja. Wofür brauchst du es?«

»Für einen Kaffee.«

»Ich lade dich ein.«

Er stand auf und ging mit ihr zum Kaffeeautomaten.

»Falls Sie Karlheinz Momper vermissen: Er ist vom Dienst suspendiert worden. So wie es aussieht, ist er wohl der Informant der Presse. Ich muss sagen, ich bin erschüttert. Weitere Einzelheiten sage ich nachher noch. Erst einmal fassen wir die neuesten Ergebnisse zusammen. Firner, Sie sind an der Reihe.«

Die Mitteilung des Kripochefs schlug ein wie eine Bombe. Kalli Momper. Niemand hätte damit gerechnet, dass ausgerechnet Kalli Momper der Presse wichtige Einzelheiten aus den Ermittlungen durchgestochen hatte. Das Gemurmel war groß. Firner musste laut werden. Allmählich kehrte Ruhe ein, aber die Spannung wich nicht.

In »Firners Endrunde« war Kalli Momper das Hauptthema. Alle wollten wissen, was aus ihm jetzt werde.

Winker übernahm wieder und holte aus: »Zunächst einmal: Die Internen haben einen Tipp bekommen, einen anonymen Hinweis. Es geht also auch anders herum.« Er ließ wieder seinen Sarkasmus aufblitzen: »Bezahlt wurde allerdings nicht dafür.« Lachen konnte darüber niemand. Das hatte er vermutlich auch nicht beabsichtigt.

»Nach diesem Tipp haben ihn die Internen beobachten lassen. Wann hat er sich in seinen Computer eingeloggt? Welche Seiten hat er besonders häufig aufgerufen? Die Internen haben Telefongespräche abgehört, SMS mitgelesen, WhatsApp geprüft, eine Funkzellenabfrage gestartet. Und irgendwann wurde er schließlich ertappt. Mit Einzelheiten halten sie sich sehr zurück. Kann man ja verstehen. Der Fall ist noch nicht abgeschlossen. Eines steht fest: Er ist sich mit der Zeit zu sicher gewesen, dass er nicht geschnappt wird. Im Verhör hat er gleich alles gestanden. Das spricht für ihn. Die Lage ist allerdings ziemlich ausweglos für ihn.«

Er legte eine kurze Pause ein, als bräuchte er Luft.

»Die entscheidende Frage: Was wird aus ihm? Die kann ich nicht beantworten. Jetzt tritt das Disziplinarrecht in Kraft. Die Staatsanwaltschaft prüft bereits, ob sie Anklage erheben kann. Es ist unklar, inwieweit er sich strafbar gemacht hat. Im schlimmsten Fall muss Kalli Momper mit einem Prozess und einer Verurteilung rechnen. Im besten Fall kommt er mit einer Disziplinarstrafe davon. In unserem Bereich ist er verbrannt. Das Vertrauensverhältnis ist eindeutig zerstört. Vielleicht wird er bei einem Sicherheitsdienst landen.«

War das eine kleine Spitze gegen Kollegen, die zu Sicherheitsdiensten gewechselt waren oder gehen wollten? Davon gab es ja nicht wenige. Die meisten wollten allerdings nicht wechseln, obwohl sie nicht immer zufrieden waren mit dem Polizistenalltag.

»Wenn Sie mich nach dem Motiv fragen: Geld. Er hat sich übernommen mit seinem Hausbau. Und sein Lebensstil entspricht nicht seinem Einkommen. Das hat er alles eingeräumt. Die interne Ermittlung ist damit für alle anderen beendet, ich hoffe, das bringt wieder Ruhe in unsere Truppe. Ich will noch etwas sagen: Die interne Ermittlung hat sich auch gegen die Justiz gerichtet und gegen alle anderen, die am Gifiz-Fall arbeiten, also nicht nur gegen die Soko-Mitglieder. Ich weiß, das ist kein Trost. Aber wir haben diese Phase hinter uns. Umso befreiter können wir uns in die Arbeit stürzen.«

Kalli Momper! Manche wussten es besser. Sie hatten angeblich geahnt, dass er einmal auf die Nase fallen würde. Seine teure Uhr kam zur Sprache, sein aufgemotzter Mercedes, sein teurer Urlaub, die vielen Extras im Haus, die ausgefallene Bekleidung. Einige gaben schließlich Kallis Frau die Schuld. Alban Berger und Tammy Bieger entzogen sich der unwürdigen Diskussion und setzten sich an ihren Computertisch.

*

Neulich hatte er erstmals dem Schlangenblick Nathans standgehalten. Und Nathan hatte nach einer Weile den Kopf gesenkt. Er hatte keine Macht mehr über ihn. Wie befreit fühlte er sich. Und gestärkt. Und seither konnte er mit klarem Blick und fast schon emotionslos seine eigenen Schritte planen und in die jüngste Vergangenheit blicken.

Er hatte Nathan, den die anderen fast ehrfürchtig Meister nannten, in letzter Zeit genau beobachtet. Sein Verhalten gefiel ihm nicht. Bevor sie mit ihren Aktionen begannen, schwankte Nathan bei jeder Entscheidung. Meist zog er sich zum Bibelstudium zurück. Es ging ihm über alles. Zeitweise vergeistigte er immer mehr. Dieses zögerliche Verhalten verunsicherte alle Jünger. Es schien, als überblicke Nathan die Welt nicht mehr. Immer wieder hatte er ihn zu Entscheidungen drängen müssen. Nachdem Nathan schließlich an alle das entscheidende Signal gesendet hatte, war er wie umgewandelt. Plötzlich stand ein explosiver Mensch vor ihnen. Hatte er ihn zuvor drängen müssen, so musste er ihn jetzt bremsen. Er fragte sich, wann Nathan für alle zur Gefahr wurde. Von Anfang an hatte er Fehler gemacht. Nathan hatte zu viel Nachsicht beim zwölften Jünger gezeigt. Er konnte sich bis heute nicht erklären, was die beiden verbunden hatte. Und Nathan hatte die wahren Absichten des Polizisten verkannt. Der Polizist hatte sie zu dem Puppenspiel überredet. Nathan fand seine Argumentation überzeugend. Er hatte einen Narren an diesem Mann gefressen und ihn gegen ihren Willen von Forum zu Forum, von Plattform zu Plattform mitgeschleift. Nur in die Burg hatte er ihn nicht gelassen. Der Widerstand aller Jünger war für diesen Schritt zu groß gewesen. Erst als der Polizist ihnen zu schaden begann, schaltete Nathan um. Vermutlich war es Absicht und kein Versehen, dass der Polizist das Pentagramm verkehrt herum auf die Puppen gesprüht hatte. So wurden sie zu Satanisten gestempelt. Das ließ Nathan noch als Fehler durchgehen, obwohl er ausgesprochen wütend war. Als der Polizist aber versucht hatte, den zwölften Jünger auszuhorchen und zu bedrängen, wurde auch Nathan hellhörig.

Wenn er es genau überlegte, hatte Nathan sie schon mehrfach in Gefahr gebracht. Den Polizisten in das Amphitheater zu legen, war äußerst riskant. Das Amphitheater am See hatte es dem Meister angetan. Für ihn hatte es symbolische Bedeutung wie so vieles. Er verband es mit dem Mythos von Caesarea Maritima, dem Ort, an dem der Apostel Paulus gefangen gehalten worden war und später die Kreuzfahrer gewirkt hatten. Wie die Worte in der Bibel verzückten ihn Zeichen und Symbole. Bei der Beseitigung des zwölften Jüngers zeigte sich die große Gefahr, entdeckt zu werden. Sie mussten die Aktion abbrechen. Er selbst war nicht dabei, sehr zum Leidwesen von Nathan. Andere Jünger erzählten ihm von der missglückten Aktion. Beinahe wären sie aufgeflogen. Nathans Aktionen gegen die libertäre Gesellschaft erreichten das Gegenteil. Es setzte jedoch kein Nachdenken bei ihm ein. Er handelte wie entfesselt. Sie wurden mit Terroristen gleichgestellt. Wie ein Schock wirkte das auf alle Jünger! Sie waren doch keine Terroristen, sondern Mahner und Vollstrecker!

Er hatte Nathan gebeten, ja sogar angefleht, diese Strategie aufzugeben. Wenn man sie als Terroristen sehe, fänden sie keinen Rückhalt in der Bevölkerung. Aber Nathan verschloss sich seinen Argumenten. Die Menschen müsse man mit Worten und Taten überzeugen. Das Wort Gottes werde die Menschen verändern.

Er selbst sah das auch so. Für ihn war die Bibel ebenfalls der Maßstab für das Leben und Handeln. Aber Wort und Tat mussten sich sinnvoll ergänzen. Sinnvoll, zielgerichtet!

Doch Nathan blieb stur. Er wurde sogar ungehalten. Manchmal befürchtete er, dass Nathan handgreiflich werde.

Gegen ihn, seinen Stellvertreter, seinen alten Weggefährten. Nathan schleuderte ihm wütend Bibelzitate entgegen. Wie ein donnernder Gott wirkte er. So hatte er ihn in letzter Zeit öfter erlebt. Dieses Verhalten bestärkte ihn in seiner Auffassung, dass sie mit Nathan ihre Ziele nicht mehr erreichen konnten.

Es war richtig, neue Wege einzuschlagen, ohne ihn zu fragen. Er hatte Fäden geknüpft, die nicht so schnell reißen würden. Sie hatten bereits gehandelt. Und eine andere Art von Furcht verbreitet. Und sie würden sich ein neues Reich schaffen, auf festen Säulen.

Nathan hatte zugegebenermaßen seine Verdienste. Er hatte sie zusammengeführt, ihnen eine Richtung gegeben, ein Ziel, manchen sogar Geborgenheit. Er hatte sie geleitet wie der »Alte vom Berg«, der die Assassinen befehligt hatte. Aber die Instrumente, die er empfahl, taugten nicht mehr. Mit den bisherigen Werkzeugen konnten sie auf Dauer keine neue Ordnung bauen. Nathan vergeudete die Talente seiner Jünger. Er überlegte schon längere Zeit, was Nathan eigentlich für ein Mensch war. Kannten sie ihn? Nein. Hatte er eine Maske auf? Vermutlich. Nathan verhielt sich meist unnahbar. Er duldete es nicht, wenn man ihm zu nahe kam. Das war auch in früheren Zeiten so gewesen. Körperliche Berührungen konnte er noch nie ertragen. Wie ein verwundetes Tier fauchte er, sobald man ihm körperlich zu nahekam. Mit der Zeit lernten alle Jünger, den nötigen Abstand zu wahren.

Manchmal hatte er den Eindruck, dass Nathan Lust am Töten hatte. Er konnte sich natürlich täuschen. Aber es gab doch einige Indizien. Damals im Bannwald, als sie einen Platz für ein Nachtbiwak suchten. Wie andere Jünger erzählten, auch damals war er nicht dabei, hatten sie nicht den Eindruck gehabt, entdeckt zu werden. Aber Nathan hatte darauf bestanden, den Mann zu töten. Und sie folgten ihm ohne Widerspruch. Dass der Polizist zur Gefahr geworden war, wurde allen bewusst. Sie konnten ihn nicht weiter gewähren lassen. Aber die beiden Polizisten im Aussiedlerhof wären sicher wieder gegangen. Sie hätten genug Zeit gehabt, unerkannt zu verschwinden. Für Nathan hatte es keinen anderen Weg gegeben, als sie umzubringen. Er hatte ihnen eingeredet, Polizisten könnten sich Gesichter gut merken. Darauf würden sie trainiert. Das war sicher richtig. Und doch rechtfertigte nichts diese Tat.

Das Verhalten Nathans beunruhigte ihn immer mehr. Von Aktion zu Aktion wurde er drängender. Er hatte das Gefühl, dass Nathan ganz andere Pläne verfolgte. Oder von irgendetwas gesteuert wurde. Oder befand er sich auf einem Vernichtungsfeldzug? Oder war er einfach nur ein Mörder? Oder lagen die Wurzeln seines Handelns in der Vergangenheit?

*

Kalli Momper fuhr durch die Altstadt von Oppenau. Eng standen die Häuser, die Giebel ausgerichtet zur Straße. Nach dem Stadtbrand von 1615 hatte der fleißige württembergische Hofbaumeister Heinrich Schickhardt die Häuserreihen so geplant. 1617 stand die neue Stadt. 400 Jahre war das jetzt her. Die Altstadt von Oppenau hatte zwar ihr Gesicht im Laufe der Zeit verändert, aber die Häuserreihen standen immer noch so, wie sie Schickhardt geplant hatte.

Er durchquerte das historische Stadttor, ein Nadelöhr, das immer wieder Schrammen bei Lkw hinterließ. Auf der Höhe des Schwimmbades bog er rechts ab und wenig später links. Sein Ziel war die »Zuflucht«. Er beschleunigte. Sein Wagen schoss los. Die vielen Pferdestärken machten sich bemerkbar. Er wurde in den körperbetonten Schalensitz gedrückt. Schnell erreichte er die erste Kurve und musste etwas abbremsen. Beschleunigen, abbremsen, beschleunigen, abbremsen. Er fühlte sich wie bei einem Bergrennen. Die Oppenauer Steige war er schon lange nicht mehr gefahren. Er hatte niemand vor sich. Manchmal war man auf der Strecke zum Trödeln gezwungen, vor allem am Wochenende und in Ferienzeiten. Die Verbindung von Oppenau zur »Zuflucht« war beliebt. Auf der Höhe verzweigten sich viele Wanderwege. Der Anschluss an die B 500, die Panoramastraße des Schwarzwaldes, war nahe. Möglichkeiten zum Überholen boten sich auf der Strecke kaum. Mit einem schnellen Wagen hatte man aber Vorteile. Die Bergfahrt entspannte ihn. Wie er es gehofft hatte.

Beim Hotel »Zuflucht« legte er einen Stopp ein. Er suchte sich einen Platz im Freien und bestellte einen Kaffee. Kaum hatte er den ersten Schluck getrunken, spürte er wieder die innere Unruhe. Der Stress der letzten Tage forderte seinen Tribut. Seine Lage war katastrophal. Einen Ausweg sah er nicht. Er konnte überlegen und planen, wie er wollte. Die internen Ermittlungen würden sich noch hinziehen. Er hatte zwar gleich zugegeben, dass er eine große Zeitung mit Informationen aus der Soko Gifiz gefüttert hatte. Das hatten sie ihm hoch angerechnet. Aber sie wollten ihn noch einmal anhören. Sie waren nicht unfair. Aber hartnäckig, ziemlich hartnäckig. Was hatte er erwartet? Beim nächsten Verhör würden sie auch nicht lockerlassen. Danach, so hatten sie ihm angedeutet, wurde entschieden, wie es mit ihm weiterging. Er musste mit dem Schlimmsten rechnen: Entfernung aus dem Polizeidienst. Nachteile für die Pension. Schuld konnte er niemandem geben. Es war ein großes Risiko, Interna an die Presse zu verkaufen. Und dennoch hatte er sich sicher gefühlt. Irgendwann hatte er wohl einen Fehler gemacht. Oder war von außen, vielleicht sogar von der Zeitung selbst, ein Hinweis gekommen? Wie sie ihn erwischt hatten, hatten sie bei der ersten Vernehmung nicht gesagt. Aber dem Reporter, dem er die Interna gesteckt hatte, traute er von Anfang an nicht. Ein hungriger Typ, der immer mehr Informationen wollte und ihn unter Druck setzte, auch mit Drohungen, ihn auffliegen zu lassen. Irgendwann hatte er sich ausgeliefert gefühlt. Er brauchte Geld. Das war das Motiv für seinen Verrat von Dienstgeheimnissen.

Sie wollten ihren Lebensstandard halten, ein Haus mit Garten, zwei Autos, schöne Reisen, gute Kleider, Schmuck, das Allerbeste für die beiden Kinder. Seine Eltern und die Schwiegereltern unterstützten sie und kümmerten sich um die Enkel, wenn es sein musste. Tropfen auf den heißen Stein. Die monatlichen Belastungen waren zu hoch. Ihre Einnahmen waren nicht so üppig. Sie hätten schon längst die Reißleine ziehen müssen. Eltern und Schwiegereltern hatten schon mehrfach sorgenvoll gefragt, ob sie ohne Probleme durchkämen. Seine Frau und er waren den Fragen meist ausgewichen. Jetzt waren sie zu einem radikalen Bruch gezwungen. Verzicht war angesagt. Mühsame Suche nach einem neuen Job. Hielt ihre Beziehung diese schweren Belastungen aus? Nur seine Frau wusste bisher von seiner Suspendierung. Er hatte es ihr nicht verschweigen können. Sie hatte einen Weinkrampf bekommen und ihm vorgeworfen, alles aufs Spiel zu setzen. In ihren Augen hatte er die Drohung gesehen, es notfalls zum Bruch kommen zu lassen. Das musste er verhindern. Niemals könnte er eine Trennung von ihr und von den Kindern aushalten.

Die innere Unruhe nahm zu. Der schöne Herbsttag und die würzige Höhenluft konnten ihn nicht ablenken. Nervös trommelte er auf den Tisch. Er winkte der Bedienung und bestellte einen Kognak. Normalerweise trank er keinen Alkohol, wenn er mit dem Auto unterwegs war. Er schob alle Bedenken beiseite, die Anspannung war zu groß. Langsam ließ er den Kognak über die Zunge laufen. Er hatte nach kurzer Zeit das Gefühl, dass die Anspannung etwas nachließ. Einen zweiten Kognak bestellen? Nein. Das Risiko war ihm doch zu groß. Er blieb noch eine Weile sitzen. Während die Kolleginnen und Kollegen der Soko Fakten sammelten und Spuren auswerteten, hockte er hier oben. Er war jetzt auch ein schwarzes Schaf wie jener Freiburger Kriminalkommissar, der Dienstgeheimnisse verraten hatte. Damit hatte der Freiburger Kollege sogar Razzien verhindert. So schlimm war sein Fall nicht, versuchte er sich zu trösten. Aber er hatte die Ermittlungen erschwert. Wie naiv er doch war, als er diesem Reporter Interna angeboten hatte. Die Konsequenzen hatte er nicht überlegt. Nur das Geld hatte er gesehen.

Ein leichter Herbstwind spielte mit Blättern und Zweigen. Zwei vergessene Servietten flogen vom Nachbartisch und fielen nach einem kurzen Tanz in der Luft auf den Boden. Der Wind faltete sie auf und wieder zu. Er zahlte und ging zurück zum Auto. Langsam schnallte er sich an, zog sein Smartphone aus der rechten Brusttasche und legte es in den Becherhalter in der Mittelkonsole. Sie hatten ihm das Smartphone für kurze Zeit weggenommen, um Daten auszulesen. Aber mit diesem Smartphone hatte er nichts weitergeleitet. So schlau war er. Das hätten sie sich eigentlich denken können, die Internen. Er hatte andere Mittel und Wege gefunden und zunächst das Prepaid-Handy seiner Frau benutzt und es dann weggeworfen. Er besorgte ihr und sich ein neues und verwischte seine Spuren, wo es nur ging. Wochenlang ging doch alles gut. Und er verdiente nicht schlecht dabei. Und die Geldübergabe klappte auch jedes Mal. Ein Verschwörungsspiel, das ihn mit der Zeit richtig gereizt hatte.

Alles Hadern, alles Überlegen, alles Hinterfragen half nichts. In dieser Angelegenheit gab es nur einen Schuldigen: Und das war er. Der kräftige Motor brummte, als er ihn startete. Er liebte diesen Sound, der wie eine tiefe, heisere Stimme klang. Er hatte das Auto auf bullig tunen lassen, im Aussehen und im Ton. Aber dieses Mal löste das Brummen nicht die übliche Befriedigung aus.

Bergabwärts machte er wieder sein Spiel. Beschleunigen, bremsen, beschleunigen, bremsen. Er drückte das Gaspedal durch. Die nächste Kurve kam schnell näher. Hatte es geklingelt? Instinktiv schaute er auf die Mittelkonsole und griff zum Smartphone. Er sah hoch. Und bremste. Zu spät.

W

Was für eine böse Überraschung! Als Berger und Tammy ihre Computer hochfuhren, fanden sie wie andere Kollegen auch in der Rubrik »Nachrichten intern« einen Online-Artikel einer großen süddeutschen Zeitung, der es in sich hatte. Offenburg war nicht die einzige Region, in der Hinweise auf Bibelzitate entdeckt und Anschläge begangen wurden. Allerdings handelte es sich bei den Anschlägen außerhalb Offenburgs um eine andere Machart. Hatte die Terrorgruppe Ableger oder Nachahmer? Baute sie ihr Netz auch in anderen Gebieten Deutschlands aus? Oder war es purer Zufall? Die Hinweise auf Bibelzitate deuteten zunächst auf eine Verbindung hin. Sie konnten sich aber auch täuschen.

Die Online-Seite der Zeitung berichtete über zwei Angriffe.

Beispiel 1: In München verschickten Unbekannte manipulierte E-Mails an Erotik-Onlinehändler. Nach einem Doppelklick auf den Mailanhang erschien ein Bibelzitat aus dem Brief des Apostels Paulus an die Kolosser. Die Täter zitierten aus Kapitel 3, in dem Paulus den alten und den neuen Menschen beschrieb: »Tötet nun eure Glieder, die auf der Erde sind: Hurerei, Unreinigkeit, Leidenschaft, böse Lust und Habsucht, welche Götzendienst ist, um welcher Dinge willen der Zorn Gottes kommt über die Söhne des Ungehorsams.« Gleichzeitig wurde eine Software übertragen, die alle Daten verschlüsselte. Nichts ging mehr. Geld wie im Fall der angegriffenen Krankenhäuser und Unternehmen wurde nicht gefordert.

Beispiel 2: Beim Öffnen einer Erotikseite im Netz sprang plötzlich ein Bibeltext aus den Psalmen auf. Die Täter gaben aus dem Psalm 101 einen Satz wieder: »Ich will kein Belialsstück vor meine Augen stellen; das Tun der Abtrünnigen hasse ich; es soll mir nicht ankleben.« Auch in diesem Fall stellten die Unbekannten keine Forderung, wie die Zeitung schrieb. Es handelte sich also nicht um die üblichen Erpresser, die ans Geld ihrer Opfer wollten. Vermutlich waren mehrere Tausend Nutzer betroffen. Eine genaue Zahl der Opfer konnte die Polizei nicht ermitteln, weil sich viele schämten, den Angriff zu melden. Der Fall war erst bekannt geworden, als sich betroffene Nutzer in den sozialen Medien austauschten. Es war schnell von einem Bibelvirus die Rede. Im »Etikettieren« war die Netzgemeinde schon immer erfinderisch.

Der Bibelvirus war so raffiniert, dass man das Programm nicht zurücksetzen konnte. Es blieb nur, die Festplatte zu reinigen. In vielen Fällen mussten die Opfer Datenverlust in Kauf nehmen. Der Virus hatte selbst die besten Schutzprogramme überlistet. Mit viel Mitleid konnten die Geschädigten nicht rechnen. Das zeigten die Reaktionen im Netz. Unschuldsengel schrieben hämische Kommentare. Das Bundesamt für Sicherheit in der Informationstechnik warnte vor bestimmten Seiten im Netz und riet, ständig die Antivirenprogramme zu aktualisieren. Die großen Anbieter von Schutzprogrammen suchten verzweifelt nach einer Lösung, die die Sicherheitslücken schließen half.

Alban Berger nahm sich die Bibelzitate genau vor. Er gab sie in die Suchmaschine ein. Zweimal tauchte als Quelle direkt die Elberfelder Bibel auf. Nicht die Lutherbibel.

»Tammy, kannst du mal die Kollegen, die die beiden Bibeln von Rackert untersucht haben, fragen, wo die Exemplare jetzt sind?«

Fragend schaute ihn Tammy an, sagte aber nichts. Alban war immer für eine Überraschung gut. Sie ging zu den Kollegen.

Berger rief die Seite auf, in der Rackerts Beschreibung der Terrorgruppe gespeichert war, die er verschlüsselt an Manderscheid geschickt hatte. Unter dem Buchstaben »B« hatte Rackert Bemerkungen zu den Bibelzitaten gemacht. Der Meister berufe sich bei wörtlichen Zitaten in der Regel auf die Elberfelder Bibel. Es folgte ein kurzer Vergleich mit dem Hinweis, dass die Elberfelder Version sich stärker an die ursprünglichen historischen Texte des Alten und Neuen Testaments halte. Hatte er also einen richtigen Riecher gehabt, als er beschlossen hatte, auch nach der Elberfelder Bibel zu zitieren, wie Rackert es in seinen Protokollen zu den drei Gifiz-Puppen gemacht hatte.

Tammy ließ die beiden Bibeln auf den Tisch plumpsen. Der Knall schreckte alle in der Umgebung auf. Tammy hob entschuldigend die Hände. »Sorry, das war zu heftig.«

»Das kann man wohl sagen. Hattest du gerade einen Schwächeanfall?«

»Nein, aber leicht sind die antiquarischen Ausgaben nicht.« Sie blies sich eine schwarze Locke aus dem Gesicht. »Die Lutherbibel ist von 1912. Die Ausgabe der Elberfelder Bibel stammt aus dem Jahr 1905.«

»Wir sind offenbar nicht die einzigen Bibelforscher im

Hause. Haben die etwas Bemerkenswertes in den Büchern gefunden?«

»Nein. Rackert hat in die Elberfelder Bibel vorne drei Blätter mit Notizen gelegt. Er hat sie in die Analyse der Gruppe eingearbeitet.«

»Gut, dann vergleichen wir noch einmal diese beiden Zitate auf den Erotik-Seiten mit den entsprechenden Textstellen in den beiden Bibeln.«

Das ging nicht so schnell, weil die Texte beider Ausgaben voneinander abwichen. Aber sie waren ja inzwischen einigermaßen »bibelfest«. Ihr Vergleich ergab, dass die Täter in den Münchner Fällen wie der Meister die Elberfelder Bibel zitierten. Die Soko Gifiz nahm Kontakt zum bayerischen Landeskriminalamt auf und bat um Einzelheiten. Beide Landeskriminalämter vereinbarten einen Informationsaustausch.

Auf der Infowand der Soko Gifiz mehrten sich die ungelösten Fragen. Hatten die Cyberangriffe etwas mit den Offenburger Fällen zu tun? Waren die Cyberangriffe eine neue Strategie? Änderte oder erweiterte die Terrorgruppe ihr »Geschäftsfeld«? Die Bundesanwaltschaft erklärte, dass sie die Cyberangriffe analysieren lasse. Vorerst wolle sie aber das Verfahren nicht an sich ziehen.

Unabhängig vom Bibelvirus erlebte man einen weiteren Cyberangriff bundesweit. Der war allerdings kein Thema für die Soko. Der Angriff ähnelte jenem vom Frühjahr. Dabei setzten Unbekannte wieder eine Ransomware ein, die Daten stahl, den Computer blockierte und ein Lösegeld forderte. Die Täter hatten wie im Frühjahr eine Sicherheitslücke ausgenutzt. Die Experten ärgerten sich, dass man aus solchen Fällen nichts lernte. Gleichzeitig mussten sie einräumen, dass es absolute Sicherheit im Netz nicht gebe.

Anders als im Fall des Bibelvirus zog die Bundesanwaltschaft die Ermittlungen sofort an sich und schaltete das Bundeskriminalamt ein.

Für die Soko ging ein äußerst schwieriger Tag zu Ende. Der Fragenkatalog hatte an Umfang zugenommen. Und die Suche nach den verschwundenen Kollegen blieb weiter ohne Erfolg. Allmählich schwand die Hoffnung, dass die beiden noch am Leben waren. Sie weiteten die Fahndung nach den beiden und nach dem Nuschler aus.

Zum Schluss sagte Firner in seiner »Endrunde«, er müsse noch eine traurige Mitteilung machen. »Kalli Momper ist schwer verunglückt. Er ist auf der Oppenauer Steige mit seinem Wagen von der Strecke abgekommen.«

Im Boxsport hätte man von einem Knock-out gesprochen. So wirkte sich die Nachricht in der Runde aus. Die Oppenauer Steige war eine wunderbare Strecke. Sie schlängelte sich zur »Zuflucht« und zur B 500 hoch. Wer die Strecke von oben nach unten befuhr, musste sich stark konzentrieren. Sie verzieh keinen Fahrfehler. Auf der Oppenauer Steige ereigneten sich fast jedes Jahr schwere Unfälle, oft mit tödlichem Ausgang. Anfang der 90er-Jahre hatte ein Kriminalfall an der Strecke Aufsehen erregt. In einem verunglückten Auto im Hang entdeckte man auf der Fahrerseite eine männliche Leiche. Auf den ersten Blick sah es wie ein Unfall aus. Aber schon bald war klar, dass da jemand einen Mord vertuschen wollte. Alles war dilettantisch inszeniert. Der Fundort entsprach nicht dem Tatort. Bald wurden die Täter geschnappt, die Frau des Toten und ihr Freund. In diesem Fall war die Sonderkommission schnell aufgelöst worden.

Die Älteren in der Soko Gifiz erinnerten sich daran. Aber

das Interesse galt nicht einem längst abgeschlossenen Fall. Gleich schossen die Fragen los, wie es Kalli Momper gehe.

Firner konnte nichts Gutes berichten. »Er liegt im Koma. Sein Zustand ist äußerst kritisch. Er hat ein Schädel-Hirn-Trauma. Jeder von uns weiß, was das bedeutet. Außerdem hat er Knochenbrüche erlitten. Wenn er durchkommt, muss man sehen, ob er wieder ein normales Leben führen kann. Die Ursache des Unglücks ist noch nicht geklärt. Vermutlich ist Kalli Momper zu schnell gefahren. Sein Auto hat nur noch Schrottwert. Unter dem Beifahrersitz lag sein Smartphone. Man kann nur hoffen, dass er nicht während der Fahrt telefoniert hat. Die Daten sind noch nicht ausgelesen. Wenn er telefoniert hat, verliert er wahrscheinlich seinen Versicherungsschutz. Das ist alles sehr tragisch für ihn und vor allem für seine junge Familie. Ich habe mit seiner Frau gesprochen. Sie ist natürlich am Boden zerstört. Kurz vor dieser Fahrt hat er zu ihr gesagt, er müsse raus. Alles falle ihm auf den Kopf. Seine Frau ist nicht gut auf uns zu sprechen. Sie wirft uns vor, wir seien schuld an dem Ganzen. Wir hätten die internen Ermittler auf ihn gehetzt. Die Familie wisse jetzt nicht, wie es weitergehe. Ich habe Kallis Frau Hilfe angeboten. Sie hat nur geschrien: ›Wie wollt ihr denn helfen? Das meint ihr doch nicht ernst.‹ Ihr Verhalten ist verständlich. Das ist alles zu viel für die Frau. Mehr weiß ich leider vorerst nicht. Wir können jetzt nur die Daumen drücken, dass es irgendwie gut ausgeht.«

Man sah es Firner, der als harter Hund galt, an, dass ihn das Schicksal von Kalli Momper ziemlich mitnahm. Auch alle anderen Mitglieder der Soko waren niedergeschlagen. Trotz aller Verfehlungen, es war allerdings noch nichts geklärt, dachte man eher an den Kalli Momper der guten Tage. Er war beliebt gewesen, ein lebenslustiger Kollege, der es bei Feiern gerne krachen ließ, spendierfreudig. Spendierfreudig! Er hatte nie auf den Cent geschaut. In Gelddingen war er ein Bruder Leichtfuß gewesen. Das war ihm jetzt zum Verhängnis geworden.

Die Nachricht vom Unglück des Kollegen Kalli Momper war eine zusätzliche Belastung für die Soko. Alban Berger kehrte müde und schwerfällig an seinen Arbeitsplatz zurück, als hätte er Blei in den Beinen, und sank erschöpft auf seinen Stuhl. Er musste noch einige Fakten ordnen und speichern. Seine Konzentration war nicht mehr die beste. Deshalb brauchte er ziemlich lange, bis alles abgearbeitet war. Tammy schaute immer wieder zu ihm hinüber. Er bemerkte ihre besorgten Blicke nicht. Als alles fertig war, blickte er wie gebannt auf den Bildschirm. Tammy hörte ihn murmeln: »Wann hören die Schattentage endlich auf?«

X

XY ungelöst. So stand der Fall, der immer neue Wendungen brachte, an diesem seltsamen Herbsttag, der nicht wusste, ob er lieber mehr Wolken oder mehr Sonne haben wollte. Laubbläser wirbelten gefallene Blätter auf und trieben sie auf Haufen. Die Sonderkommission war wieder zu einer außergewöhnlichen Besprechung gerufen worden. Alle waren da, auch der zuständige Bundesanwalt. Der Kripochef wartete, bis alle auf den Plätzen waren. Ruhe kehrte ein. Jemand schloss laut ein Fenster, damit die Laubbläser nicht störten.

»Wir stehen möglicherweise vor einer Wende im Fall Gifiz. Der Kollege Manderscheid hat zusammen mit dem LKA und Spezialisten der Zentralstelle zur Bekämpfung der Internetkriminalität wichtige Spuren entdeckt. Grundlage sind unter anderem die Daten, die Georg Rackert auf eigene Faust ermittelt und verschlüsselt an Manderscheid weitergeleitet hat. In einer aufwendigen Operation haben die Spezialisten im Darknet über viele Rechner in verschiedenen Ländern Nachrichten verfolgt. Auf Einzelheiten muss ich vorerst verzichten. Auf jeden Fall haben sie Adressen geknackt und Plattformen ausfindig gemacht, die Handel mit Drogen, Waffen, Sprengstoff, Narkotika, Gift und nebenbei auch mit Kinderpornographie treiben.

Der übliche Anhang halt. Eine Plattform ist auch für uns sehr interessant. Ich komme gleich darauf zurück. Parallel ist es dem Landeskriminalamt in Bayern gelungen, in die Gruppe vorzudringen, die diese auch für uns interessante Plattform nutzt. Die Kollegen in Bayern sind über die Informationen eines geständigen Drogenkuriers und nach einem anonymen Hinweis auf die Gruppe gestoßen. Der Kollege Manderscheid sagt, Rackert habe hervorragende Vorarbeit geleistet und Fehler von Anbietern dokumentiert. Der Fall hat eine ziemlich große Dimension und berührt uns unmittelbar. Und jetzt wird es spannend. Denn diese eine Spur, diese Plattform, die ich vorhin erwähnt habe, führt zu einer Adresse in Offenburg.«

»Doch nicht etwa zu Lukas Kambacher in der Nähe des Gifiz?«, entfuhr es Alban Berger.

»Was meinen Sie damit, Berger?«, fragte der Kripochef scharf. Vielleicht etwas zu scharf.

»Ich habe eigenmächtig gehandelt. Wie Georg Rackert, muss ich bekennen.«

»Keine Extratouren, Berger!« Es klang nicht mehr so scharf.

»Die Adresse, die wir jetzt haben, deckt sich nicht mit der, die Sie erwähnt haben. Es ist eine Postfach-Adresse. Wir müssen klären, wer dahintersteckt. Der Inhaber scheint eine Firma zu sein. Es kann sich aber um eine Tarnung handeln. Die Klärung ist nicht ganz so einfach, wie mir die Experten vom LKA gesagt haben. Auch in diesem Fall steht eine Geduldsprobe bevor. Jetzt noch einmal zu Ihnen, Berger. Was haben Sie herausgefunden?«

»Eigentlich noch nichts. Es ist mehr ein vager Verdacht. Ich weiß nicht, ob wir diesen Verdacht schon als Spur einordnen können.«

»Alles, was uns auffällt, und wenn es noch so vage ist, ordnen wir als Spur ein. Also geben Sie die Adresse in den Computer ein, Berger.«

»Alban, Alban, da hast du dich aber gerade noch aus der Affäre ziehen können.« Tammy klopfte mit der Faust sanft auf Bergers Rücken.

»Du hast recht. Hat man mir angesehen, dass ich rot angelaufen bin?«

»Ein bisschen schon.«

»Mir ist ganz schön heiß.«

»Das kann ich mir denken. Also, dann trage mal die Adresse in die Spurenliste ein. Damit unser lieber Winker zufrieden ist.«

»Du meinst, unser lieber Schulmeister. Ja, mache ich gleich, ordentlich und sauber. Aber erst muss ich mir etwas zu trinken holen.«

»Und was holst du?«

»Einen Kaffee.«

»Bringst du mir einen Espresso mit?«

»Okay. Weil du es bist.«

Sie lächelte. Wie so oft in letzter Zeit. Wollte sie ihn aufmuntern?

Es war tatsächlich nicht so einfach zu klären, wer das Postfach gemietet hatte. Das Fach befand sich in der Hauptpost. Es war sehr groß und gehörte einer Firma namens »LK/MT/Online-Beratung«. Nach Aussage der Postangestellten erschien in unregelmäßigen Abständen ein Bevollmächtigter der Firma und leerte das Fach. Da Gefahr im Verzug war, musste man schnell an die Adresse des Bevollmächtigten kommen. Der zuständige Richter stellte eine Vollmacht aus. Doch das half ihnen nicht weiter, denn die

Adresse war fingiert. Das wunderte sie nicht. In diesem Fall half nur Observierung. Die Beschatter mussten den Bereich der Postfächer überwachen. Die Postfächer befanden sich außerhalb des normalen Geschäftsraumes. Sie waren fast rund um die Uhr zugänglich. Mehrere Tage tat sich nichts.

Aber plötzlich hatten sie Glück. Ein Mann mittleren Alters, recht groß, betrat den Raum mit den Postfächern. Er hatte einen langen Parka mit Kapuze an. Von seinem Gesicht erkannten sie nicht viel, weil seine aufgezogene Kapuze es weitestgehend verbarg. Er sah sich kurz um, ging zum observierten Postfach, schloss es auf und zog zwei Päckchen heraus. Schnell machte er das Fach wieder zu und verließ den Raum. Sie hatten die Vorgabe, ihn nur zu beobachten. Auf dem Parkplatz der Hauptpost stieg er in einen Volvo Kombi ein. Das Kennzeichen wollten sich die Kollegen notieren, die schon auf dem Parkplatz in ihrem Wagen saßen. Unauffällig folgten ihm die Beschatter. Er machte noch Einkäufe im großen Edeka-Markt. Seine Fahrt endete schließlich im Ligusterweg. Direkt hinter ihm bleiben konnten sie nicht. Der Ligusterweg mit seinen vier Häusern war zu klein. Sie wären sofort aufgeflogen. In der Platanenallee fuhren sie in eine kleine Haltebucht und warteten.

Nach kurzer Zeit sahen sie, dass der Volvo den Ligusterweg Richtung Innenstadt verließ. Sie wollten drehen, aber ein Lkw hielt neben ihrem Wagen und versperrte den Weg. Ungeduldig hupten sie. Der Lkw bewegte sich keinen Zentimeter.

*

Er nahm die zwei Päckchen entgegen. Der dritte Jünger sagte ihm, man habe ihn von der Post bis hierher verfolgt.

Das habe er sich gedacht, sagte der Meister. Vor Tagen seien schon ein Mann und eine Frau hier vor seinem Haus aufgekreuzt. Man müsse die Basis in den nächsten Tagen verlassen. Er habe bereits mit dem ersten Jünger darüber beraten. Es sei alles eingeleitet. Sie müssten Ruhe bewahren. Jeder wisse, was er zu tun habe. Der dritte Jünger nickte und verschwand wieder.

*

»Berger, Sie hatten einen guten Riecher.« In den Worten des Kripochefs lag Anerkennung. »Und jetzt sagen Sie uns, wie Sie auf die Adresse gekommen sind.«

Ausflüchte und Tricks halfen nicht mehr. Berger schilderte seinen Tick mit den Autokennzeichen und den Bibelstellen und die Entdeckung des purpurroten VW-Käfers. Die Kolleginnen und Kollegen lachten und klatschten spontan in die Hände.

Nachdem der Beifall verrauscht war, erläuterte der Kripochef gemeinsam mit Soko-Leiter Firner das weitere Vorgehen.

»Jetzt kann es keine Alleingänge mehr geben. Wir sind auf Kooperation angewiesen. Allein können wir nicht losschlagen, weil das Bayerische Landeskriminalamt die Federführung hat. Der Anbieter im Darknet sitzt in München. Wir müssen uns einer bundesweiten Razzia anschließen, die gerade in Vorbereitung ist. Für uns heißt das, dass wir das Objekt in der Nähe des Gifiz beobachten müssen.«

Berger hob die Hand. Er wollte nicht mehr vorlaut sein.

»Ja, Berger.« Winker erteilte ihm das Wort.

»Das Objekt liegt sehr versteckt und ist schwer zu observieren. Meines Erachtens geht das nur, wenn wir aus den zwei benachbarten Häusern operieren können. Und auch von diesen Häusern aus bekommt man nicht so viel mit.«

»Berger, Ihre Beobachtung ist leider richtig. Die Kollegen, die den Mann beim Postzentrum und bei der Fahrt zum Ligusterweg observiert haben, haben uns genau das Gleiche gesagt. Obwohl das alles sehr schwierig ist, müssen wir in die beiden Häuser rein. Ich danke Ihnen für den Hinweis, Berger. Unklar ist natürlich, was für ein Verhältnis die Nachbarn zu Haus Nummer vier haben. Wenn die sich gut kennen, haben wir schlechte Karten. In den nächsten Stunden wissen wir mehr. Die Kontaktaufnahme ist jedenfalls schon angelaufen. MEK und SEK sind auch informiert und stehen sozusagen bereit. Wie schon gesagt, allein können wir nicht vorgehen. Wir müssen auf ein Zeichen aus Bayern warten. Und wir hoffen natürlich, dass die Observation nicht bemerkt wird. Sonst können wir das Ganze vergessen.«

Tammy Bieger, Manni Zanger und andere Kollegen klopften Alban Berger anerkennend auf die Schulter. Manni Zanger sagte bewundernd: »Mann, dein Bauchgefühl möchte ich haben.«

Berger dachte: Seid froh, dass ihr nicht mein Bauchgefühl habt. Es ist zurzeit nicht das beste.

Y

Ysop! Das heilige Kraut! In einer der wichtigsten Stunden der Menschheit hatte es eine große Rolle gespielt! Welch eine bittere und doch notwendige Stunde für die Christenheit! Wie eindrucksvoll schilderte sie Johannes: »Danach, da Jesus wußte, daß alles schon vollbracht war, spricht er, auf daß die Schrift erfüllt würde: Mich dürstet! Es stand nun daselbst ein Gefäß voll Essig. Sie aber füllten einen Schwamm mit Essig und legten ihn um einen Ysop und brachten ihn an seinen Mund. Als nun Jesus den Essig genommen hatte, sprach er: Es ist vollbracht! und er neigte das Haupt und übergab den Geist.«

Der Ysop! War es nicht voller Symbolik, dass die Soldaten dem sterbenden Jesus, dem opferwilligen Jesus den Essigschwamm mit einem Stab aus dem Ysop-Strauch reichten? Ysop war ein wunderbares Heilkraut. Das hatte schon Hildegard von Bingen erkannt.

Seine Mutter hatte das Heilkraut oft benutzt. Sie kannte die Empfehlungen der Hildegard von Bingen und folgte ihnen oft. Sie liebte den würzigen Duft. Sie wendete Ysop bei Entzündungen an, wenn sie Schnupfen oder Husten hatte oder an Heiserkeit litt. Bei Magen- und Darmbeschwerden trank sie Ysop-Tee. Die klassische Medizin hatte sie gänzlich abgelehnt. So hielt er es auch.

Er bekam eine Botschaft. Vom ersten Jünger. Auf die Botschaft hatten sie alle gewartet. Das Signal zum Aufbruch. Sie mussten ihren Platz verlassen und untertauchen. Aber er musste noch das eine große Beben auslösen.

»Schütte über sie aus deinen Grimm, und deines Zornes Glut erreiche sie! Verwüstet sei ihre Wohnung, in ihren Zelten sei kein Bewohner! Denn den du geschlagen hast, haben sie verfolgt, und von dem Schmerze deiner Verwundeten erzählen sie. Füge Ungerechtigkeit zu ihrer Ungerechtigkeit, und laß sie nicht kommen zu deiner Gerechtigkeit! Laß sie ausgelöscht werden aus dem Buche des Lebens und nicht eingeschrieben mit den Gerechten.«

Alles war vorbereitet. Der Wagen war gepackt. Er schlüpfte in die schwarze Kutte mit der Kapuze und stopfte das Nötigste in seine schwarze Reisetasche aus Leder. Er präparierte die Anlagen im Computerraum und im Altarraum, so wie es die Jünger ihm gezeigt hatten. Wie sie es für den Ernstfall vorgesehen hatten. Sie hatten in den letzten Tagen Schwerstarbeit geleistet. Verbrannte Erde! Keine Hinweise! Überall machte er Licht. So sah es der Plan vor. Und er stellte die Musik im Altarraum auf volle Lautstärke. Auch das hatten sie ihm aufgeschrieben. Ein mächtiger mittelalterlich-gregorianischer Chorgesang erklang und schwoll immer mehr an. Wenn ein Unbefugter die Musik ausstellte, erlosch mit einem Schlag alle Lebensfreude.

Vor dem Untertauchen war ihm nicht bang. Sie hatten alles in Erwägung gezogen. Er hatte noch eine zweite Wohnung, in der er sich gut verstecken konnte. Für eine neue Identität war gesorgt. Auch seine Jünger hatten sich längst eine neue Identität verschafft. Sie würden nicht untergehen. Von jedem Ort, von jeder Stadt aus konnten sie ihr Ziel verfolgen. Er verneigte sich vor dem Altar, betete, bat

Gott um Kraft und küsste danach lange die Christusfigur auf die Stirn. Der Brief des Paulus an die Philipper bestärkte ihn in seinem Vorhaben.

»Vergessend, was dahinten, und mich ausstreckend nach dem, was vorn ist, jage ich, das Ziel anschauend, hin zu dem Kampfpreis der Berufung Gottes nach oben in Christo Jesu.«

*

Sie hatten es geschafft. Das MEK konnte in den benachbarten Häusern Beobachtungsposten aufbauen. Die rechtlichen Voraussetzungen waren gegeben. Das Mobile Einsatzkommando holte man bei Fällen der Organisierten Kriminalität und der Bekämpfung des Terrorismus. Es hatte die Aufgabe, versteckt zu observieren und im Notfall zuzugreifen. Die Bewohner waren zugänglich. Beziehungen zu Haus Nummer vier hatten sie keine. Kontakt habe dieser Mensch nie gesucht. Der Mann sei ihnen immer fremd gewesen. Sie konnten ihn nicht einmal richtig beschreiben. Er habe sich verhalten wie ein Tier in der Nacht. Tagsüber sei er nur selten aus dem Haus gegangen. Sein Gesicht hätten sie nicht erkennen können. Er habe sich entweder weggedreht oder sein Gesicht mit der Kapuze verdeckt. So einen seltsamen Menschen erlebe man auch nicht jeden Tag. Manchmal hätten sie sich schon gefragt, ob in ihrer Nachbarschaft ein Terrorist wohne. In unregelmäßigem Abstand habe er Besuch empfangen. Ob es sich um Kunden oder Freunde oder Bekannte gehandelt habe, wüssten sie nicht. Frauen? Nein, Frauen hätten sie nie kommen oder gehen sehen.

Zwei Tage hielten sich die MEK-Leute bereits in den Häusern zwei und drei auf. SEK-Einheiten standen zum

Angriff bereit. Im Kambacher-Objekt rührte sich nichts. Sie nannten den Verdächtigen inzwischen nur noch »Kapuze«.

Der dritte Tag brach an. In der Zentrale meldeten sich am frühen Morgen plötzlich die MEK-Leute: »Die Kapuze will ausfliegen. Sie packt den Wagen. Die hat offenbar einen Tipp bekommen. Was machen wir jetzt? Das SEK muss sich positionieren.«

Die Zentrale antwortete: »Okay. Wir müssen aber Bayern einschalten. Notfalls machen wir einen Alleingang.«

Nach kurzer Zeit meldete sich die Zentrale wieder: »Das SEK geht in Stellung. Eure MEK-Kollegen und weitere Polizeieinheiten rücken auch an. Die Seitenstraßen zur Platanenallee werden gesperrt. Von Bayern haben wir noch kein Okay. Die verhandeln gerade mit anderen Bundesländern und unserem LKA. Unser LKA ist zum Alleingang bereit, wenn es sein muss.«

Nach kurzer Zeit ließen die Observierer wieder von sich hören: »Die Kapuze steigt in den Käfer. Ihr müsst zuschlagen.«

Die Zentrale gab plötzlich durch: »Zugriff!«

*

Er saß in seinem Wagen und startete. Aus seinen Händen tröpfelten Schweißperlen. Wo hatte er das Amulett mit dem Pentagramm abgelegt? Er schaute um sich. Nirgends war sein alter Schutz zu sehen. Er konnte nicht mehr zurück ins Haus. Alles musste jetzt schnell gehen. Er spürte, dass die schwarze Macht zugestiegen war. Wie wurde er sie wieder los? Sie durfte seine Pläne nicht durchkreuzen. Hinter ihm hatte sich die Angst platziert. Die beiden Begleiter konnte er auf seiner Mission nicht gebrauchen. Er schlug mit der rechten Hand wütend auf das Lenkrad.

Der purpurrote Käfer mit dem Kennzeichen OG – LK – 1249 verließ das Grundstück und beschleunigte. Auf der Platanenallee hopste er über die Bodenwellen. Der Bootshafen sauste vorbei. Als er auf der Höhe des Restaurants beim Gifiz war, sah der Fahrer eine Armada von Polizeiautos auf sich zukommen. Die Feinde, die er vernichten wollte!

Die schwarze Macht drückte sich wie so oft in seinen Hals. Er wurde immer enger. Die Angst saß schon in seinem Inneren und kroch hoch. »Mein Gott, verlasse mich nicht!«, schrie er. Voller Verzweiflung stoppte er, sah sich um, drehte schnell und fuhr zurück, um durch eine Seitenstraße zu entkommen. Aber auch dort leuchteten schon die Blaulichter. Und weiter vorn, am Ende der Platanenallee, schien ebenfalls Polizei aufzufahren. Es war wie beim Mühlespiel. Wer kaum noch Steine hatte, verlor oder setzte alles auf einen Zug. Oft war es der letzte.

Plötzlich machte der purpurrote Wagen einen Haken wie ein Hase und raste auf den gesperrten Eingang zur Halbinsel zu. Die drei beweglichen Sperrpfosten lagen seltsamerweise auf dem Boden. War es ein Wink des Himmels? Der Käfer schleuderte kurz gegen einen festen Pfosten, fing sich aber auf dem langen Kiesweg zur Halbinsel. Der Fahrer schaltete das Fernlicht ein und gab Gas, als wäre er auf einer Startbahn. Kies spritzte. Der Käfer wurde immer schneller und flog am Amphitheater vorbei. Auf der Halbinsel hatte er seine höchste Geschwindigkeit erreicht – und schoss über die freie Uferkante hinaus.

*

Es sah wie der Beginn einer Himmelfahrt aus. Eine gewaltige Explosion zerriss den dunklen Herbstmorgen. Wie ein Weckruf wirkte die Detonation. Es prasselte, als die Einzelteile des purpurroten Wagens auf den Gifiz fielen. Wieder einmal stand dem See eine Säuberung bevor.

Eine Einheit des SEK drang zum Haus Ligusterweg Nummer vier vor.

»Wir gehen jetzt rein.«

Ein SEK-Mann prüfte, ob die Tür geschlossen war. Nein. Vorsichtig drückte er sie auf. Aus irgendeinem Raum war ein dunkler Chor zu hören. Die anderen folgten ihm. Sie gingen Schritt für Schritt vor, immer gesichert und auf alles gefasst. Raum für Raum durchkämmten sie. Eine aufgeräumte Wohnung, in der man keinen Terroristen vermutet hätte. Der dunkle Gesang kam aus dem Keller.

»Wir sind durch mit dem Erdgeschoss. Alles in Ordnung. Wir gehen jetzt runter in den Keller.«

Sie schlichen langsam die Steintreppe hinunter. Der Keller hatte mehrere Räume. Rechts befand sich eine Vorratskammer. Links war ein Raum, in dem ein großer Tisch stand. Zwei Notebooks waren darauf abgestellt. Beide waren in Betrieb. Geradeaus ging es zu einem Raum, in dem ein kleiner Altar aufgebaut war. Links und rechts brannte jeweils eine weiße Kerze. Der Luftzug, den die SEK-Leute verursacht hatten, machte aus den Kerzenflammen für kurze Zeit wütende Feuerschlangen. Zwischen den Kerzen glimmten in einer Schale Kräuter, die einen starken Duft verbreiteten. Eine riesige Christusfigur stand auf der rechten Seite des Altars. Rechts neben dem Altar sahen die SEK-Leute eine Musikanlage, aus der der gregorianische Gesang dröhnte. Die Musik tat in den Ohren weh. Hinter dem Altar entdeckten sie ein hölzernes Regal mit Gebetbüchern und vielen Bibeln. Im untersten Fach lag ein Holzscheit. Links an der Wand hingen ein großer schwarzer Rosenkranz und eine Pelerine, eine Pilgermontur.

»Hier ist keiner mehr. Da hat es einer ganz eilig gehabt. Er hat alles im Haus stehen und liegen lassen. Die Computer sind an, Kerzen brennen an einem Altar hier in diesem Raum. Aus einer Duftschale steigt Rauch auf. Es riecht nach seltsamen Kräutern und Weihrauch. Und es läuft Gesang, affenartig laut. Was machen wir jetzt? Versteht ihr mich? Hallo! Hallo! Meldet euch!«

»Natürlich verstehen wir dich. Aber die Musik ist schon ganz schön laut. Stell sie einfach ab. Wir schicken die Techniker.«

»Okay!«

Der SEK-Mann rückte langsam vor zur Anlage und suchte nach dem Knopf, um den dröhnenden Gesang zu beenden. Er hatte ihn gefunden, es handelte sich um einen Drehknopf, mit dem man gleichzeitig die Lautstärke regelte. Langsam drehte er ihn bis zum Anschlag und noch ein Stück weiter, um die Anlage auszuschalten. Der Knopf rastete ein.

Die Einsatzleitung hörte einen ohrenbetäubenden Knall. Dann wurde es plötzlich unheimlich still.

Es war der dunkelste Tag in der Geschichte des Polizeipräsidiums. Die perfide Bombe im Haus Ligusterweg Nummer vier tötete drei SEK-Leute. Vier weitere wurden verletzt, zwei davon lebensgefährlich. Die Kellerräume wurden zerstört, der Altarraum und das Arbeitszimmer brannten aus. Es war schwierig, in diesem Trümmerfeld noch Beweisstücke zu finden, die die Ermittlungen weiterbrachten. Niemand wusste, ob der Terror ein Ende hatte.

Mit dieser Ungewissheit zu leben, war für alle Ermittler unerträglich.

*

Er hatte alles aus sicherer Entfernung beobachtet. Oft hatte er sich in der Umgebung Nathans aufgehalten, ohne dass dieser etwas mitbekommen hatte. Nathan! Nathan! Er blieb ein Rätsel. Nathan hatte seine Himmelfahrt hinter sich. Nathan, der große Meister der Worte. Wenn es um Taten ging, hatte er ein seltsames Verhalten gezeigt. Er hatte archaisch gehandelt. So wie seine Reden oft archaisch geklungen hatten, entrückt. In manchen Phasen hatte er sich zu einem Rachegott aus alter Zeit gewandelt. Das passte nicht zu den Momenten, in denen er haderte und zauderte. Dabei ging es ihm offenbar gar nicht um die Konsequenzen seiner Reden. Etwas lenkte Nathan. Und dieses Etwas machte Nathan für die anderen zum Rätsel. Kein Jünger war in der Lage, es zu lösen. In letzter Zeit hatten Nathan und er sich mehrmals ein Wortgefecht auf der Basis der Bibel geliefert. Er konnte sich mit Nathan messen. Er war ihm ebenbürtig. Nathan hatte vieles nicht verstanden. Er hatte Wert auf Symbolik gelegt und geglaubt, sie wirke auf die Menschen. Aus der Bildsprache, aus bestimmten Gegenständen wie dem Pentagramm, selbst aus der Natur hatte er eine Wahrheit bezogen, die er verabsolutierte. Sie hatte sein Handeln bestimmt, das die anderen, seine Jünger, allmählich gefährdet hatte.

Mit Schrecken dachte er zurück, als der zwölfte Jünger bestraft worden war und Nathan mit Vehemenz darauf bestanden hatte, die Leiche symbolisch im Amphitheater abzulegen. Wenn er zurückblickte, musste er sich eingestehen, dass sie bei jeder symbolischen Handlung in Gefahr gewesen waren. Er hatte sich endgültig geschworen, vom Weg Nathans abzugehen. Im Nachhinein sah er einiges, das ihn hätte alarmieren müssen. Nathan hatte die Bibel strafend ausgelegt, nie aufbauend.

Lange Zeit hatte er wie die anderen Jünger gedacht, dass sie nur mit ihm ihre Ziele erreichen konnten. Welch eine Selbsttäuschung! Sie ließen sich von ihm beeinflussen. Sie lasen von seinen Lippen ab. Sie ließen sich von seiner suggestiven Stimme verführen. Sie zogen den Hut, wenn Nathan druckreif aus der Bibel zitierte. Die Sprache Nathans und die Sprache der Bibel mischten sich oft. Beide Sprachen flossen ineinander. Das war faszinierend und beeindruckte viele so sehr, dass sie ihm in Debatten nichts entgegneten. Auch in früheren Zeiten hatte Nathan mit seinen Zitaten aus der Bibel Verblüffung und ungläubiges Staunen hervorgerufen. Manchmal hatte er den Eindruck gehabt, dass im Kopf Nathans eine aufgeschlagene Bibel lag, in der er blätterte. Aber mit der Zeit hatte er erkannt, dass Nathan die Bibel wie einen Steinbruch benutzte und die Stücke herausschlug, die ihm passten. Die Bewunderung hatte sie alle blind gemacht. Niemand fiel auf, dass Nathan sie missbrauchte. Niemand fiel auf, dass er sich in einer alten Welt bewegte. Nathan verstand die neue Welt nicht, obwohl er sich ihrer Mittel bediente, soweit er sie technisch beherrschte. Deshalb begriff er auch nicht, wie man sie am besten bekämpfte. Wenn Nathan von Schwert redete, meinte er Schwert. Er konnte sich nicht aus dem Wortwörtlichen lösen. Das verhinderte das Erkennen der modernen Welt.

Es hatte ihm fast zu spät gedämmert, dass sie den Irrweg verlassen mussten, den Nathan eingeschlagen hatte. Lange hatte er gebraucht, um einen Keil zwischen Nathan und die Jünger zu treiben. Er hatte sich zeitweise selbst wie ein Zauderer verhalten. Der Ansatzpunkt für eine Trennung war der Terrorismus. Die Jünger sahen sich nicht als Terroristen. Diese Stigmatisierung verletzte sie zutiefst, wie er in langen Gesprächen erfuhr. Sie wollten mit ihren Taten in die Denkprozesse der Menschen eindringen und Veränderungen auslösen. So etwas konnte man doch nicht mit Terrorismus gleichsetzen. Die Schuld für diese Etikettierung gaben sie zunächst nicht Nathan, sondern den öffentlichen Meinungsführern. Sie waren lange in den Fängen Nathans geblieben, wie er selbst. Willkürliche Werkzeuge.

Ihr Verhalten kritisierte er nicht. Damit hätte er die Jünger niemals überzeugen können. Er wendete Nathans Schlangenmethode an: Erschütterungen spüren, Gerüche wahrnehmen, vor allem Ängste riechen, tarnen, täuschen, in Sicherheit wiegen, tricksen, umschlingen oder Gift zur Veränderung einsetzen. Mit dieser Methode erzielte er unter den Jüngern Erfolge. Einer nach dem anderen hatte die Seite gewechselt. Als er alle überzeugt hatte, hatte er seinen Plan präsentiert. Sie mussten nicht mehr körperlich angreifen, sie mussten sich nicht mehr in Gefahr bringen, sie mussten nicht mehr töten. Sie mussten nur noch alles im Altarraum und im Arbeitszimmer des Meisters präparieren und verknüpfen. Sie mussten nur noch seinen Wagen vorbereiten. Sie mussten sich nur noch von ihrem Meister trennen.

Sie hatten Spenden gesammelt von Gleichgesinnten und eigenes Vermögen eingebracht in eine Stiftung, von der Nathan nichts wusste. Da Nathan ihm fest vertraute und ihm sogar die Prokura übertrug, zweigte er Geld für die Stiftung ab. In der neuen Gemeinschaft, die er unbemerkt gebildet hatte, waren exzellente Verwalter und Bankiers und findige Computerspezialisten. Einer der Schwerpunkte der Gemeinschaft war München. Offenburg musste er, so wie es aussah, wahrscheinlich aufgeben. Er hatte die neuen Gefolgsleute auf Reisen, im Internet und im Darknet kennengelernt. Sie kannten die Schwächen der neuen Welt. Mit ihrer Hilfe wollten er und die Jünger das Instrument schaffen, das ihnen erlaubte, eine Welt nach ihrem Vorbild, eine Gesellschaft nach dem Vorbild des Herrn zu schaffen.

»Gepriesen sei Jehova, mein Fels, der meine Hände unterweist zum Kampf, meine Finger zum Kriege: Meine Güte und meine Burg, meine hohe Feste und mein Erretter, mein Schild und der, auf den ich traue, der mir mein Volk unterwirft!«

Psalm 144,1–2 wurde zu ihrer Leitlinie. Die neue Zeit hatte schon begonnen, die Zeit der wiederauferstandenen Templer. Auch für Nathan waren die Templer ein Vorbild gewesen. Er hatte sie immer gepriesen. Aber er hatte es nicht fertiggebracht, obwohl er hoch intelligent gewesen war, das Prinzip der Templer in die neue Zeit zu übertragen. Er sah in ihnen ausschließlich die Schwertträger. Oft geriet er in jugendliches Schwärmen, wenn er von ihren vielen Kämpfen erzählte. Der Meister hatte die Templer einseitig als strafende Arme Gottes interpretiert.

Was hatte die Templer aber so stark gemacht, so unabhängig? Es war ihr ausgeklügeltes Finanzsystem, ihre Wirtschaftsmacht. Tausende von Gütern schufen sie und Verwaltungen in wichtigen Ländern. Sie entwickelten sich zu klugen Verwaltern und Bankern. Und bald beschäftigten sie viele Menschen und legten ein logistisches Netz über Europa. Grundlage ihrer Macht waren Stiftungen, die vom Heiligen Stuhl und von Adeligen beschenkt wurden. Die Templer wurden zu Selbstversorgern und zu Investoren.

Und sie verwahrten fremdes Geld in ihren uneinnehmbaren Burgen. So stieg der Orden zu einer Großbank auf, der sogar Staatsschätze betreute. Sie benutzten eine Frühform des Schecks und der Kontoführung, von der der einfache Bürger, der Reisende und der Pilger profitierten. Die Templer waren Vorreiter auf dem Gebiet des Finanzwesens und wurden mächtiger als viele Könige und Fürsten. Viele Herrscher wurden sogar von ihnen abhängig. Ihr Einfluss wurde dadurch immer größer.

So etwas schwebte auch ihm vor. Ein mächtiges Finanzsystem, auf dessen Basis man das Wort Gottes verbreiten konnte. Und gleichzeitig wollte er die libertäre Gesellschaft mit ihren eigenen digitalen Waffen schlagen.

Z

Zeitweilig musste die Aktion in Offenburg geheim gehalten werden, damit die Polizei in Ruhe in anderen Bundesländern zuschlagen konnte. Zwar sorgten die Explosionen am Gifiz für Aufsehen, aber mit einer schwammigen Pressemitteilung und dem Hinweis auf laufende Ermittlungen konnten sie die Öffentlichkeit beruhigen und die Medien hinhalten. Durchgestochen an die Presse wurde nichts mehr. Dafür hatten die Internen gesorgt.

Es war ein seltener Erfolg gegen das Darknet. Viele Festnahmen folgten bundesweit. Häuser wurden durchsucht, Waffen, Sprengstoff, Gift, Rauschgift, Unterlagen, Rechner und Geld beschlagnahmt. Und es zeigte sich, dass Georg Rackert tatsächlich einer gefährlichen Gruppe auf die Spur gekommen war, die ihre Ideologie aus dem Alten und Neuen Testament geschöpft hatte. Ob die Gruppe endgültig zerschlagen war, blieb offen. Das schmerzte alle.

Der Hauptverdächtige Lukas Kambacher, der die Ermittlungen hätte weiterbringen können, war aller Wahrscheinlichkeit nach bei der Explosion seines Autos gestorben. Seine Leiche oder Teile davon hatte man jedoch nicht gefunden. In seinem Kellerraum waren alle Unterlagen und Rechner verbrannt, und damit wichtige Beweismittel. Weitere Spuren im Netz zu finden, erforderte Geduld und viel

Personal. Das spielte den elf gesuchten Verbrechern in die Hände. Die Polizei konnte noch nicht einmal den zwölften Jünger, den Nuschler, identifizieren. Die Suche nach seiner Identität gestaltete sich schwierig. Er war allerdings einer der Mörder Rackerts, genau wie der Bewohner des Hauses Ligusterweg Nummer vier. Das hatte der DNA-Vergleich bewiesen. Und in der Wohnung im Ligusterweg war der Nuschler auch gewesen. Die Wohnung war zwar ungewöhnlich sauber, aber es fanden sich doch genügend Hautpartikel und Haare. Die rechtsmedizinische Analyse ergab außerdem, dass der Nuschler auf die gleiche Weise getötet worden war wie Georg Rackert.

Der Fall barg noch immer so viele Rätsel, dass die Soko vorerst nicht verkleinert wurde. Völlig unverständlich war das Verhalten des Mannes, der in den Aufzeichnungen von Georg Rackert als »Meister« beschrieben wurde. Was hatte er in jener Nacht vorgehabt? Warum hatte er so viel Sprengstoff in seinem Wagen? Welches Ziel hatte er angesteuert? Warum hatte er in seiner aussichtslosen Lage den Weg zur Gifiz-Halbinsel genommen? Hatte er sich absichtlich in die Luft gesprengt oder war die Ladung von selbst losgegangen? Oder hatte jemand den Sprengstoff in seinem Auto aus der Ferne gezündet? Die Gruppe war nicht durch Selbstmordattentate aufgefallen. Und wer war der geheimnisvolle erste Jünger, den Georg Rackert in seiner Analyse der Terrorgruppe hervorgehoben hatte? Übernahm er nun die Rolle des Meisters? Handelte es sich bei dem Bewohner des Hauses im Ligusterweg wirklich um den Meister? Von dem Mann existierte kein einziges Foto. Nichts war also geklärt.

Das war die erschreckende Erkenntnis nach diesen Wochen der Verbrechen. Vielleicht war Alban Bergers Theorie der Schlüssel zu einer Antwort. Er hatte sie schon früh aufgestellt nach der Analyse der Bibeltexte. Seiner Meinung nach war eine Spaltung der Gruppe nicht auszuschließen. Es konnte also sein, dass die Gruppe den Meister geopfert hatte, um einen neuen Weg zu gehen. Erst spät hatte er es gewagt, diese Theorie in der Soko vorzutragen. Eine Mehrheit lehnte die Theorie als zu spekulativ ab. Aber der Generalbundeswalt fand sie nicht abwegig. Er beauftragte das Bundeskriminalamt, diese Theorie gesondert zu prüfen.

Manderscheid sagte Tage nach den Explosionen am Gifiz zu Berger: »Das war jetzt ein Warnschuss von uns. Es gibt keine absolute Anonymität im Darknet.«

Berger dachte in diesem Moment an Georg Rackert und die anderen Opfer und sagte: »Aber der Preis war hoch.«

Den Sprayer, der sie fast in die Irre geführt hätte, konnten sie bisher nicht fassen. Er suchte sich immer wieder ein Gebäude oder Objekt in der Stadt aus und besprühte es mit einem Hinweis auf eine entsprechende Bibelstelle. Er wollte auf Missstände aufmerksam machen. Er war kein Gewalttäter, sondern ein Brandmarker, der viel Resonanz in der Öffentlichkeit hatte. Seine Taten lösten Debatten aus. Manche freuten sich geradezu diebisch, wenn er wieder mit einem Bibelzitat den Nerv traf. Seine Kunst, mit Bibelzitaten städtebauliche und andere Sünden anzuprangern, war einzigartig.

Kalli Mompers Zustand war nach wie vor unverändert. Er lag immer noch im Koma. Die Ärzte wollten weder eine gute noch eine schlechte Prognose abgeben. Selbst wenn die Heilung gut verlief, blieben Zweifel, ob Kalli wieder vollständig gesund wurde. Die Kolleginnen und Kollegen kümmerten sich rührend um Kallis Familie. Sie erwogen eine Spendensammlung, damit die Frau und die Kinder in den nächsten Monaten über die Runden kamen. Der einzige Trost in diesem Drama war, dass die internen Ermittlungen bald eingestellt wurden. Man konnte Kalli nicht genau nachweisen, dass er die Arbeit der Sonderkommission entscheidend behindert oder sogar zugunsten der Terrorgruppe beeinflusst hatte. Er hatte lediglich dem einen Sensationsblatt einen Vorteil in der Berichterstattung verschafft. War sein Verhalten auf jeden Fall strafbar? Die Ermittler mussten eine Güterabwägung machen, die vielleicht mehr für Kalli als gegen ihn sprach.

Es war ein kühler Herbstvormittag. Der Nebel legte seinen schmutzig grauen Mantel über Offenburg. Ein leichter Wind zog über den Gifiz. Zwei Frauen und zwei Männer standen am Amphitheater. Es waren Georg Rackerts Schwester und ihr Freund sowie Alban Berger und die schnelle Tammy. Sie hielten sich an den Händen zum Gedenken an Georg Rackert.

Der Wind legte sich mit einem Mal. Überrascht schauten sie um sich, als lauerten Gefahren aus allen vier Himmelsrichtungen. Doch schon fuhr ihnen ein neuer Windstoß durchs Haar. Die vier blickten erleichtert auf den Stein mit der Metallplatte, den sie an dem Ort gesetzt hatten, an dem alles begonnen und geendet hatte. Die schnelle Tammy, die wochenlang so stark gewesen war, brach plötzlich in Tränen aus. Ihr ganzer Körper schüttelte sich. Die anderen drei umarmten sie. Berger schloss aus dem Zusammenbruch, dass doch etwas an dem Gerücht dran war, Tammy und Rackert seien einige Zeit liiert gewesen.

Auf der Metallplatte stand »Georg Rackert«. Darunter war ein Gedicht eingeätzt. Sie hatten es bei der Durchsuchung seiner Wohnung gefunden. Es handelte von seinen geliebten Dahlien, die man einst Georginen nannte:

Blassgelbe Dahlien nicken
Herbstmüde über den Zaun.
Im Zwielicht in scheuen Blicken
Huschen die Nebelfrau'n.
Sie weben wallende Schleier,
hängen sie in mein Haar –
zum Wiedersehen am großen Weiher,
dort steht mein Traualtar.

Sie hielten sich noch lange am Gedenkstein auf. Tammys Schluchzen und Schütteln verwandelte sich allmählich in ein stilles Weinen. Stumm und gerührt verharrten alle vier an diesem Ort, der Ausgangspunkt war für ein Drama, das die Stadt in ihren Grundfesten erschütterte.

Urplötzlich wurde der Wind stärker und über dem Hohen Horn erschien ein Wolkengebilde. Berger blickte besorgt zum Himmel. Die Wolken erinnerten ihn an damals, als Rackert und er zur ersten Puppe im Gifizsee gerufen worden waren. Auch damals hatte der Himmel bedrohlich gewirkt. Berger kam William Turner in den Sinn – es war, als hätte der englische Maler gerade eines seiner verstörenden Sturmbilder an den Himmel gemalt. Berger hatte das Gefühl, das Unheil laufe hinter und neben ihm her. Aber viel Zeit für die Betrachtung dieses Naturschauspiels blieb ihm nicht. Ein Herbstgewitter brach los wie ein Strafgericht. Sie rannten zu ihren Autos. Berger triefte vor Nässe, als er in sein Auto sprang. Und die Nässe drang in seinen Körper, in seine Seele ein, durchbrach seinen Schutzpanzer und schwemmte die Anspannung der letzten Zeit mit Tränen hinaus.

Tammy und andere aus der Soko hatten die Polizeiführung gedrängt, Berger in den Urlaub zu schicken. Sie konnten es nicht mehr mit ansehen, wie er sich quälte. Jetzt endlich durfte Berger seinen Jahresurlaub antreten. Freude kam in ihm aber nicht auf. Zu viel war in den letzten Monaten geschehen. Nichts hatte er richtig verarbeitet. Er legte Kopf und Hände auf das Lenkrad. Als der Regen etwas nachließ, fuhr er los. Ein stärkerer Wind schob die Wolken weg Richtung Osten. Es war, als wollte eine unsichtbare Macht die Stadt vor weiterem Unheil bewahren.

Auf der Heimfahrt liefen die letzten Monate in Bergers Kopf wie ein Kurzfilm ab. Er zog ein verstörendes Fazit: Er hatte einen Kollegen vernichtet, durch Unterlassung, durch Nichtbeachtung. Und dafür wurde er nicht einmal bestraft. Für diese Art der Unterlassung gab es keinen Paragrafen im Strafgesetzbuch. Er war verantwortlich für den Tod vieler Menschen. Wenn er Georg Rackerts Warnungen richtig gedeutet hätte, wäre unzähligen Menschen Leid erspart geblieben. Und die Stadt wäre nicht in Unruhe versetzt worden. Er konnte alles nicht fassen. Das, was er mit seiner Unterlassung ausgelöst hatte, zerbrach ihn vollends. Er überlegte sich seit Tagen, aus dem Polizeidienst auszusteigen. Nach dem Jahresurlaub wollte er darüber mit dem Kripochef und dem Polizeipräsidenten sprechen. Aber jetzt musste er sich um Ariane kümmern, die zu Hause mit den Töchtern auf ihn wartete. Ein Klinikaufenthalt stand ihr bevor. Bei der Untersuchung im Ortenau Klinikum wurde der Krebsverdacht bestätigt. Brustkrebs im fortgeschrittenen Stadium. Das einzige Glück war, dass das Lymphsystem noch nicht befallen war. Die Chirurgen sagten ihr, man versuche, brusterhaltend zu operieren. Sie verbreiteten Zuversicht. Ariane brauchte ihn. Ihn, das Wrack.

*

Niemand konnte den Bibelvirus aufhalten. In unregelmäßigen Abständen befiel er private PC und Firmencomputer. Die Opfer waren meist Besucher und Betreiber von erotischen Seiten. Geschickt spekulierten die Angreifer mit der Scham der Opfer. In allen Fällen öffnete sich eine Seite mit einem mahnenden Bibelspruch.

Ebenso unregelmäßig griffen Erpresser Firmen an. Sie verlangten Geld, zahlbar in Bitcoins. Wer nicht zahlte, kam nicht mehr an seine Daten. Die Firmen, die der Aufforderung folgten, hatten Glück. Ihre Computer wurden freigeschaltet. Der Preis, den sie dafür zahlen mussten, war hoch. Die meisten Firmen wurden nach der Zahlung in der Regel nicht mehr behelligt. In einigen Fällen jedoch, meist handelte es sich um große, umsatzstarke Firmen, schlugen die Erpresser wieder zu. Die Experten vermuteten zunächst, es handle sich um Hacker aus Russland oder Nordkorea. Anhaltspunkte, die diese Vermutung bestätigten, fanden sie nicht. Schließlich ging man von einer neuen kriminellen Gruppe aus. Man verglich sie mit den bisherigen Erpressern, die im Netz aktiv waren. Die Übereinstimmung war nicht groß. Die Signaturen im Netz waren nicht zu entschlüsseln. Und immer, wenn die Experten nah dran waren, änderte die Gruppe ihre Strategie. Sie war den Kriminalisten und Technikern immer mindestens einen Schritt voraus. Wohin das erpresste Geld floss, wusste niemand. Wen machte es reich?

*

Er war zufrieden. Die ersten Transaktionen liefen gut. Bald würde die Stiftung wachsen. Sein Traum wurde Wirklichkeit. Sie würden viele Burgen bauen. Als moderne Interpreten der Templer würden sie einen Konzern bilden und ihre Botschaften verbreiten. Niemand würde sie aufhalten können. Niemand würde ihnen eine Falle stellen können. Sie hatten aus den Fehlern der Vergangenheit gelernt.

»Weil du Jehova, meine Zuflucht, den Höchsten, gesetzt hast zu deiner Wohnung, So wird dir kein Unglück widerfahren, und keine Plage deinem Zelte nahen.«

QUELLENVERZEICHNIS

Bibelzitate:

Sämtliche Texte folgen, sofern nicht anders angegeben, der Elberfelder Bibel (ELB), Ausgabe 1905.

S. 7: Joh 1,1–3
S. 9: Joh 8,31–32
S. 11/12: Offb 8,2–6
S. 20: Jes 49,2 8
S. 45: 1 Mose 19,24–25
S. 53: Lk 22,36
S. 54: Offb 21,8
S. 73: 1 Tim 5,15 8
S. 76: Mt 7,13–14
S. 81: Ps 139,19
S. 81/82: Mt 13, 47–50
S. 82: Ps 44,5
S. 82: 5 Mose 2,32–35
S. 93/94: Hes 21,1–3
S. 98: Röm 8,13
S. 130 + 145: Lk 19,27 (Lutherbibel 1912)
S. 130 + 145: Lk 13,5 (Luther 1912)
S. 166: Mt 3,10–12 (Luther 1912)
S. 168: Lk 19,27; Lk 13,5; Mt 3,10–12

S. 189: Ps 96,12–13
S. 191: Spr 6,12–15
S. 196 + 254: 5 Mose 13,13–16
(S. 238: Offb 22,20)
(S. 238: 1 Kor 16,22)
S. 245: Ps 106,18
S. 256: Mt 6,19
S. 280: Lk 12,49
S. 292: Ps 27,2
S. 312/313: Kol 3,5–6
S. 313: Ps 101,3
S. 325: Joh 19,28–29
S. 326: Ps 69,24–28
S. 327: Phil 3,14
S. 335: Ps 144,1–2
S. 344: Ps 91,9–10

*

Gedichte:

S. 100–102: »Belsazar«, Heinrich Heine, »Buch der Lieder«, Kiepenheuer-Verlag, 1920. Schreibweise etwas modernisiert.
S. 341: »Brautschleier«, Auszug, Leon Vandersee alias Helene von Tiedemann, aus der Sammlung »Aus dunklen Gärten«. Gedicht aus dramaturgischen Gründen teilweise abgewandelt.

*

Papstzitat (S. 177):

Papst Franziskus wurde auf dem Rückflug von seiner Polen-Reise am 31. Juli 2016 nach dem Verhältnis der Religionen zur Gewalt gefragt. Dabei warnte er vor der Gleichsetzung von Islam und Gewalt und sagte: »In fast jeder Religion gibt es eine kleine Gruppe von Fundamentalisten, auch bei uns. Wenn ich über islamische Gewalt spreche, dann muss ich auch über christliche Gewalt sprechen.« Quelle: Spiegel online, 1.8.2016.